二十世纪流行经典丛书

西 点 揭 秘
THE GENERAL'S DAUGHTER

★ ★ ★ ★ ★

Nelson DeMille

〔美〕内尔森·德米勒 著
孙汉云 吴晓妹 凡纹 译

人民文学出版社

著作权合同登记号　图字 01-2018-7066

Nelson DeMille
THE GENERAL'S DAUGHTER

Copyright © 1992 by Nelson DeMille.
Simplified Chinese edition Copyright © 2021 by Shanghai 99 Readers' Culture Co., Ltd.
All rights reserved.

图书在版编目(CIP)数据

西点揭秘/(美)内尔森·德米勒著;孙汉云,吴晓妹,凡纹译. —北京:人民文学出版社,2021
（二十世纪流行经典丛书）
ISBN 978-7-02-014684-0

Ⅰ.①西… Ⅱ.①内… ②孙… ③吴… ④凡… Ⅲ.①篇小说-美国-现代 Ⅳ.①I712.45

中国版本图书馆 CIP 数据核字(2018)第 246278 号

| 责任编辑 | 朱卫净　邱小群　刘佳俊 |
| 封面设计 | 钱　珺 |

出版发行	人民文学出版社
社　　址	北京市朝内大街 166 号
邮政编码	100705
印　　刷	山东新华印务有限公司
经　　销	全国新华书店等
字　　数	306 千字
开　　本	890 毫米×1240 毫米　1/32
印　　张	12.25
版　　次	2021 年 5 月北京第 1 版
印　　次	2021 年 5 月第 1 次印刷
书　　号	978-7-02-014684-0
定　　价	59.00 元

如有印装质量问题,请与本社图书销售中心调换。电话:010-65233595

第一章

"这个座位有人吗?"我向独自坐在酒吧休息室里的那位年轻而有魅力的女士问道。

她正在看报,抬头看了我一眼,但没有回答。我在她对面坐了下来,把我的啤酒放在两人之间的桌子上。她又看起报来,并慢慢喝着波旁威士忌①和可口可乐混合的饮料。我又问她:"你经常来这儿吗?"

"走开。"

"你的暗号是什么?"

"别捣乱。"

"我好像在什么地方见过你。"

"没有。"

"见过。在布鲁塞尔的北约组织总部,在一次鸡尾酒会上。"

"也许你说得对,"她勉强承认了,"当时你喝得大醉,都吐到盛混合饮料的那个大杯里了。"

---

① 这是原产于美国肯塔基州波旁的一种主要用玉米酿制的威士忌酒。

"这世界太小了。"我说。的确太小了。现在正坐在我对面的这位女士名叫辛西娅·森希尔。她并非我的一个普普通通的熟人,实际上,像人们所说的,我们曾经有过很深的交往。显然,她不愿意记起那些往事。我说:"是你吐了。当时我告诉你,波旁威士忌跟可口可乐混合对你的胃没有好处。"

"是你对我的胃没有好处。"

凭她这态度,你就知道过去是我遗弃了她。

我们正坐在佐治亚州哈德雷堡军官俱乐部酒吧的休息室里。此时正是欢乐时刻,除了我们俩,大家似乎都很快活。我身着一套蓝色的便装,辛西娅穿的是粉红色的针织礼服,非常漂亮,使她那被阳光晒成棕褐色的皮肤、红褐色的头发、淡褐色的眼睛和那令人难忘的身材更加迷人。我又问道:"你是来这儿执行任务的吗?"

"我无暇谈论此事。"

"你住在哪儿?"

没有回答。

"你要在这儿住多久?"

她又看起报纸来。

"你真的嫁给那个你把他当配角的人啦?"

她放下手中的报纸,两眼直盯着我说:"那会儿我是把你当作配角,我和他已经订了婚。"

"那好啊。你们俩现在还只是订了婚吗?"

"这跟你无关。"

"可能有关。"

"这辈子是不可能了。"她郑重地告诉我,然后又拿起报纸看了起来。

我在她手上没有看到订婚戒指,也没有看到结婚戒指,不过干我们这行的这些迹象不一定具有实际意义。这是我在布鲁塞尔得到的教训。

说起来，辛西娅·森希尔现在已接近三十岁，而我刚四十出头，所以我俩谈情说爱并不像从五月到十一月的差距那么大，而是更像从五月到九月，也许是到八月那么相近。

我和辛西娅在欧洲住了一年时间。她的未婚夫是特种部队的少校，当时驻扎在巴拿马。军事生活使各种关系都很不协调，为了捍卫西方文明，人们都变得像头上长了角。

在这次巧遇之前，我和辛西娅已有一年多没见面了。那次分别的情景只能用"糟透了"三个字来形容。很显然，我们两个人都做得不好，我一直痛心不已，而她也一直怒气未消。那位被她背叛了的未婚夫看起来也十分烦恼，记得我最后一次在布鲁塞尔见到他时，他手里还握着手枪呢。

哈德雷堡的军官俱乐部，其建筑风格有些像西班牙式的，又有几分像摩尔人的建筑。也许正因为这一点，我一下子想起了《卡萨布兰卡》①，于是一句讥讽的话脱口而出："世界上那么多酒吧她不去，偏偏走进了我这个。"

她也许没听见我的话，也许是她心情不好，不乐意听，她眼睛一直没离开那张《星条旗报》。这种报纸一般没有人读，至少在公共场合是这样。但辛西娅有一点假道学。她不像当过几年兵的男性军人那样玩世不恭，那样颓废厌世，而是像一个热情、忠诚、有献身精神的战士。"心里充满了激情、嫉妒和仇恨。"我这么提示了一下。

辛西娅说："你走开，保罗。"

---

① 摩洛哥港口城市，也叫达尔贝达，此处是一部爱情故事片的片名，下文那句讥讽话是影片中男主角说的。

"对不起,我破坏了你的一生。"我诚恳地说。

"你连破坏我的一天都不可能。"

"可你伤透了我的心。"我更加诚恳地说。

"我还想掐断你的脖子呢。"她说。话中充满了真正的狂热。

看得出,我的话在她心中激起了某种感情,但我不敢肯定那是激情。我记起了一首诗,我们俩亲近的时刻,我经常小声念给她听。我现在靠近她用柔和的声音念道:"只有辛西娅能照亮我的双目,只有辛西娅能愉悦我的双耳,只有辛西娅才能占据我的心。为了辛西娅,我已经放弃了一切财富;只要辛西娅高兴,我愿为她牺牲。"

"很好。死了就好。"她站起身毫不犹豫地走开了。

"再弹一遍吧,萨姆。"① 我把啤酒喝完,站起来,向吧台走去。

我羞愧地侧身走向长长的吧台,那里全是些颇有生活阅历的男人。有些人胸前挂满了勋章或步兵战斗奖章;有些人身佩着参加朝鲜、越南、格林纳达、巴拿马和海湾战争得来的绶带。我的右边是一位头发灰白的陆军上校,他对我说:"孩子,战争就是地狱,但地狱里没有像受到一个女人的轻蔑那样令人愤怒的事情。"

"阿门。"

"全部情况我从吧台里的镜子中都看到了。"他告诉我。

"吧台的镜子都很有意思。"我回答说。

"是啊。"实际上,现在他正从镜子里研究我呢。看到我的便服时,他问我:"你退伍了?"

"是的。"其实,我还没退。

他跟我谈起了他对女军人的看法——她们得蹲着小便,要是带着野外作战的全部装备可就麻烦喽——接着喊道:"撒尿去喽!"说完,

---

① 电影《卡萨布兰卡》中的一句台词。

他缓缓地向厕所走去,我想他是站在便池旁的。

我从俱乐部出来,八月的夜晚还是很热。我钻进了我的追光牌汽车里,驶过基地中心。这儿有点像闹市区,但没有规划好,布局很乱,有个陆军消费合作社,有个军供商店,还有一些位置不当的营房和一个荒废了的坦克维修厂。

哈德雷堡是佐治亚州南部一个不大的军事基地,建于一九一七年。当时,步兵先在这儿训练,然后被送到西线去卖命。这里军用土地面积很大——有十多万英亩,几乎全被森林覆盖着,很适合作战演习、战略撤退,以及游击战的训练,等等。

步兵学校现在已近末日了,好多地方看上去让我感到凄凉。不过这儿还有一所学校,叫"特种军事学校",办学宗旨似乎不大明确,也许是慈善性的,但依我看是实验性的。就我所知,这所学校是一个进行多种军事训练的学校。它研究心理战、部队士气、孤独和贫困环境、管理手段以及其他精神战术问题。这听起来好像有点可怕,但了解部队生活的人都知道,不管最初的宗旨怎样,可培养出来的士兵都训练有素、通晓礼仪、讲究仪表,个个靴子都擦得锃亮。

哈德雷堡北边有一个中等城市叫米德兰。从某些方面说,这是一个典型的军人城,这儿的居民大多是退伍军人,还有某地雇用的民工、为士兵售货的商人,再就是一些虽与部队无关但很喜欢这种军事生活的人。

我驾车到了哈德雷堡和米德兰交界的地方,向北经过一片开阔的田野,很快就到了一处荒废的活动房屋集中地。这里就是我的临时寓所。我觉得住在这个与世隔绝的地方,对我的工作来说倒是很方便。

说到我的工作,我是美国军队的一名军官,但官不大。在这里,这种工作中的军衔还得保密呢。我在军队犯罪调查处工作。在这种部门,军衔是个敏感问题,所以最好的军衔就是没有军衔。但是实际上，像犯罪调查处的大多数军官一样，我是一名准尉。这是一个特殊的军衔，比授了军衔的小，又比未授军衔的大。这也是一个很好的军衔，既能享受军官的主要特权，又不负很多指挥责任，也就是说可以免除那些无意义的事情。准尉被称为"先生"。犯罪调查处的人一般都穿便服，就像我那天晚上穿的一样。有些时候我甚至有一种错觉，觉得自己真的成了平民。

不过，我的确也有穿军装的时候。在部队总部交给我一项新任务时，我被授予一个相应的军衔，同时发给我一套合适的军服。我带着任务去需要调查的单位报到，然后就四处奔波，去追寻我的目标，搜集足够的证据，回去交给军法署署长。

要做一个密探，必须什么都会干。我本人什么都干过，从厨师到化学战专家——尽管在部队里这两者并没有太大的差别。

准尉有四个级别，我是最高的一级，第一级。我们都屏息等待着国会批准我们再往上晋升个两级。我们有些人因等得过久已窒息而死了。

不管怎么说，我还是特别犯罪调查处的一员，这是一个精英荟萃的机构，不过我使用"精英"一词时犹豫了一下。我们之所以与众不同，是因为我们都是些久经考验、经验丰富的老将，不但能巧捉罪犯而且能个个准确定罪。使我们与众不同的另一个原因是，我们有打破部队的繁文缛节的特殊权力。特权之一就是可以在世界上任何地方逮捕任何一个军人，不管他的官有多大。我并不想马上运用这个特权去拘捕任何一个有关的将领，但我总想看看我的权力究竟有多大，我正准备实践一下这项权力。

我的固定工作岗位在弗吉尼亚州福尔斯彻奇的犯罪调查处总部，但我为了办案不得不跑遍全世界。游览、冒险、闲逛，精神和肉体的挑战，有时头头走了，只剩下我一个人——一个男人还有什么要求呢？哦，当然有，那就是女人。这种要求也是有的。在布鲁塞尔时并非我最后一次找女人，而是最后一次让我感到此事关系重大。

不幸的是，有些男人是通过别的途径，如强奸或谋杀来寻求刺激、满足欲望。就是在那个闷热的八月的夜晚，在佐治亚州的哈德雷堡发生了这样一起奸杀案，受害者是安·坎贝尔上尉。她是外号叫"好战的约瑟夫"的约瑟夫·坎贝尔中将的女儿。更不幸的是，她年轻漂亮，聪明而有才干，是西点军校的毕业生。她是哈德雷堡的骄傲，是部队中受宠爱的人物，是征兵时的广告女郎，是一个尊重女性的新型部队的发言人，还是海湾战争的功臣，等等等等。因此我听说她被奸杀的消息时并没感到特别震惊。她自找的，对吗？当然不对。

当我在军官俱乐部消磨夜晚时，对此事还一无所知。实际上在我和辛西娅谈话、和那位上校聊天时，安·坎贝尔上尉还活着，正在离我们五十英尺①远的军官俱乐部餐厅吃饭，吃的是沙拉、鸡块，喝的是白葡萄酒和咖啡。这是我在后来的调查中知道的。

我到达了活动房屋集中地，把车开进了那个松树林，停在一个离我的住房还有一段距离的地方。我在黑暗中沿着一条铺有腐烂木板的小路向前走去。有几座无人住的小屋零散地分布在那片开垦地的周围，但大部分地方是空地，地上还有一些水泥板，这上面从前曾有近百所活动房屋。

现在这儿依然还有电灯、电话，还有一口井供应用水。我在水里加上苏格兰威士忌就可以喝了。

我开了房门，走进去，打开灯，屋内厨房、餐室和起居室三合为一的结构便看得清清楚楚。活动房从二十世纪七十年代起就没变过，家具全是鳄梨绿色的塑料制品，厨房用具是芥末色，墙壁镶着深色胶

---

① 1英尺约0.3米。

合板，地毯是红黑格子的。如果有谁对颜色敏感些，这个地方很可能会引起抑郁甚至自杀倾向。

我脱下外套，解下领带，打开收音机，从冰箱里拿出一瓶啤酒，就坐在固定在地板上的扶手椅上，开始慢慢喝了起来。墙上钉着三幅裱好的版画，一幅斗牛士，一幅海景画，还有一幅伦勃朗《亚里士多德与荷马半身像》的复制品。我一边喝酒，一边对着沉思的亚里士多德发呆。

如果有人想了解这个特别的活动房屋集中地，它还有个名字，叫"低语松林"。它是二十世纪六十年代末几位有事业心的退役中士，看到亚洲的战争毫无结束的迹象而兴建起来的。哈德雷堡是步兵训练中心，当时住满了战士及家属。我记得这块"低语松林"住的全是结了婚的年轻战士。这儿有的是酗酒，有的是无聊，但没有钱；战争的阴霾使未来暗淡，前途未卜。

美国人的理想不该是这个样子。男人打仗去了，其他的男人深夜从狭长的活动房子后边频频潜入卧室。我当时也住在这儿，也打仗去了，有个男人就占据了我的位置，夺去了我年轻的妻子。这已是好几次战争以前的事了，以后又发生了许多许多的事。唯一难忘的苦涩就是那个杂种还牵走了我的狗。

我读了几本杂志，又喝了几杯啤酒，时断时续地想起辛西娅来。

我通常还会有比这更多的消遣，可是不能忘了，我必须清晨五点钟准时赶到训练基地。

第二章

基地的军械库储备着大量美国高科技军用物资，晚上要特别设防。

安·坎贝尔遇害的那天清晨，我正在军械库执行我的密探任务。几个星期以前，我冒充一个掌管军火供应的中士，编了个名字叫富兰克林·怀特，到这里来和一个真正从事军火交易的达伯特·埃尔金斯中士合伙向古巴的自由战士出售一批武器，有M-16型步枪、一批手榴弹发射器，还有许多危险品。因为这帮人自称正在准备推翻反基督教的菲德尔·卡斯特罗先生。实际上他们都是毒品贩子，他们冒充古巴的自由战士是为了和我们做这笔交易时更顺利些。早晨六点在训练基地，我正跟埃尔金斯中士商量怎样分配赚来的二十万美元。埃尔金斯中士会因为这件事坐牢，可他还蒙在鼓里，人总有个做梦的时候。其实我也不愿意做他们梦中的恶魔，只是履行职责而已。

电话铃响了，我抢在我的新伙伴前面拿起了话筒："喂，这儿是基地军械库。我是怀特中士。"

"啊，总算找到你了。"打电话的是威廉·肯特上校，基地宪兵司令，也是哈德雷堡的最高警官。"总算找到你了。"

"我不知道自己失踪了。"我回答道。在我遇见辛西娅之前，肯特上校是基地里唯一知道我真实身份的人，所以一接到他的电话我就猜想他准是要告诉我，我马上就有暴露的危险。我立刻警惕起来，一只眼睛盯着埃尔金斯，另一只扫视着门口。

谢天谢地，不是那么回事。肯特上校说："这儿发生了一起杀人案。受害者是一位女上尉。可能是强奸。你讲话方便吗？"

"不。"

"你能来见我吗？"

"也许吧。"肯特像多数宪兵司令官一样很正统，并不太聪明。犯罪调查处使他神经紧张。我说："显然，我正在工作。"

"可这个案子应该先办，布伦纳先生，因为这是个大案。"

"这个也一样。"我瞥了埃尔金斯一眼，见他正仔细地观察着我。

肯特说："受害者是坎贝尔将军的女儿。"

"我的天。"我想了一会儿。所有的直觉都告诉我，该回避涉及将军女儿被奸杀的任何案子，因为这种案子会使你失去很多。我的责任感、荣誉感和正义感使我坚信犯罪调查处那些专门处理这类案件的傻瓜能够办理此案，那些注定毕生事业要毁灭的家伙。这样的人还真有几个。责任感、荣誉感且不说，此案倒真唤起了我的好奇心。我问肯特上校："在哪儿见面？"

"在宪兵司令部的停车场，我带你去看现场。"

作为一名密探，我是不能靠近宪兵司令部办公楼的，肯特上校此时竟如此糊涂。我说："不行吧。"

"哦……在步兵营怎么样？就在第三营总部，去现场正好顺路。"

埃尔金斯很紧张，已经有些按捺不住了。我对肯特说："好的，宝贝儿。我十分钟就到。"我挂断电话，对埃尔金斯中士说："来电话的是我的女友，她需要点爱的滋润了。"

埃尔金斯看了看表说："有些晚……也许太早了吧。"

"这位女友可不管什么早晚。"

埃尔金斯笑了。

根据基地的规定，我当时还带着武器。看到埃尔金斯已经冷静下来，我便根据规定把手枪放在那儿了。当时我根本没想到过，过会儿还会需要它。我对埃尔金斯说："我有可能还要回来的。"

"好的。代我亲亲她，伙计。"

"没问题。"

我把追光牌汽车留在活动房屋集中地了。我现在的POV（军队里私人汽车的代号）是一辆福特牌小吨位运货卡车。实际上，它是为配合我所扮演的角色而准备的，里面全是放枪的架子，装饰着狗毛，后面放着一双流行的军用防水靴。

就这样，我驾车驶过了基地中心，几分钟就到了步兵训练大队的地盘。这里随处可见"二战"时期建的一些长长的木头营房，这些营房大多荒废了，看上去又黑又丑。冷战已经结束，部队虽没解散，但规模显然是缩小了。步兵、装甲兵和部队赖以生存的炮兵等作战部队削减得最厉害。但专与罪犯打交道的犯罪调查处却日益壮大起来。

好多年前，我还是个年轻的二等兵，先从哈德雷堡的高级步兵培训学校毕业，后来又分别在离这儿不远的本宁堡的空降兵学校和骑兵学校上过学，所以我就成了一个空降兵和骑手——一件终极武器、一台杀人机器、一个地位低下、瘦弱、将要在空中丧命的人。现在我已经开始衰老了，在犯罪调查处工作很合适。

时间又到了军队中称为破晓的时候了。佐治亚的天空变成了粉红色，空气非常潮湿，不难想象，又是一个 90 华氏度的大热天。我可以闻到潮湿的泥土味、松树的清香和附近军队餐厅飘出的咖啡香。

我把车停在旧军营指挥部前面的草坪上，看见肯特从他的草绿色小车里钻出来，便也从小货车里走出来。

肯特五十岁左右，个子挺高，不胖不瘦，麻脸上长着亮而蓝的大眼睛。我前面已经说过，他这个人有时候很死板，不是太聪明，但工作效率相当高，也很卖力。他在军队的官职相当于地方的警长，指挥整个哈德雷堡的宪兵。因为他执行规定和章程太严，所以大家虽然不讨厌他，但谁也没把他当作最好的朋友。

肯特很威武，身穿宪兵司令的军装，头戴白色钢盔，腰间挂着白色手枪套，脚穿一双擦得锃亮的靴子。他告诉我："我安排了六个宪兵守护现场，什么也没动过。"

"这样很好。"我和肯特相识大约有十年之久了。尽管我来哈德雷堡办案只能一次见一面，但我们的工作关系不错。肯特级别比我高，但只要我来这儿办案，就能接近他，实际上常给他带来一些麻烦。我曾经看过他在军事法庭作证的情景。作为一名证人，他具有原告所需要的一切素质：可信、符合逻辑、客观而有条理。但他也有处理不好的地方。他总感到原告会很高兴让他离开证人席。我想可能是因为他太死板、太缺少人情味。军事法庭开庭时，通常证人都会对被告表示同情，至少表示点关心；而肯特却不是这样的人，他只关心谁是谁非。在哈德雷堡所有犯法的人都曾当众辱骂过他。实际上我见他笑过一次，那是当一个新兵因喝多了酒、恍惚中放火烧了一个废弃的营房而被判了十年徒刑的时候。法律毕竟是法律，像肯特这样冷漠无情的人从事法律工作也许是再合适不过了。所以，今天早晨发生的奸杀案竟能使他震动，令我有些吃惊。我问他："你通知坎贝尔将军了吗？"

"没有。"

"你最好亲自去他的寓所通知他。"

他淡漠地点了点头，脸色很难看。我猜想他已经到过现场了。我又一次郑重地告诉他："你要是通知晚了，将军肯定饶不了你。"

他赶紧解释："唉，直到我亲眼看见尸体，死者身份才被确认。我是说，我真的不忍心到他住所去告诉他，他的女儿——"

"是谁认出死者的？"

"一个叫圣·约翰的中士，是他发现了尸体。"

"他认识她吗？"

"案发前他们在一起值勤。"

"噢，这么说，死者身份是确凿无疑了。你认识她吗？"

"当然认识。是我确认她的身份的。"

"其实，不用看身份识别牌，她军服上就有她的名字。"

"啊，这些都不见了。"

"不见了？"

"是的……她的军装和身份名牌都被拿走了。"

对这类事情人们都很敏感，好像脑子里天生就存着这种材料，所以一听到这些证词，看了现场，他就会自问："这些材料有什么不大对头吗？"于是我问肯特上校："内衣内裤呢？"

"什么？噢……在那儿……"他接着又说，"通常他们要拿走内衣内裤，对吗？这就怪了。"

"圣·约翰中士是怀疑对象吗？"

肯特上校耸了耸肩说："那就是你的任务了。"

"啊，就凭圣·约翰这个名字，我们也得暂时把他列为可疑对象，"我对肯特上校说，"那边是我的连队待过的地方，得尔塔连。"

"我不知道你还当过步兵。"

我点了点头，说："有时候我觉得步兵更好一些，因为步兵和别的兵种不一样，内部不出坏蛋。"

"坏蛋就是坏蛋，"肯特告诉我，"部队就是部队，命令就是命令。"

"是啊。"这话说出了军事观念的精华。军令如山，无须探究为什么，只许胜不许败，这一警句很适用于战斗和大多数军事形势。但犯罪调查处的工作只能例外了，因为犯罪调查处的最终目的是查清事实真相，而要做到这一点有时就不得不违背上级命令，自行决定。这样做就不能很好地适应部队的要求。部队认为自己是个大家庭，家庭成员都信奉"兄弟皆勇猛，姐妹均贤淑"的信条。

肯特上校似乎看透了我的心思，对我说："我知道这个案子也许很复杂，不过也许不太复杂，也许是非军人干的，也许很快便可破获。"

"噢，肯定是这样，比尔。我们两人的档案里都将会增加一封赞扬信，然后就是坎贝尔将军邀请我们赴鸡尾酒会了。"

肯特看上去满脸愁容，他说："啊，坦白地说，我无法推卸责任，因为这就是我的工作、我的职责，而你就不同了。只要你愿意，可以拍拍屁股一走了事，然后上级就会派另一个人来。现在你碰巧来到这儿，又碰巧是特别犯罪调查人员。我们从前合作过，我希望我们再次合作。"

"可你连杯咖啡都没给我喝。"

他狞笑了一下说："咖啡？见鬼，我还想喝酒呢。"他又加了一句："这个案子办好了你可以得到晋升。"

"如果你说降级，那倒可能；要说升级，我已经没地方可升了。"

"对不起，我忘了。这制度太不合理。"

我问他："你会再升一级吗？"

"也许吧。"他看上去有点忧虑，好像梦中见到的闪闪发光的将军星突然消失了一样。

我又问："你通知此地的犯罪调查处了吗？"

"没有。"

"为什么没有？"

"啊……反正本案不会由他们处理……天哪，我是说，受害者是基地指挥官的女儿，而且犯罪调查处的头头鲍尔斯少校又认识她，在这儿人人都认识她，所以我们必须让将军知道，我们是找了福尔斯彻奇最有才能的人来——"

"你想用的词可能是'替罪羊'吧。但是，好吧，那我要告诉我在福尔斯彻奇的上司，本案最好派个特级侦查员，但我本人现在还不知愿不愿干呢。"

"我们去看看尸体，然后你再决定。"

我们向他的汽车走去。这时，我们听到基地的炮声（实际是放的录音），便停下脚步，转向炮声传来的方向。营房顶上的喇叭里传来了嘹亮的起床号声。我们行了礼。站在晨曦里的两位战士以军队的传统仪式行了礼。

从十字军时期沿用至今的号声激昂高亢，回荡在兵营的各个角落。顷刻间,街道、营地、草地训练场,还有战旗升起的广场都被这号声唤醒了。

号声渐渐消失了,我和肯特继续向汽车走去。他对我说:"哈德雷堡又迎来了新的一天。可有一位战士却再也看不到它了。"

第三章

我和肯特上车,向南部的军事基地疾驰而去。

肯特对我说:"安·坎贝尔上尉当时正和哈罗德·圣·约翰中士在基地总部值勤。坎贝尔是值勤军官,约翰是值勤中士。"

"他们以前就认识吗?"

肯特耸了耸肩说:"认识倒有可能,只是不会太熟悉,因为他们不在一起工作,他在汽车集中调度场工作,而她在心理训练学校当教官,所以他们只有在一起执行任务时才会碰到。"

"她教什么课?"

"心理学,"他又补充道,"她曾是心理学硕士。"

"她现在仍然是。"我说。人们在谈论死者时总不可避免地犯时态上的错误。我问肯特:"教官们经常有值勤任务吗?"

"一般没有。但安·坎贝尔常常把自己的名字写在那些不需要她值勤的名册上,因为她是将军的女儿,要给大家树立个榜样。"

"明白了。"军队确实为所有的男女军官准备了一些名册,这些名册都是由军官们自己填写,不过是为了让每个人都有机会值勤,为军队尽一份忠心而已。有一段时间,巡逻这类任务的名册上曾经取消了女军官的名字。可是后来时代变了,一切都变了。但年轻女军官深夜巡逻要冒险是无法改变的。因为男人的野性难改,为了发泄,他们可以置军规于不顾。我问:"她带武器了吗?"

"当然带了。她总是随身带着手枪。"

"说下去。"

"哦,大约在半夜一点,坎贝尔对圣·约翰说她要开吉普车去查看哨所——"

"为什么?难道查看哨所也是值勤军官和中士的职责吗?值勤军官的任务只是守着电话机嘛。"

肯特回答道:"据圣·约翰说,哨所的指挥官是个刚从西点军校毕业的年轻上尉,乳臭未干。坎贝尔上尉又是那么热情,作为校友,肯定在鼎力相助,所以亲自去查看哨所。另外,来回的暗号她也知道。"肯特把车开上了步枪射击场的道路,接着说:"圣·约翰说,大约三点的时候他开始有些担心了——"

"为什么?"

"我也不清楚……你想想,和他搭档的是个女人——也许他认为她在什么地方寻欢作乐并因此吃醋,也许他急着上厕所,但又不能离开电话机。"

"圣·约翰多大年纪了?"

"五十岁左右吧。已婚,夫妻关系很好。"

"他现在在哪儿?"

"被我软禁在宪兵司令部的大楼里。"

我们的车驶过了四个步枪射击场,它们都位于一条弯曲的土路右边,地势很开阔。我已经大约二十年没来过这儿了,但对这儿的一切还是记忆犹新。

肯特上校接着说:"后来,圣·约翰给哨所打了电话,坎贝尔不在那儿。他又让哨所的中士跟沿途各哨所联系,看是否有人见过坎贝尔,可不一会儿就收到了回话,都说没见过她。圣·约翰只好让哨所的中士派了一个人到总部替他守着电话,他自己开着卡车找遍了所有哨所，还去士兵俱乐部、军官俱乐部等地方找过，就是不见坎贝尔上尉的踪影。四点钟的时候，他把车开向最后一个哨所所在地——一个弹药库。终于，他在第六步枪射击场看到了她的吉普车……事情的经过就是这样。"

果然，前方不远处，在这条狭窄的小路的右边停着一辆吉普车，估计它就是安·坎贝尔生前开的那辆。吉普车旁停着一辆红色的野马牌汽车。

我问肯特："哨所和哨兵在什么位置？"

"和这儿隔着一个路口。哨兵是一个叫罗宾斯的一等兵，只看到了车前灯的亮光，但什么也没听到。"

"你审问过他吗？"

"确切地说是她。她叫玛丽·罗宾斯，"肯特脸上第一次露出了笑容，"这也不能怪你，保罗。因为'一等兵'这个词并不显示性别。"

"谢谢。罗宾斯现在在哪儿？"

"也被软禁在宪兵司令部的大楼里。"

"这么说宪兵司令部大楼现在还挺拥挤呢。不过，这办法不错。"

肯特把车停在吉普车和红色野马牌汽车之间。此时天已经大亮了，我看到了守卫现场的六个宪兵——四男二女，分站在各个角上，把现场包围起来。路的左边是一个露天看台，座位都面朝着步枪射击场。军队上前线之前就是在这里操练的。在左边的看台上坐着一个穿着牛仔裤和风衣的女人，她正在一个小本子上急速地写着什么。我和肯特下了车，他对我说："那是森希尔小姐。"他把"小姐"说得很重，似乎是在提醒我不要犯性别上的错误。

其实，我根本不需要他提醒。我问肯特："她怎么会在这儿？"

"是我打电话把她叫来的。"

"为什么？"

"因为她是个办强奸案的律师。"

"可被害人已经死了，根本不需要什么律师。"

"是这样，"肯特解释说，"森希尔小姐也负责调查强奸案。"

"是吗？那她在哈德雷堡做什么？"

"你听说过一个叫尼利的女护士的事吗？"

"只在报纸上见过。难道这两个案子之间还有什么联系吗？"

"没有联系。尼利一案的罪犯已在昨天落网了。"

"昨天什么时间？"

"大约下午四点，是森希尔小姐将罪犯捉拿归案的。五点钟我们就审出了口供。"

肯特又补充说："本来森希尔今天还有别的任务，但她自愿留下来办这个案子。"

"我们很幸运。"

"是的，这类案子需要女人参加。况且森希尔的工作是很出色的。我见过她工作时的样子。"

我留心观察了那辆红色的野马牌汽车，可能是辛西娅的，车牌和我的私人汽车一样，也挂着弗吉尼亚的牌照。由此可以断定，她也是在福尔斯彻奇供职，和我一样，现在也是在外边办案。然而，命运并没安排我们在家乡见面，却让我们在异地他乡，而且是在这种场合下相见了。既然是命运的安排，便不可避免了。

我又向步枪射击场扫视了一眼。现在还是清晨，射击场的上空笼罩着一层薄雾，土路边上有许多靶子，都是些用纤维板制成的假人。这些假人个个身挎步枪，面容丑陋不堪。这种生动的靶子取代了那种古老的圆形靶。在我看来，这种变化的原因，可能是要给射手们提供一种真切的临敌感。但就我过去的经验来看，只有真正上了战场并开始杀人后才能真正产生这种临敌感。靶子毕竟是靶子，第一排士兵开始射击前，假人身上经常落满鸟儿，这就影响了它们的真实感。

当年我在步兵营训练的时候，射击场还是光秃秃的一片，什么植物也没有，看上去跟沙漠差不多。而现在这里种上了各种各样的草木，使射击场绿意盎然，几乎看不到战火的痕迹了。我对面大约五十米远的地方有一个人像靶，周围长满了杂草。它的两边分站着一男一女两个宪兵。在人像靶脚下躺着一具尸体。

肯特上校说："这家伙准是有毛病。"他怕我不明白，补充道："他单单选择了这个地点作案，好让那个丑陋的人像一直低头看着她。"

要是这个人像能说话就好了。我转身向四周看了看，看到在指挥塔和看台之间有一个厕所。我对肯特上校说："你们没搜索一下附近有没有别的受害者？"

"没有……嗯……我们只是不想破坏现场。"

"可能还有别的人遇害，也许已经死了，也许还活着，正需要抢救。手册里不是讲过吗？救人第一，证据第二。"

"是的……"他四周环视了一下，命令一个宪兵中士，"马上吹号叫富勒姆中尉带全排士兵和警犬来。"

中士还没来得及回答，就听看台上有人说道："我已经通知过了。"

我抬头看了看森希尔，对她说："谢谢。"

"不必客气。"

看来不理她是不可能了。我转身向射击场走去，肯特在后面跟着。

走了一会儿，肯特的步子越来越慢，渐渐落在后边。两名宪兵此时正稍息，眼睛不再盯着安·坎贝尔躺着的地方，开始向四周观望。

我在离尸体几英尺远的地方停了下来，只见死者仰面躺在地上。肯特说得不错。她全身赤裸，只在左腕上戴着一只运动表。离尸体几英尺远的地方有一件颇时髦的内衣——她的乳罩。她的军装不在现场，靴子、头盔、枪和枪套都不在现场。更有意思的是，安·坎贝尔被四肢分开地固定在地上，手腕和脚踝都被绑在桩子上。用来捆绑的绳子是绿色的尼龙绳，桩子是绿色的乙烯塑料棒，都是军队用的。

安·坎贝尔三十岁左右，身材很好。尽管她现在成了这个样子，我还是认出了她。她的脸很漂亮，轮廓分明。一头浓浓的棕色秀发披在肩上，头发的长度可能比军队规定的要多出几英寸[①]，但现在这已不算什么问题了。

缠在她脖子上的尼龙绳跟手上和脚上的尼龙绳同样粗细，但脖子上的绳子没有勒进肉里。罪犯把她短裤的一条腿套在了她的脖子上，垫在绳子底下。在场的人中只有我明白这是什么意思。

辛西娅来到我身边，什么也没说。

我在安·坎贝尔的遗体旁跪了下来，看到她的皮肤已变成了蜡黄色，脸上的脂粉显得格外明显。她的手指和脚指甲都已经失去了血色，脸上没有击伤、抓伤和咬伤的痕迹。看得见的部位都没有遭强奸的迹象。尸体周围没有搏斗过的痕迹，脸上没有泥和草的碎屑，也没有血污，指甲里没有抓下来的皮肉，头发也不太乱。

我摸了摸她的脸和脖子，因为尸体僵硬通常是先从这两个部位开始的。但当时这两个部位还都没僵硬，我又试了试她的腋窝，还是热的。大腿和臀部有几处呈深紫色，可能是窒息所致，这就可以说明她是被绳子勒死的。我按了按她臀部上的一块青紫，青紫马上变白了，但手一拿开，青紫马上又出现了。至此，我完全可以断定，死者是在四小时前断气的。

长期的刑警工作使我已经学会，不能完全相信证人的证词。但是目前为止，圣·约翰所说的时间顺序还是可信的。

---

① 1英寸约2.54厘米。

我又向下探了探身,看到安·坎贝尔那双大大的蓝眼睛正茫然地瞪着天上的太阳,一眨不眨,瞳孔还没有模糊。这就更证实了我的推断——她刚死不久。我翻开她的眼皮,看到眼帘上有不少血红的斑点。这也是她死于窒息的一条证据,到现在为止,肯特上校所述及现场看到的情况似乎都和我的推断相吻合。

我解开了安·坎贝尔脖子上的绳子,仔细查看了绳子下面的内裤,发现上面没有任何撕扯的痕迹,也没被身体或其他外物弄脏。短裤上的身份牌不见了。被绳子勒过的脖子上有一道淡淡的伤痕,不仔细看根本看不出来。但是,这足以证明被害人是被勒死的,只是短裤减弱了绳子所造成的伤痕。

我在尸体周围转了转,发现她的脚掌上沾有泥和草,这说明她死前至少赤脚走过几步。我凑近仔细查看了她的脚掌,发现右脚大拇指根处有一个黑点,好像是沥青一类的东西。看来她可能是在五十米以外的柏油路上,就在她的吉普车附近,被迫脱光了衣服,至少是脱掉了鞋袜,然后就被迫光着脚——也可能光着身子——走到了被害地点。

在我查看现场的这段时间内没有一个人说话,只听见树上鸟儿叽叽喳喳的叫声。太阳已经升起来了,阳光照着路两旁的松树,在射击场上投下了一排长长的影子。

我问肯特上校:"是哪个宪兵先来到现场的?"

肯特叫了一声身边的一位女宪兵,对她说:"向这位长官报告一下当时的情况。"

我从她的名牌上看到了她叫凯西,是个一等兵。她向我报告说:"今天早晨四点五十二分,有人通知我,在第六射击场发现了一具女尸,距尸体五十米以外的路上还停着一辆吉普车。我当时就在附近,所以得知后马上出发,于五点零一分到达了出事地点,一眼就看见了那辆吉普车。我把车停放好,带上 M-16 步枪跑到射击场,找到了尸体。我给她试了脉,听了心跳,试了试是否还有呼吸,又拿手电筒在她眼里照了照,没有任何反应。所以我断定她已经死了。"

我问她:"后来你做了些什么?"

"我回到车上呼叫援助。"

"你来回走的是同一条路线吗?"

"是的,长官。"

"除了尸体外,你还碰过别的东西吗?比如绳子、桩子、内衣、内裤?"

"没有。长官。"

"你动过被害人的车吗?"

"没有,长官。除了鉴定被害人是否已死,我没动过现场任何东西。"

"谢谢。"

一等兵凯西行了军礼,转身回到她原来站的位置。

肯特、辛西娅和我面面相觑,好像是在忖度着彼此的心理。这样的时刻能够触动人的灵魂,从而在人们脑海里打上深刻的烙印。我从来不会忘记一个人死了的情景,也不想忘记。

我低头又看了安·坎贝尔的脸,足足一分钟。我知道我可能不会再看了,所以这很重要,它在生者与死者、调查员与受害人之间建立了一种交流。这对她或许没什么帮助,但对我有帮助。

我们回到路上,在安·坎贝尔那辆吉普车周围转了转,看到驾驶室的窗子还开着。许多军队里用的车都没有点火开关钥匙,只有一个启动开关,安·坎贝尔的车就是这样,现在启动开关处在"停"的位置上。前排的乘客座上有一个非军用的黑皮包,辛西娅对我说:"我本想看看包里的东西,可没经过你的同意,就没敢擅自行动。"

"看来我们的合作一开始就很不错嘛。去把手提包拿出来吧。"

她转到另一边乘客座的车门处,垫着一条手绢将车门打开,又垫着同一条手绢拿出皮包,然后在看台的一条小凳上坐下,开始一排排往外拿包里的东西。

我钻到车底下查看了一下,没发现任何异常。我又摸了摸排气装置,发现有的地方还有点余热。

我站了起来。肯特上校问我:"有什么看法吗?"

"已经有了几个大概的推测,但还得等法医鉴定后才能确定。我想你一定通知过法医了。"

"当然通知了。他们已经从吉勒姆出发了,估计现在已经在半路上了。"

"很好,"我对肯特说,"法医来了,一定让他们仔细查看一下她右脚上的那个黑点,我想知道那究竟是什么东西。"

肯特若有所思地点了点头,好像觉得我的要求纯属无稽之谈。也许他是对的。

"另外,请你派人在尸体周围两百米的各个方向进行一次仔细搜查,五十米以内的地方就不用搜了。"我知道这样做会破坏地上的脚印,但是反正这个射击场上已经有好几百种脚印了,而我感兴趣的只是五十米以内的那些。我对肯特说:"请你让手下人将一切非地上生长的东西都搜集起来,比如烟头、扣子、破纸、瓶子之类,然后报告这些东西是在哪个位置发现的。好吗?"

"没问题。但我觉得罪犯可能来去都没留下什么痕迹。他可能和被害人一样,是开车来的。"

"我想你是对的。但我们必须这样做,因为我们需要建立档案,"我对肯特说,"我希望密封好的坎贝尔个人档案和病历中午前能到你的办公室里。"

"好吧。"

"另外请你在宪兵司令部大楼里给我安排一间办公室，再找一个书记员。派两个人到安·坎贝尔的办公室，把桌子、家具等所有东西都搬到证据室里锁起来。我没到之前不要放走圣·约翰中士和一等兵罗宾斯。他们没见我之前，不许向任何人透露任何消息。另外，上校您本人也得接受一项很不愉快的任务，去给坎贝尔将军夫妇家里打个电话。去他们家的时候不要声张，带上牧师和一个军官，以防有不测之事发生。别让他们到现场来看尸体。这样好吗？"

肯特点了点头，长出了一口气，说："天哪……"

"阿门。还有，不要让你的手下人透露我们这儿发现的任何情况。要把一等兵凯西的指纹及在场所有人的鞋印提供给法医，当然包括你自己的。"

"好的。"

"把那厕所棚围起来，不要让任何人使用厕所。在我没彻底检查之前，不要让法医进去。"

"好吧！"

我走到辛西娅身边，见她正在用刚才用过的那条手绢把拿出的东西一件件放回皮包里。我问她："有什么令人感兴趣的东西吗？"

"没有。都是些很普通的东西，像钱包、现金、钥匙之类的，都没被人动过。有一张军官俱乐部的发票。她昨晚在那儿吃过晚饭，吃的是沙拉、鸡块，喝的是白葡萄酒和咖啡。"她补充说："我们在那儿喝酒的时候，她可能正在餐厅吃饭。"

肯特插了一句："你们俩在一起喝过酒？这么说你们以前就认识？"

我回答说："我们是各喝各的酒，点头之交而已。"我问辛西娅："你知道坎贝尔的住址吗？"

"知道,她住在基地外面,在米德兰维多利街的维多利花园45号。"她又补充道:"我想我知道那个地方,那些房子都是些常住在乡下的人在市内的住所。"

肯特说:"我去和米德兰警察局长亚德利联系,给你们弄一份法庭命令,然后我们去米德兰见他。"

"不行,比尔。这件事不能让外人插手。"

"没有地方搜查令,你是不能搜查她的住宅的。"

辛西娅把从坎贝尔包里取出的钥匙递给我,说:"我来开车。"

肯特反对说:"没有地方政府的许可,你们不能在基地之外擅自行动。"

我从那串钥匙中取下安·坎贝尔的汽车钥匙,连同那个手提包递给了肯特,并对他说:"扣押她的车。"

在上车之前,我对肯特说:"你就留下来指挥这里的工作吧。写报告时可以写上我去了米德兰警察局。如果说我临时改了主意,我将对自己的行为完全负责。"

"亚德利是个粗暴无礼的家伙,"肯特告诫我说,"你会领教他的厉害的,保罗。"

"不管他是怎样的一个人,也得耐心等着轮到他才行。"为了支开肯特,不让他再做出什么傻事,我对他说:"是这样的,比尔。我得先去安·坎贝尔的住所看看,把一些该拿走的东西拿走。因为那些东西可能会玷辱她和她的家庭,甚至会影响到军队以及她在军队里的同事和朋友,对吗?这件事办完后,才能让亚德利去拍照。这样行吗?"

他似乎觉得我说的有道理,然后点了点头。

辛西娅上了车,坐在司机座上,我坐在乘客座上。我对肯特说:"我可能会从那儿给你打个电话。要往好处想。"

辛西娅把车挂上了头挡,转了个U形的弯,沿着步枪射击场路向前疾驰而去。

"保罗。她为什么被杀？"辛西娅问。

"哦，这个嘛……杀人的动机有好多种呢，"我回答说，"有的人为了私利，有的人为了复仇，有的人因为妒忌，有的人为了杀人灭口，有的人为了保全面子，还有的是杀人狂。犯罪手册上是这么说的。"

"可是你自己的看法是什么呢？"

"照我看，如果是先奸后杀，一般可以认为是复仇或者妒忌，也可能是想杀人灭口。被害人也许认识凶手。如果凶手不带面罩或不化装，事后很可能会被认出来。"我接着说，"这个案子看起来像是一个色情狂干的，凶手也许没有奸污被害人，因为他在杀人过程中已经得到了性欲的满足。我说的这些都是表面现象，至于到底是怎么回事，现在还很难说。"

辛西娅点了点头，但什么也没说。

我问她："你是怎么想的？"

她想一会儿，说："这显然是谋杀。因为罪犯准备了一整套作案工具——桩子、绳子，肯定还有一种把桩子钉进地里的工具。而且罪犯肯定带有武器，否则无法缴下被害人的武器。"

"说下去。"

"罪犯用枪顶着她，命令她扔掉武器，然后命令她脱光衣服走到射击场上。"

"推理得不错。不过，我不明白他是怎样在监视她的同时又完全控制了她，因为被害人不是顺从型的女人。"

辛西娅回答说："我也不明白。也许不是一个人干的。等实验室的检验结果出来就知道是一个人还是两个人干的了。"

"噢，"我又问，"为什么被害人身上没有搏斗的痕迹？也没有罪犯施暴的痕迹？"

她摇了摇头，说："我也搞不懂。一般来说是该有些施暴的痕迹的……但把被害人捆起来总不能说是友好的吧？"

"当然不是，"我回答，"可那个男人并不恨她。"

"也不很喜欢她。"

"也许曾经喜欢过。辛西娅，你的本行就是调查强奸案。以前遇到或听说过类似的案子吗？"

她想了想，说："本案有些地方跟我办过的预谋强奸案很相像，作案步骤是罪犯一手策划的。但我不能肯定，也许罪犯认识被害人，也许不认识，或者是他在寻找取乐对象时正好遇上了被害人。"

"罪犯很可能也穿着军装，"我提出了我的想法，"所以才没引起她的警惕。"

"可能。"

我透过车窗向外看去，闻到清晨的露珠和松树林的潮气混合而成的一种淡淡的气息。冉冉升起的太阳把阳光投在我的脸上，我摇上车窗，靠在座位上，脑子里像倒录像带一样浮现出我设想的一系列情景：先是安·坎贝尔被捆绑在地上，接着是她光着身子站在那儿，然后是她从吉普车旁一步步向射击场走去……许多事都还说不清。

"也许他并没奸污她，但把她赤身裸体地捆在地上，也许是为了让看到现场的人联想到强奸，也许是故意把她的裸体暴露于众人面前，以此来羞辱她。"我说道。

"为什么？"

"还不知道。"

"也许你知道。"

"再容我想一想。我觉得罪犯认识被害人。"实际上，我早就知道他认识她。我们又在沉默中行驶了一段路程，我对辛西娅说："我虽然不知道案发的原因，但对案发的过程已经有了大体的了解。你想想会不会是这样：安·坎贝尔离开总部后直接到了射击场，把车停在离一等兵罗宾斯的哨所稍远的地方。她和情人约定在此幽会，他们经常这样干。突然，他用枪顶住她，命令她脱光了衣服，然后就是男女间的那些事了。"我瞥了辛西娅一眼，问她："你明白我的意思吗？"

"我对性变态一无所知。那是你的研究领域。"

"说得好极了。"

她又说："你刚才说的纯是男人的想象。我是说，哪有女人愿意躺在冰凉的地上干那个的？那有意思吗？"

我预感到这一天的日程肯定会排得满满的，可我还没吃早饭呢。我对她说："你知道罪犯为什么要把她的内裤垫在她脖子上吗？"

"不知道。为什么？"

"你可以查一下凶杀案手册里有关'性窒息'的那一章。"

"好吧。"

"你注意到了吗？她右脚趾的根部有一个黑点。"

"我没看见。"

"如果那个黑点是她从路上沾来的话，那么她为什么要光着脚站在路上呢？"

"因为罪犯命令她在车里或车旁脱光了衣服。"

"那她的内衣内裤又怎么会在射击场上？"

辛西娅回答道："可能先是她被迫在车里或车旁脱光了衣服，然后她或者罪犯又把内衣内裤拿到了射击场上。"

"为什么？"

"罪犯手册里有这样的描写，保罗。强奸犯的思维跟常人不一样。他们往往会有许多奇怪的想法，他们自己觉得这些想法很有刺激性，而一般人却不会觉得怎么样。让女人脱光了，再让她自己把衣服拿到他想施暴的地点，这也许就是强奸犯的怪诞想法。"

"有许多可能性，"我沉思了一会儿，说，"只要记着别和这些性变态的人结婚就行了。"

"我们需要让法医验尸，还需要讯问很多人。"

我们？一时间，我俩谁也不说话。我扭头看着窗外，开始努力搜寻对辛西娅的记忆。她来自艾奥瓦州的乡村，后来在州立大学读书，修学了军队的技术课程，获得了犯罪学硕士学位。因为军队的工资高、声誉好、受教育的机会多、选择职业的范围广，所以像她这种来自乡下的姑娘，还有那些来自犹太区和落后地区的姑娘都乐意在军队供职。我对她说："我常常想起你。"

她没有说话。

有过两性关系的男女，只要还正常，还有感觉，还看重那层关系，都会对对方怀着一份特殊的柔情。与此同时，也会有一种难言的尴尬。我们两个人并肩坐在一起，谁也不知该说些什么以及怎么去说。过了一会儿，我又说："我常常想起你。请你回答我的话。"

她回答说："我也想过你。"我们又陷入了长时间的沉默，她开着车，我们都盯着前方，谁也不说话。

介绍一下我自己吧。保罗·布伦纳，出生于南波士顿，爱尔兰天主教徒，不认识奶牛，工人家庭，中学毕业。我不是为了离开南波士顿才入伍的，而是军队到南波士顿把我招来的。因为他们知道，像我这种工人家庭的后代是当步兵的好材料。那时他们陷入了亚洲的大规模战争。

我在步兵营待了一年多，也算得上是个不赖的步兵吧。后来我修了大学课程，学习了军队的礼仪，学习了犯罪学和其他专业课程。我不再留恋南波士顿了，就这样，我和辛西娅从北美同一个州的两头，从两个不同的世界，一起走到了布鲁塞尔，并且坠入了爱河。现在，我和她又在遥远的南方相见了，而见面的原因是要一起查看将军女儿裸露的尸体。爱和友情在这种场合会升华吗？我不敢有什么奢望。

她说："昨晚看见你，真有些惊讶。如果我当时表现得很粗鲁的话，请你原谅。"

"不是什么'如果'。"

"好吧。那我就明确地向你道歉，可我就是不喜欢你。"

我笑了笑，说："可你喜欢办这个案子。"

"是的。我对你好完全是因为这个案子。"

"我是你的顶头上司。如果你对我不好，小心我炒你的鱿鱼。"

"别摆架子了，保罗。你不会炒我的鱿鱼，我也不会擅自离职，"她补充道，"我们要一起侦破这个案子，然后理清我们之间的关系。"

"非得按这个顺序吗？"

"是的。"

第四章

维多利街，原名空松路，"二战"时期改的名字。它原本是一条双行道的乡间公路，由米德兰向南延伸。一九七一年，我再次看到它的时候，它已经成了一个繁华的花园公寓区和商业区。现在二十多年过去，这个地方更看不到一点空松路的影子了。

我们离开基地，十五分钟便来到了维多利花园，我们把车停在第四十五号附近。

维多利花园是个很不错的地方，共有五十座互相毗连的房子，中间是一个大院子，院内风景很美。停车场很大。这里虽然没公开挂出"非军官莫入"的牌子，实际却有这样一种约定俗成。这里的房租大约是住在基地外的军官们津贴的四分之一。钱倒不是主要原因，主要原因是，对于住在基地外面的军官来说，选择住处要遵循一些不成文的规定。安·坎贝尔是个出色的军人，又是将军的女儿，所以她没住在贫民区，也没住在那幢新建的无名大楼里。因为这个镇上的那些大楼往往是一些放荡的单身者的聚居之地。但她也没住在政府分给她父母的那所基地上的大房子里。这说明她有属于自己的生活。我这就要去看看她究竟过着怎样一种生活。

我和辛西娅向四周看了看。我问辛西娅："你带武器了吗？"

她点了点头。

"很好。你守在这儿。我从后门进去，如果有人从前门出来，立刻截住。"

"好的。"

我绕到后门。后院是一片普通的草坪。也许是为了各自的隐私，每家都用篱笆将自己和邻居隔开了。安·坎贝尔的院子里有一套很不错的烧烤架和一只躺椅。躺椅上面有一瓶防晒霜和一本旅游杂志。

我正对着的是两扇玻璃拉门。透过百叶窗，我看到了餐厅和起居室的一部分。看起来里面好像没人。安·坎贝尔当然不会在家。一个将军的女儿也不会在家里藏一个情人，为了有自己的私生活，更不会和同性朋友合住。但是也不能因此而保证屋里没人。对待凶杀案，尤其需要警惕。

后墙根有一扇窗子，说明这房子有地下室，而且通向地下室的楼梯就在外面的楼梯下面。也许该让我们的"工合"[1]女士先下去看看。窗子被有机玻璃盖住了，玻璃被固定在外面的墙上，所以没有人能从那儿出去。

玻璃滑门的右侧是扇通向厨房的门。我按了一下门铃，等了一会

---

[1] 原文为：Ms.Gung Ho，"二次大战"中美国海军陆战队用语。有"同心协力""雄心勃勃""热烈"之意。

儿,又按了一下,然后转了一下门把手。这些都是破门而入前应该做的事情。

本来我可以按肯特说的去做,直接到米德兰警察局去,他们肯定很高兴去弄一份搜查证,更乐意参与搜查被害人的住宅。但我不想惊动他们。我从安·坎贝尔那串钥匙中找到后门的钥匙,开了门。我走进去,随后把门锁上。

我进的是厨房,厨房的最里头有一扇看上去很硬的门,可能是通向地下室的。门是闩住的,如果有人在里面的话,肯定是被锁在里面的。

我确保身后无人跟踪,同时也断了自己的退路。然后,我小心翼翼地穿过大厅,开了前门,让辛西娅进来。前厅装着空调,凉飕飕的。我们在那儿站了一会儿,仔细观察了四周的情况。我让辛西娅掏出手枪,然后朝里面喊道:"我们是警察!不许动!回答我的话!"但没有任何反应。我对辛西娅说:"你就站在这儿,随时准备开枪掩护。"

"你怎么知道我会带着这支讨厌的枪呢?"

"问得好。"真是好极了。我勇敢地冲到衣柜前,猛地把门拉开,但未发现里面有什么人。我搜遍了一楼的每一个房间,连自己都觉得有些可笑。看来这房子里很可能是没有人。但我还清楚地记得曾经破获过一个案子,在那间房子里就搜到了人。

前厅有通往二楼的楼梯。我发现这楼梯很危险,一踩上去就吱吱响。辛西娅站在楼梯口,摆好射击的姿势。我一步三级地冲上二楼大厅,把身子贴在墙上。二楼有三扇门,一扇开着,两扇关着。我又重复了刚才喊的口令,还是没有反应。

辛西娅喊了一声。我往下一看,见她已站在楼梯中间了。她把枪扔给我,我接过枪并示意她待在原地。我撞开了一扇关着的门,摆出开枪的姿势,然后高声喊道:"不许动!"还是没有反应。我往里一看，原来是一间没人住的卧室。里面没开灯，隐约可见几件零零星星的家具。我把门关上，又用同样的程序撞开了第二道关着的门，发现是一个很大的壁橱，是用亚麻纤维做成的。尽管我还会几招，但此时如果有人朝我开枪，我也无处可藏，必死无疑。不过明知有危险，也得硬着头皮往前冲。我把身子贴紧墙壁，开始观察开着的那扇门。那是一间卧室，里面有通向盥洗室的门。我示意辛西娅上了楼，并把手枪还给她，对她说："掩护我。"我说完便进了那间卧室。眼睛一直盯着壁橱的那两扇活动门，还有开着门的那间盥洗室。我从梳妆台上拿起一瓶香水扔进盥洗室，里面顿时充满了香味。我对盥洗室进行了"火力侦察"（这是我在步兵营时常用的词）。但和先前一样，没有任何反应。

我检查完卧室和盥洗室，回到辛西娅身边，见她正摆着射击的姿态，机警地盯着每一扇门。我真希望能在这房子里搜出个人来，把他或她逮住，了结此案，然后我就可以回到弗吉尼亚去。但事情偏偏不是这么简单。

辛西娅朝那间大卧室看了一眼，说："她收拾过床铺。"

"你又不是不知道西点军校学生的风格。"

"我真为她难过。原来她是如此整洁有序。可现在她死了，她的东西都要被弄乱的。"

我看了她一眼，说："我们从厨房开始吧。"

第五章

闯进一个死者的家会产生一种异样的感觉……一个生命突然从这个世界上消失了，留下来的只是些无生命的东西。这儿已没有人指着墙上的那幅画，告诉你那是她最喜欢的；没有人为你拿出本影集，绘声绘色地给你讲解；没有人为你端上一杯饮料；没有人告诉你屋里的花草为什么已经枯萎，快要死了。

在厨房里，辛西娅看到了那扇闩着的门。我对她说："这扇门是通向地下室的，没有危险。我们最后再来检查。"

她点了点头。

从厨房里的东西上只能看出安·坎贝尔是个特别爱整洁的人，吃的都是些有益于健康的食品，像酸奶、豆芽、松饼等。看到这些食物，我的胃里一阵翻腾。冰箱和餐柜里都是些名贵的葡萄酒和高档啤酒。

"我们去看看别的房间吧。"辛西娅说。

我们按照她的意思先来到楼下的盥洗室。这儿非常干净，不过，马桶座圈是直立着的。凭着在军官俱乐部那位上校那儿学到的几条经验，我断定，最近肯定有男人来过这儿。实际上，辛西娅也看出了这一点。她说："那人至少比你们这些老家伙文雅一些。"

看来我们真的要涉及性别和代沟的问题了。我本想回敬她两句，但又怕米德兰的警察会随时来到这儿，他们一来，出现的分歧肯定要比我和辛西娅之间的大得多。

我们又搜查了餐厅和起居室。这两个地方都很干净，很朴素，好像为了准备大型聚会而特意收拾过一样。跟别的军人一样，她屋里的装饰品都是世界各地有纪念意义的东西——日本漆器、巴伐利亚白镴器皿、意大利的玻璃制品，等等。墙上的画让人联想到一间正上着几何课的教室——都是些立方体、圆、椭圆、线段之类的图形，而且都是原色，没有什么寓意。我看，问题也就在这儿，到现在，我还没掌握安·坎贝尔案件的一点线索。我想起了从前搜查一个杀人犯的房间时的情形。那次我用了不足十分钟就抓住了罪犯的线索。有时候，一件很不起眼的小东西却能说明大问题。比如一本唱片集、墙上的一幅群猫图、扔在地上的内衣内裤；有时也可能是书架上放的书或者缺少了的书、一本影集，或者一本被发现的日记，等等。但在安·坎贝尔的屋里，我却觉得自己好像误入了一个房地产经纪人开设的模型室。

一楼的最后一个房间是书房。里面除了书以外还有一张沙发和一把扶手椅。另外，还有一只落地支架，上面放着一台电视机和一套音响。桌子上有一部录音电话机，上面的灯正亮着，我们暂且没去管它。

我们对书房进行了彻底检查，查看了所有的书；连书桌的抽屉和下面的桌洞也仔细看了一遍。最后，我们从书名和激光唱片的标题上，发现她的书大多数都是军事方面的。另外还有几本烹调书、几本健美书，但没有文学和科幻一类的书，倒是有一套弗里德里希·尼采的书，还有许多心理学方面的书。看来，我们正在调查的人是个很不一般的心理学家。她研究心理学中一个很神秘的分支——战争心理学。这件事可能与本案有最密切的关系，也可能没任何关系。

我打开电视机，以为会是一个健美或者新闻节目，但电视机正调在录像频道上。我看了所有的录像带，发现只有几盘黑白的经典片、几盘健美片，还有几盘上面写着"心理战术系列讲座"。

我从那些心理战术讲座带里拿出一盘，放进录像机里。

辛西娅转过身，和我一起看起录像来。安·坎贝尔的形象充满了整个屏幕。她站在讲台上，身穿军装。她确实很漂亮，长着一双摄人魂魄的大眼睛。她先朝摄像机镜头看了一会儿，然后对听众微微一笑，开始了演讲："早上好，先生们。我们今天要学的是心理战术或叫战争心理学中的几个问题。步兵指挥官们如果愿意一试的话，会发现这几种战术在战场上最能有效地挫败敌人的士气。这几种战术的最终目的就是打击敌人。要完成这一神圣而艰巨的使命，自然不能没有大炮、飞机、枪支和智慧。但是，除此之外，还有一种完成这一使命不可缺少的催化剂，那就是鲜为人知的、极少被付诸实践的战争心理学……战争心理学的目标不是要把敌人打垮，而是要铲除引起战争的因素。现在人们只一味追求高科技，想以此解除战场上的问题，却忘记了最原始的叫喊声。"她按下了键钮，屋里顿时充满了一种令人毛骨悚然的尖叫声。她笑了笑，说："这声音能放松括约肌。"台下立刻有几名男性军官笑了起来。坎贝尔以笑回答了他们。那笑声甚至有几分下流。她赶紧低下头，好像是看了看讲稿。抬起头来时，她又恢复了严肃的表情，屋里的笑声也渐渐地平息下去。

我觉得她是在讨听众欢心。军队里好多男教官在讲课时也愿意讨听众欢心。他们一般是利用一个下流的玩笑或者偶尔来上一段自己的评论。显然，安·坎贝尔已经打动了她的听众。那一瞬间与听众微妙的性感交流暴露了她的一些实际的心态。我关掉录像机，说："讲得很有意思。"

辛西娅说："是谁竟然杀了这样一个女人？她那么富有生气，那么才华横溢，又那么充满自信……"

也许正是因为这些才会有人想杀她。我们安静地站在那儿，似乎觉得安·坎贝尔的灵魂还留在这间屋里。说实话，我已经被她深深打动了。她属于那种看一眼就忘不掉的女人。吸引人的不只是她的外表，还有她的气质。她的声音既有指挥官的铿锵深沉，又有女性的温柔和性感。她的话里不时地露出一些南方口音，可能是因为她值班时经常要和南方来的士兵打交道。总之，她是个很有魅力的女性，可以毫不费力地赢得男人们的喜爱，至少可以吸引男人们的注意力。

她对女人产生的影响不能一概而论。辛西娅看来是被她折服了；也有一些女人觉得她很可怕，尤其是丈夫或男友和她关系密切的那些女人。至于另外一些女人对她有什么看法还不得而知。为了打破沉默，我说："我们的任务还没完成呢。"

于是，我们接着搜查书房。我们拿起书架上的一本影集，一起翻看起来。它看起来像是家庭影集：有将军夫妇，还有一个小伙子，可能是将军的儿子。有安穿便装跟将军的合影，有和叔叔阿姨们的合影，有西点军校的、野餐的、圣诞节的、感恩节的……我觉得这本影集像是她母亲为她整理出来的。这影集在告诉人们，坎贝尔的家庭是世界上最幸福最和睦最富有爱心的家庭。我说道："这本影集平淡无奇，但可以说明一件事，不是吗？"

"什么事？"辛西娅问。

"他们一家人可能彼此痛恨。"

"你太多疑了，"她说，"而且很妒忌。因为我们都没有这样的家庭。"

我合上影集说："我们很快就会发现这些虚伪的笑脸背后藏的究竟是什么了。"

辛西娅好像有些开窍了，她说："保罗……我们必须审问坎贝尔将军……还有……坎贝尔夫人……"

我回答说："谋杀就够糟糕的了，而此案是奸杀，而且不是一般的奸杀，被害人的父亲是一位民族英雄，那些调查被害人生活的傻瓜就应该清楚自己的对手是什么人，懂吗？"

辛西娅想了想说："我真的想参加侦破这个案子。我觉得……唉……觉得对她有一种亲切感。我虽然不认识她，但我知道，她在父亲统率的军队里工作肯定很不容易。"

我们走到书房的另一边。我看了看墙上的一些证书与奖状，有安·坎贝尔在西点军校的毕业证书、军队的委任书、各种训练班的结业证书，还有许多奖状，以及国防部和其他部门颁发的证书。其中有一张表扬她为"沙漠风暴"行动做出了贡献，但没写是什么贡献。我清了清嗓子，对辛西娅说："你听说过沙漠风暴中的那个'疯狂计划'吗？"

她回答说："记不清了。"

"有些研究战争心理学的聪明人想出了一个主意，把一些赤裸裸的黄色照片撒到伊拉克战场上。因为大部分可怜的伊拉克士兵已经很久没见过女人了，所以那些心理战术性虐待者决定把他们埋进色情照片里，使他们疯狂起来。这个计划传到了多国部队指挥部，看来是稳操胜券了。可是，不幸的是，沙特人听到了这个消息，马上发动了进攻。他们的军队很守旧，对待女人裸体可不像我们的军队那么开明。所以，计划就这么泡汤了。但仍有些人觉得这个主意很高明，说如果这个计划实现了，这场战争至少可以提前一刻钟结束，最多能提前四天。"说完，我笑了。

辛西娅冷峻地说："真令人恶心。"

"从理论上讲，我同意你的看法。但是，如果那个主意能挽救一条人命，也说明它有点价值。"

"可是挽救一条人命并不能改变战争的结局。有什么意义呢？"

"如果这个主意不是出自一个下流的男人，而是出自一个女人，你认为怎么样呢？"

"你是指坎贝尔上尉？"

"当然。因为那个主意出自这儿的特种军事学校。我们可以去核实一下。"

辛西娅又陷入了沉思。过了一会儿，她抬起头来问我："你了解她吗？"

"只是听说过一些事。"

"都听说过些什么？"

"不外乎是别人听说的那些。她各个方面都很完美。如果把她比作牛奶的话，那么这牛奶产自美国，经过公共情报部消毒调匀，然后送到了你的门口，既干净又新鲜，绝对有益于你的健康。"

"难道你不相信这些？"

"是的，我不相信。如果将来事实证明我错了，那我会自动辞掉我的工作，因为那说明我不称职。"

"你的结局很可能就是这样。"

"很可能，"我补充道，"你想一想，她死得那么蹊跷。如果罪犯是个陌生人，那他绝对不能制服她。因为她很机警，很灵敏，又随身带着手枪，随时可以向对方开枪。"

她点了点头，像是自言自语地说："我也这样想过。对于一个女军官来说，生活具有两重性是不足为奇的。她表面上总是那么正直严肃，但她肯定也有自己的私生活……不管是怎样的一种生活。我以前接触过的那些强奸案里的被害者中，有结了婚的，也有单身的。但她们的私生活都很正常，遭到强奸完全是偶然的。我也接触过一些不守妇道的女人，她们遭强奸也与她们放荡的情人毫无关系，也都是偶然的。"

"会有这种可能，我并不想把它排除。"

"不要太武断，保罗。"

"我并不武断，但我也不是圣人。你呢？"

"这还用问吗？"她走到我身边，出乎意料地把手搭在了我的肩上，"我们能破这个案吗？我是说，如果我们齐心合力，能破这个案吗？我们需要鼓足勇气去面对它吗？"

"不只是面对，我们要把它查个水落石出。"

辛西娅用手指在我肚子上戳了一下，好像是给我的话画了一个句号。然后，她又走回安·坎贝尔的书桌前。

我重新研究起墙上的那些奖状来。有一张是美国红十字会为表彰她发动献血活动而颁发的；一张是一家地方医院颁发的，表彰她精心照料重病儿童的事迹；另一张是扫盲组织发的教师证书。我不禁纳闷：这个女人怎么会有时间去干这么多事情？除了本职工作，她还经常自愿报名值勤，还有时间过私生活吗？而军队的规矩又是那么严格……难道这位美貌出众的女人竟然没有自己的私生活吗？还是我对她的认识完全错了？

辛西娅大声对我说："瞧，她的通讯录。"她把通讯录放进自己的手提包里，然后走过去打开了录音电话机。

只听一个声音说："喂，我是福勒上校。将军让我转告你，今天早晨下班后到他那儿吃早饭。"上校的声音听起来有些生硬。他接着说："坎贝尔夫人给你准备了早点。你现在可能正在休息。起床后请你给将军或夫人打个电话。"电话挂断了。

我说："可能她是自杀的。但如果我是她，我就会自杀。"

辛西娅说："做将军的女儿当然不容易。可是这位福勒上校又是什么人呢？"

"我想他可能是将军的副官吧，"我问辛西娅，"你听了这段录音有什么感想？"

"官腔十足。从他说话的语气看，他和安·坎贝尔很熟，但丝毫没有热情。好像给上司的女儿打电话只是为了完成一项任务。因为他的级别比安高，可安又是他上司的女儿。你觉得呢？"

我想了想，说："听起来好像是故意编造的。"

"哦……你是说这像是为了掩盖什么而打的电话？"

我又把录音放了一遍，仔细听了一会儿。我说："可能是我想象力太丰富了点。"

"也可能不是。"

我拿起电话来，拨通了宪兵司令的办公室，找到了肯特上校，向他汇报："我们现在还在被害人家里，你通知将军了吗？"

"没……还没有……我还在等牧师……"

"比尔，这件事不出几小时就会传遍整个基地。你马上通知被害人家属。不要用信件或电报。"

"保罗，你看，我已经准备好了专车，而且跟牧师通了电话，他现在正在路上呢——"

"很好。你把她的办公室搬出来了吗?"

"搬了,我把她的东西都放在乔丹机场的一个飞机库里了。"

"很好。听着,现在你要派几辆卡车,再派一个排的宪兵。这些宪兵必须是能吃苦耐劳而且能守口如瓶的人。让他们把安·坎贝尔的住房清理出来,我是说清理出所有的东西,上校。家具、地毯、电灯泡、马桶坐圈、冰箱,还有食品。现场进行拍照,然后把所有东西都运到那个飞机库去,按照原来的样子放好。行吗?"

"你疯了吗?"

"是疯了。一定要让宪兵戴上手套。请法医取下他们的指纹。"

"你究竟为什么要搬走整个房子的东西?"

"比尔,我们在此地没有司法权,而我又不相信米德兰的警察会做出什么好事。所以当他们来的时候,唯一可以没收的东西就剩墙纸了。在这一点上请你务必相信我。犯罪现场需要军事保护。这完全是合法的。"

"不,这不合法。"

"我们只能按我的意见来处理这件事,否则我就不干了,上校。"

电话里出现了一阵沉默,随后我听到他咕哝了一句,好像是说:"好吧。"

"再派一个军官到城里的电话公司,把安·坎贝尔的电话接到基地去,就是说在那个飞机库里给她开一个线路。把她的录音电话机插上,放上磁带。不要把那盘旧磁带扔了,因为那上面有电话录音,在上面写上'证据'字样。"

"这件事已经成了全州的头版头条新闻了,谁还会给她打电话呢?"

"你怎么知道?法医到那儿了吗?"

"他们已经到了现场。尸体也在现场。"

"圣·约翰和罗宾斯呢?"

"还在睡觉。我把他们安排在两个单间里了,没有上锁。你想让我对他们宣布他们的权利吗?"

"不用了,他们不是嫌疑犯。但是在我没和他们谈话之前,你把他们当成目击者就行了。"

"士兵是有一定权利的,"肯特告诉我说,"圣·约翰是有家室的人,罗宾斯的上司以为她擅离职守了呢。"

"那就替他们打电话解释一下。但是他们俩是不能与其他人接触的。安·坎贝尔的病历和档案怎么样了?"

"都在这儿了。"

"我们还有什么没想到的,比尔?"

"有的,我们忘了宪法。"

"别小题大做。"

"你知道,保罗,现在和我打交道的是亚德利局长,而你们来去自由。目前我和亚德利相处得还可以,因为考虑到有好多问题——"

"我说过责任由我负。"

"最好这样。"他又问,"你在那儿发现什么令人感兴趣的东西了吗?"

"还没有,你呢?"

"四周的搜查除了几片废纸外一无所获。"

"警犬也没发现什么吗?"

"没找到别的受害者,"他说,"他们让狗在吉普车里嗅了嗅,而它们径直地跑到尸体那边去了。然后它们又跑回吉普车,跑过看台,跑到树丛那边的厕所里,没有发现异味就又跑回吉普车了。"他接着说:"我们无法确定警犬是嗅到了她的气味还是罪犯的气味。但是,肯定有人到过厕所,也许是他们俩中的一个,也许是两人一块儿。"

他犹豫了一下，接着说，"我有一种感觉，罪犯有自己的车。但我们在现场没发现车印，这说明罪犯的车从未离开过土路。可见罪犯在她停车之前就到那儿了，也可能是她到那儿后罪犯才到。然后两人都下了车，罪犯用枪对准了她，强迫她到了作案地点，而后作了案，之后又回到路上……"

"带着她的衣服吗？"

"是的，罪犯把衣服放进自己的车里，然后……"

"然后到厕所里洗了洗，梳了头，钻进汽车里，溜之大吉。"

肯特说："事情的经过可能是这样。但这只是一种设想。"

"我也有一种设想：我们将需要另一个飞机库来容纳这许多设想。好了，我们需要六辆卡车，还需要一个细心的女军官前去监督，还需要公关部出一个人在宪兵搬东西的时候去安抚周围的邻居。再见。"我挂断了电话。

辛西娅说："保罗，你的脑子反应真快，而且分析得头头是道。"

"谢谢。"

"如果你有点情意有点真心的话，你就会是个更好的人了。"

"可我不想成为一个更好的人。"我问道，"嗨，难道我在布鲁塞尔时不是个好人吗？我没给你买比利时巧克力吗？"

她没有马上回答，过了一会儿才说："是的，买过。喂，在楼上的东西还没被搬走之前我们上去看看？"

"好主意。"

第六章

正如我前面提到的，这儿最大的房间是主人的卧室，收拾得既干净又整齐，只是盥洗室有一些刚被扔进去的香水瓶的碎片，此时香气

43

已经变得难闻，弥漫了整个房间。家具都很实用，也很时髦，有些北欧的格调，一点也不柔和，让人很难相信这是一位女士的房间。我突然产生了一种想法：我可不愿意在这间屋子里做爱。一条织得很紧的柏柏尔①地毯铺在卧室里显得很不协调，上面连个脚印也没有。但也有一些东西很显眼，屋里摆着二十瓶香水。辛西娅说这些香水都很昂贵。壁橱里还有几套便装，也相当昂贵。另外还有一个小一点的衣柜，如果她有丈夫或者常住的情人，那柜子肯定就是他的。我们打开一看，里面全是放得整整齐齐的夏季军装，有绿军服，有迷彩服，有军靴，还有各种各样必需的附属品。更有趣的是衣柜的最里边有一支上满了子弹的 M-16 型步枪，有一发子弹已在枪膛里，上了栓，但随时都可以开火。我说："这可是真正的军用武器——全自动的。"

"这在基地外是不允许的。"辛西娅说。

"我的天哪！"我又翻找了一会儿，正准备再检查一下安·坎贝尔装内衣内裤的抽屉，辛西娅过来阻止我说："那儿你已经看过了，保罗。你可别变成心理变态者。"

"我想找找她西点军校的戒指，"我很反感地回答她，"戒指不在她手上，也不在首饰盒里。"

"有人从她手上摘走了，我看见她手指上戴戒指的痕迹了。"

我狠狠地关上了抽屉，说："以后有什么情况要向我汇报。"

"你也要这样。"她也没好气地说。

盥洗室收拾得很干净，正像部队里流传的一种说法：西点军校的学生把盥洗室收拾得像洁白的手套一样干净。连便盆也是按规矩擦得一尘不染。

我们打开了她的药品柜，里面除了有化妆品，还有妇女用品之类

---

① 生活在非洲北部的信仰伊斯兰教的土著人。

的东西，但没有凭药方买来的药，没有男人用的刮胡膏，也没有比阿司匹林药性更大的药，只有一把牙刷。我问我的女搭档："你能看出些什么？"

"噢，她没有总是怀疑自己生病的毛病，中性皮肤，不染头发，避孕工具肯定放在别的地方了。"

"还有一种可能……我们现在怎么称呼这类人呢？同性恋？"

我们从盥洗室里出来，辛西娅说："我们去看看另一间卧室吧。"

我们穿过二楼大厅到了那间小卧室里。现在我已经没有戒备心了，但当我钻到双人床下查看时，辛西娅还是拿着枪机警地掩护着我。屋里除了床，还有一个梳妆台和一张桌子、一盏台灯。有一扇门通向一个小小的盥洗室，看上去好像从来没有人用过。很显然，整个房间都没人用过，安·坎贝尔只是把它作为一间客房而已。

辛西娅把床单掀开，露出了一块光秃秃的床垫。她说："这儿没人睡过。"

"显然没有。"我拉开梳妆台的抽屉，也是空空如也。

辛西娅向对面墙上的两扇门走去。我站在门边，撞开了一扇。里面的灯自动亮了，我大吃一惊，辛西娅肯定也吓了一跳，因为她正猫下腰把枪对准门里面。她很快站起来走近一看，原来是个可以走进去的雪松木大壁橱。我们都走了进去，里面的气味很好，好像我当年用来防范蛾子和女人的那种廉价的古龙香水的味道。橱内两边各有一根长棍子，上面挂着她一年四季穿的便装，可更多的还是军装，还有她在西点军校时用的军刀。上方的架子上放的都是和衣服配套的头饰或帽子，地上摆着的则是与衣服配套的鞋袜。

我说："她真是个讲究穿着的军人，既准备了参加晚会的礼服，也准备了立即投入丛林作战的行装。"

我们从壁橱里出来，离开了客房。

下楼梯的时候我对辛西娅说:"我来犯罪调查处之前,即使线索就在眼前我也发现不了。"

"那么现在呢?"

"现在我是把任何事情都当作一个线索。没有线索本身就是一条线索。"

"是吗?怎么听起来像禅宗?我可没达到这个水平。"

适应一个新伙伴真难,我既不喜欢那种谄媚的、言听计从的年轻人,也不喜欢那些太聪明太固执的老家伙。以我现在的年龄和军衔,正是应该得到别人尊重的时候。不过我还是愿意面对现实的。

我和辛西娅对着地下室那扇闩着的门沉思起来。我说:"我妻子到处都留下了痕迹。"这不是针对这扇门,而是针对生活而言。

她没说话。

"但我却从没看到过这些痕迹。"

"你当然看见过。"

"哦……现在回想起来确实见过。但是人在年轻的时候都很愚钝,只想自己,根本不去深入地了解别人,而且因为没有受过太多的欺骗,也就不会有一个好侦探应该具备的怀疑一切和愤世嫉俗的品格。"

"保罗,一个真正的好侦探应该把他或她的职业生活和个人生活分开。我不喜欢一个男人来窥探我。"

"想一想你的过去,你当然是不喜欢。"

"去你的。"

我终于将了她一军,我把门闩一拨,说:"该你的了。"

"好吧。你要是带着你的枪多好。"她说着把她的枪递给了我,顺手打开了地下室的门。

"也许我该到楼上去取那支 M-16。"我自告奋勇地说。

"千万别相信你刚发现却没有试过的武器。这可是手册上说的。"

你还是边掩护我边喊话吧。"

我便冲着楼下喊了起来："我们是警察！举起手来！到楼上来！"没有人应声走到楼梯上来，所以辛西娅只好下去了。她压低声音说："不要开灯。我从右边冲下去。你要等五秒钟。"

"你等一会儿再下去。"我向四周看了看，想找一个东西扔下去。我看见了一个烤箱，正准备过去抱，只见辛西娅飞也似的冲了下去，好像脚都没踩楼梯。我只看到她的肩头在右边一闪就不见影了。我赶紧跟上去，从左边冲了下去，摆好射击姿势，机警地看着黑暗里的动静。我们静静地等了足有十秒钟，我大喝一声："艾德、约翰快来掩护！"我多希望艾德和约翰真的在我身边！如果坎贝尔上尉还活着的话，她肯定会说："这是在敌人的脑子里制造援军到来的幻觉。"

现在我完全可以断定：如果那儿真有人的话，那么他们不是准备伏击而是在那儿发抖了。你说对吗？

辛西娅显然是对我的小心翼翼不耐烦了，冲上楼梯去打开了灯。偌大的地下室顿时充满了荧光灯的亮光。这冷冷的白光让我想起好多令人不愉快的地方。

辛西娅又回到了地下室，我们一起观察起来。地下室里像个杂货铺，有洗衣机、烘干机、工作台、暖气、空调，等等。地板和墙面都是水泥的，天花板上只有电灯和一些管子。

我们接着查看了一下工作台和黑暗的角落，除了一堆体育器械外没有别的东西，工作台右边的墙上有一整块钉满了栓子的木板，上面系着绳子，固定着滑雪板、乒乓球拍、壁球拍、垒球棒、水下呼吸器，等等，样样都放得井井有条。另外墙上还挂着一幅六英尺高的征兵广告画。画上的人物就是安·坎贝尔上尉。这是一张全身照。她身穿军装，全副武装，右肩挎着一支 M-16 步枪，无线电话机的听筒戴在她耳朵上。她一边牢牢地拿着一张作战地图，一边看着表。她的脸上涂着油彩。这张照片流露出一种含蓄的性感。照片的顶部有一行字："愿你的生命与时代同步。"底下一行字是："祝你今天成为新兵。"我冲着这幅广告画点了点头,问辛西娅:"你觉得这幅画怎么样?"

她耸了耸肩说:"我看不错嘛。"

"这画隐含着性的信息,你注意到了吗?"

辛西娅看了一下表,对我说:"该走了,保罗。"

我们踏上楼梯后,我回头向地下室看了一眼,对辛西娅说:"这地下室的大小不对。"

似乎是心有灵犀,我们不约而同地转身径直走向那堵钉着桩子的木墙。我在墙上乱敲了一阵,然后把那些高八英尺、宽四英尺的木板挨个推了推,发现都钉得很牢。透过一些桩子的小孔可以看到这些木板都用大钉牢牢地钉在墙筋上。我从工作台上找到一把钻子,顺着一个桩孔钻了下去,钻了大约两英寸时碰到一个硬东西。我又向里一推,钻头触到一个软东西,那东西肯定不是水泥墙。我对辛西娅说:"这是一堵假墙。木板里边什么也没有。"

她没有说话。我向左一看,见她正站在那幅广告画前。突然,她用手指尖抓住广告画的木框,使劲向外一拉,画便沿着一个不易被发现的合页转开了,露出了一个黑洞。我迅速来到她身边,地下室的灯光从我们背后射来。我们站了一会儿,没有子弹从里边射出来,我们的眼睛也渐渐适应了黑暗,开始能辨认屋子里的东西,能看到屋子里的家具。对面墙上有一只数字式挂钟一闪一闪的。我估计这间屋子有十五英尺宽,四十或五十英尺长,几乎和整个房子前后的长度差不多。

我把枪递给了辛西娅,一边在墙上摸索着找电灯的开关,一边说:"坎贝尔可能把那些下等的精神不正常的亲朋安排在这里。"我终于找到了电灯开关,打开了一盏台灯。原来这是一个布置得井然有序的房间,我小心翼翼地向前走着,眼睛的余光看见辛西娅这时正端着枪,机警地巡视着四周。

我在辛西娅的掩护下检查了床底下、壁橱和右边的一间小盥洗室。

我对辛西娅说:"啊,都在这儿呢。"

确实,我们要找的东西终于找到了。一张双人床,一个床头柜,上面放着那盏刚打开的台灯,一个衣柜,一张长桌子,上面摆着一套音响设备、一台电视机、一台录像机,还有一架三脚架支起的自动照相机,地上铺的是白色长毛绒的地毯,不像别的房间里的地毯那么干净。墙是用浅色的木板装修的。屋里的最左边是一张医用轮床,适用于进行按摩或别的什么,床上边的天花板上嵌着一面大镜子,开着的壁橱里全是些透明带花边的内衣,足以让"维多利亚秘密"①的工作人员脸红,另外还有一套整洁的护士服装。我认为那是她在医院时穿的。橱内还有一条黑色的皮裙子、一件背心、一件像妓女穿的那种红色的上衣,上边缀有金属亮片。更有意思的是里面有一套军服,可能和她遇害时穿的那件一样。

辛西娅这个天真的傻瓜正打量着整个屋子,满脸的不高兴,似乎是在埋怨安·坎贝尔让她失望了,她感叹道:"我的天哪……"

我说:"看来她的死确实与她的生活方式有关,不过我们还不能急着下结论。"

盥洗室里也不那么干净。药品柜里一袋避孕膜、一些避孕套、避孕用的海绵、避孕胶,等等。这些避孕工具足以使印度次大陆的人口大大下降。

---

① 美国一家女性成人内衣的品牌。

和那些避孕工具放在一起的还有漱口剂、牙刷、牙膏,还有六支福里特牌灌肠剂。我想一个只吃豆芽的人是不需要灌肠剂的。"我的天哪!"我感叹了一声,顺手拿起一只装有冲洗剂的冲洗瓶,是草莓香型的,不是我喜欢的那一种。

辛西娅离开了盥洗室。我走进淋浴间,发现那里也不太整洁,拖布还是湿的呢,有意思。

我又回到卧室,发现辛西娅正在查看床头柜抽屉里的东西,有K-Y型避孕胶、矿物油、性知识手册、一个按摩用的震颤器,还有一个特大号的橡胶乳房。

在那面假墙上高高地挂着一串皮手铐,地上有一条皮鞭,一根桦木棍,还有一根与环境极不协调的鸵鸟毛。看到这儿,我脑子里突然产生了一种幻觉,我不由得脸红了。我在想:"这些东西究竟是干什么的?"

辛西娅什么也没说,看上去她也被那串皮手铐惊呆了。

我掀开床单,发现下边的一层床单皱皱巴巴,上边有好多体毛和精斑,还有很多皮屑,足够一个实验室忙一个星期的。

辛西娅瞅着那床单发呆,不知她在想什么。我想说:"怎么样!我说的没错吧!"但我没说出口来,因为我心里对安·坎贝尔也有一些好感,所以我并不希望在这儿找到什么东西。对她的性行为我也不会像其他人那样大加指责。我对辛西娅说:"这倒使我轻松多了,她没被部队塑造成没有性感的宣传画女郎。"

辛西娅看了我一眼,赞同地点了点头。

我说:"精神病医生都非常乐意和她这种双重性格的人交谈,当然了,我们的生活都具有两重或多重性。"但是我们一般不会像她那样尽力地表现自己性格中光明的一面。我又补充说:"其实她就是个精神病医生,对不对?"

我们来到电视机旁，我随便挑了一盘录像带放进录像机里。

屏幕亮了起来，上面出现的是安·坎贝尔，她身穿那件红色的衣服，戴着珠宝首饰，脚穿高跟鞋，就站在这间屋子里。电视画面外的磁带或唱碟正放着《脱衣女郎》的音乐，于是她开始脱衣服。接着一个男人（可能是摄像的人）开玩笑说："你在将军的晚会上也这样干吗？"

安·坎贝尔微笑了一下，冲着摄像机扭起屁股来。这时候她已经脱得只剩下一条内裤和一个很高级的法国产乳罩了。她正要解开乳罩的扣子时，我赶紧关上了录像机，暗自庆幸自己的明智。

我又检查了其他的录像带，上面的标签全是手写的，题目都很简单：《跟J做爱》《与B脱衣搜身》《妇科检查R》，等等。

辛西娅说："我看我们已经看得够多了。"

"差不多够了。"我拉开梳妆台最上边的抽屉，找出一堆一次成像照片。我如获至宝，以为这回可以顺藤摸瓜找到一些她的这种朋友了。但是每一张照片都是她本人，姿势各不相同，有些好像艺术照，有些就是色情照。我问辛西娅："那些男人都哪儿去了？"

"在照相机后边呢。"

"肯定是……"这时候我在另外一堆照片里找到一个很健壮的男人的裸体照。他手里拿着一根皮带，头上戴着黑色的皮头罩。还有一张是一个骑在她身上的男人，估计是自动照相机或第三者拍的。还有一张是一个被铐在墙上的裸体男人，背对镜头。这里少说也有十二个不同的人的裸体照片，他们不是背对镜头就是戴着头罩。显然是因为这些男人不想把自己的脸部照片留在这儿。同样，他们那儿也不会存有安·坎贝尔的脸部照片。大多数人认为照这种照片总不很光彩，因为他们知道自己可能会因此受到很大损失，所以就格外谨慎。如果他们和她真有爱情或者信任倒也罢了，但我认为他们之间更多的是情欲，就像一种感情游戏，狂欢过后再问对方："对不起，你叫什么名字？"如果她有一个真正的男朋友，一个让她崇拜、爱戴的人，她决不会把他带到这儿来。

辛西娅也在翻看这些照片。她那拿照片的姿势让人感觉这些照片上好像带有性病病毒一样。还有几张男人的快照，几张男人阳具的特写照，我仔细地看了看说："都是白人，都做过包皮切除手术。我们是否将它们排排队？"

"那肯定是个很有意思的队伍，"辛西娅把照片放回抽屉里说，"也许我们不能让宪兵队看见这间屋子。"

"当然不能。我希望他们不会找到这儿。"

"我们走吧。"

"等一下。"我又拉开了底下的几个抽屉，发现了另一些做爱的用具，有一些被商业界称作女人的玩具、短裤、吊袜带、一根九尾鞭、一个皮制的下体护身，还有几样东西我确实想象不出是干什么用的。坦白地说，在森希尔小姐面前翻看这些东西真有些难为情。她很可能正在猜测我的动机，因为她问我："你还想看到什么？"

"绳子。"

"绳子？哦……"

果然，在底下的抽屉里找到了尼龙绳。我拿起来仔细地查看着。

辛西娅问我："是同一种吗？"

"可能是，也是那种标准的军绿色尼龙绳，军队常用来系帐篷。看上去很像现场的那一种，但是这儿离现场太远，所以只是猜测。"我看了看那张双人床，那是一张旧式的四条腿的床，很适于让人绑在床上。我只知道一点性行为异常方面的知识，是从犯罪调查处发的那本犯罪手册上看来的，但我知道让人绑上是件很冒险的事。我是说，一旦控制不住，像安·坎贝尔这种高大健康的女子是能够自卫的。但是如果你四肢伸开躺在床上或地上，再把手脚捆在什么东西上，除非他是你的亲人，否则准会有坏事发生，实际上坏事已经发生了。

我关上灯，我们两人离开了卧室。辛西娅又把贴着广告画的门关上。我在工作台上找了一管木胶，把那扇门开了个小缝，将一滴木胶涂在门框上，这也许管用。但你一旦发现地板面积少了一块，你就会设法找到那儿，如果你没有发现，那广告就好像原来贴在那儿一样。

我对辛西娅说："连我都差点受了骗，那些宪兵会有多聪明呢？"

"这不是聪明不聪明的问题，而是一个空间感知的问题。如果他们发现不了，警察来了也许会发现。"她又补充说，"可能有人想要那张广告画。我想我们要么让宪兵队把里面的东西搬到犯罪调查处的研究室去，要么地方警察局来封门之前我们和他们合作。"

"我看这两条都办不到，我们冒险试试，秘室的事咱俩要保守秘密，行吗？"

她点了点头："好吧，保罗。也许你对此事的感觉是很有道理的。"

我们从地下室出来，熄掉了灯，关上了门。

回到前面的休息厅，辛西娅对我说："我看你对安·坎贝尔的感觉是正确的。"

"啊，如果我们发现一本日记或狂热的做爱记录，我想那是很幸运的。我的确没想到有个秘密的门，就像《包法利夫人》中所写的那样，这个门通向了侯爵为包法利夫人装饰的房间。"我又说，"我想我们大家都需要一个自己的空间。如果我们都有自己的空间能自由自在地活动，那么世界就会变得更加美好。"

"这可要取决于行动手册，保罗。"

"的确如此。"

我们从前门出来，钻进了辛西娅的汽车，离开了维多利街，当我们快到基地的时候，迎面碰上了几辆军用卡车。

辛西娅开着车，我望着车窗外陷入了沉思。太奇怪了，真是太奇怪了。这种奇怪的东西竟然就在一张印着热情洋溢的女郎的广告画背面。这让我想起了一种很贴切的比喻：耀眼的勋章、笔挺的军装、严明的军纪、高尚的荣誉、许许多多可望而不可即的大人物……这一切都只是表面现象，只要再深入一点，打开一扇关键的门，就会发现里面全是像安·坎贝尔的床一样粗俗下流的东西。

第七章

辛西娅边开车边看着安·坎贝尔的通讯录，我看她根本不好好看路，便说："把它给我。"

她把通讯录扔到我的膝盖上，并用手势提醒我必须认真对待它。

我翻了翻，发现封面是皮革的，已经很旧了。纸的质量很好，上面的字体也很工整，每一行记着一个人的姓名和地址，其中有好多地方被划掉了，又填上了新的。其中有两栏标着"阵亡"的字样。总之，这是一本典型的职业军人的通讯录。上面记下了时代和世事的变迁。虽然我知道这是一本公开摆在办公桌上的通讯录，绝不是我们要找的那种小黑本，但是我知道，即便这样，这里面的某一个人也肯定了解一些我们想要了解的情况。如果给我两年时间，我非要挨个儿将他们审问一番不可。显然，现在我要做的只能是把这个小本子交给弗吉尼亚福尔斯彻奇犯罪调查处总部，我的顶头上司卡尔·古斯塔尔·赫尔曼上校，他会按通讯录的地址发信到世界各地调查处，然后收回一大堆审问记录，堆起来比他这个令人头痛的条顿人还高。这样或许他就不会再干预我的这个案子了。

顺便谈谈我的老板吧。卡尔·赫尔曼出生在德国，离法兰克福附近的一个美国军事基地很近。他像好多因战争而失去了家的孩子一样，被美国军队当成了能带来吉祥的人。他为了养家，加入了美国军队。多年前，美国军队中有许多德国人，其中有不少人后来当上了军官，直到现在还有不少军官在职。总体看来，这些军官还是很称职的，美国军队能有他们也算是一种荣幸。但在他们手下工作的人可就不那么荣幸了，因而经常牢骚满腹。卡尔这个人工作效率高，富有献身精神，品德高尚，而且说话办事都很得体。我所知道他犯的唯一错误是他自认为我很喜欢他，他错了。但我敬重他，我也会永远信任他，实际上，我一直是这样做的。

现在事情已经很明朗了，这个案子必须尽快了结，否则好多人的事业和声誉都要因为与此案有关而毁于一旦。

我希望这次谋杀最好是一个十年前有过犯罪记录的非军人干的，但我也有一个最坏的设想……唉，已经有些迹象表明，这设想是有一定道理的。

辛西娅又谈到了那本通讯录："她的朋友和熟人还真不少呢。"

"难道你没有？"

"在这个工作环境里还没有。"

"是的。"确实，我们的工作使我们与军队有些脱节，所以我们的同事和朋友也就相对少了一些。排他性是所有警察的共性，所以军警在执行一项短期任务时不会交太多的朋友，连和异性朋友的关系也是很短促、很紧张，颇似正执行的短期任务。

辛西娅的车上因为贴着特殊来访者的停车标签，所以我们顺利地通过了哨卡，几分钟就来到了基地中心。

她把车停在宪兵司令部大楼门口。这是一幢老式的砖砌楼房，是"一战"时期留下来的建筑。现在的哈德雷堡就是"一战"时的哈德雷军营。军事基地和城市一样，开始兴建时总有一定的原因，后来里面又建起了居住区、监狱、医院、教堂等，当然建的时间有早有晚。

我们原以为肯特正在等我们，可是由于我们的装束——一个穿着一等准尉军服，另一个是便装，所以颇费了一些周折才进了肯特的办公室。我对肯特很不满意，不只因为他对我们的态度，还因为他对本案没有计划。记得我在军官学校上学时学过，没有计划就不能成功。但现在的教育则说什么不要过激，要替双方考虑。幸亏我在那个老式军官学校学习过，所以才懂得其中真正的含义，我对肯特说："上校，你对本案有把握吗？"

"坦白说，没有。"

肯特和我一样也在那所老式学校受过教育，我一直很尊重他。我问他："为什么？"

"因为你在以你的方式去破案，而我所做的一切只是为你提供一些条件和帮助。"

"那就由你来破案吧。"

"别吓唬我，保罗。"

我们就这样唇枪舌剑地斗了约两分钟。那是一个诚实的便衣警察和一个老奸巨猾的家伙进行的一场既微不足道又很正统的较量。

辛西娅耐心地听了一会儿说："肯特上校，布伦纳先生，射击场上正躺着一个死去的女人，她被谋杀了，而且很可能被奸污了。刽子手还逍遥法外呢。"

她的话使我们停止了争吵，我和肯特都低下了头，而且很文雅地握了握手。其实也没什么大不了的，我们不过是发了一通牢骚而已。

肯特对我说："我打算在五分钟内带一名军医和一名牧师去坎贝尔将军办公室。被害人住所的电话也正迁往乔丹机场。法医现在还在现场。坎贝尔上尉的病历和个人档案都在这儿。牙科病历在验尸官那儿。因为验尸官还需要她的其他病历，所以我必须把这些都拿过去。"

森希尔小姐开口说道:"得了,肯特,还是让我去把那些见鬼的档案复印一份吧。"

"好吧。"肯特把我们带进了审讯室。他问我们:"你们想先见哪一个?"

"圣·约翰中士。"我回答说。职位高的人自有他的特权。

哈罗德·圣·约翰中士被带了进来,我示意他在我和辛西娅桌前的椅子上坐下,对他说:"这位是森希尔小姐,我是布伦纳先生。"

他看了看我的名牌,上面写着"怀特",又看了上面的杠杠,说明我是一名参谋中士。他开始没明白过来,过了一会儿才明白了:"哦……是犯罪调查处的。"

"怎么说都行,"我接着说,"在我们调查的这个案子中你不是嫌疑犯,所以根据《军事审判统一法典》第三十一条,我们就不宣读你的权利了。但是你最好能主动地、全面地、真实地回答我的问题。不要等我命令你才回答。如果在谈话当中,你的话使我们认为你有嫌疑,我们就会宣读你的权利,但你有权保持沉默。哈里,你明白了吗?"

"明白了,长官。"

"很好。"我们谈了大约五分钟,我就对他有了大致的了解。圣·约翰五十五岁,秃顶,皮肤呈褐色,可能是因为摄入了过多的咖啡因、尼古丁,喝了过多的烈性酒而造成的。

在我们俩谈话的时候,辛西娅快速做了记录。圣·约翰突然打断了我的话:"长官,我知道我是最后一个看见她活着的人,我也知道这确实能说明某些问题,但如果是我杀了她,我决不会去报告我发现她死了,对不对?"

除了时态和句法上的错误,他说得挺有道理。我对他说:"最后看见她活着的人是杀了她的那个人。同样,杀她的人也是第一个看到她死去的人。而你是第二个看到她死去的人,是这样吗?"

"是的……是的……长官,我的意思是——"

"中士,你不要抢着回答问题!"

"是,长官。"

辛西娅较缓和地说:"中士,我知道这对你是一种考验,你所看到的情景,即使是一个经验丰富的人看了也会受到很大震动,所以当你发现了尸体的时候,你简直不敢相信你的眼睛,是吗?"

他急忙点了点头:"是的,我确实不敢相信我的眼睛。我根本没想到会是她。嗯,开始我根本没认出来是她,因为……我从来……没见过她那个样子……噢,上帝,我从没见过任何人那个样子。你知道,昨晚月光很好,我开着车看见她的吉普车停在那儿,我就下了车,看到远处……你知道——看到有样东西躺在那边的射击场上,我走得越来越近,终于认出了那东西是什么,便赶紧过去看她是否还活着。"

"你在尸体旁跪下了吗?"

"哦,我没跪下,长官。我当时只知道拼命地跑,钻进车里就直接开到了宪兵司令部大楼报案。"

"你确定她已经死了吗?"

"如果已经死了,我一看就知道。"

"你大约几点离开总部的?"

"大约凌晨四点。"

"你什么时候发现尸体的?"辛西娅问。

"哦,大约是在离开总部二十或三十分钟之后吧。"

"你在别的哨所停留过吗?"

"稍有停留。但没有人见过她。所以我猜她肯定是先到最后一个哨所去了,越过其他的哨所直接开车到了出事地点。"

"你想没想过她开小差跑了？"

"没有。"

"再想想，中士。"

"哦……她不是那种人。不过也许我那样想过，记不清了。但我确实记得我曾想过她可能是迷路了，因为迷路在晚上是常有的事。"

"你想没想过她会出车祸？"

"想过，长官。"

"这就是说，当你发现她死了时并没感到太惊讶，对吗？"

"也许吧。"他开始到处摸索香烟，问我，"可以抽烟吗？"

"当然可以，只是别往外吐。"

他笑了笑，点着烟，吸了两口，便向森希尔小姐道歉，说他污染了空气。我对旧式部队唯一不怀念的东西就是这种二角五分钱一盒的香烟，因为除了炸药库和燃料库这些禁止抽烟的地方，到处都弥漫着这种廉价香烟燃出的烟雾。

我等他重新安顿下来，问他："你开车找她的时候想没想过'强奸'这个词？"

他点了点头。

"我不认识她，"我说，"她长得很漂亮吗？"

他看了看辛西娅又看了看我说："非常漂亮。"

"这就是我们所说的'强奸的诱饵'？"

他不愿意谈论这个话题，但依旧说："她虽容貌出众，但从不夸耀。她确实做得很得体，任何男人如果对她产生邪念都会很快消失。就我所知，她是一个很不错的女人。将军的女儿嘛！"

我问她："你发现尸体后，为什么没到罗宾斯的哨所去打个电话？"

"没想到。"

"也没想到把罗宾斯带到犯罪现场？"

"没有，长官。我当时确实十分震惊。"

"你怎么想到出去找安·坎贝尔的？"

"因为她出去了好长时间，我不知道在她哪儿。"

"她"应该在那个介词的前边，但我听其自然、只问道："你有调查长官去向的习惯吗？"

"没有，长官，我只是感觉到不对劲了。"

"啊哈，为什么？"

"啊……她有点……她一晚上都魂不守舍……"

辛西娅问道："你能给我描述一下她那晚上的表现吗？"

"好的……哦，就像我刚才说的——她魂不守舍，也许比这更严重一些，可以说紧张吧。"

"在那晚上之前你认识她吗？"

"认识……不过不是太熟悉。也就像别的人对她的了解一样，知道她是将军的女儿，在电视上见过她做的征兵广告。"

我问他："在那晚上之前你跟她说过话吗？"

"没有，长官。"

"你在基地见过她吗？"

"见过，长官。"

"在基地外边呢？"

"没有，长官。"

"这么说，你确实无法比较她那晚的举动和平时有什么不同了？"

"是的，长官。不过我知道人在忧虑的时候是什么样子。"他很难得地深思了一会儿又说，"我可以感觉到她确实是个头脑冷静的人，就说那晚她工作的样子吧，效率很高。但她不时地沉默下来，我敢说她肯定有什么心事。"

"你对她谈到过这一点吗?"

"啊,没有,我要是说了,她还不把我的脑袋敲掉。"他冲辛西娅讨好地笑了笑,露出了一嘴部队牙医补过的很不整齐的牙齿,说:"对不起,长官。"

"没关系,随便说好了。"森希尔小姐脸上露出了胜利者的微笑,露出一口经地方牙医修整过的上等牙齿。

实际上,辛西娅的态度是对的,因为好多像圣·约翰这样的老兵都是一张口就是粗话、陈词滥调和外来语,而且不管是不是来自南方,说话都带有几分南方口音。

辛西娅又问:"那天晚上她打过或是接过电话吗?"

问得好。不过圣·约翰开口之前我已经知道答案了。他说:"我在屋里时她一个电话也没打过,但可能在我出去的时候打过。她倒是接到过一个电话。接电话时她让我出去了。"

"大约什么时候?"

"噢,大约……大约在她出去检查哨所前十分钟吧。"

我问他:"你偷听了吗?"

他肯定地摇了摇头,说:"没有,长官。"

"好吧,中士,请你告诉我,你当时离尸体有多远?"

"哦……有几英尺吧。"

"我不明白你怎么能断定她已经死了。"

"哦……我只是猜想她可能死了……因为她的眼睛睁着……而我喊她……"

"你带武器了吗?"

"没有,长官。"

"你值勤时不该带武器吗?"

"我想我是忘带了。"

"就是说你看到那里躺着一个人,猜想她已经死了,然后就溜之大吉?"

"是的,长官……我想我当时是应该走近看看。"

"中士,一个裸体女人就躺在你的脚下,而这个女人又是你的上司,是你认识的人,你竟然没有凑近去看看她是活着还是死了!"

辛西娅从桌子底下拍了我一下。

看来我已经成了一个坏警官了,我还是知趣地走开,把证人留给那位好警官吧。我站了起来,说:"好了,你们继续谈。我一会儿回来。"我离开审讯室,到了一等兵罗宾斯被软禁的房间里,见她穿着军服,赤着脚,正躺在帆布床上看着基地发行的报纸。这份报纸是公共情报部发行的周报,报道的基本上都是好消息。我不知道他们会怎样报道将军女儿遭奸杀这个消息,也许会用这样的标题:《在射击场发现无名女尸》。

我打开锁走了进去。罗宾斯看了我一眼,放下报纸,倚着墙坐了起来。

我说:"早上好。我叫布伦纳,是犯罪调查处的。我想就昨晚发生的案子问你几个问题。"

我和她的谈话没有什么结果,因为我得到的回答都是一个字"是"或"不"。

我仔细观察了一下罗宾斯。她大约二十岁,一头褐色短发,虽然经常晚上不睡觉,但外表很整洁,眼睛也透着几分机警,总之不算丑。她说话带有很重的南方口音,估计她的家离这儿不远。她当兵以前的社会地位和经济地位可能不是太高。而现在,她和部队里所有的一等兵都一样了,而且高于新兵,还可能再往上升呢。

"你到弹药库上岗大约是什么时间?"我问道。

"凌晨一点,五点半换班。"

"从你去放哨到宪兵找到你这段时间,有别人经过你的哨所吗?"

"没有。"

"你听到过什么不平常的声音吗?"

"听到过。"

"什么?"

"猫头鹰叫,在这个地区不太多。"

"我明白了。"这时我想起了辛西娅,忙改口问:"你看见过什么不寻常的东西吗?"

"见过车灯的光。"

"什么样的车灯?"

"很可能是她开的那辆吉普车。"

"什么时间?"

"凌晨两点十七分。"

"请你描述一下你见到的情景。"

"我看见了灯光,车在一公里外的地方停了下来,后来灯就灭了。"

"车灯是一停车就灭了,还是过了一会儿?"

"车一停下就灭了。只见车灯闪了一下,车停了,车灯就灭了。"

"当时你是怎么想的?"

"可能有人开车正向这边来。"

"但他们停下了。"

"是的,当时也不知道该想什么。"

"你想过要去报告吗?"

"当然想过,我当即打了电话。"

"打给谁的?"

"海斯中士。他是警卫室的中士。"

"他说什么?"

"他说弹药库除了我所在的地方,别处都没有什么可偷的。他命令我不许走开。"

"你怎么说的?"

"我告诉他事情有些奇怪。"

"他说什么?"

"他说附近倒是有个厕所,可能有人正在上厕所,还说也可能是值勤官在巡逻,让大家警惕。"她顿了顿又说,"他还说好多人在美好的夏夜到那儿去做爱。这可是他说的。"

"那还用说。"

"我不喜欢说脏话。"

"我也不喜欢。"我仔细看了看眼前这位年轻姑娘。她单纯、机灵,至少也可以这样评价她,她是个很合适的证人,她有很敏锐的观察力,这种观察力可能是生来就有的,也可能是后天练出来的。显然我还没完全掌握她所知道的线索,所以她不肯主动提供任何线索。我说:"一等兵,你知道坎贝尔发生了什么事吗?"

她点了点头。

"我已经受命要抓获罪犯。"

"听说她不但被杀,而且被强奸了。"

"可能是。所以我要和你谈谈,不一定非谈我问到的事。谈谈你的……你的感觉,你的印象。"

她的表情开始有了变化,紧咬着下唇,从右眼里滚出了一滴眼泪。她说:"当时我真该去看看发生了什么事。也许我能阻止呢。可那个愚蠢的海斯中士……"她无声地哭了一两分钟,这段时间我一直低头看着脚上的靴子。最后我说:"你接到的命令是换岗前不得离开。你不过是执行命令而已。"

她努力平静下来,说:"是的,可是任何一个有点常识并且带着武器的士兵在这种情况下都会去看看的。后来车灯再也没亮过，而我只是像个傻瓜一样地站在那儿，连个电话也没敢再打。直到后来我又看到另一辆车的灯光。车停下了，后来又飞快地转了个方向，飞快地开走了。我这才意识到出事了。"

"那是什么时间？"

"四点二十五分。"

时间和圣·约翰说的刚好吻合。我问她："在两点十七分到四点二十五分之间你没再看见车灯吗？"

"是的。不过，大约五点时我看见了，就是那个找到尸体的宪兵。大约十五分钟后另一个宪兵跑来告诉我发生的事情。"

"离那么远你能听见卡车声吗？"

"听不见。"

"能听见关车门的声音吗？"

"要是顺风就能听见了。可惜当时是逆风。"

我站了起来，对她说："谢谢你，你确实为我提供了不少帮助。"

"我可不这样想。"

"我这样想。"我走到门口又转过身来对她说，"如果我让你回军营，你能保证不把这些情况告诉任何人吗？"

"可我向谁保证呢？"

"这样吧，给你一星期的公假。把你的电话号码留给你的指挥部。"

我又回到了审讯室，只见辛西娅一个人坐在那儿，双手抱着头，可能在看刚才的审讯记录，也可能在思考什么。

我们把审问记录对照了一下，发现死者遇害的时间在两点十七分到四点二十五分之间。我们还推断出，罪犯或者罪犯们有可能在安·坎贝尔的吉普车里，或者早在犯罪地点等着了。如果罪犯自己也开着车，那他肯定没开车灯，或者将车停放得离罗宾斯值班的哨所很远。关于这一点，我一直认为是安·坎贝尔把他或他们开车接到犯罪地点的，但我并不否认这次谋杀是预约好的一场幽会所致，突然袭击的可能性相对小一些，因为她的吉普车刚一停下，车灯就关了。如果有人中途劫持，那么停车和熄灯之间肯定有一段间隔。辛西娅问："如果是一次幽会的话，那她为什么还要开着车灯呢？"

"很可能是为了避免引起不必要的怀疑。她有公事在身，如果不开车灯被巡警看见，肯定会被拦住查问。"

"是这样。可是车灯已经引起一等兵罗宾斯的注意，安·坎贝尔为什么不先去哨所稳住罗宾斯再回到幽会地点呢？"

"问得好。"

"还有，为什么要把幽会地点选在离哨所一公里以内的地方？要知道，周围还有几十万英亩的军事用地供他们选择呢。"

"是的，可是根据罗宾斯从她上司那儿得到的情况，那儿有个厕所，还有自来水，所以人们才到那儿去做爱。可能是为了完事后清洗方便吧。"

"也可能她是被一个心理变态的家伙劫持到那儿去的。你知道，心理变态的人根本意识不到他离哨所有多远。"

"也可能。不过从一些明显的证据来看，劫杀是不可能的。"

"那么她为什么偏要选在值勤的那天晚上去干呢？"辛西娅又问。

"这是作乐的一种方式，女人也有作乐的怪癖。"

"她值班时也的确是在值班，作乐是她的另一种生活。"

我点了点头说："说得好。"又问她，"你觉得圣·约翰隐瞒了什么吗？"

"噢，他没有掩饰自己的观点。总的来说，他把所知道的都告诉我们了。罗宾斯呢？"

"她对我讲了很多。她长得也不赖,来自亚拉巴马,是个干净利落的农村姑娘。"

"如果她是个一等兵的话,那年纪完全可以做你的孙女了。"

"好啦,你还是去吃午饭吧,我去给卡尔打电话,要是别人在我前头向他报告了这个消息,我会挨枪子儿的。"

"好的,"她站起来说,"让我参加这个案子吧,保罗。"

"这可要由赫尔曼先生决定了。"

她戳了我的肚子一下说:"不,这要看你的意思,只要你告诉他你要我参加就行了。"

"如果我不同意呢?"

"你会同意的。"

我把她送到她的车旁。她上了车。我对她说:"过去的六小时零二十分钟和你合作得很愉快。"

她笑了笑,说:"谢谢。我可是只有十四分钟过得还算愉快。我们在哪儿见面?什么时间?"

"下午两点,在这儿。"

她把车开出来。我目送她消失在去基地的车流中。

我回到宪兵司令部大楼,去找肯特为我准备的办公室。原来他给了我一间没有窗户的屋子,里面有两张桌子、两把椅子、一个文件柜,剩下的地方只能放一只垃圾桶。

我在一张桌子旁边坐了下来,看了一下那本通讯录,然后把它扔在一边,陷入了沉思——我不是在思考案子本身,而是此案牵涉到的政治内容、人际关系,还有我为了保护自己可使用的绝招,然后才开始考虑起这个案子来。

在给赫尔曼打电话之前,我得把收集到的事实理顺,并把我的理论和观点隐藏起来。卡尔注重事实,但如果个人的看法对嫌疑犯不利,他也考虑你的看法。卡尔不是个政治野心家,所以本案潜在的那些问题他不太感兴趣。在人力安排上,他坚持只要是他的命令,大家就要全力合作。记得去年在布鲁塞尔我还向他提过一个要求,不论辛西娅在哪儿办案都不要派我去。我还向他解释说我们之间有点个人的恩怨。他虽然不明白我的意思,但还是向我保证过,一定考虑我的请求。

我拿起电话,拨通了福尔斯彻奇,为能搅了卡尔一天的生活而暗自得意起来。

第八章

卡尔在办公室。他的秘书给我接通了电话。我说:"你好,卡尔。"

"你好,保罗。"他说话仍然带点德国口音。

我们没有开玩笑,我直接告诉他:"这儿发生了一起强奸杀人案。"

"噢!"

"是坎贝尔将军的女儿,安·坎贝尔上尉。"

电话里一阵沉默。

我接着说:"可能是强奸杀人,但肯定是性虐待。"

"在基地里吗?"

"是的,在一个步枪射击场。"

"什么时候?"

我回答说:"凌晨两点十七分到四点二十五分之间。"到此,我已经回答完了所有关于时间、地点、人物和事件的问题。

"什么动机?"

"不知道。"

"有嫌疑犯吗？"

"没有。"

"案发时被害人在做什么？"

"她那天晚上值班，出去检查哨所。"我把肯特的任命、与森希尔小姐的相遇，还有我们对被害人住所搜查的具体情况向他一一做了汇报，只是没提在地下室发现的那些东西。我知道我们的谈话很可能被人录音，严格说来，这不是什么特别的情报，只是不想让卡尔感到难为情。

他沉默了一会儿，说："等尸体搬走后，你再回犯罪现场，就用那些桩子把森希尔小姐绑在地上。"

"你什么意思？"

"我不明白一个健康的女人为什么不能把那些桩子拔出来。"

"啊，我明白了。卡尔，那些桩子是按不同角度钉在地上的，与尸体有一定距离，所以她没有力量反抗，而且有人把一根绳子套在了她的脖子上，我想——我猜想他们开始可能是在玩游戏——"

"可能是，也可能不是。但从某种程度上说，她应该知道那不是游戏。我们凭过去的经验知道，当一个女人有生命危险时，她是会拼命的。也可能她是被麻醉了或是被镇定了，让毒物学家找找镇静剂。同时，你和森希尔小姐必须从头至尾把犯罪过程重演一遍。"

"我希望你说的是模仿。"

"是。但不要玩真的。"

"你变得温柔些了，卡尔。好吧，我会转达你的建议的。"

"不是建议，是命令。现在请你更详细地告诉我，你们在坎贝尔上尉的住所发现了什么？"

我告诉了他。关于我没通知地方当局一事，他不置可否。我问他："我进入了她的住所并搬走了她的东西，你认为这对我今后的工作有影响吗？"

"你的记录上会写着，你已经通知了她最亲近的人，而且是他们同意，甚至建议你那么干的。要学会自己保护自己，保罗。我不能老干这种事。"

"我知道。"

"很好。你需要联邦调查局的帮助吗？"

"不需要。"

"你需要从这儿再派一个调查员，还是从哈德雷堡分部找一个？"

"咱们别干了。我真不想接这个案子。"

"为什么？"

"卡尔，你知道，这个案子很微妙……很……"

"你和被害人之间有什么瓜葛吗？"

"没有。"

"今晚五点前给我电传一份初步报告来。迪纳会给案子编上号码的。还有什么问题吗？"

"我想森希尔小姐最好退出本案。"

"你为什么不想让她参加此案的调查？"

"我们都不喜欢对方。"

"你们从未合作过。你们互相不喜欢的原因是什么？"

"卡尔，我记得我们已经讨论过这个问题。你保证过不把我们俩同时分配到一个案子中，那她现在为什么还要参加？"

"我从没做过这样的保证。部队的需要才是最重要的。"

"很好。你今天重新给她分配任务，就是最好地体现了军队的需要，因为她在这儿的任务已经完成了。"

"等一下。"

我只好等着。卡尔这个人并不特别敏感，而且很难对付。我真希望他能变得更有人情味。

"保罗？"

"是我。"

"我刚才接了森希尔小姐的电话。"

我猜就是她。我说："她的事情与我无关。"

"我告诉了她，你不愿和她一起工作。她说你是歧视她的性别、年龄和宗教信仰。"

"什么？我根本就不知道她信仰什么宗教。"

"这可是对你的一次严厉指责。"

"我不是跟你说过嘛，这是个人的事情。我们两个人合不来。"

"据我所知，你们在布鲁塞尔时不是相处得很好吗？"

见你的鬼，卡尔。"你想让我把事情都讲出来吗？"

"不必了。去年我已经听别人讲过了，而且一分钟前森希尔小姐也讲清楚了。我相信我们的军官都会恰当地处理自己的私生活。我并不要求你独身，只希望你能谨慎一点，不要做不利于你自己，也不利于部队和你的任务的事。"

"我从来没做过这种事。"

"很好。记住你是一名职业警官。我希望你能大度一些，和森希尔小组建立一种职业上的合作关系。就这样吧。"

"是，长官。"我又问他，"她结婚了吗？"

"这与你还有什么关系吗？"

"是有一些个人的考虑。"

"你们两个人在这个案子了结之前都不许谈私生活。还有什么问题吗？"

"你把你那个怪诞的重演方案跟她讲了吗？"

"那是你的事。"卡尔·古斯塔尔挂断了电话。我坐了一会儿，考虑起自己的选择来。我现在只有两条路可走：一是继续执行任务，二是辞职。实际上我从事这个工作已经二十多年了，我可以随时提出辞职，仍可得到一半的薪水，而且从此可以有自己的生活。

结束军事生涯有几种不同的方式。大多数人在最后一年左右的时间里拣一些比较安全的案子去办，慢慢地自然也就隐退了。也有一些军官在军队里工作的时间过长，又没自动隐退，就被悄悄地辞退了。只有少数人能带着一身荣耀隐退。再就是那些为了最后时刻的那份荣耀而奔命的人，结果却不小心闯进了火海。人生最重要的是要抓住时机。

抛开事业上的考虑，我如果从这个案子中退出来，那它会永远使我不得安宁。现在真是进退两难，其实如果卡尔让我放弃此案的侦破工作，我还不知道自己会说或者会做什么呢。卡尔就是这样一个专门和人对着干的家伙，因为我说不接这个案子，结果这个案子还是归了我。我说了不要辛西娅参加，辛西娅也成了我的搭档。卡尔并不像他自己想象的那么聪明。

我的新办公桌上放着安·坎贝尔上尉的个人简历和病历。我先翻看了一下个人简历，因为它包括了一个战士的军事生涯，肯定很有意思，很有启发性。简历是按年代顺序写的，安·坎贝尔是十二年前进西点军校学习的，毕业时属于班级名列前茅的学生，所以按规定她能享受三十天的假期。之后，按她自己的要求，她被分配到了亚利桑那州的瓦兵卡堡，担任军事情报官员训练课程，后来又在乔治城读了研究生，取得了心理学硕士学位。之后，她申请读了实用性课程心理战术。她先在布莱格堡的肯尼迪特种战术学校完成了所有必修课，参加了第四心理训练队，又从那儿去了德国，后来又回到布莱格堡，再后来去了海湾，进了五角大楼，最后到了哈德雷堡。

她的工作效率报告一看就非同一般，这是我预料之中的事。我找到她的智商测验结果,她是属于军队里的2%的天才之列。从我过去的经历中得知,这2%的天才一般都是杀人案中的嫌疑犯,一般说来,天才对那些招惹了自己或者妨碍自己的人都不能容忍,而且总以为他们不必遵守那些人们都遵守的法规。这些人经常不愉快而且缺乏耐心,他们甚至可能成为反社会的人,有时候还可能心理变态。心理变态者常把自己看成法官或者陪审团成员,或者刽子手。他们到了这一步也就到了和我打交道的时候了。

可是现在,我正研究的这个天才不是杀人犯,却是被害者,也许这个事实在本案中毫无意义。但是直觉告诉我,安·坎贝尔被害之前肯定伤害过别人。

我直接把她的病历翻到了最后一面,因为如果有精神方面的记录,肯定会写在那儿。我果然找到了一份心理分析报告,是她进西点军校体检时的记录。报告上写着:

  此人目的性很明确,很聪明,适应力强。从两小时的面谈和测试结果中看不出有专横的表现,也没有幻觉紊乱、情绪紊乱、渴望紊乱、性格紊乱和性紊乱的迹象。

报告的最后一部分写着,没有明显的心理问题会妨碍她完成美国军事学院的课程。安·坎贝尔是个很正常的十八岁美国姑娘。不管这话在20世纪后期的美国意味着什么,总之,一切正常。

但心理病历中还有几页报告,写得很短,时间是在她上军校三年级下半学年期间。当时,她被命令去做心理检查。是谁下的命令和命令的原因都没有记录。心理医生韦尔斯写道:

  军校学员坎贝尔被推荐来此进行心理治疗或者心理分析。她说:"我什么问题都没有。"她不合作,但还没达到要我向她的上司报告的程度。在每次大约两小时的四次谈话中,她都反复强调说她只是太累了,体力训练和学术训练压力太大,又担心考试成绩,总之是疲劳过度。这些对于一二年级的军校学员来说,是很普通的事,但对三年级的学员来说就很少见了。我问她,有没有别的事情,比如说爱情纠葛或家庭问题,那也会导致这种疲劳和压力感。她向我保证,家里都很好,她本人在本地或其他地方也没有爱情纠葛。

我看得出她的体重明显偏低,而且注意力明显不集中。总而言之,一副很压抑、很忧虑的样子。在谈话期间,她哭过几次,但每一次都很快地控制住了,并向我道了歉。

有好几次,她差点说出一些超越了一般军校学生所能说出的抱怨词语,但每次没等讲出就停住了。有一次,她说:"我去不去上课都无所谓,我在这儿干什么都无所谓。反正他们总得让我毕业。"我问她那是不是因为她是将军的女儿。她回答说:"不是的。因为我帮了他们的忙。"

我问她帮了什么忙,"他们"又是谁。她只回答说:"那些老家伙。"其他问题都没有回答。

我相信我们的谈话到该出结果的时候了,可是她的上司却给她安排了另外的约见,我们的谈话则无缘无故地被取消了。我不知道这位上司的名字。

我认为,坎贝尔还需要进一步的分析和治疗,不管是自愿的还是强制性的。不然,应该由一个精神分析小组,来诊断是否需要对她进行隔离治疗。我是认为应该对她进行一次彻底的检查和分析。

我仔细阅读了这篇报告，有些纳闷，为什么一个很正常的十八岁妙龄少女到了二十岁就变得忧郁低沉？当然可以用军队生活的纪律森严去解释，但韦尔斯医生显然是不同意这个说法，我也有同样的看法。

我从头到尾翻阅了这些档案，正准备合上时，忽然看到一张小纸条夹在里面，上面有几行手写的字：与魔鬼搏斗的人应当留心在这个过程中自己不要变成魔鬼。当你长久地看着深渊的时候，深渊也在看着你——尼采。

这张纸条放在这儿做什么，我不清楚。但它放在一个战争心理学军官的档案里是非常合适的。在犯罪调查处官员的档案中也该放上一张这样的纸条。

第九章

我再也不需要，也不想当富兰克林·怀特中士了，尤其是每当我看到一个趾高气扬的中尉都得行礼的时候，就更不想当了。我步行了半英里① 到步兵训练大队取回了我的卡车，然后到"低语松林"去换便装。

做事先得分清事情的轻重缓急。我离开了步兵训练大队，驶上了高速公路。到"低语松林"有二十分钟的路程，在此期间我把军械库的事，从开始到接到肯特的电话的整个过程回忆了一遍，并在脑子里勾画出了一份卡尔要的书面报告：

除了我们在电话里谈到的，还有一点，将军的女儿是个婊子，一个很不一般的婊子。我简直无法忘记她。如果是我疯狂地

---

① 1英里约1.6公里。

爱上她却发现她和谁都上床的话，我也会杀了她。然而杀死她的家伙会得到惩罚的。谢谢你派给我这个案子。（签名）布伦纳

这份报告可能需要略加修改，因为人都会对别人说谎，对外界伪装，但我认为起码应敢于面对真实的自己，即承认自己对问题的实际感觉。

想到这儿，我想起了辛西娅。我无法忘掉她。这段时间以来，我一直看见她的脸，听见她的声音，所以此时很想她。这预示着一种强烈的感情，一种性的吸引，或者——天哪——是爱。这可不好了，不仅仅因为我对此还没有丝毫准备，更重要的是我不知道她是怎么想的。况且，摆在我们面前的是一桩奸杀案呢。处理这类案子必须全力以赴，心无旁骛。而辛西娅这种精力充沛的年轻人又会说我冷淡无情、玩世不恭。我当然不能承认，因为我也懂得感情、懂得爱、懂得温暖。去年在布鲁塞尔时我就是这个样子，可到头来我得到了什么呢？不管怎么说，处理奸杀案就是需要全力以赴。

我在前方看见了两棵光秃秃的松树，上面钉着一个牌子，牌子上写着：低语松林。我把车停好，慢慢地向我那间铝皮屋走去。我喜欢这种建在森林中的乡间住宅，虽然寒酸点，但前门廊有一把转椅，放上一碗爆米花，我也就满足了。

我绕着房子转了一圈，想仔细看一下，看看有没有脚印，窗户是否开着，其他人有没有来过。我绕到门口，查看了我放在门和门框之间的用细线粘成的绳子。这不是因为我在电影里常常看到侦探回到家被人当头一棒，而是因为我在步兵营里待过五年，其中一年是在越南，还在欧洲和亚洲待了将近十年，在此期间我跟各种各样的罪犯打过交道，有毒品犯，有军火走私犯，还有一些普通的杀人犯。我知道我为什么能活到现在，也知道怎么样才能继续活下去。换句话说，如

果你不小心，那就会毁掉自己。

我走进屋里，没关门，巡视了一下四周。看来没有什么人来过，东西的摆放和我离开时一样。

我向后边的卧室走去。这间屋子是我用来做办公室的，里边有我办案用的各种东西——除了手枪，还有笔记、报告、密码本和其他一些工具。为了防止外人闯进，我在门上安装了挂锁，并把屋内那扇唯一的窗户封死了。我打开锁，走了进去。

屋里的家具都是我搬来时就有的，后来我又从总部要来了一张桌子和一把椅子。我看见那张桌子上的录音电话闪着信号灯，便过去打开了开关，只听见一个鼻音很重的男人说："有你一个口信。"接着是另一个男人的声音："布伦纳先生，我是福勒上校，基地副官。坎贝尔将军要见你，请尽快到他家去。再见。"

真是怪事。从留言者傲慢无礼的语气中可以推断，肯定是肯特上校通知了被害人的家属，告诉他们这起案子的调查官是来自福尔斯彻奇的一个叫布伦纳的家伙，并把我的电话号码给了福勒上校。好啊，肯特，谢谢了。

可我目前根本没有时间顾及坎贝尔将军和其夫人。所以，我把这段录音抹掉了，再也不能去想它。

我带上那支口径九毫米的自动手枪和枪套，走出卧室，顺手把门锁上。

我在卧室里换上了一件蓝色的热带羊毛西装，佩好枪，到厨房里拿了一瓶冰镇啤酒，便出了家门。我把卡车留在这里，钻进了那辆追光牌汽车里。这样一换包装，从外表上看，我就很适合处理奸杀案了。不过，在这个过程中，我希望能有些睡眠的时间。

我边开车边大口喝着啤酒，因为本州对打开盛酒的容器有专门的法律规定。他们说，只要打开，就必须喝完，不喝完，就不能把酒瓶扔到车外面去。

我绕道来到了印第安斯普林斯。这里是郊区，很萧条，到处都是一些低矮的小农舍。我把车开到了一座很不起眼的小屋旁，按了几下车喇叭。这样就省去了下车按门铃的麻烦，而且也能被这儿的居民接受。过了一会儿，达伯特·埃尔金斯中士慢条斯理地从屋里踱了出来。他此时正穿着短裤、T恤衫、凉鞋，一只手拿着一瓶啤酒，显然过得挺痛快。我对他说："上车，我们必须去基地见一个人。"

"啊！见鬼！"

"快上来，我会尽快把你送回来的。"

他向身后喊了一声："我走了！"然后爬进车里，坐到乘客座上，顺手递给我一瓶啤酒。

我接过啤酒，把车退到公路上，驶离那里。一路上埃尔金斯向我提出了四个问题："你从哪儿弄来的这辆追光牌轿车？你从哪儿搞来的这套西装？那小妞儿怎么样了？我们去见谁？"

我一一做了回答："轿车是借来的。西装是从香港买的。那小妞儿太棒了！我们要去见一个正要被关进监狱里的小伙子。"

"关进监狱里？"埃尔金斯很纳闷。

"他们把他关进了宪兵大楼。他人不错。在他被押进监狱前我必须见见他。"

"为什么？他干了什么？"

"他们给他的罪名是酒后驾车。我得把他的车开到他的住处，他的家离你的很近。他老婆已怀孕九个月了，正需要车呢。你跟着我走就行了。"

埃尔金斯点了点头，似乎是曾经干过这种事情。他说："嗨！给我讲讲那小妞吧。"

为了让他高兴，我迎合着他讲了我编造的一个极端荒唐的做爱的故事。

我们一路就这么一边闲扯着一边喝着啤酒。经过哨所时，我们赶紧把啤酒罐藏在座位底下。我把车停在宪兵司令部大楼旁边，我们俩下了车，一起走进了大楼。

我向值班的中士出示了犯罪调查处的证件，就径直走了进去。这个动作也许没被埃尔金斯中士注意，也许是因为做得太快，他根本没反应过来。我们一起向拘留室走去。我挑了一间很不错的空屋子轻轻地把他推了进去。他好像有些迷惑，又有些担心，问我："你那位朋友在哪儿……"

"就是你呀。"我把门一关，门便自动锁上了。我透过铁窗对他说："你被捕了。"我向他亮了我的工作证，对他说："你的罪行是擅自出售武器，欺骗美国政府。"我又补充了一句："还有，你没系安全带。"

"啊，上帝，啊，上帝……"

罪犯听到宣布自己被捕时，脸上的表情都很有意思。这种表情往往是内心世界最真实的写照。因此在对他们说话的时候，需要根据他们的反应见机行事。埃尔金斯此时的表情就像听了圣彼得的宣判一样，一下子蒙了。我对他说："我会给你一个赎罪的机会，达伯特，只要你写一份坦白材料，并能跟政府合作捉拿罪犯，我就保证你不坐牢。但是你会失去军衔、工资、津贴，还有退伍金。否则的话，你就要被送到莱文沃思去生活。怎么样？谈谈吧，伙计？"

他哭了起来。要是在从前，我不但不会给他提这样便宜的条件，而且会毫不留情地扇他几耳光，直到他停止哭泣为止。现在我变得仁慈多了，也开始考虑罪犯的感情和要求了。此时，我努力克制着，不去想那两百支 M-16 冲锋枪和手榴弹发射器会给多少警察和无辜的百姓造成生命威胁，也不去想埃尔金斯中士的行为已经严重辜负了军队对他的信任。我又问他："这交易到底行不行？"

他点了点头。

"达伯特，你已经迈出了可喜的一步，"我从兜里掏出那张写着各种权利的卡片，连同一支笔一块儿交给了他，"给，好好看看，看完后在上面签个字。"他接过卡片，一边看上面写着的被告的权利，一边抹眼泪。我说道："签字吧，达伯特。"

他签了字，把卡片和笔还给了我。卡尔要是知道，我把埃尔金斯变成了政府方面的证人，肯定会勃然大怒，因为他的哲学是人人都要进监狱，谁也不准谈什么交易，军事法庭是不喜欢听见"交易"二字的。可我对此案只能快刀斩乱麻，速战速决，因为还有另一桩重大案件在等着我，而且那个案子很可能会危及我的前程。卡尔已经下了命令要我尽快了结此案，现在我已经将案子了结了。

一名宪兵中尉走过来让我做出解释并出示身份证。我向他出示了犯罪调查处的证件，对他说："给这个人拿些纸，再拿一支笔让他写坦白材料，然后把他带到犯罪调查处总部进行进一步审理。"

我离开拘留室，来到那间分配给我的办公室，翻看了安·坎贝尔留下的那本通讯录，上面大约记了一百个名字。里边没有用星号或心形来标记和她有浪漫关系或级别不同的人，也没有把死去的人的名字划掉。肯定还有另外一本通讯录，不是藏在她地下室的娱乐室里，就是储存在她的私人电脑里。

我匆匆写了一份给卡尔的报告。这份报告可能过于简单，而且流于俗套，不像刚才我脑子里想的，却是一份无论是军法署署长还是律师都无法提出责难的报告。

写完报告后，我拨通了内线："请派个书记员来，向我报到。"

军队里的书记员有些像地方上的秘书，只不过其中男书记员占多数。虽然近几年来女书记员的数量有所增加，但仍不如男的多。他们像地方上的同行们一样，有着操纵老板和办公室的神威。派来向我报到的是一位女书记员，穿着一套B型绿色军服，上身是一件普通的绿色军装，下身是一条绿色裙子，很适合在气温较高的办公室里工作。她很利落地向我行了礼，然后用很动听的声音说："我是书记员贝克，长官。"

我礼貌地站起身来（虽然礼节上并不要求我这样做），向她伸出了手："我是一级准尉布伦纳，犯罪调查处的，现在正在侦破坎贝尔的案子。这些你都知道了吗？"

"知道了，长官。"

我打量了她一会儿。她大约二十一岁，不太漂亮，但两只大眼睛透着几分机警，倒也显得很有灵气，甚至有些可爱，我问她："你愿意被派来搞这个案子吗？"

"我原先在交通管理处的雷丁上尉手下工作。"

"愿意还是不愿意？"

"愿意，长官。"

"很好。记住只向我和森希尔小姐汇报，她也参加此案的工作。你听到和看到的一切都是绝密的。"

"我明白。"

"很好。现在你去打印一下这份报告，复印一下这本通讯录，然后按这个号码把复印件电传到福尔斯彻奇，把原件留在我的桌子上。"

"是，长官。"

"在门上贴个条子，写上'办案人专用'，经授权的办案人只有我、你和森希尔女士。"

在部队里，诚实、荣誉和服从还是很受推崇的，所以从理论上讲，门上不需要挂锁，但最近在门上看到的锁越来越多了。虽然如此，但因为我是老式学校毕业的，所以还是没去要锁。不过我嘱咐了贝克:"每天晚上都要把废纸送到碎纸机里毁掉。"

"是,长官。"

"还有什么问题吗?"

"谁去通知雷丁上尉?"

"我会去跟肯特上校谈的。还有什么问题?"

"没有了,长官。"

"你可以走了。"

她拿起那本通讯录和我写的报告,行过礼转身走开了。

已经是下午两点零三分了,可二级准尉森希尔小姐还没有露面。我只好出了宪兵司令部大楼去找我的汽车准备出发,看见我的搭档已经把车停在前门,正坐在方向盘后打盹呢。激光唱机正放着快乐之死演唱组唱的歌曲,这可能很适合此时的情景。

我钻进车里,把车门狠狠一关。她醒了。我问她:"睡着了?"

"没有。只想休息一下眼睛。"

她从前也是这样,从不承认自己睡着了。我们迅速地交换了一个微笑,算是打了招呼,我对她说:"去第六步枪射击场。"

第十章

我们的车驶过了基地中心,到了一片林荫地。辛西娅换上了快挡,她对我说:"你的西装很漂亮。"

"谢谢。"快乐之死演唱组正唱着《一抹灰》,我赶紧关上了唱机。

"你有什么烦恼的事吗?"

"是的。"

"卡尔可是个让人心烦的人。"

"如果你再打电话跟他谈这个案子,我就惩罚你。"

"是，长官。"

我们默默地行驶了一会儿，她说："我需要你的地址和电话号码。"

我给了她，一边问道："你查了'性窒息'这个词了吗？"

"当然查过了。非常奇怪的一个词。"

"说起来，性其实就是奇怪的。"

"也许对你来说是这样。"

"给我讲讲性窒息吧。"

"好吧……大体说来，就是在刺激性欲的过程中，在脖子上勒一根绳子。男人在手淫时常常这么干。这是一种自我刺激性欲的方式。据说有些女人也有这种行为。有时候，同性或者异性性交时双方都可能采取这种行为。通常经过双方同意，但也有例外。这种行为有时会有生命危险，其中有些是一时失手，也有些是故意的。这时就要惊动警方了。我可以想象那是怎么回事，"她摇了摇头说，"但我不明白那怎么会是一种享受。手册里可没写。"

"哦，不过在其他手册里有。我来告诉你为什么吧：当人的大脑内血液和氧气的供应发生紊乱时，部分感觉就会变得敏锐起来，其中部分原因是自我控制能力的减弱。暂时的缺氧能够引起头晕目眩，有时甚至能引起兴奋。在这种状态中，许多人更能体验到一种更强烈的性快感。"我又补充说："我听说过，这种感觉如果来了就会来得真真切切，但是一旦判断有误，这种感觉来了，你也就过去了。那么这种感觉也就成为历史了。"

"那可不是什么乐趣。"

"当然不是。另外，这种狂欢只有一部分来自生理，其他的都是来自性窒息发生时的一些现象和行为的刺激——全身裸露、性感的衣服、刺激性欲的工具和场景，还有最终的危险。"

"这是谁发明的？"

"肯定是偶然发现的，也许是埃及的金字塔里有这样的图画。要知道，人类在自我满足方面是聪明绝顶的。"

她沉默了一会儿，后来瞥了我一眼，说："你认为发生在安身上的就是这种事情吗？"

"哦……她脖子上垫着内裤是为了不让绳子留下痕迹。这在不以杀人为目的的性窒息中是很典型的。"我补充道，"这只是我们对看到的现场的一种解释，我们还得看一下法医的鉴定再下结论。"

"她的衣服哪儿去了？"

"可能被她扔在什么地方了。"

"为什么？"

"这是危险和幻觉的一部分。你不是说过吗，我们无法知道她在性方面的爱好，也就无从知道她脑子里酝酿着一个什么样的精彩计划，如果你不介意，可以想一下你自己的那个乐园。想象一下别人对你的那些情节又怎么看。"为了打破那令人尴尬的沉默，我补充说，"这类性格的人无论有没有伙伴，最后都会在自己设计的美好的幻觉中得到满足。我现在开始认为，我们在第六射击场看到的那一幕完全是安·坎贝尔自编、自导、自演的，根本没有什么同伙，也没有袭击者。"

见辛西娅没说话，我继续说："最大的可能是，她和她的同伙事先都同意了，后来她的同伙把她勒死了。这可能是一时失手，也可能是一怒之下故意把她勒死的。但是，如果是一个陌生的歹徒，他的目的是强奸，绝对不会考虑到在她的脖子上垫上内裤来减轻绳子对皮肤的伤害。"

"不，我们不是讨论过吗，设想一下如果她的同伙不是一怒之下杀了她，而是蓄意杀她，而她却以为是一个游戏。"

"那是另外一种可能性。"

辛西娅说:"我一直在想地下室里的那间屋子。可能是有些男人妒忌或者为了报仇而想置她于死地。还有一种可能,她可能一直在敲诈一个人。"

"是的。她好像注定是会被杀掉的。但是我们还需要更多的证据。你把这些写在你的记事本里,好吗?"

她又点了点头,但没说话。辛西娅虽说处理过各种各样的强奸案,但那些案子中都没有死人。显然她是被这些新发现的人类的丑恶和复杂的性行为深深地迷惑住了。我们向前看了看,隐约可以看见一个巨大的绿色帐篷。那是法医为了保护露天的犯罪现场而搭的,远看颇像在草坪上举行集会时搭的大帐篷。

辛西娅说:"我很感激你向卡尔表达了你对我的信任。"

我不记得曾和卡尔有过那样的对话,便赶紧回避了过去,对她说:"卡尔让我们重新表演一下犯罪经过。桩子、绳子等都得用。你就是安·坎贝尔。"

她想了一会儿,说:"好吧……我以前也这样干过……"

"很好。我期待着那个时刻。"

我们到达了现场。辛西娅把车停在一顶法医的帐篷旁边,问我:"我们还要去看看尸体吗?"

"不必了。"现在尸体肯定会有臭味了。说句不理智的、与我的职业相距甚远的话吧,我只想记住安·坎贝尔原来的样子。

第十一章

那条狭窄的路上停着十二辆卡车和小汽车,都是法医和地方警察的车。

我和辛西娅沿着一条绿色防水布铺成的路，向那个敞着门的大帐篷走去。

那天下午是佐治亚州的一个大热天。偶尔有一丝微风吹来，带着浓郁的松树气息。

那个大帐篷的里外至少有三十个人，他们都是从事法医工作的。

我们在帐篷前停了下来，一个秃顶的矮个子分开人群朝我们走来。我认出他是一级准尉考尔·塞夫尔，他很可能是这儿的头头。塞夫尔是个挺不错的人，在破案中他能感觉到哪一根线和哪一粒尘土是关键的。但是他也像别的从事技术工作的人一样，处理问题时有个只见树木不见森林的毛病。当然喽，这对我来说也没什么不好，因为"森林"是我的工作，"树木"才是他的。我讨厌法医插手侦探的工作。

考尔的脸色有些灰白，他每次见到尸体时都是这个样子。我们握了握手。我想把他介绍给辛西娅，可没想到他们以前就认识。他说："他妈的整个世界都围着尸体转，保罗。"

我们每次破案都是这个样。我回答说："至今还没有人学会在空中走路呢。"

"那倒是。唉，你们的人把脚印都踩坏了。"

"是不是有军队留下的脚印？"

"有。也有跑鞋的印迹。"他看了看辛西娅的鞋，问道，"也有你的？"

"是的，"辛西娅回答说，"我会把我的鞋印样给你。除了鞋印，还有别的脚印吗？"

"有。我取了一个不完整的光脚脚印，可能是被害人留下的。其他的脚印都是靴子，靴子，靴子。你知道，由于两只鞋底磨损程度不同或者鞋有切痕，或者鞋跟的种类不同，所留下的足印都不一样——"

"我想你已经跟我说过一遍了。"我提醒他说。

"是的。我们必须取每个人的脚印,但是我告诉你,这儿可能有几十种脚印。这个射击场上又长满了矮小的灌木和青草。"

我问考尔:"在本案被害人身上有精液的痕迹吗?"

"已经用紫外线照过她全身了,没发现精斑。我们又取了阴道、口腔和肛门的化验标本。大约半小时后就会有结果。"他又补充说,"负责现场搜寻指纹的人已经检查了死者身体、吉普车、手提包、绳子和桩子;照片也快拍完了。我已经派血清专家在帐篷里化验死者的血液、唾液和外阴部的体液取样,并派了化学专家用真空吸尘器寻找,可尸体上连根头发都没找到,上面仅有的纤维也是从死者自己的内衣内裤上掉下来的。另外我还带来了一个专门鉴定工具的小组,他们检查了现场的绳子和桩子,发现桩子是使用过的,而且很旧了。绳子也是这样。总而言之,我们目前还不能给你提供任何实质性的线索。"

考尔这个人喜欢在工作开始的时候把困难说得过大,然后再告诉你,经过几个小时在实验室的艰苦工作,终于得出结果。换取声望的诀窍就是夸大工作中的困难,我偶尔也这么干。只有辛西娅还未学会。我问考尔:"你把那些桩子拿走了吗?"

"只拿走了靠近左脚踝的那根。因为我们想验证一下桩子上带的土和现场的土是不是一样。结果发现都是佐治亚州的红土。"

"我要你去察看一下她手腕旁边的那两根桩子,看看如果她想去拔的话能不能拔出来。还要去看看她手腕上的绳结是不是活结。再看一下她的手能不能够着绳头。"

"现在吗?"

"是的。就是现在。"

考尔转身走开了。

辛西娅对我说:"如果上述问题都不成立,那么我们就可以排除因自我发泄而丧命的可能性了,对吗?"

"对。"

"下一步我们就该去找凶手了。"

"可能是凶手,也可能是同伙。看起来此案很像始于寻欢作乐。"我又补充道,"不要把这话说出去。"

"这还用说吗?"她说,"我不在乎再去看一下尸体,因为我明白我们要找的是什么。"说完,她沿着防水布铺的那条路走到帐篷前,挤进人群,在尸体旁跪了下去。我转身回到路上,站在吉普车旁。我向罗宾斯所在的哨所望去,发现在一公里外根本看不到弹药库。我又转过身,朝我们来的方向望去,发现这条路向右拐了个弯儿,这样一来,如果有一辆卡车停在一百米外的第五射击场,站在罗宾斯的那个位置就根本看不到车灯了。我对罗宾斯所说的车灯出现的时间一直有疑问,现在更怀疑了。也许罗宾斯看到车灯根本不是安·坎贝尔的——如果说那是安·坎贝尔的车灯,那么她一点离开总部,罗宾斯两点十七分看到车灯,而那段时间内她又在干些什么呢?

辛西娅和考尔走了过来。考尔对我说:"那些桩子都牢牢地钉在土里。一个小伙子戴着手套把它拔出来,差点累得疝气发作。绳结都是平结,即使借助于机械的帮助,要解开也很够呛。至于绳头嘛,倒是放在她的手边,但我觉得她不可能去拉绳头。你是不是以为这是一个寻找自我刺激而引发的事故?"

"只是一种猜想,我们几个人知道就行了。"

"是啊,看起来昨晚她像是有过同伴,但到目前为止还没找到那同伴的蛛丝马迹。"

"那个光脚印在哪儿?"

"大约在从路到尸体之间的途中,就在那儿。"他指的地方正有一个人在取那个脚印。

我点了点头,又问他:"绳子是怎样弄断的?"

考尔回答说:"切断的。看起来像是斧或切肉的刀在木板上剁断的。工具检验组的人已经察看了切口,认为不像是在这儿切断的。很可能是事先切好了带来的。"他又道,"像是一套强奸的工具。"他忍住没说出"预谋的"或者"有预谋的强奸"。我喜欢他这种说话不跨越本行的人。实际上,与其说看上去像强奸的工具,不如说更像被害人密室里的那套性虐待用具。不过,最好大家都认为是强奸。

考尔对我说:"你不是想知道她右脚上的那个黑点吗?"

"是的。"

"我有百分之九十九的把握,那是马路上的沥青。另外百分之一的把握要在一个小时以后才能知道。我把那点黑东西同马路上的沥青做了比较,但还不能马上得出结论。"

"好吧。"

他问我:"你是怎么接来这个案子的?"

"我可是乞求来的。"

他笑了,说道:"我可不支持你这样干。"

"如果你在安·坎贝尔的吉普车里找到了我的脚印,我也就不支持你这样干了。"

他又笑起来。看来他很喜欢跟我合作。我提醒他说:"你可小心点,一旦有什么差错,可要考虑好靠一半薪水怎么生活。许多人因此去了墨西哥。"

"嗨,如果我有什么差错,我完全能拍拍屁股跑掉。如果你有什么差错,你的屁股可就成了草坪,而赫尔曼上校就是割草机。"

他说的虽不好听,却是实话。我告诉他:"被害人办公室和家里

89

的东西以及其他私人用品都被安置在乔丹机场的一个仓库里了。你这儿的事情一完就去那儿。"

"知道了。这儿可能会在天黑前结束，然后我就到飞机场仓库去熬个通宵。"

"肯特上校来过吗？"

"只待了几分钟。"

"他有什么指示？"

"和你一样，只是没你那么多俏皮话，"他说，"他让你去见将军，你得到口信了吗？"

"没有。考尔，我在宪兵司令部大楼办公。所有的报告和要求都要直接寄给我和辛西娅，上面要写明'绝密'，你也可以给我打电话或者面谈。记住，不要跟任何人议论这个案子，包括宪兵司令。不管谁问你什么问题，都让他直接来问我或辛西娅。把我的这些要求告诉你手下的人，好吗？"

考尔点了点头，然后又问："连肯特上校也不能说吗？"

"连将军都不能说。"

他耸了耸肩，说："好吧。"

"我们去厕所看看吧，然后你的人就可以去看她的房间了。"

考尔点了点头，说："好吧。"

我们三人走过看台，走过一片无人踩过的厚厚的草地，来到一排绿树前，厕所就在这儿。肯特在厕所周围设了警戒，我们跨过那黄色的标志线，只见那旧棚子上写着"男性人士"，新棚子上写着"女性人士"。这两个词看起来似乎有些华而不实，这完全是因为军队有反对过于简单和通俗的规定。我们走进了"男性人士"，我用手帕垫着打开了电灯开关。

厕所地面是水泥的，墙是木制的，墙和天花板交界处安着纱窗。

厕所内共有三个分隔间，三个便池，都很干净，我想即使昨天有军队演习，也会在下午五点前结束，马上就会详细布置打扫厕所的任务。废纸篓都是空的，抽水马桶里也没有浮着任何东西。所有的抽水马桶坐圈都立着。

辛西娅示意我看中间一个洗手池。我发现池里有一些水滴和一根短短的毛发。我对考尔说："这儿有个东西。"

他走过来俯下身子看了看，说道："是人的头发，高加索人的头发。"他又凑近看了看，"是脱落的，也可能是剪下来的，但不是拔下来的，没有根，这样品的价值不大。不过我可以查出其主人的血型，也可以查清性别。但因没有发根，无法确定其基因标志。"

我们又来到了女厕所，发现这里像男厕所一样一尘不染，里边有六个小分隔间，抽水马桶坐圈也都呈立式。这是军队规定的，虽然女人用时要放下来，但不用时一律呈立式。我对考尔说："我要你告诉我坎贝尔上尉是否用过这个厕所。"

他回答说："如果没有别的东西，我们可以试着找一下汗迹，或者沾在抽水马桶坐圈上的人身上的油迹，或者水池排水管里的皮屑。我会尽最大努力的。"

我们从厕所出来，外面阳光炽热，我们向大路走去。我对考尔说："不要以为我是在侮辱你，我只是提醒你，要对付一个粗野的辩护律师的盘问，你必须把证据好好归纳起来，把每样东西都要编好顺序，贴上标签，要知道，辩护律师只有在证明被告无罪时才能赚到被告的钱。"

"别为我担心。你自己也别担心，只要你找到嫌疑犯，我们就去刮他的皮肤，抽他的血，拔他的头发，取他的精液，就像前几天辛西娅在这儿对付那个强奸犯一样。"

"真希望这儿能有什么东西可以作为证据，来判定那个嫌疑犯。"

"总会有的。对啦,她的衣服哪儿去了?"

"都不见了。她当时穿着军装。"

"别人也穿着军装,所以如果我在现场找到军装的纤维,就等于什么也没找到。"

"是的。"

"当大家都穿着同样的衣服和鞋子的时候,法医工作就困难多了。"

"说得很对。你取了现场那些宪兵的脚印吗?"

"取了。"

"肯特上校的也取了?"

"也取了。"

我们回到马路上,刚一停下,辛西娅便说:"记住,考尔,你现在唯一的压力是来自我们两人,其他人没有份儿。"

"我听见了,"他回望了尸体一眼,"她长得很美。我们的实验室里有一张她做的征兵广告。"他转过来看着我和辛西娅,说道:"嗨,祝你们好运!"

辛西娅回答说:"也祝你好运。"

考尔·塞夫尔转过身,缓缓地向尸体走去。我和辛西娅上了她的车。她问我:"去哪儿?"

"乔丹机场。"

第十二章

我们的车从基地向北开去,到了一块写着"乔丹机场"的牌子的地方向左拐去。

我对辛西娅说:"根据考尔对那些桩子和绳子的分析,就不需要把你绑在桩子上了。"

她回答说:"卡尔是个典型的纸上谈兵的侦探。"

"太对了。"

但不管怎么说,卡尔还算是个不错的指挥官。他做事雷厉风行,不阿谀奉承,而且为下属的利益着想。因为这起案子特殊,他肯定会被叫到五角大楼去汇报。他可能要站在五角大楼的参谋长办公室里,面对陆军部长、联邦调查局的头头、军法署署长和其他一些高级官员、一些眼里冒着凶光的总统帮凶,高声宣布:"我最得力的部下,保罗·布伦纳中士负责侦破此案,他告诉我不需要任何外援,并向我保证一定在几天之内了结此案。捉拿罪犯归案的时刻已指日可待。"说得没错,卡尔。也许该说,亲爱的卡尔。

辛西娅瞥了我一眼,说道:"你的脸色不太好。"

"实在太累了。"

我们到了乔丹机场。这是一处军事设施,是哈德雷堡的一部分。哈德雷堡的大部分地方都是开放的,人们可以自由地进出,只有乔丹机场是个保密区,所以我们在门口被一个宪兵拦住了。他看了一下辛西娅的身份证,问她:"您是调查那起谋杀案的吗,长官?"

"是的,"她回答说,"这位是我的保护人。"

那位宪兵笑了笑,说道:"请到三号仓库,长官。"

辛西娅把车发动起来,开向三号仓库。乔丹机场本来是空军在二十世纪三十年代建成的(这支部队现在已经不存在了),看上去很像是为拍"二战"时期的一部电影准备的一个场景。

停机坪上有两架直升机和三架军用弹着观察机[①]。我们来到三号仓库,看到门前停着肯特的车,还有一辆蓝白两色相间的福特汽车,上面有警车标志。警车的车门上有几个金光闪闪的大字:米德兰警察

[①] 观察射弹、弹着点和爆炸点的飞机。

93

局长。

辛西娅说:"那就是亚德利局长的车了。我曾经跟他合作过一次,你呢?"

"没有。而且现在也不想与他合作。"

我们走进了那间千疮百孔的仓库,第一眼就看到了一辆白色的325型敞篷汽车。我猜可能是坎贝尔上尉的。仓库的尽头摆着安·坎贝尔的家具,是按照一个房间挨一个房间的顺序摆放的,已经裂了缝的地毯也是根据原来的样子铺上的。我们走近一些,又看到了她办公室里的家具,再走近一些便看到在一张很长的桌子上摆满了照片,都是在她家和办公室拍的。这些家具周围站着几个宪兵。肯特上校也在场。另外还有一个戴牛仔帽的男人,看起来像是警察局长亚德利。他挺胖,身上的肉好像随时都能把穿着的那件笔挺的毛葛西装撑破。他的脸红红的。我想可能是晒的,也可能他有高血压,还可能是他刚刚发过火。

我和辛西娅走过去的时候,亚德利正在和肯特说话。他俩朝我们看了一眼。我向亚德利走去,他也转身向我走来。他这样招呼我:"你要做很多解释,小子。"

我想不必了吧,于是我回敬他说:"如果你碰过其中的什么东西或者与其中的任何东西有瓜葛的话,那就请你把指纹和你衣服的纤维贡献出来。"

亚德利倒退了几步,瞪了我好长时间,然后大笑起来:"你这个狗杂种。"说完,他转向肯特,问他:"你听见了吗?"

肯特勉强装出一丝微笑,但看得出他并不高兴。

我接着说:"请记住你的职责是进行军事保护。我才是本案的全权负责人。"

肯特一字一顿地说:"亚德利局长,我可以向你介绍一下布伦纳先生和森希尔小姐吗？"

"可以，"亚德利回答说，"但这并不能使我快乐。"

我问亚德利："能告诉我你在这儿有何贵干吗？"

他又笑起来，看来他觉得我的话挺逗。他回答说："哦，我在这儿的贵干就是问问你，这些东西是怎么到了这儿的。"

为了尽快把他打发走，我想起了卡尔近乎聪明的建议，对他说："是按被害人家属的要求，由我负责运到这儿来的。"

他把我的话仔细品味了一番，说："主意不错，小子。算我输了。"

"谢谢。"其实我挺喜欢这家伙，因为我对傻瓜向来是偏爱的。

亚德利又说："这样吧——如果你肯把这些东西也提供给我和我的实验室，那我们就算扯平了。"

"等犯罪调查处的实验室检验完了再说吧。"

"别想占我的便宜，小子。"

"我连做梦都不敢。"

"很好。嗨，你看这样办行不行——如果你让我们参与对这些东西的检验，我就给你们出入被害人住宅的权力。我们已经给那所住宅都上了锁，并且看管了起来。"

"我对那所住宅已经不感兴趣了。"除了地下室。这家伙根本不知道我手中还攥着一张王牌。

"好吧。不过我手头还有一些被害人的官方档案材料。"

看来这笔交易有门了。但我仍不动声色地说："到我非要你那些档案不可的时候，我会给你发传票的。"

亚德利转向肯特，对他说："这家伙真像个马贩子。"说完，他又转向我，"真东西在这儿呢。"他弹了弹自己的脑袋，听起来里面像是空空的，"这儿的东西你用传票是传不走的。"

"你以前就认识被害人吗？"

"哦，是的，小子。你呢？"

"我可没有那份荣幸。"这也许是我对他的第二次进攻了吧。

"她的老爷子我也认识。嘿，你听着，"亚德利局长说着，又露出了那副让人厌恶的面孔，"你到我办公室来，我们好好讨论一下这笔交易。"

我想起了把可怜的埃尔金斯中士骗进拘留室的方法，于是对他说："如果你真想谈这笔交易，那我们就去宪兵司令部大楼的办公室去谈。"

这一招果然奏效，他说："在对待档案、线索和法医报告的问题上，我们应该采取合作的态度。"

辛西娅第一次开了口："局长，我完全理解您的心情，我们的行动可能不太得体，但希望您不要把它看成是针对您个人的，也不要以为这是对您的一种职业上的侮辱。如果被害人是其他人的话，我们肯定会请您和我们一起去查看住宅，共商最佳方案的。"

亚德利噘起嘴，像是在思考她刚才说的话，又像是在准备说："胡说八道。"

辛西娅接着说："其实，有些事情我们也很恼火，比如说吧，同样的一点小冲突，战士就要被逮捕，而地方老百姓却可以什么事都没有。"

"所以，"辛西娅继续说出了她动听的理由，"明天我们约定一个双方都方便的时间，商量一下我们怎样愉快地合作。"等等等等。

亚德利点了点头，其实他根本没用心去听。最后他回答说："听上去有点道理。"他又对肯特说："谢谢你，上校，今晚给我家来个电话。"说完，他转向我，在我肩头拍了一巴掌，"你打败了我，小子。我欠你一次。"说完便大踏步地穿过仓库走了，那架势好像随时都会回来似的。

他刚出仓库大门,肯特就说:"我对你说过他会乱骂的。"

我回答说:"谁在乎他呢?"

肯特说:"我不想和这家伙闹僵。因为他会对此案很有帮助。你知道,基地有一半人都住在他的地盘上,在基地工作的老百姓百分之九十也住在米德兰。所以,在我们寻找嫌疑犯的时候,肯定会用到他。"

"也许吧,但我认为所有嫌疑犯都会落在政府管辖的地盘上。如果不是这样,我们绑架他们。"

肯特摇了摇头,好像是使头脑清醒些。他问:"哎,你见过将军了吗?"

"没有。我应该去吗?"

"他想尽快见到你,就在他家。"

"好吧。"丧失了亲人的人都会有很多想法,但一般想不到要和负责案子的调查官谈话。不过,将军就不同于一般人了。坎贝尔将军也许有必要发号施令,以显示他现在仍有权力。我对肯特说:"我已经有了一份初步的嫌疑犯名单。"

肯特看起来有些惊讶,他问:"已经有了?都有谁?"

"我的嫌疑犯名单包括所有的与现场或者被害人住宅有瓜葛的人,法医将会取下所有的痕迹,也就是所有这些人的脚印和指纹。所以这名单里就包括了你、圣·约翰中士、一等兵凯西,还有所有在现场的宪兵。另外还有我和辛西娅。这些人不可能是嫌疑犯,但我必须认真研究法医提供的证据。"

肯特说:"那你最好现在就开始调查不在现场的证据。"

"好吧,那么你的证据是什么?"

"好……我接到值勤中士来的电话时,正在家睡觉。"

"你住在基地,对吧?"

"对。"

97

"你什么时候到家的？"

"大约在半夜。我在基地中心吃了晚饭，然后去了办公室，工作到很晚才回家。"

"你妻子能作证吗？"

"这个……不能。她当时正住在俄亥俄她父母家里。"

"啊。"

"哦，胡闹，保罗。简直是胡闹。"

"哎，别紧张，上校。"

"你以为你很幽默，其实你根本不幽默。对于谋杀案和谋杀案的嫌疑犯这类问题是不能开玩笑的。"

我看了他一眼，发现他真的动怒了。

"好吧，"我说，"我向你道歉，我本来想我们三个执法官之间能彼此直言不讳。我们在这儿说的话，不管是推测，还是有些出格的盘问都不能出了这间仓库，只是我们三人知道，这样行吗？"

他还没有平静下来，冲着我吼道："你昨晚去哪里啦？"

我说："我一个人在我的活动房子里待到大约四点三十分，到基地军械库时大约五点。没有证人。"

"故事编得不错嘛。"肯特轻蔑地说。他听到我说没有不在现场的证据，好像格外高兴。他又转身问辛西娅："你呢？"

"我大约晚上七点到了军官招待所写尼利一案的报告材料，一直写到半夜，后来就睡觉了，大约早上五点半被一个宪兵叫醒了。"

我评论说："好了，我今生还没听说过比这三个不在现场的证据更不堪一击的证据。不过，现在就让这些证据成立吧。问题的关键在于，这个基地就像一个小城镇，被害人的朋友、家庭和熟人圈子里自然包括了这儿的高级官员。"我对肯特说，"你希望负责本案的人是个圈外人，对不对？"

"是这样。而且你们都是基地外来的天才。"

我突然意识到他所谓外面来的天才不过是说,"我们需要的是两个对人所共知的情况都一无所知的调查官"。

我问肯特:"你和安·坎贝尔的关系怎样?"

他犹豫了一会儿,终于说:"算是不错吧。"

"能详细说一下吗?"

显然,职位高于我的肯特对我的问话很不满。但他毕竟是个职业警官,非常明白他该怎么做。因此他勉强装出一丝微笑,说道:"难道我们要互相宣布一下我们的权利吗?"

我也回报了他一个微笑。这样做是尴尬的,但很必要。

他清了清嗓子:"坎贝尔上尉大约两年前来到了这儿,我、坎贝尔将军和夫人当时都已住在这里了。坎贝尔夫妇曾邀请我和另外几位军官去他家见他们的女儿。我们的工作不同,看起来我们没有什么必然的联系,但她是个心理学家,所以对犯罪行为很感兴趣,而我对犯罪心理也有兴趣,所以一个执法官和一个心理学家有共同的爱好算不上不正常吧。"

"所以你们成了朋友?"

"算是吧。"

"经常一起吃午饭吗?"

"有时候。"

"晚饭呢?一起喝酒吗?"

"偶尔。"

"就你们两个人?"

"一两次。"

"但你好像不知道她住哪儿。"

"我知道她住在基地外,但从未去过她的住所。"

"她到过你的住处吗?"

"是的,去过多次,都是社交聚会。"

"你妻子喜欢她吗?"

"不喜欢。"

"为什么?"

"你自己去想吧,布伦纳。"

"好吧,我已经想出来了。"在审问一个高级官员时辛西娅总会巧妙地替我解围,所以我问她:"你有什么问题要问肯特上校吗?"

辛西娅回答说:"只有一个最显而易见的问题。"接着她把目光转向肯特。

肯特会意地说:"我从未和她亲近过。如果我那么做了,我一开始就会告诉你们的。"

"但愿如此。"我说。我问他:"她有固定的男朋友吗?"

"据我所知,没有。"

"那她有什么公开的敌人吗?"

他想了想,说道:"有些女人不喜欢她,因为她们感到了威胁。有些男人也不喜欢她,因为他们觉得……"

"配不上她?"辛西娅提示他说。

"差不多吧。可能她对一些热烈追求她的年轻单身军官有些冷淡。至于是否有敌人,我还没听说过。"他犹豫了一下又说,"从她被杀的方式来看,我认为这起谋杀始自情欲。我的意思是说,有些女人会使人产生一种健康的或浪漫的性幻想;而安不一样,她能在某些男人心中激起一股强烈的强奸欲望。我认为本案就是一个有这种欲望的人干的。强奸后这个家伙意识到自己已陷入了严重的困境。说不定她辱骂了他,我认为她很可能这么干了。那家伙想到了被送到莱文沃思的生活,所以就勒死了她。"

"就你所知，她和何人约会，在性方面活跃吗？"

"我不知道她在性方面是不是活跃。我只知道一个经常和她约会的军官——埃尔比中尉，是将军的副官之一。但她从来不和我谈论她的私生活，而且她的行为又不会进入我的职责范围。另外，你也必须考虑一下她为了快乐会做出些什么。"

"那么你认为她为了快乐会做出些什么呢？"

"就是那些如果我是她也应该做的事情。把自己的职业生活跟非军人的社会生活分开。"

"亚德利有她哪些方面的材料？"

"啊……我猜他可能是指大约一年前她在米德兰被抓的那一次吧。她的名字还没有上登记簿的时候，亚德利就给我打了电话，我就去把她接了回来。"

"她为什么被捕的？"

"亚德利说因为她搅乱了那儿的秩序。"

"是怎么搅乱的？"

"她在街上与一个男人争吵。"

"有争吵的详细记载吗？"

"没有，亚德利不肯说，只告诉我把她带回家。"

"所以你就把她送回家了。"

"没有。我告诉过你我不知道她住哪儿，布伦纳。别跟我来这套把戏。我把她带回基地，大约是晚上十一点吧。她当时情绪很低落，所以我带她到军官俱乐部喝了一杯饮料。她并没告诉我发生了什么事情，我也没问。我给她叫了一辆出租汽车，大约半夜时分她就离开了。"

"你知不知道和她吵架的男人，以及那个逮捕她的警官的情况？"

"不知道。亚德利肯定知道，你去问他嘛，"肯特笑了笑，"现在你需要他的全力合作了。还有什么问题吗？"

辛西娅问他："当你听到她被杀的消息时感觉怎样？"

"很震惊。"

"悲哀吗？"

"当然。也为将军夫妇感到悲哀。当我知道案子发生在我的管辖范围内时，我非常气愤，也很懊丧。我的懊丧主要还是职业性的。"

我插了一句："我很欣赏你的坦率。"

他点了点头，看了一眼堆在那儿的家具和日用品，问我："这样摆放可以吗？"

"可以，干得不错。不过那些可以搬动的隔板应该竖起来，把图画挂起来。把衣服挂在相当于原来衣橱的那些杆子上。"我又问他，"他们把地下室的东西也搬出来了吗？"说完瞥了辛西娅一眼。

肯特回答说："是的，都在那边，还在箱子里呢。我们可以找一些桌子和架子来充当地下室。"他想了想，又说："我觉得……这儿似乎还应该有些什么。你们注意到没有，这儿没有，比如说……没有私人用品。我不知道单身女人有没有性辅助工具，也没仔细找情书和别的东西……我想我指的是避孕药和避孕工具。"

"你动过什么东西吗，比尔？"

"没有。"他从兜里掏出一副手套，说道，"不过在监督和装卸的时候我可能用手动过什么东西。亚德利可能也动过，当然，他不是故意的。"

"也可能是故意的。"

肯特点了点头说："也可能是故意的。想在嫌疑犯名单上再加一位？"

"我已经把他加上了。"我走到了存放安·坎贝尔办公室用具的地方。办公用品都很简朴。部队就是这样，在办公用品上很节约，但却要国会批准购买三百万美元的坦克。

办公用具包括一张铁制桌子、一把转椅、两把折叠椅、一个书架、两个立式档案柜，还有一台计算机。书架上的书是一些心理学的通用教科书、军事出版社出版的心理学著作，还有心理战术、战俘研究及与此相关的一些书籍。

我打开了一个抽屉，看到了一些演讲用的笔记，旁边的一个抽屉上写着"绝密"。我把它打开了，发现里面的文件夹没有命名，只是编了号码。我抽出了其中的一个，看了看里面的纸条，好像是与一个叫"R.J."的人的谈话记录，提问人用"Q"表示。从第一面的内容看，这是一次标准的心理方面的谈话，但被提问的是一个强奸犯。问的问题有"你是怎样找到被害人的？"和"你让她和你进行口交的时候她怎么说？"，等等。这类记录如果是在一个警官或者一个犯罪心理学家的办公室里发现，是很正常的事，但我不明白这和战争心理学有什么联系。很显然，这是安·坎贝尔的一个秘密。

我把抽屉关上，走到那台电脑前。我不会操作，就对肯特说："福尔斯彻奇有个专门研究私人电脑的女人，叫格雷斯·迪克森。我会把她叫来。其他任何人都不能动这台电脑。"

辛西娅到搬过来的"书房"里看了看电话机，说道："有人来过电话。"

肯特点了点头："大约是中午时打来的。电话公司刚把电话移到这儿，几分钟后就打来了。"

辛西娅打开电话机，听见一个男人的声音说："安，我是查尔斯。我刚才给你打过电话，可你的电话坏了。我知道你今天早晨不上班，我有件事要告诉你。今天早晨突然有一帮宪兵闯进你的办公室，搬走了所有的东西。我问他们，他们什么也不说。请给我打电话，或者一起到军官俱乐部吃午饭。这实在太奇怪了。我想给警察打电话，可他们就是警察。"说到这儿，那人笑了，笑得很勉强。他接下去又说：

"但愿事情并不严重。给我来电话。"

我问肯特:"这人是谁?"

"是查尔斯·穆尔上校,是安在学校的顶头上司。"

"关于他你都知道些什么?"

"当然也是个神经科医生,是个博士,脾气很古怪,有点心理变态。那学校整个都变态了。有时我想他们应该在学校周围架起篱笆,再设上岗楼。"

辛西娅问肯特:"他们曾是朋友吗?"

肯特点了点头,说:"看来他们很亲密。他像是她的良师益友。对不起,这样说对安不太公平。"

我对他说:"在杀人案的调查中我们不必只谈死者好的一面。"

"是的,不过那不是我们调查范围内的事,"肯特揉了揉眼睛,说,"我只是……只是有点累了。"

辛西娅说:"今天对你来说一定很沉重。我想,向将军和夫人通报其女儿的死讯一定不是件愉快的事情。"

"当然不是。我先给他们家打了电话,坎贝尔夫人接的,我让她请将军在家里接见我。"他接着说,"她知道一定是发生了什么事情,因为我去时带了随军总牧师埃姆斯少校,还有一个医官,斯威克上尉。当他们看到我们的时候……我是说,我们看过或有过多次此类的事情了。如果是战死,就有适当的话可说,可对于谋杀案……就没有什么可说的了。"

辛西娅问他:"他们的态度怎么样?"

"很平静。这是一个职业军人和其妻子被期望应有的态度。我们只在那儿待了几分钟就离开了,只有牧师留下来陪他们。"

我问他:"你把一切都告诉他们了?"

"没有,我只是告诉他们在射击场发现了安,她已经死了,显然是谋杀。"

"你没把她死的情形告诉他吗？没告诉他安可能是被奸杀？"

"没有……将军确实问过她是怎么死的，我只告诉他安是被勒死的。"

"他说什么？"

"他说……'她是在值勤时死的'。"

"你把我的名字和电话号码给了他？"

"是的。因为他问犯罪调查处是不是在尽一切努力。我告诉他我已经请你和森希尔小姐来办此案，因为你们俩恰好在这儿。"

"他的意思呢？"

"他说要这儿的犯罪调查处处长鲍尔斯少校来办此案，让我把你们俩辞掉。"

"你说什么？"

"我不想和他争执。他也明白在这个基地里只有这件事他无权控制。"

"他是无权控制。"

辛西娅问："坎贝尔夫人态度如何？"

肯特回答说："她差点晕倒，但还是竭力做得很坦然。因为对于旧式学校毕业的军官和夫人来说，形象是很重要的。"

"好吧，比尔。法医天黑就会赶到这儿，他们会在这儿工作一个通宵。请告诉你的人，除了我们几个人，不许任何人进来。"

"好，"他又说，"请别忘了，将军要你们去他家，越快越好。"

"为什么？"

"很可能要问你关于他女儿死亡的细节，并让你向鲍尔斯做个简要汇报，然后退出此案。"

"嗯，不错。这个问题我可以在电话上讲清楚。"

"实际上我已经收到了来自五角大楼的电话。军法署署长和你的老板都认为你和森希尔小姐是处理此案的最佳人选。因为你们与本地毫无瓜葛,又比当地犯罪调查处的人有经验。这就是最后决定。见到将军的时候把这个决定转达给他。我建议你现在就去。"

"可我现在更想跟查尔斯·穆尔谈谈。"

"就破个例吧,保罗。还是先对付政界吧。"

我看了看辛西娅,见她向我点了点头。我只好耸耸肩,说:"好吧,去见坎贝尔将军和夫人。"

肯特和我们一起走出仓库,他说:"嗨,这真是太具有讽刺意味了……安有一句最喜欢的格言……可能是从某个哲学家那儿学来的吧……可能是尼采。那句格言是'凡是不能毁灭我们的都会使我们更坚强'。"他又加了一句,"可现在她却被毁灭了。"

第十三章

我们开车前往将军所在的基地中心。辛西娅说:"我似乎看到了一个悲伤忧郁的年轻姑娘。"

"调一下反光镜。"

"住嘴!保罗。"

"对不起。"

我的思想可能开了小差,因为我所记得的下一桩事情就是辛西娅捅了我一下,问我:"你听见我说什么了?"

"听见了。你叫我住嘴。"

"我说,我觉得肯特知道的情况肯定比告诉我们的多。"

我坐直身子打了个哈欠:"他是给人造成这种印象。我们停下来找个地方喝杯咖啡好吗?"

"不好。告诉我,肯特真是嫌疑犯吗?"

"这个……从理论上讲应该是这样的。我感到难办的是,那天他老婆不在家,这样我们就无法对证他不在现场的证据。大多数结了婚的男人一大清早都在搂着老婆睡觉。可现在偏偏在他老婆出去的时候发生了这种事情,这就不禁让人怀疑,是他运气不好呢,还是真的有问题。"

"那么警察局长亚德利呢?"

"他不像表现出来的那么笨,是吗?"

"是的,"辛西娅肯定地说,"他这个人有时会装得很可爱,但他骨子里非常狡猾。"

"他在他可能已经留下指纹的地方,故意又留下了指纹。"

"肯特也是这样,我们也是。"

"是的。但我很清楚,我不是杀害安·坎贝尔的凶手。你呢?"

"我当时正在睡觉。"她冷冷地说。

"真糟糕,只有你一个人。你真应该把我请到你屋里,这样我们俩都有了不在现场的证据。"

"那我宁愿成为嫌疑犯。"

路很长,很直,很窄,两边全是茂密的松树。一股股热浪不时地从柏油路面升腾起来。

辛西娅又给了我一次有力的反驳。我前面已经说过,跟从前的情人谈话真不容易把握好分寸。你既不能太冷淡又不能太亲热,因为你们俩拥有过过去,却不会拥有未来。你得注意你的语言,还要注意手的动作。真该有条法律规定凡是从前的情人,交往距离不得小于一百码,除非他们还想破镜重圆。我对她说:"我总觉得我们之间还有什么东西没有完全了结。"

她回答说:"我总觉得你是因为不敢面对我的……我的未婚夫才

退出的。"她又补充说，"也许我根本不值得你去争取。"

"别瞎说。那个男人当时威胁我，说要杀了我。光勇敢不行，有时也必须谨慎。"

"也许吧。但有时候为了得到自己想要的东西你必须去斗争。你不是一向以勇敢自居吗？"

我开始有点反悔了，因为她竟然对我的男子汉气概产生怀疑。我对她说："森希尔小姐，我曾经因为攻克了一座我根本不想得到的山头而得到了一枚殊勋勋章。但我绝对不会为了你的消遣娱乐而去费心表演的。"又说，"反正我根本不记得你还给过我什么鼓励。"

她回答说："我也记不清你们两个人中我想要的是哪一个了，当时我只想着跟那个活着的走。"

我看了她一眼，她也正看着我，我看见她在笑。我说："你并不幽默，辛西娅。"

"对不起，"她拍了拍我的膝盖说，"我就爱看你生气的样子。"

我没说话，于是我们俩都沉默下来。

我们已到达了基地中心的外围。我看见那座古老的水泥墙上挂着一块牌子，上面写着"美国军队培训学校——心理训练——只招收公派生"。

辛西娅提议说："见完将军后我们到这里看看怎么样？"

我看了看表，说："尽力而为吧。"快，快，现在除了怕线索断了外，我们还面临一个抢时间的问题。因为留给华盛顿和哈德雷堡的人思考的时间越多，他们破坏我们行事的可能性就越大。不出三天，这儿肯定会遍布联邦调查局和犯罪调查处的高级官员，他们会来抢成绩的，新闻记者就更不用说了。他们现在可能正考虑怎样以最快的速度从亚特兰大赶到这儿呢。

辛西娅问我："地下室那些东西怎么处理？"

"不知道。但愿我们不会用到它们。希望是这样。暂且就让它们在原处待几天吧。"

"要是被亚德利发现了怎么办?"

"那就由他去处理好了,反正我们看到的已经足够了。"

"我想,杀害她的人可能会在那间屋子里留下什么线索。"

我向车窗外看了看。我们已经驶过了基地中心。我说:"我认为我们在那间屋子里看到的已经够多了——足以毁了她和她父母的一生,更不用说她死后在基地里的名声了。所以,我不知道,我们是否还应在那间屋里找出更多的东西来。"

"这真是保罗·布伦纳说的话吗?"

"这是军官布伦纳说的,而不是警察布伦纳说的。"

"好吧,我明白了。不错。"

"当然了,"我补充说,"我对你也将采取同样的态度。"

"谢谢。不过本人没有什么可隐瞒的。"

"你结婚了吗?"

"这不关你的事。"

"是的。"

我们到了将军的官邸。这座房子叫博蒙特庄园,是南北战争留下的遗迹。房子用白砖建成,周围有好多白色的柱子,离基地中心东部的森林地带有几英里远,四周全是兰花和橡树,与外围的那片荒凉简陋的军营形成了鲜明的对比。

我们下了车,沿着石阶走到了有几根大柱子的前门,按了门铃。一名英俊的军官为我们开了门。他是个中尉,名牌上写着埃尔比。我大声说:"准尉布伦纳和森希尔奉坎贝尔将军之命前来拜见将军和夫人。"

"哦。"他打量了一下辛西娅的便装,然后闪在一边,把我们让了进去。埃尔比说:"我是将军的私人助手,将军的副官福勒上校有话

109

要跟你们说。"

"我们是奉将军之命来见将军的。"

"这我知道,布伦纳先生。但请您先见见福勒上校。"

埃尔比把我们带进了一间小客厅,看样子像是为公事来访者准备的休息室,里面除了有不少座位外没有别的东西。

埃尔比走后,我和辛西娅还站着,她说:"他就是肯特说的那个和安约会的小伙子,长得挺帅嘛。"

"可我看他像个床上的低能儿。"

辛西娅换了话题说:"这会有损于他的事业,对吗?"

"这要看结果了。如果我们找不到罪犯,又没人发现那间地下室的房间,也没有太多的丑闻传开,他就不会有事,而且可以得到大家的同情。但如果事情变得很糟糕,那他就只好辞职了。"

"那他的政治抱负也只好到此为止了。"

"我不知道他有没有政治抱负。"

"报纸上说他有。"

"那不是我的问题。"但实际上,那完全可能是我的问题。因为有人说过约瑟夫·伊恩·坎贝尔将军会成为副总统的候选人,而且可能成为他家乡密歇根州参议员的候选人,或者成为密歇根州州长的候选人。另外,他还有可能继现任总参谋长之位。如果这样,他就成了四星上将了。还有一种可能,他会成为总统的高级军事顾问。

坎贝尔将军有这许多的荣耀,完全是他参加海湾战争的结果。在此之前,几乎没有人听说过他。随着人们对战争记忆的淡化,对他的注意也自然而然地淡化了下来。这也许是约瑟夫·坎贝尔聪明计划的一部分,也可能是他真的对那些荒唐的传言不感兴趣。

至于坎贝尔将军是为什么和怎么样被派到这块被军队称为黑得斯

堡而士兵称为哈德雷堡①的基地的,至今还是五角大楼的秘密之一。只有那些参与策划的人才能解释。我突然悟出了点什么,也许是五角大楼的当权派知道坎贝尔将军身边有个惹祸精,而这个惹祸精就是安·坎贝尔。这可能吗?

一位身穿绿色军服的高个子军官走了进来。他的A型军服上有着上校级别的鹰形图案和副官长的证章,名牌上写着"福勒"。他向我们做了自我介绍,说他是坎贝尔将军的副官。我们相互握手致意,福勒上校说:"将军确实想见你们。但我想先和你们谈谈,坐下好吗?"

我们坐下后,我仔细打量了一下福勒上校。他是黑人,这让你想起在这儿生活的一代奴隶主。这些奴隶主现在都睡在坟墓里了。福勒穿着整齐,言谈举止都堪称军人的楷模。看上去他是个很称职的副官。他在这儿的工作很复杂,既要掌管人员编制,又要做高级参谋,还要负责传达将军的命令,等等。副官完全不同于副统帅,因为副统帅像美国副总统一样是没有具体工作的。总而言之,福勒在哪方面都是个标准的军官和绅士。白人军官,像我一样有时可以稍微偷偷懒,但黑人军官像女军官一样,他们的工作要受到检查。更有意思的是黑人和女人现在还把白人军官的标准奉为自己的理想,哪知这些白人的标准早已成了神话传说。不过这标准会对大家有一定的约束,所以也就没有什么不好,反正军队里的事情有一半都是虚的。

福勒上校说:"如果想抽烟就抽吧。要喝点什么吗?"

"不必了,长官。"我说。

福勒在椅子扶手上轻轻地敲了几下,然后开始了他的谈话。"这事对坎贝尔将军和夫人来说确实是一个悲剧,我们不希望它成为部队

---

① 黑得斯的英文为Hades,意思为"地狱"。哈德雷的英文为Hardly,意思为"几乎一无所有"。

的悲剧。"

"是的，长官。"很显然，在这种情形下说得越少越好。但他很想说。

他接着说："坎贝尔上尉之死正好发生在她父亲管辖的这个基地，而且又是那样死的，这不能不引起人们深思。"

"是的，长官。"

"我想用不着告诉你们不要接受记者采访。"

"是的。"

福勒看了辛西娅一眼，说："我知道你刚破获一起强奸案。你认为这两个案子有联系吗？罪犯是两个人呢，还是你在上起案子中抓错了人？"

"上校，这是两起不同的案子。"

显然，将军的手下人已经研究过了，也不知其中哪一位高明的人想到这样一种可能性，或者说只是一种希望，或者只是官方的估计：有一伙年轻的新兵四处流窜，专门袭击女军官。我对福勒说："这是不可能的。"

他耸了耸肩，转向我问道："那么你有嫌疑对象了吗？"

"没有，长官。"

"有什么线索吗？"

"目前还没有。"

"那你肯定会有几种设想吧，布伦纳。"

"是的，上校。那只不过是一些设想而已，而且说出来会使你不高兴的。"

他往前探探身子，显然不高兴了。他说："现在只有一件事让我心烦，一位年轻女军官被奸杀而罪犯却逍遥法外，我最烦恼的就是这个问题。"

我说："听说将军想让我和森希尔小姐退出此案？"

"那只是他最初的意见。后来他和华盛顿的什么人通了电话,就重新做了考虑,所以才想见你们两位。"

"明白了。这有点像求职面试。"

"可能吧,"他又说,"除非你不想接这个案子。请放心,即使你不接这个案子,也不会对你以后的工作有什么坏的影响。你可以因对本案开始时所做的工作而得到一封高度赞扬的推荐信,而且你们两人都可以休三十天的公假,马上就可以开始。"他看了看我又看了看辛西娅,最后目光又回到了我身上。"这样的话,你们就不必见将军,现在就可以走了。"

如果考虑一下他的话,这倒也是一笔不错的交易。可我决定不去想它。我回答说:"我的上司,赫尔曼上校已经委派了我和森希尔小姐来破此案,而且这事已经定了,上校。"

他点了点头。我对福勒有点吃不透,在那副严峻的外表下面隐藏着机灵和敏捷。只有这样才能使他在工作中站住脚。不从将军的随从做起就很难当上将军。显然,福勒上校正在以最快的速度向他的第一颗银星急跳。

福勒好像陷入了深思。屋里出现了一阵沉默。最后,他对我说:"我知道你们俩都是犯罪调查处的杰出人员。"

"肯特上校坚持要我接这个案子,而其他人却都表示反对。您说说这是为什么?"

他想了一会儿,然后回答说:"坦白告诉你吧,肯特上校不喜欢这儿的犯罪调查处处长鲍尔斯少校。况且你们福尔斯彻奇的机关一得到消息肯定会马上派你来。肯特上校这样做,是因为他认为这样对大家都好。"

"那包括肯特上校本人喽。肯特上校和鲍尔斯少校之间有什么问题?"

他耸了耸肩,说:"是司法权,也就是势力范围的问题。"

"不是私人问题吧。"

"这我不知道。问他们好了。"

"我会的。"我又问福勒上校,"您和坎贝尔上尉有私人交往吗?"

他看了我一会儿,说:"有的。将军已经安排我在他女儿的葬礼上致悼词了。"

"明白了。您在任此职之前就和坎贝尔将军在一起吗?"

"是的,从坎贝尔将军在德国任师长的时候我们就在一起工作。海湾战争中一起参战,后来又一起到了这儿。"

"是他要求您来任此职的吗?"

"我认为这与本案无关。"

"我猜您在来哈德雷堡前就认识安·坎贝尔,对吧?"

"是的。"

"您能否告诉我你们关系的性质是什么?"这个问题怎么问才好呢?

福勒向前探了探身子,盯着我的眼睛问:"对不起,布伦纳先生,请问这是审讯吗?"

"是的,长官。"

"啊,我和她绝对没这类事。"

"但愿没有,上校。"

他笑了起来,然后站起身说:"好吧,你们俩明天到我办公室来,可以尽情地问。不过得提前预约。请跟我来。"

我们跟着福勒上校穿过中央门厅,然后来到官邸的后部,正对着一扇关着的门。福勒上校对我们说:"不必行礼,表示吊唁要快。他会请你们坐下。坎贝尔夫人不在,她已经服了镇静剂。一定要快,只有五分钟的时间。"说完,他敲了敲门,然后将其拉开,闪在一旁,向里面高声禀报说犯罪调查处的一级准尉布伦纳和森希尔到了。这一切听起来像是在演一部电视系列剧。

我和辛西娅走了进去，发现这间屋子有点像书斋，是用精细磨制过的木料、皮革和黄铜装饰成的。窗帘拉上了，所以屋里很暗。唯一的一束光线就是书桌上那盏蓝罩子的台灯射出的。约瑟夫·坎贝尔将军正站在书桌后面，身穿绿色军装，上面挂满了勋章。他长得很高，而且块头很大，很有苏格兰氏族首领的派头。我估计他的祖先一定当过氏族首领。此刻，我还闻到了一股真正的苏格兰威士忌的味道。

坎贝尔将军向辛西娅伸出了手，辛西娅和他握了一下手，说："我表示最深切的哀悼，长官。"

"谢谢你。"

我也和他握了握手，说了慰问的话，然后说："很抱歉在这种时候打扰您，长官。"看起来这次像是我要求的会见。

"没有打扰，"他坐下对我们说，"请坐。"

我们俩在他书桌对面的椅子上坐了下来。我在暗淡的灯光下观察了他一下。他满头淡金灰色头发，一双蓝眼睛炯炯有神，脸上已布满皱纹，下巴稍宽，是一个很漂亮的男人。但是安·坎贝尔的美，除了眼睛之外，一定是从她妈妈那儿继承来的。

和将军谈话的时候，将军不发问，一定不能先说。可将军却不说话。他的眼睛向我和辛西娅后面看去。然后他点了点头。我估计是示意福勒上校，后来我听到我们身后的门关了，显然福勒上校是关好门离去了。

将军先看了看辛西娅，又看了看我，然后说："我同意你们俩来办此案。"他说话的声音很低沉。我从收音机和电视上知道，这不是他平常说话的声音。

我们俩点了点头说："是，长官。"

他看了看我,说:"你相信吗?如果你把这个案子给这儿的鲍尔斯少校,大家都会更满意的。"

"对不起,将军,"我回答说,"这件事超越了哈德雷堡,也超越了您个人的痛苦,我们谁也无权改变这个决定。"

坎贝尔将军点了点头,说:"那么我会跟你们全力合作,也向你们保证,这儿每个人都会全力合作的。"

"谢谢,长官。"

"你知道是谁干的吗?"

"不知道,先生。"你知道吗?

"那么你们能不能向我保证,尽快了结此案,尽量少触动敏感的问题,并且保证多做好事,少出问题?"

我回答说:"我向您保证,我们唯一的目的就是尽快捉拿凶手归案。"

辛西娅接着我的话说:"将军,我们从一开始就采取了措施,尽量减少外界干预。我们已经把坎贝尔上尉的所有家当都运来了基地。警察局长亚德利为此很不高兴,估计他会为这个问题跟您联系。如果您能告诉他,我们这一行动是您事先提示的,我们将不胜感激。如果想减少触动敏感环节和对军队的损失,您亲口对亚德利有个交代,会起到很关键的作用。"

将军盯着辛西娅看了好一会儿。这也难怪,看到这样年轻的漂亮姑娘,他很难不想起自己的女儿。但至于他想起了女儿的什么,我就不得而知了。他对辛西娅说:"就当我已经说了。"

"谢谢您,将军。"

我说:"根据我的理解,将军,今天早晨您女儿值班后是不是要回来见您?"

他回答说:"是的……我们计划一起吃早饭。见她迟迟不回来,我就给司令部的福勒上校打电话,但他告诉我她不在那儿。我相信他给安的住所去了电话。"

"请问那是什么时间,长官?"

"我不敢肯定。她应该七点到我这儿,我可能七点半左右给司令部打的电话。"

我没有再问下去,只对他说:"将军,我很感谢您主动和我们全面合作,我们一定跟您配合好。首先请您提供一个机会,我要跟您和夫人进行一次更详细的谈话,可能在明天。"

"明天恐怕我们要安排葬礼的事,还要处理一些私人的事情。葬礼的后一天比较方便。"

"谢谢。"我又说,"通常情况下,被害人家属都会掌握与本案密切相关的资料,尽管他们并没有意识到这一点。"

"我理解。"他想了一会儿,问我,"你认为……这可能是认识她的人干的?"

"很可能。"我回答说。我们的目光相遇了。

他盯着我看了一会儿,然后说:"我也有这种感觉。"

我问他:"除了肯特上校,还有人向您汇报过您女儿死的情况吗?"

"没有,噢,福勒上校向我简要汇报过。"

"他告诉了您可能是强奸,以及人们找到她时的情况,是吗?"

"是的。"

接下去是一阵长时间的沉默。我从过去与将军级官员打交道的经验中知道,将军并不是在等我说话,而是谈话到此结束。因此我说:"我们还能为您做点什么吗?"

"没什么了……一定要把那个无耻的家伙抓到。"他站了起来,按了按桌子上的一个按钮,然后说:"谢谢你们。"

我和辛西娅站了起来。我说:"谢谢您,将军。"我和他握了握

117

手,说:"请允许我再次向您和您的家庭表达我深切的同情。"

他握了握辛西娅的手,也许只是我的想象吧,他好像握了好久,而且盯着她的眼睛看着她,然后他说:"我知道你会尽最大努力的。我女儿要是活着肯定会喜欢你的。她向来喜欢自信的女人。"

"谢谢您,将军,"辛西娅回答说,"请相信,我会尽最大努力的。请您允许我再次向您表示慰问。"

我们身后的门开了,福勒上校送我们穿过大厅向前门走去。他对我说:"我知道你办案的能力很强。但我有个要求,在你逮捕罪犯之前,请先通知我。"

"如果您希望这样,我会通知您的。"

他看了看辛西娅,说:"如果你改变主意想要那三十天公假,请告诉我。若不改变主意,请和我保持联系。布伦纳先生看起来像那种工作专心致志的人,他会把礼仪都忘得一干二净。"

"是,长官,"辛西娅回答说,"请尽快给我们安排与坎贝尔将军及夫人的正式谈话,至少要一小时,另外,如果您有什么重要发现,请给宪兵司令部大楼我们的办公室打电话联系。"

他打开门,我们俩走了出去,还没等他关门,我又转过身去对他说:"对了,我们在坎贝尔上尉的录音电话机里听到了您打给她的电话。"

"哦,是的。现在看来已经有点荒唐了。"

"您是什么时间打那个电话的,上校?"

"大约八点吧。将军和夫人准备七点等女儿回家吃早点。"

"您从哪儿打的电话,长官?"

"我当时在上班——是从司令部打的。"

"您是否在司令部转了转,看坎贝尔上尉是否还没下班?"

"没有……我只是想,她可能忘了吃饭的事,就直接回她的住所了。"他补充说,"这已不是第一次了。"

118

"明白了。那您没去停车场看看有没有她的车？"

"没有……我想我应该去看看。"

我又问他："是谁详细告诉您坎贝尔上尉死亡的情况的？"

"是宪兵司令在电话上告诉我的。"

"说的是找到她时的情形，对吗？"

"对。"

"这么说，您和坎贝尔将军都知道，她是被捆住，勒死，然后被奸污的，是吗？"

"是的。还有别的事情我们应该知道吗？"

"没有了，长官。"我问他，"您下班后我怎么跟您联系？"

"我住在基地里的军官住宅区——贝萨尼山。知道在哪儿吗？"

"知道。从这儿往南，在去射击场的路上。"

"是的。基地电话号码簿里有我的电话号码。"

"谢谢您，上校。"

"再见，布伦纳先生，森布尔小姐。"

他关上了门，我和辛西娅向她的汽车走去。她问我："你觉得福勒这个人怎么样？"

"不像他对自己估价得那么高。"

"他实际上有点显示大人物的派头，某些方面很有些自负。我猜想他可能像他给人的印象一样是个冷静、温和，做事高效率的人。"

"这对我们并没有什么好处。他的忠心只是对将军一个人的。因为他的命运和将军的命运是息息相关的，只有将军得势，他才可能得到那颗银星。"

"就是说，他为了保护将军宁愿说谎。"

"说得对。其实，关于他给安的住所打电话的事，他已经说了谎。我们是八点前到那儿的，那时候电话机里已有了那个录音。"

119

辛西娅点了点头,说:"这个我知道。他打电话这件事一定有问题。"

"再加一个嫌疑犯。"我说。

第十四章

辛西娅问我:"还去心理训练学校吗?"

我看了看我那块民用表,已经是下午五点五十分了,"欢乐时光"又要开始了。我说:"不去了。送我去军官俱乐部。"

我们的车向军官俱乐部驶去。军官俱乐部坐落在一座小山上,没有基地那么繁忙吵闹,又离基地很近,所以很方便。

辛西娅沉默了一会儿,然后问我:"你对坎贝尔将军有什么看法?"

我思考了片刻。听到人死的消息后,尽快掌握死者的朋友、亲人和同事对死者的反应是相当重要的。我已经破过不少凶杀案,有些就是看谁的反应不正常,便顺藤摸瓜追下去而破案的。我对辛西娅说:"他没有一般父母听到孩子死去噩耗时的那种悲伤和绝望。从另一方面来讲,他就是他。"

她不解地问:"那么他又是谁呢?"

"他是一个军人,一个英雄,一个高级将领。地位越高,人情味就越淡。"

"可能吧。"她沉默了一会儿,说道,"考虑到安·坎贝尔是怎样死的……嗯,是怎样被找到的……我觉得她父亲不会是凶手。"

"我不知道她是不是在尸体被发现的地方死的,也不知道她死的时候是穿着衣服还是没穿,因为事情往往并不像看起来那么简单。一个聪明的凶手,能让你只看到他想让你看到的东西。"

"保罗，我还是不能相信他会把亲生女儿勒死。"

"当然这种事不同寻常，但也并非闻所未闻，"我接着说，"如果她是我的女儿，我知道她在性生活上的那些丑事后，也会大发雷霆的。"

"但你再大发雷霆，也不至于对亲生女儿起杀心啊。"

"我是不会，但谁敢保证呢？我只是在论证一下杀人的动机而已。"

我们在军官俱乐部前停了下来。我打开车门对辛西娅说："你要不是穿着这身衣服，我就请你吃晚饭了。"

"哦……如果你愿意，我可以回去换，除非你想一个人吃饭。"

"我在小餐厅等你。"说完我下了车。她开着车走了。

我走进俱乐部时，扩音喇叭里正放着退兵的号声。我来到俱乐部干事的办公室，出示了犯罪调查处的证件，要了本电话号码簿。因为查尔斯·穆尔上校家的电话号码不在基地电话号码簿里，所以我只好拨通了心理训练学校。当时已经是晚上六点过一点儿了，但不必担心没人值班，这就是部队的一大优点。一位值班中士接了电话，并帮我接通了查尔斯·穆尔办公室，只听有人说："我是查尔斯·穆尔上校。"

"穆尔上校，我是一级准尉布伦纳，是《军队时报》的记者。"

"啊……"

"我想跟您谈谈坎贝尔上尉被害的事情。"

"可以……啊，上帝啊，太可怕了……那真是一场悲剧啊！"

"是的，长官。我能问您几句话吗？"

"当然可以。啊……我曾是坎贝尔上尉的顶头上司。"

"是的，长官，这我知道。上校，您现在是否方便到军官俱乐部来见我？请放心，不会超过十分钟的，除非您让我感兴趣，上校。"

"这个……"

"我只有两个小时的时间了。我至少要和她的上司谈谈。"

"当然。在哪儿——?"

"在小餐厅。我穿一件蓝色西装。谢谢您,上校。"我挂断了电话。多数美国人都知道如果他们不想和警方谈话就可以不谈,但他们对新闻界却不知为什么会觉得有一种义务而必须去谈。尽管如此,我今天大部分时间的身份是犯罪调查处的布伦纳,而现在要再隐瞒身份真令人难以忍受。

我又把那本米德兰的电话号码簿拿过来,仔细看了看,发现查尔斯·穆尔和安住在同一个花园公寓区。虽然维多利花园通常不是上校军官选择的住所,但这事也并没有什么好奇怪的。也许因为他欠了债,也许他作为一名神经科医生,从不在乎在停车场碰到上尉和中尉。还有一种可能,就是他想住得离安·坎贝尔近些。

我快速记下了穆尔上校的地址和电话号码,然后拨通了辛西娅的电话。她刚进门。我对她说:"穆尔上校一会儿来见我们。记住我们是《军队时报》的记者。还有,看看能否在你那儿给我找个房间,因为现在亚德利肯定安排了人巡逻,我不能回'低语松林'了。请你在陆军消费合作社下车,帮我买一支牙膏、一把刮胡刀,还有一条中号短裤、一双袜子。可能还要一件衬衫,十五号领子。别忘了给你自己带双跑鞋,我们过会儿去射击场时好穿。再带只手电筒,好吗? 辛西娅? 喂?"

可能是线路接触不好吧。我挂断电话来到楼下的小餐厅。这儿虽然不像那间大餐厅那样正规,但马上可以吃到东西。我要了一杯啤酒、一些土豆条和果仁,一边吃喝一边听着周围人的谈话。所有的人都在谈论安·坎贝尔,谈话的声音都压得很低,因为不管怎么说,这儿毕竟是军官俱乐部。米德兰的酒吧里肯定也正谈着同一个话题,只不过在那儿谈起来就可以放肆多了。

我看到一位中年男子走了进来。他穿着绿色带鹰形图案的上校军装，走进来朝着这间屋子四周看了一会儿。我观察了他足有一分钟，见没有一个人向他招手，也没有人和他讲话。显然，穆尔上校在这儿并不出名，也许是没有人缘。我站起来向他走去。他看到我勉强地笑了笑："你就是布伦纳先生？"

"是的，长官。"我们握了握手。穆尔上校的军装皱皱巴巴，而且做工很差。这也正是他所从事的那个特殊行业的一个标记。"谢谢您的光临。"我说。穆尔上校大约五十岁，一头黑色鬈发，头发很长，看上去就像昨天才入伍的一个地方神经科医生。军队上的医生、律师、精神科医生、牙医都能使我产生浓厚的兴趣。不过，我始终搞不明白，他们是真的愿意穿那种粗制滥造的军服呢，还是他们真正是有献身精神的爱国主义者。我把他带到角落的一张桌子旁坐了下来，问他："想喝点什么吗？"

"是的。"

我示意一位女招待过来，穆尔上校要了一杯奶油雪莉酒。我们就这样开始了不怎么愉快的谈话。

穆尔盯着我看了一会儿，好像在猜度我的神经哪根出了毛病。为了不让他失望，我主动说："听起来她好像是被一个心理变态的人杀的，可能是惯犯。"

他不愧是搞这一行的，马上把矛头对准了我："你为什么这么说？"

"只是贸然猜一下而已。"

他告诉我："在这个地区还没发现类似的强奸和谋杀案。"

"类似于什么？"

"类似于发生在安·坎贝尔身上的事。"

123

确切地说,发生在安·坎贝尔身上的事情不该让这儿的人都知道,但军队是流言蜚语滋长的温床。因此,关于穆尔上校、福勒上校和坎贝尔将军都知道些什么,什么时候知道的,怎样知道的,你是无法猜到的。我问他:"她究竟发生了什么事情?"

他回答说:"当然她是遭强奸后被杀的,在射击场上。"

我拿出笔记本,呷了一口啤酒,说:"我刚从华盛顿过来,还没掌握多少资料。听说她被赤身裸体地捆在那儿?"

他考虑了一会儿,说:"这个你最好去问问那儿的宪兵。"

"好吧。您做她的指挥官有多久了?"

"从她来到哈德雷堡开始,大约在两年前。"

"这么说您挺熟悉她了?"

"是的。我们的学校很小,一共只有大约二十名军官,另外三十人是被派到此地服役的。"

"明白了。听到这个消息时您感觉如何?"

他说:"我完全被惊呆了,直到现在我还不敢相信这会是真的。"他又说了许多诸如此类的话。其实在我看来,他除了震惊以外也看不出别的什么感受来。我经常与心理学家和精神病学家打交道,知道他们常在说着得体的话时做出一些不得体的事来。我相信职业和人的个性有着很密切的关系,这一点在军队里表现得尤为突出。比如说,步兵军官往往会有些孤僻、傲慢、自以为是。犯罪调查处的人都惯于骗人、冷嘲热讽,而且特别聪明。一般精神科医生大多选择与脑子出了毛病的人打交道的工作。这种工作虽然陈腐,还是有不少人愿意为之献身。查尔斯·穆尔是一个战争心理学专家,他的本行是把敌人本来健康的脑袋弄出毛病来。这和为细菌战制造斑疹菌的医生又有什么区别呢?

不管怎么说,查尔斯·穆尔在我看来就是不太正常。开始较短的一段时间,他似乎距我很远,而后突然莫名其妙地盯着我看了好半天,似乎要从我的脸上或心里看出些什么来。这使我很不舒服。他除了有些怪癖外,眼睛里还冒出一丝凶光——很深,很黑,很富有穿透力。他的声音也很特别,很慢,低沉,带点儿装出来的温和语气。估计他在学校教书时用的就是这种声音和语气。

我问他:"您在担任此职务之前就认识坎贝尔上尉吗?"

"是的。我第一次见到她是在六年前,那时她正在布拉格堡多功能学校学习。我任她的教官。"

"她刚在乔治敦读完了心理学硕士。"

他奇怪地看了我一眼,像是我说了什么他认为我不知道的事,然后回答说:"我相信是这样。"

"在布拉格堡时你们就在一起吗?"

"我在学校——而她正在第四心理训练队。"

"后来呢?"

"后来就去了德国。我们差不多是同时到那儿的。再后来我们又回到了布拉格堡肯尼迪特种军事学校,在那儿当了一阵教官。之后我们被派到海湾去执行同样的任务,之后又去五角大楼。简单说来,两年前我们又一起来到了哈德雷堡。怎么,难道这些都有必要讲吗?"

"您在哈德雷堡都做些什么,上校?"

"这是保密的。"

"噢。"我边记边点了点头。两个人能这么久在一起执行任务确是不常见的,尤其是在战争心理学这一特殊领域。就我所知,在部队里,即使夫妻俩也没有他们这样的好运气。比如说可怜的辛西娅吧,她当时虽然没和特种部队的那个家伙结婚,但已经和他订了婚。辛西娅被派到布鲁塞尔,他却被派往巴拿马运河区。我对穆尔上校说:"你们的工作关系很不错嘛。"

"是的。坎贝尔上尉非常聪明能干，有追求，能言善辩，而且值得信赖。"

听起来好像是他每半年在她的工作总结上写的评语。显然，他们很合得来。我问他："她算是你的'被保护人'吗？"

他瞪了我一眼，似乎想到了我用这个法语词会让人联想到另一个词"情妇"或者其他更肮脏的外来词。他回答说："她是我的下级。"

"对。"我把他的话归在我早已拟好的"废话栏"中。"您认识她的父亲吗？"

"是的，不过不太熟悉。"

"来哈德雷堡之前您见过他吗？"

"是的，偶尔能见到。我们在海湾时见过他几次。"

"我们？"

"安和我。"

"哦。"我也把这记了下来。

我又问了他几个问题。显然我们两人都觉得这些没什么意思。其实我这次和他谈话的目的，就是想在他知道我的真实身份前，先对他有个准确的印象。一旦人们知道谈话对象是警察就会采取对策。另外，《军队时报》的记者是不能问"你和她有过两性关系吗？"这类问题的，但警察可以问。于是我问他："你和她有过两性关系吗？"

他站了起来："这是他妈的什么问题？我要控告你。"

我把证件亮了出来："我是犯罪调查处的。上校，请坐下。"

他先是盯着我的证件看了一会儿，继而又转向我，两眼顿时射出咄咄逼人的红色死亡之光，像恐怖电影里的一样十分可怕。

我又说："请坐，上校。"

他鬼鬼祟祟地朝这个坐了半屋子人的房间看了看，好像担心自己有被包围或其他什么危险。最后，他坐了下来。

官衔跟人不同。从理论上讲,官衔比拥有这个官衔的人重要,即使不尊重这个人也要尊重这个人的官衔。但实际上却并非如此。比如说,福勒上校拥有上校的权力和尊严,所以和他打交道就要小心。而穆尔上校就我所知却与任何权力机构都没有联系。我对他说:"我正在调查安·坎贝尔上尉被杀一案。你不是本案的嫌疑犯,所以我不想宣读你的权利,请你如实地、完整地回答我提出的问题,好吗?"

"你无权冒充……"

"那就让我自己为我的双重性格烦恼吧,好吗?第一个问题——"

"没有律师在场我拒绝回答。"

"我想你是因为看了太多的非军事电影。你没有权利找律师,也没有权利保持沉默,除非你是嫌疑犯。如果你不主动合作的话,我就把你列为嫌疑犯,宣读你的权利,把你带到宪兵司令部大楼,宣布我有了一个嫌疑犯,他要请律师。那你就陷入了军法约束之中。怎么样?"

他想了一会儿,说:"我根本没有什么可隐瞒的,可我抗议你把我弄到这样一个被动的地位。"

"好吧。第一个问题:你最后看到坎贝尔上尉是什么时候?"

他清了清嗓子,调整了一下态度,说:"我最后一次看到她是昨天下午大约四点半时,她说她要去俱乐部弄点吃的,然后再去要求值勤。"

"昨晚她为什么自愿值勤?"

"不清楚。"

"晚上她从基地总部给你打过电话吗?还是你给她打过?"

"哦……让我想想。"

"基地上所打的电话都是可以查到的,而且值勤官还有工作记录。"其实,在基地内部打的电话是无法找到通话人的,而且坎贝尔

127

上尉也不会记下私人往来的电话。

穆尔回答说:"是的,我确实给她打过电话……"

"什么时间?"

"大约晚上十一点。"

"为什么这么晚?"

"哦,因为我们要讨论一下第二天的工作,我觉得那个时间最安静。"

"你在哪儿打的电话?"

"在我家。"

"家在哪儿?"

"基地外面,维多利街。"

"被害人不也住在那儿吗?"

"是的。"

"你去过她家吗?"

"去过。经常去。"

我尽力想象这伙家伙赤身裸体背对着镜头或戴着皮面具时会是什么样子。不知道法医研究室有没有真正的特异功能检查员,男的或者女的,能透过放大的照片认出这些不露真面的家伙。我问他:"你和她有过两性关系吗?"

"没有,不过你肯定会听到好多谣言的。我们走到哪儿都有谣言跟着……"

"你结婚了吗?"

"结过。大约七年前离了。"

"你常有约会吗?"

"偶尔。"

"你觉得安·坎贝尔很有魅力吗?"

"哦……我很敬佩她的聪明。"

"你注意过她的身体吗？"

"我不喜欢这类问题。"

"我也不喜欢。你觉得她很性感吗？"

"我是她的长官，又比她大近二十岁。她又是将军的女儿，所以我连一句性骚扰的话都没对她说过。"

"我并不是在调查性骚扰，上校，我是在调查强奸和谋杀，"我对他说，"为什么会有谣言呢？"

"因为人们的脑子都有肮脏的一面，连军官也是如此，"他笑了笑说，"就像你本人。"

我停下记录，又要了两杯饮料。一杯雪利酒可以让他放松，一杯啤酒可以使我平静下来，不至于上去揍他。

辛西娅来了。她上穿一件白色衬衣，下穿黑色裤子。我把她介绍给穆尔上校，然后对她说："我们现在已不是《军队时报》的记者了，是犯罪调查处的。我正在问穆尔上校与被害人有没有两性关系，他保证说没有。目前我们正处于僵持状态。"

辛西娅笑了笑，对穆尔说："布伦纳先生非常紧张劳累。"然后她坐了下来。我们聊了几分钟，我把谈话内容都告诉了她。辛西娅给自己要了一杯波旁威士忌加可乐的混合饮料，还有一个三明治，给我要了一个乳酪饼。她知道我喜欢乳酪饼。穆尔上校谢绝和我们一起吃晚餐，他解释说自己太烦，没胃口。辛西娅问他："作为安的朋友，您知道她都和谁有过关系吗？"

"你指性关系？"

"我想这就是我们在这张桌子上要谈的话题吧。"

"啊……让我想想……她曾和一个年轻人约会过，不是军人。她很少和军人约会。"

"那人是谁?"辛西娅问。

"一个叫韦斯·亚德利的年轻人。"

"亚德利?是警察局长亚德利吗?"

"不,不,是韦斯·亚德利,是伯特·亚德利的一个儿子。"

辛西娅看了我一眼,然后问穆尔:"他们交往有多久了?"

"从安来到这儿起,他们就时断时续地约会。他们的关系很糟糕。实际上,你们不需要问我,应该找那个家伙谈谈。"

"为什么?"

"为什么?这还不很清楚吗?因为他们有过关系。他们吵得很凶。"

"为什么吵?"

"为了……哦,她跟我说过,他对她很不好。"

这有点使我吃惊。"他对她不好?"

"是的。他不给安打电话,而且经常和别的女人幽会。只有在他需要安的时候才去找安。"

这倒有些不合情理了。连我都爱上了安·坎贝尔,为什么别的男人不像哈巴狗那样跟在她后面转呢?我对穆尔上校说:"她为什么要忍受呢?我是说,她……讨人喜欢,又很有魅力……"是的,她有惊人之美,又很性感,她的玉体可以让男人为之卖命,为之杀人。

穆尔笑了笑,好像明白了我的意思。这人使我很不自在。他说:"有那么一种人——说这方面的事我就外行了:安·坎贝尔喜欢那些很厉害的男人。凡对她比较礼貌、殷勤的男人,她都觉得不够味儿,因而鄙视他们。恐怕大多数男人都是如此。对她有吸引力的是些对她很凶的男人,简直就是虐待狂。韦斯·亚德利就属于这一类。他像他父亲一样,也是米德兰的警察,是当地有名的花花公子。他有很多女朋友。我想,他长得很英俊,颇有南方白人绅士的魅力,而且身体也很健壮。'流氓'或'恶棍'可能是描写他的最合适的词汇。"

我还是理解不了，又问穆尔："安·坎贝尔竟然和他交往了两年？"

"断断续续。"

辛西娅说："安·坎贝尔上尉把这些都告诉你了？"

"是的。"

"是因为工作需要吗？"

他意识到了辛西娅的话中有话，点了点头说："是的，我是她的医生。"

辛西娅对穆尔说："这么说，你几乎了解安·坎贝尔的一切。"

"我想是这样。"

"那么我们就请你帮我们进行一下心理分析。"

"帮助你们？你们连表面的东西都抓不住，森希尔小姐。"

我对他说："我们需要你提供每次和她谈话的记录。"

"我从来没做过什么记录，那是我们约定了的。"

辛西娅说："你是会帮助我们的，是不是？"

"为什么？她已经死了。"

辛西娅回答说："有时候心理分析能帮助我们进一步了解凶手的心理状态。我想你知道这一点。"

"听说过。我对犯罪心理学所知甚少。如果你想听我的意见，那不过是一堆废话而已。因为我们每个人，都有一种疯狂的犯罪的心理，只不过大多数人都有个很好的控制系统而已。这个控制系统可能是内在的，也可能是外部的。一旦丧失了这一系统，就会成为凶手。我在越南就见过正常的人残杀婴儿。"

一时间，我们三人各怀心事坐在那儿，谁也不说话。

最后还是辛西娅打破了僵局："我们还是希望你作为安的知心朋

友能告诉我们关于她的一切情况,她的朋友、敌人,还有她的内心世界。"

"看来我是没有选择的余地了。"

"是的,"辛西娅肯定地告诉他,"即使你不热心,我们还是希望你主动合作。你一定也希望能看到杀害安的凶手受到公正的判决。"

"我想看到杀害她的凶手被抓住,是因为我很好奇,想知道他究竟是谁。至于公正嘛,我敢肯定凶手本人认为他所做的才是公正的。"

辛西娅问穆尔上校:"你这是什么意思?"

"我是说,像安·坎贝尔这样的一个女人被人在她父亲眼皮底下奸杀,这不能不说明一个问题。肯定是有人对她或对她的父亲,或是对二者都不满,也可能是出于正当的理由,至少在凶手看来是正当的理由。"他站起身,说:"我很难过,觉得有一种沉重的失落感,因为她再也不能和我一起工作了。所以如果你们不介意的话……"

我和辛西娅也站了起来。不管怎么说,他毕竟是个上校。我说:"我明天再找你谈。明天别安排得太紧,上校。你很让我感兴趣。"

他走了。我们两人坐了下来。

饭端上来了。我开始吃我的乳酪饼。

辛西娅说:"我不愿这么说,但安可能是性虐待狂,对那些垂涎她美貌的男人进行精神折磨,以满足她的这种性虐待狂的欲望。同时她又愿受男人虐待,她喜欢熟悉的男人把她看成无耻之徒。很可能韦斯·亚德利了解这一点,知道自己要扮演的是什么样的角色,而且扮演得很成功。安可能对他的其他情人很妒忌,他可能对她另觅新欢的威胁毫不理睬。在他们创造的那个畸形世界里,他们的关系还是很不错的,所以韦斯·亚德利成为嫌疑犯的可能性很小。"

"你怎么知道那么多?"

"这个……我本人虽然不是这样,可我见过这种女人,而且为数不少。"

"真的吗?"

"真的,你可能也见过类似的男人。"

"可能吧。"

"看来你已经很累了,你变得有些迟钝和愚蠢。去睡一觉吧,过会儿我叫你。"

"我很好。给我找到房间了吗?"

"找到了,"她打开了手袋,"给你钥匙。你要的东西都在我车里,车没锁。"

"九点叫醒我。"

"没问题。"

我走了几步又折回来,对她说:"如果她与基地里的军官没关系,只迷恋米德兰的那个警察的话,那么照片上那些男人又是什么人呢?"

辛西娅正吃着三明治,她抬起头来说:"去睡吧,保罗。"

第十五章

晚上九点,电话铃响了起来,把我从睡梦中惊醒。辛西娅在电话里说:"我在楼下等你。"

"等我十分钟。"我挂上电话,去洗澡间洗脸,然后,我穿好衣服,带上那支九毫米口径的格洛克手枪,走到走廊上,看见辛西娅恰好从隔壁房间里走出来。我问她:"那是你的房间吗?"

"我并不在意同你合用一个洗澡间。"她说。

我们出了门,坐进了辛西娅的汽车。她问:"去第六步枪射击场吗?"

"对。"她依然穿着那件白衬衣和那条黑裤子，只是这次穿上了运动鞋，还套了件白毛衣。我让她把拿的手电筒放在了座位之间的储藏小柜上。我问她："你带枪了吗？"

"带了。为什么？你认为会有麻烦吗？"

"罪犯常常会返回作案现场。"

"瞎说。"

太阳落山了，一轮圆月升了起来。我希望这时候的情景和步枪射击场出事前后的情景一样，这可以给我灵感，以便想象出可能发生过的事情。

辛西娅说："我去宪兵司令部办公室时，见到了肯特上校。"

"开端不坏。有什么新鲜事呀？"

"有几件。第一，他希望你对穆尔上校态度好些。显然，穆尔抱怨了你的过分行为。"

"我倒想知道肯特抱怨谁。"

"还有别的消息。卡尔给你留了话，我从住处冒昧地给他回了电话。他为一个叫达伯特·埃尔金斯的人大发雷霆，说是你用豁免权将他从罪犯变成了证人。"

"我希望有一天有人为我这样做。还有别的事吗？"

"有，卡尔打过两次电话。明天他去五角大楼向军法署署长汇报。他想要一份比你今天发出去的那份更全面的报告。"

"嗯，他临时准备一下就行了。我很忙，没时间写报告。"

"我打了一份并用传真发到他家去了。"

"谢谢你。报告怎么说的？"

"复印件在你桌上。你还信不信任我？"

"当然信任。只是怕这个案子万一弄糟了，别在任何材料上留下自己的名字，这样你才会安全。"

"对。我在上面签了你的名字。"

"什么?"

"开个玩笑。让我自己关心自己的职业吧。"

"很好。法医那儿有什么情况吗?"

"有。医院向宪兵司令部办公室递交了一份初步备忘录。安死亡的时间在午夜到凌晨四点之间。"

"这我知道。"尸体剖检报告由于一些无法解释的原因常称作备忘录,一般包括法医未做的检验工作,虽然有时有些重复,可写得很仔细。越可怕越好。

"死亡肯定是窒息引起的。安的颈部和咽喉处有内伤,而且她还咬了舌头,这都和窒息的症状一致。"

"还有什么吗?"我问。

"尸体上的青黑和尸体僵硬程度都与尸体被发现时的姿势相一致。看起来,那儿就是她死亡的地点,尸体不是从其他地方移过去的。除了她脖子上有绳勒的痕迹外,身上没发现有其他任何伤痕。全身上下各部位均无外伤。"

我点了点头,没回答。"还有什么吗?"

辛西娅跟我谈安的胃、膀胱和肠道有些衰弱,还有身体内部其他器官的情况以及解剖的发现。我很庆幸没吃完那干酪汉堡包,因为听了辛西娅讲的话,我的胃就开始翻腾起来。辛西娅说:"她的子宫颈有点糜烂,这可能同流产、同她以前的病史,或者同大东西的插入有关。"

"好啦……就这些吗?"

"目前就这些。验尸官还没对她的身体各个组织和血液做显微镜检查,或许还要检查有没有中毒的情况。这些他们想撇开法医实验室单独检查,"辛西娅说,"安在他们面前没有保住任何秘密,对吗?"

"只保住一个。"

"对。还有，考尔那儿也有了一些初步结果。他们做了血清试验，没发现血液中有药品或毒品，只有酒精的成分。他们发现有唾液从她的嘴角流向颈部的痕迹，这与她身体仰卧的姿势有关。他们还发现她曾全身出汗，以及干了的眼泪从眼角流向耳朵的痕迹。同样，这也与仰卧的姿势有关。经证实，这些唾液、汗和眼泪都是被害者的。"

"有眼泪？"

"对，"辛西娅说，"有很多眼泪，说明她曾不停地哭过。"

"我没发现……"

"这没什么。他们发现了。"

"是的……但是眼泪和身上没有损伤无关，和窒息也没有必然的联系。"

"对，"辛西娅赞同地说，"不过眼泪同被一个疯子捆住并恐吓要杀死她有关。"她又说，"在你看来，她是自愿那么干的，所以你认为眼泪与死无关。也许你该改变一下看法了。"

"我的看法正日臻完美，"我想了一会儿说，"你是个女人，你认为她为什么哭了？"

"我不知道，保罗。我不在现场。"

"但是我们得设身处地考虑一下。她可不是个爱哭的女人。"

辛西娅点点头。"这我同意。不管怎么说，她哭是因为感情受到了伤害。"

"对。可能是她认识的人，甚至没碰她一下就把她弄哭了。"

"也许是这样。但也许是她自己把自己弄哭的。可究竟怎么回事我们谁也不知道。"

"对。"法医的证据是客观的。有大量的已经干了的眼泪。这眼泪是死者的。眼泪从眼角流向耳朵说明流泪时人是仰卧着的。这就是考尔·塞夫尔陈述的证据。还是让我来说吧。眼泪说明她哭了。那么，是谁让她哭的？是什么事让她哭的？她为什么要哭？她是什么时候哭的？这些问题重要吗？不管怎么说，我认为重要。

辛西娅说："所找到的纤维有的是她内衣裤上的，有的是军服上的。军服的纤维也许是她的，也许是另一个人的。此外，没发现其他纤维。在她身上和身体周围发现的毛发都是她自己的。"

"洗手池内的毛发呢？"

"那不是她的。那是黑色的没有染过的头发，是高加索人的。头发不是拉断也不是剪断的，也许是自己掉下来的。从发体上断定那人是 O 型血。那些头发没有根，所以没有遗传基因标记，也无法断定那人的性别。但是，根据头发的长度以及没用染发剂、护发剂和定型的情况，考尔猜测那头发是一个男人的。它的特点是鬈曲，不是直的也不是波浪形的。"

"我正好见过一个人有那种头发。"

"我也见过。我们应该去弄一缕穆尔上校的头发在显微镜下跟这头发比较一下。"

"对。还有什么？"

"啊，她身上任何地方都没发现精斑，阴道或肛门内也没有任何型号的润滑剂的痕迹，这说明没有外物，比方说一只涂了润滑剂的避孕套的插入。"

我点点头。"没发生性交。"

"性交可能是发生了。如果一个男的穿着同她一样的军服，没有留下毛发、唾液和汗迹，没用或用了没有润滑剂的避孕套，或者没射精。总之这事可能发生了。"

"没有，没发生过性交，只发生了某种程度的，甚至是微乎其微的移情和交流。"

"我可以同意。不过我们不能排除阴部受到刺激的可能。正如你说的，如果绳子勒在她脖子上会引起性窒息，那么阴部的刺激也应随之发生。"

"这很合乎逻辑。不过，调查此案我已经放弃了逻辑。对了，有关指纹的情况怎么样呢？"

"她身上没有指纹。他们没法儿从尼龙绳上取下完整清晰的指纹，但是从帐篷桩上取到几个。"

"这些指纹有没有让联邦调查局过目的价值呢？"

"没有。不过，它们完全可以和已知道的指纹相比较。有些指纹是安·坎贝尔的，还有一些可能是另一个人的。"

"我希望如此。"

辛西娅说："安用手拿过帐篷桩，也就是说她被迫或自愿帮助过凶手，比如在双方相约好的性奇想行为中，或其他的什么行为中。"

"我倾向于后者。"

"我也是，但她为什么哭了呢？"

"快乐。狂喜，"我说，"哭是可以看得见的，但哭的原因可以是多种多样的。"我补充说，"有些人确实在高潮之后哭。"

"我听说过。不管怎么说，这比我们早晨了解到的情况多得多了，但从某些方面说，这还很不够。按照正常的思路，这份报告中还有些无法互相吻合的地方。"

"安的吉普车上有她的指纹吗？"

"有很多。他们正在取那上面和厕所里的指纹。考尔把她的车和那些较低的露天看台座位都给弄到飞机库去了。他在那儿建了个实验室。"

我们的车驶过基地中心的外围，谁也没再多说什么。我摇下车窗，让夜晚清凉的空气飘进来。

辛西娅问:"你对穆尔上校印象如何?"

"大概和你一样。他是个奇怪的家伙。"

"嗯。不过我认为他是查清安·坎贝尔被杀原因的关键人物。"

"很可能。"我问她,"你把他当成嫌疑犯吗?"

"不。主要是调查,为了能顺利进行,我们得让他讲下去。不过我们俩私下里可以把他当作嫌疑犯。"

"特别是,如果洗手池内的头发被证明是他的……"我指出这一点。

"他的动机是什么呢?"辛西娅问。

"嗯,不会是传统的性嫉妒。"

"你相信他从没跟她睡过觉,甚至没向她提过下流的要求吗?"

"我相信。这正显示出他的病态。"

"这倒是个有趣的观点。和男人接触越多,我学到的东西越多。"

"这对你有好处。你觉得他的动机会是什么呢?"

"噢,我同意你说的穆尔上校在某种程度上是个无性人。也许,她威胁他要打破这种柏拉图式的或大夫与病人式的关系,可他却无法应付这事。"

"可为什么要这样杀她呢?"我问。

"我怎么知道?我们是在这儿研究两个精神病学家。"

"是的。但我敢打赌穆尔知道原因。他知道安是怎样躺在那儿死去的,就算他没亲手杀她。就我们所知,他告诉过安同陌生人在露天做爱是一种很好的疗法。我听说过这种事。"

辛西娅点点头。"你正在接近某种实质。"

"那不过是存在于飞机库里的另一种理论。"

一阵沉默之后,我换了个话题:"你同那个带枪的叫什么的少校结婚了吗?"这件事关系到我的一生。

139

她说:"结了。"我觉得她的回答缺乏热情。

"那么,恭喜你。我特别为你高兴,辛西娅,愿生活赐予你最美好的一切。"

"我已经提出离婚了。"

"很好。"

我们安静地过了一会儿,她才说:"布鲁塞尔的事发生后,我有一种犯罪感,所以我接受了他的求婚。实际上,是我急着同他结婚的,因此我们就结了。但是……他从来没让我忘记——他根本不信任我。你的名字被提到过一两次。"

"我应该有犯罪感吗?我没有。"

"你不应该有。说到底他不过是一个占有欲极强的人。"

"你原先没看出这一点吗?"

"没有。生活在两地的朋友,好处就在于他们生活在两地,相距很远,这很浪漫。生活在一起就是另一回事了。"

"我敢说你一定是拼命讨好他了。"

"如果这是讽刺,那么你错了。我是尽力让他满意,但是每次我被派出执行任务,他都大发脾气,而每次执行任务回来,他又审问我。我不喜欢被人审问。"

"没人喜欢。"

"为了他,我从没干过蠢事。"

"喔,有一次吧。"

"你懂我的意思。所以不管怎样,我认为军人生活和婚姻生活不能两全其美。他想让我辞职,我不同意。他暴跳如雷,我不得不拔枪对着他。"

"我的天哪!你很幸运,他没马上拿枪再对着你,就像那次拿枪对着我一样。"

"啊，他怎么没干？只不过几个月前我就把他枪上的撞针取出来了。你看，这多么无聊，甚至我一谈起此事就很苦恼。但是我想至少应该同你谈谈从布鲁塞尔到现在的生活情况。"

"谢谢你。他把撞针放回枪里去了吗？"

她笑了。"他挺不错，很通情达理地接受了这一切。他已经厌倦了嫉妒带给他的折磨。现在，他在事业上又走上了正道，而且有了女朋友。"

我们安静地驾车跑完最后一英里路，然后我说："车就停在这儿吧，关掉车灯和发动机。"

晴朗的夜空上，月光如水。温度已经下降，尽管有点潮湿，但依然比较舒服。这是一个很美的夜晚，一个很适于去乡间浪漫约会的夜晚。我听到了夜莺的歌声和松林中轻风的低语。我说："我不仅是想起你，而且是很想念你。"

"我知道。我也一样。"

我点点头。"难道我们做错了什么吗？为什么我们要分道扬镳呢？"

她耸了耸肩。"也许我们只是把事情弄糟了，"她接着说，"我原希望你……唉，那已是过去的事了。"

"你原希望我做什么？"

"我原希望你拒绝接受我当时断绝关系的决定。我原希望你把我从他身边带走。"

"那不是我的风格，辛西娅。我尊重你做的决定。"

"啊，上帝。保罗，你是个十分机敏的侦探，不是吗？你能在一百码之外看透一个杀人犯的心思，在一眨眼的工夫识破一个说谎者。但是你不懂怎样了解你自己，而且你根本就不了解女人。"

我坐在那儿，就像一个白痴，知道她说得很对，然而我十分茫然。我虽然自己有自己内心的感受，可却无法表达或者根本不愿意说出我的感情。我很想说:"辛西娅,我爱你,我一直爱着你。我会继续爱你,跟我走吧。"但是我说不出口,于是我缓慢而审慎地说:"我知道你在说什么,我同意你的话,我正在努力,我们会解决的。"

她握着我的手说:"可怜的保罗,我使你很紧张吗?"

"是的。"

"你不喜欢这种感受,是吗?"

"是的。"

她紧紧地握着我的手。"但我看到你比去年在布鲁塞尔时有了一些进步。"

"我正在努力。"

"你在考验我的耐心。"

"我们会好的。"

"好吧。"她靠过身子来轻轻地吻了我,然后松开我的手,说:"现在做什么?"

"我们开始工作吧。"我打开了车门。

"这里不是第六步枪射击场。"

"对。这是第五射击场。"

"我们为什么在这儿下车?"

"带上手电。"我下了车,她也跟着下车。

第十六章

我们拉开几英尺的距离站着听了一会儿,逐渐适应了黑暗,分清了夜色中的各种景物。这种方法我们是从学校里学来的。

我说:"有种想法一直在我脑子里徘徊。一等兵罗宾斯在两点十七分时看到的车前灯灯光并不是安·坎贝尔的车灯射出的。的确像你说的那样，她驶向第六步枪射击场时并没有开前灯。当然，她知道卫兵在哪儿站岗，她不想引起他们的注意。她大约就在这儿关掉了车灯，在黑暗中驶完了余下的路。在这样的月光下开车不开灯也不成问题。她一点钟从司令部圣·约翰中士那儿离开，就直接到这儿来见什么人。其他哨所没人看到过她，原因就在这儿。这样分析合乎逻辑吗？"

"如果你把这看成是一次事先订好的约会，那么到目前为止还合乎逻辑。"

"让我们假定是这样。她可以在短短的十五分钟内赶到这儿。"

"可能。"

"好，"我想把此事理出个头绪来，于是继续假定说，"那个人也许先到了这儿。"

"为什么？"

"因为是她让他这么做的。她知道自己可能会被司令部的什么事缠住，就从基地司令部打电话给那个人：'十二点半以前到那儿，等着我。'"

"有道理。"

"那么，她要见的那个人也许原本没有什么理由或什么事情需要到这儿来，所以他也许是开了辆小卡车来的。因为他知道哨所就设在这条路上，所以为了避开哨兵的视线，他把车开到这儿——第五射击场，然后向左开下了公路。"我们离开大路走进了一个砾石铺的停车场。

我对辛西娅说："到第四和第六射击场的人也可以使用这个停车场。军车就是停在这儿，让去三个射击场的人在这里下车，然后调头开走。人们就从这儿走向各自的射击场。我过去在这儿时就是这样。"

"只是他们不再用旧式步枪了。"

"对。为了避免留下车印,那个家伙把车开上砾石地面。你跟我来。"我们走过砾石停车场,上面有着杂乱无章的数十条车辙印,然而,没有一条能被清晰地拍下来或分辨出来。当我们走过第五步枪射击场的露天看台时,砾石变薄了,借着手电筒的光我们能够分辨出不该在那儿出现的卡车或小轿车的车辙印。这组车辙印一直延续到一排低矮的松树旁,然后消失了。我说:"任何车停在这儿,从路上都无法看到,但他还是留下了车印。"

"保罗,这真不可思议。这些车辙印也许就是罪犯留下的。"

"这些车辙印可能就是那个等在这儿见安的人留下的。他不想让宪兵巡逻队看见他的车,也不想让一点钟左右经过这儿的送兵车看见。那辆送兵车是送一等兵罗宾斯到一公里外的弹药库上岗的。那人一点钟以前把车停在这儿,然后往回走到第六步枪射击场,再进厕所等着。等待的时候,他也许用过厕所,也许洗过脸和手,留下了用水的痕迹和头发。迄今为止还合逻辑吧?"

"是的。"

"我们走。"我和辛西娅找到了往回的小径。这条用小圆木一个挨一个铺成的小径,在军队里被称作木头路。路面上没有留下脚印。我们沿着这条路走了大约一百米,穿过灌木丛,一直走到第六射击场厕所的后面,才停了下来。"好了。那家伙就等在这儿,在厕所里面或者在附近。他首先看到的就是去弹药库送罗宾斯上岗的卡车开了过去,过了一会儿,卡车又开了回来。卡车没有一直沿着去基地中心的路,而是拐向通往乔丹机场的路,去送哨兵到飞机库换岗,不然,这车也许会遇上迎面开来的安·坎贝尔的车。这是根据我住在这儿时的情形设想出来的。所以,安·坎贝尔可能没和送兵车相遇,而是直接开车到了第六射击场。基于某种考虑,她熄灭了车灯,把车停在了我们在路上找到的那个地方。这样讲行吗?"

"可以。但这全是推测。"

"对。重演犯罪经过多半都是这样的,你在这儿是找漏洞的,而不是告诉我我是在编造一切。"

"好吧。你接着说。"

"等在厕所附近的那个人看见她把车停在了路上,他就穿过这块空地——"我开始朝着大路走去,辛西娅跟在后面。"他走近安·坎贝尔,她这时也许在车里,也许在车旁。他告诉安送兵车来过又走了,每天的这个时间都是这样。现在,除了偶然会经过这儿的宪兵巡逻队,没有什么好担心的了。巡逻队不见得会到这儿来,这条路到第十射击场就到头了,一般车辆不会经过这儿。到这儿来的其他人只可能是哨所的军官或士兵,不过换岗后他们不会这么快就来到这儿,最大的可能是他们不愿出来巡逻。另一个可能到这儿的人就是哨所值班军官。而这天晚上,值班军官就是安·坎贝尔上尉。还接着说吗?"

"还有一点。为什么她会开车到这儿来?如果她是为了性爱方面的约会,为什么不把车藏起来呢?她到底为什么要躺在离大路那么近的步枪射击场上呢?"

"我说不清楚。我只知道她不论做什么都是按照自己的想法去做的,所以这一切都绝非偶然。每件事都是有预谋的,包括主动在一个月夜做值班军官这件事。因此,她把车停在这儿有她自己的理由,选择离大路五十米的那个地方也是她自己的设计。"

"好吧……我们先不谈这个。"

"那么我接着说啦。我不知道她和那人之间发生过什么,但是在离这儿不远的路上,她摘下了手枪,脱去了除胸罩和内裤以外的所有衣服。她脚上粘了一个沥青黑点。她和那人走在射击区之间被踩得很结实的小径上。她的衣服和手枪也许就在她身后的吉普车里。她,或者是那个人拿着帐篷桩子、事先截好的绳子和一把小锤。他们就在那个射击靶下面选好了地点。"我们俩放眼向射击场望去,帐篷依然撑着,防水帆布铺在地上,形成了一条小路,伸向尸体躺过的地方。我问辛西娅:"到目前为止,听起来怎么样?"

"这案子有它内在的逻辑,可我还没找到。"

"我也没有。不过这差不多就是所发生的一切了,"我说,"我们走吧。"我们沿着防水帆布铺的小路走过去,站在帐篷底下。辛西娅用手电照了照安·坎贝尔躺过的地方,照出了一个用白粉笔画出的四肢伸开的人体轮廓,带有黄色标记的小旗插在帐篷桩子原来插过的洞里。

辛西娅说:"这儿不该派宪兵队看守吗?"

"应该。肯特也许疏忽了。"我朝月光下的步枪射击场望去,五十个栩栩如生的靶子立在那儿,就像一排步兵正争相穿过灌木林。我对辛西娅说:"显然,这种景象对安·坎贝尔来说是某种象征——荷枪实弹的士兵来轮奸她,或者来观看她赤裸裸地被捆在地上的样子——或者天知道她要去创造或者去表现什么。"

辛西娅说:"好吧,他们就站在这儿。安只穿着短裤,戴着胸罩。如果他们是同谋的话,就是那男人拿着性交工具。他没有武装起来,她与他充分合作。"

"对。他们一起用每条绳子的一头捆住了她的手和脚。也许就在这时,她脱掉了胸罩和内裤,并把内裤缠在脖子上,因为我们没发现它们沾有泥土。"

"她为什么戴着胸罩?"

"我说不准。但也许她没有经过什么思考就那么戴着没取下来,后来就把它扔到了我们发现它的地方。这是他们早就计划好的。不过他们有点儿紧张,这一点可以理解。这样推测行吗?"

"可以。我甚至说起这些都觉得紧张。"

"然后，他们选择了这个射击靶下面的这块地方，她四肢伸开躺在这儿，他把四个桩子敲进地里。"

"这不会发出声音吗？"

"桩子是聚乙烯的，也许他还用手绢捂住桩子，减弱了声音。风是从一公里外的哨所方向吹过来的，罗宾斯甚至连关车门的声音也没听见。"

"好吧，"辛西娅说，"桩子被敲进去了，他把她的手脚捆在了桩子上。"

"对。然后他把那根长绳子垫着内裤缠在她的脖子上。"

"那么，她这时的样子就是我们发现她时的样子了。"

"是的，"我说，"只是这时候她还活着。"

辛西娅将一只手插进裤兜里，眼睛盯着手电筒光已消失的那个地方，显然是陷入了沉思。她说："他跪在她身边，把绳子勒紧引起她性窒息。也许他用他的手指或者别的什么东西刺激她，使她达到高潮……"辛西娅补充说，"他也许进行了手淫，不过我们在她身上没发现精斑。也许他还拍了照。费了这么大劲儿之后，拍照是很平常的。我就曾经接过一个既有录音又有录像的案子……"停了一会儿她又接着说："好了……她得到了满足，他也得到了。她想松开绳子，可就在这时，出于某种原因他朝她扑过去，把她勒死了。也许他这么做是早有预谋的，也许凭良心说是他在行动过程中失手把她勒死的，"她看着我，"是这样吗？"

"是的。我想是的。"

"但这并不那么简单，"辛西娅提醒我说，"她的衣服、身份牌、西点军校的戒指和手枪都不见了。"

"我知道，这是个问题，"我说，"我们回到纪念品问题上了。"

"对，它们一定是被拿去做了纪念品。但是你知道，如果我刚在

147

步枪射击场杀死了将军的女儿，不论是蓄意谋杀还是一时失手，我决不会把她的衣服放在我的车里，带着这些足以把我送到行刑队面前的证据到处跑。"

"不可能，是吗？但请你记住，她的手表还戴在手上，这又是为什么呢？"

"我不知道，"辛西娅答道，"也许没有意义。"

"也许。我们走吧。"我们又沿着防水帆布铺的路走回安·坎贝尔停车的路上。"好，"我说，"那个男人走回车旁边，拿走了她的军服、头盔、身份牌、袜子、靴子和其他东西，却把她的手提包留在了汽车座位上。"

"他也许把手提包忘了。男人经常这样。我以前见过。"

我们朝那个厕所走去。"那人拿着这些东西，穿过草地，走过露天看台，经过了厕所，找到了那条木头路。他是不会走大路的。"

"对。"

"好啦，如果他们是一点十五分开始的，那么这时大约是两点十五分，就算再多给他们几分钟，但不能再晚了，因为罗宾斯在两点十七分时看到了车前灯的灯光。"

"她敢担保那不是安·坎贝尔的汽车的灯光？"

"我做了个很大胆的设想，她提前来到这儿，而且来时没开车灯。所以，当另一辆车开过来看见了她的车时，驾车人停下车，关掉车灯，下了车。这就是罗宾斯两点十七分时看到的情况。"

"这人能从路上看见安·坎贝尔，对吗？"

"圣·约翰中士就看见了。月亮快圆了。任何人看到停着的汽车都会往四周看看。隔着五十米远，这人一定能看见射击场上有什么东西。辨认出一个人的形体，特别是裸体，几乎是人的本能。我们都曾听说过这样的故事——有人走在树林里，看见地下躺着个人，等等。"

"好吧。那么这人做了些什么呢？"

"这人走近她，发现她死了，就走回自己的车子，转了个180度的弯，飞快地开走了。"

"这人没再打开车灯吗？"

"显然没有。那灯光把罗宾斯搞蒙了，她一直注意着它，但始终没看见它再亮起来。她第二次看见车灯是在四点二十五分，那是圣·约翰中士的车灯。"

"那这人离开时为什么没打开车灯？为什么停车后先把灯关了？保罗，这简直不可思议。如果我下了车，我会让前灯亮着。你说的这个新出现的人是谁？为什么没有这人的报告？"

"我能提供的唯一答案就是安·坎贝尔不止和一个人有这样的约会。她的奇想也许是与许多人性交。她也许有好几个约会。"

"这很离奇，"辛西娅说，"不过很可能。"

我提议说："来，让我们沿着安·坎贝尔的同伙或凶手返回的路线走。"我们顺原路折回，横穿过射击场后边灌木丛中的木头路，然后向左拐，又回到了通向第五射击场的路上。我说："在这些灌木丛中也许会有一只盛着她衣服的塑料袋。"

"你也发神经了吗？"辛西娅看着我。

"搜查这个地方时一无所获，甚至连狗都没有找到什么，所以安的衣服一定是装在一只隔味儿的塑料袋里，也许是一只装垃圾的袋子，可能被扔到搜查不到的地方去了。我们走近第五射击场时，你打开手电照着灌木丛，也许明天我们还得来——"

辛西娅忽然停住脚步，说："等等。"

"怎么了？"

"厕所还没检查。"

"天哪！我忘了，你说得对。"

于是我们走回厕所。男厕和女厕中间有一排钢丝网垃圾桶,我扣翻了一个,踩着底跳上了男厕所的屋顶。屋顶平滑,有点斜度,上面什么也没有,但当我匆忙站起来的时候,看到女厕所的屋顶上有一只棕色的垃圾袋在月光下闪着亮光。我一跃,跳了过去,不料一脚把袋子踢了下去。我跟着往下一跳。在半空中时,我想起伞兵训练时的要领,于是我屈膝、团身、双脚腾起,站在了地上。

辛西娅问:"你怎么样?"

"我没事。拿条手绢来。"

她从口袋里掏出一条手绢,跪下来,解开袋口系着的绳子,小心翼翼地将袋子打开,拿手电照了照。我们看见袋子里有几件衣服、一双靴子和一只白袜子。辛西娅用包了手绢的手小心地翻动着这些东西,露出了手枪带和装在皮套里的自动手枪,还有身份牌。她把身份牌拿起来,就着手电筒光读道:"坎贝尔,安·路易丝。"接着,她一松手,身份名牌落进了袋子里。然后她站了起来,抬头朝厕所顶上看去。"这是书上说得比较老的花招之一。不过为什么这人对藏安的衣服这么感兴趣呢?"

我想了一会儿。"好像这些衣服是被留在那儿等着被发现的。"

"被谁?罪犯?还是第三者?"

"不知道。但是我喜欢你这个有关第三者的想法。"

这时,两束汽车灯照亮了我们前方的路,接着我听到了汽车的声音,然后看到一辆草绿色的汽车停了下来。发动机继续响着,车灯也开着。我伸手去摸枪,辛西娅也做出了同样的反应。

车门打开了,车内的灯光照出那人是比尔·肯特。他走出来,手里拿着枪,朝我们的手电光这边望着。他砰地关上车门,并向我们发问:"什么人?"

我回答道:"布伦纳和森希尔,上校。"虽然这回答有点太正式,但是在被一个持枪者查问时，你可千万别胡闹。

我们俩一直站着没动，直到他说："我过来了。"

"明白。"我们依旧站着没动，看着他走近我们。他将手枪插回套子里，并且说："认出来了。"

这一切都显得有点儿愚蠢，但是不时地会有人因不认真对待查问口令而吃了枪子儿。肯特问我们："你们在这儿干什么？"

我答道："这是犯罪现场，比尔，侦探和罪犯总是会回来的。你来这儿干什么？"

"对你的暗示我很生气，自作聪明的家伙。我到这儿来，完全出于和你们一样的目的——试图感受一下现场夜晚的气氛。"

"让我来当侦探吧，上校。我希望看到这儿有宪兵站岗。"

"我在附近派了巡逻队，所以没设岗。"

"可我连个人影都没看见。你能派几个人来吗？"

"那好吧。"他问辛西娅，"为什么你的车停在那边？"

她说："我们想在月光下散步。"

他看上去想要问为什么，不过他看见了那个塑料袋后，便问道："那是什么？"

"是那些你们没找到的东西。"辛西娅答道。

"什么东西？"

"坎贝尔的衣服。"

当肯特看到塑料袋时，我紧盯着他，但他好像根本对此不感兴趣。他问："你们在哪儿找到的？"

"在女厕所的顶上。你手下的人错过了那儿。"

"我想是的。"他问，"她的衣服怎么会在那上面呢？"

"谁知道呢？"

"这儿你们都看过了吗？"

151

"刚刚看完。"

"下一步干什么？"

我说："我们一小时后在乔丹机场见。"

"好吧。"他又说，"穆尔上校被你搞得心烦意乱。"

"那么他应该正式提出控告，而不应该趴在你的肩上哭。你了解这个人吗？"

"只是从安那里了解到一点儿。"他看了看表说，"一个小时后见。"

"好的。"

说完他就朝停在路上的汽车走去。我和辛西娅走在木头路上，手里提着那只塑料垃圾袋。

辛西娅说："你不信任他，对吧？"

"不，我信任他……我们已经相识十多年了。但是现在……我说不清。我没把他当成嫌疑犯，不过我心里很清楚，他像这儿的每一个人一样也隐瞒了一些事情。"

"我明白。我也有这种感觉。就好像我们到了一个陌生的小镇上，那里人人都知道彼此的肮脏隐私，我们也知道有些隐秘，但就是不知道藏在哪儿。"

"就是这么回事。"

我们走到汽车跟前。我把塑料袋放进后部的行李箱里。

我和辛西娅坐进车里。她发动了汽车，接着拍了一下我的肩膀。"哪儿受伤了，士兵？要我把你送进医院吗？"

"不用，可我的大脑需要清醒一下。去心理训练学校。"

第十七章

晚上十一点钟，我们来到了心理训练学校。辛西娅在离学校总部很近的地方把车停了下来。近处总部大楼中，只有一楼有一个窗户亮着灯光。

我们朝总部走去。辛西娅问我："这儿究竟是干什么的？"

"这里是布拉格堡肯尼迪特种军事学校的分部。实际上，它根本不是学校，只不过是打着学校的幌子罢了。"

"那为什么？"

"这是个研究所，他们不是在教学，而是在研究。"

"研究什么？"

"我想他们在研究怎样使人愤怒，然后再寻找一种不开枪就能使人停止愤怒的方法，"我补充说，"大部分是实验性的。"

"听起来真可怕。"

"别害怕，有我呢。射击和烈性爆炸每次都有效，难忍的恐惧和无端的忧虑。"

一辆吉普车拐了个弯，朝我们开了过来。车停下后，一个宪兵从车上下来，司机依旧坐着没动，车前灯照着我们。下车的宪兵名叫斯特劳德，是个下士。他按照常规敬了个礼，然后问我们："你们来这儿有事吗？"

我说："是的，我们是犯罪调查处的。"我亮出身份证。他拿手电照着检查了一番，然后又检查了辛西娅的，才关了手电。"你们要找谁，长官？"

"找值班中士。你护送我们一下好吗，下士？"

"是，长官。"他和我们一起朝总部走去。他问道："坎贝尔被杀了？"

"恐怕是的。"

"太卑鄙了。"

"你认识她吗？"辛西娅问。

153

"是的，长官。不太熟，有时我晚上在这儿见到她。他们在这儿有很多事情，都是晚上干。"他又说，"她是一位非常漂亮的小姐。你们找到线索了吗？"

我说："还没有。"

"看到你们整夜为此而工作我真高兴。"

我们走进总部大楼。一个叫科尔曼的参谋中士坐在门廊右侧的办公室里。我们一进去他就站了起来。出示证件之后，我对他说："中士，我想看一下穆尔上校的办公室。"

科尔曼抓了一下头发，又看了看斯特劳德下士，说："我不能这样做，长官。"

"你当然能，我们去吧。"

他坚持他的立场："没有特别许可我实在无能为力。这里是禁区。"

在军队里，你实际不需要有什么可信的理由或搜查证。如果你需要，军法官也不会发给你，因为在军事法庭之外，他们没有任何权力。我现在需要找一个与领导部门关系密切的人。我问科尔曼中士："穆尔上校的办公室里有衣帽柜吗？"

他犹豫了一下，说："有，长官。"

"很好，去把他的发刷或梳子拿给我。"

"长官？"

"他要梳梳头发。我们等在这儿给你看电话。"

"长官，这里是禁区。我必须请你们离开。"

我说："可以用一下你的电话吗？"

"可以，长官。"

"请离开一下。"

"我不能离开——"

"斯特劳德下士会待在这儿，谢谢你。"

科尔曼犹豫了一会儿，然后走出了办公室。我对斯特劳德说："无论你听到什么都要守口如瓶。"

"是，长官。"

我从电话簿里查到了福勒上校在贝萨尼山的电话号码。电话铃响了三次福勒才接。我说："上校，我是布伦纳。很抱歉这个时候打扰您。"实际上没什么好抱歉的。"我需要征得您的同意，从穆尔上校的办公室里取走点东西。"

"你到底在哪儿，布伦纳？"他说话的声音听起来好像还没睡醒。

我回答说："在心理训练学校，上校。"

"现在？"

"我必须打破常规的时间观念。"

"你想从穆尔上校的办公室里取走什么？"

"说实话，我想把他的整个办公室搬到乔丹机场去。"

他说："这我无权允许。学校归布拉格堡管，而且是个禁区。穆尔上校的办公室里放满了秘密文件。早晨我会打电话给布拉格堡，看看我能为你做些什么。"

我没提安·坎贝尔的办公室已被搬到了乔丹机场的事。在军队里，你请求批准做任何事情，往往得到的都是这样的结果。回答总是否定的，接着你得协商。我说："好吧，上校，那么请允许我查封他的办公室。"

"查封办公室？你到底要做什么？"

"调查杀人案。"

"你不要这么随随便便，布伦纳先生。"

"是，长官。"

"早晨我会跟布拉格堡通话。这是我所能做的一切。"

"还不够，上校。"

"你知道，布伦纳先生，我非常赞赏你勤奋工作的态度和积极性。但是你不能像个工头似的管这管那，走到哪儿都带来一片混乱。杀人犯只有一个，你应该多少考虑到基地内那些活着的人的感情。在你想管这管那的时候，你可不能忘记军队的规章、惯例和礼节。你听明白了吗，布伦纳先生？"

"明白，长官。我现在需要的是穆尔上校头发的样品，要与现场发现的那根头发进行对比。你可以从家里给穆尔上校打个电话，长官，让他马上到乔丹机场的法医实验室报到，取发样。不然，我们就在这儿从他的梳子或发刷上取了。我想用后一种方法，因为时间太紧。还有，我此刻不想让穆尔上校知道他是嫌疑犯。"我看到斯特劳德的眼睛瞪得很大。

沉默了很长一段时间之后，福勒上校才说："好吧，我同意你取走他的发刷或梳子，但如果他办公室里的其他东西被发现动过了，我会控告你。"

"是，长官。你要给值班中士下命令吗？"

"让他接电话。"

"是，长官。"我示意斯特劳德。他出去把科尔曼中士找了回来。我对科尔曼说："基地副官福勒上校要跟你讲话。"

他拿起电话，并无什么热情。他讲话的结束语都是"是，长官。是，长官。是，长官。"他挂了电话，对我说："如果你能看好电话，我就把他的发刷或梳子找来。"

"很好。把它包在手绢里。"

他拿着一串钥匙走出办公室。我听见他的脚步声消失在楼道里。

我对斯特劳德说："我们到外边去了。你在这儿等着拿那证据。"

"是，长官。"

斯特劳德好像因为可以为这个案子出力而感到高兴。辛西娅和我走到外面，站在吉普车的灯光里。

辛西娅对我说："这个地方管得真严。"

"如果你在进行一些特种实验，比如洗脑、审讯技巧、道德毁灭和制造恐怖等，可能你也不愿外人在周围探听。"

"这就是安·坎贝尔从事的工作，是吗？"

"我想是这样。这儿有供自愿接受实验者住的、全是单间的大楼。外面的军事用地上还有一个逼真的仿造战俘营。"

"这些你是怎么知道的？"

"大约一年前我同一个心理学家一起办案，他曾经在这儿住过。后来他申请调离了。"

"我猜这地方会让你心情不快。"

"是的。你知道，我在安·坎贝尔的私人档案中发现了一张纸条，一面写着另一句尼采的名言——'同魔鬼斗争的人，应该当心自己在斗争过程中不要变成魔鬼；当你长时间窥视地狱的时候，地狱也在窥视着你。'"

"这张纸条为什么会在档案里呢？"

"不知道，但是我想我明白它的意图。"

"是的……我想我们都明白，"她说，"为了生活，有时我真想改行干别的。我对那些事真厌烦极了，比如阴道化验标本、精子的脱氧核酸实验以及从强奸犯和受害者那里笔录口供，等等。"

"是啊。我想十年是一个极限，而我已经干了近二十年。这是我办的最后一个案子了。"

"你每次都这么说吗？"

"是的。"

斯特劳德手里拿着件东西从大楼里走出来。他走近时，我们看见

157

他的微笑。他大声说:"科尔曼中士找到了。"

我们在人行道上迎上他。他交给我一把用草绿色手绢包着的发刷。

我对他说:"你知道关于证据的管理手续,我需要你写一份证明,说明我们何时何地如何找到了这把发刷,都有谁参与了,等等。"

"好的,长官。"

"签上名,封好口,注明'布伦纳',六点钟之前送到宪兵司令的办公室里。"

"是,长官。"

辛西娅问他:"你知道穆尔上校开的是什么车吗?"

他想了一会儿说:"让我想想……一部旧车……一部破破烂烂的……灰色轿车……到底是什么牌子呢?对了,是一辆大约一九八五年或一九八六年生产的大福特。"

"你对我们的帮助太大了,"她又说,"这些都要严格保密。"

斯特劳德点点头,说:"如果你们想了解穆尔上校的其他情况,就来问我,如果我不知道,我可以去查。"

"谢谢你。"我说。显然,有些人想看到穆尔上校死在莱文沃思。

我们互行了军礼,然后走回各自的车里。

辛西娅发动了汽车。"去乔丹机场吗?"

"对。"

我们又一次离开基地中心,驶向了那块军事用地。我说过,我在这儿完成了步兵的初级和高级训练。我还依稀记得这里的情景:一片荒凉、寂静的景象。这里有长满树木的小山、湖泊、池塘、沼泽和湿地。许多枯死的苔藓在夜晚发出磷光,能扰乱人的视觉。

由于我沉默了片刻,辛西娅问:"你在考虑这个案子吗?"

"不,我在回忆。我参加步兵训练时就是在这里。你去过那块军事用地的未开发区吗？"

"没有。眼下我到的最远的地方就是第六步枪射击场。"

"那不过是蜻蜓点水。如果沿着这条路从这儿向左拐到珀欣将军路，它一直通向主训练场。那里有大炮和迫击炮练习场，还有特训练习场地，那些特训项目有'步兵连进攻'、'装甲兵步兵联合作战'、'埋伏'和'夜巡'，等等。"

"没有野餐的地方吗？"

"我记得没有。那里有一个旧的特种兵兵营，有一座为搞城市战争演习而仿造的欧洲城市，还有一个仿造的越南村庄，我在这儿的演习中'死过'六次。"

"你一定接受了教训。"

"显然是这样。那里还有一个仿造的战俘营，现已由心理训练学校接管，仍在使用，是个禁区。"

"我明白了，"她想了一会儿接着说，"这块土地，包括周围那些地方，一共有十万英亩，告诉我为什么安·坎贝尔单单选择了一个还在使用的步枪射击场呢？而且五十米外的那条路上就有送兵车和宪兵队经过，一公里外还有个哨所。"

"嗯，我想到过这一点，还想到了另外三件事。第一，这儿的人一致认为，她值班时是突然离岗的，所以案发地点不是她而是那人选择的。但我们不同意这种看法。"

"对。如果是安选择的地点，她一定会找一个她的同伴容易找到的地方。因为除非那人是个优秀的特种兵，不然他一定会因走不出这片密林而失约。"

"没错。所以我的第二个想法就是，那个人晚上不熟悉树林或者他感到这种安排不好，"我说，"从这儿拐向乔丹机场。"

"我知道了。"她向右拐上了去机场的路，问我："第三个想法呢？"

159

"噢，安·坎贝尔选择了一个近乎公共场所的地方，因为这地方有一定的危险性。她多半是想寻求极度的快感，也许，只是也许，还有这样一个因素，那就是：'让大家看看我可以在父亲的领地上做这样的事而没被发觉。'"我看了看辛西娅，她点了点头。

辛西娅说："你可能也做过这样的事吧，保罗，是为了丢你父亲的脸。"

"是的。但是这说明安和她父亲的关系很糟糕，都不喜欢对方。"

"我们搜查她房间的时候，你就说过这话。"

"对。但我不知道为什么那么想。我只是觉得做一个有权势的人的孩子，生活在他的影子里不会是件容易的事。这是一种很普通的社会现象。"

她又点了点头，说："我觉得线索搜集得差不多了，我们最好在被联邦调查局踢出此案或挤到一边之前把它们归纳起来。"

"你说得对。我再给这个案子两三天时间。然后我们就开始向那些牢不可破的防御攻势发起攻击。就像坦克指挥官手册里讲的，我们即刻的优势是：突击有力、机动灵活、火力集中。我们要猛攻敌人的弱点，打他个措手不及。"

"以最快的行动和最优良的装备夺取胜利。"

"很精辟。"

我们把车停在了乔丹机场宪兵队的岗亭前，出示了身份证后，他们招手让我们开了过去。

辛西娅把车停在法医实验室的货车和卡车中间。我用一条手绢隔着从汽车行李箱里取出装衣服的塑料袋，辛西娅拿着发刷。她说："如果是那人拿着袋子，坎贝尔自己脱掉了衣服的话，那她的手枪套、靴子、腰带扣或其他任何地方都不会有其他人的指纹，除非袋上有指纹。"

"过一会儿我们就能搞清了。"

我们向飞机场走去,她说:"你真机敏,布伦纳,我开始钦佩你了。"

"你喜欢我吗?"

"不。"

"你爱我吗?"

"我不知道。"

"你说过在布鲁塞尔时你爱我。"

"是的,是这样。我们下星期再谈这事,也许今晚晚些时候。"

第十八章

第三飞机库沐浴在高处射来的明亮灯光里,来自吉勒姆堡的流动法医队正在忙碌着。肯特还没到,这对我和辛西娅来说正合适。

我把塑料垃圾袋和发刷交给考尔·塞夫尔,没做任何解释。他把袋子和发刷交给了一个指纹鉴定员,并让他在提取了指纹后将东西送到痕迹证据处去。

加上那袋衣服,现在第三飞机库里已经摆满了安·坎贝尔上尉的所有我们能找到的东西,包括她的汽车、办公室和她的家,但不包括她的尸体。另外,我看见安那天晚上用的车也给弄到这儿来了。我们往里走,看到了滚式公告栏上有刚冲洗出来的犯罪现场的照片、草图、图表、厚厚的实验报告以及附有尸体彩色照片的备忘录。这些我都一掠而过。我还看到了脚印的石膏模型、玻璃纸袋盛着的证据和法医的实验设备。这里有三十多个正在忙碌着的男男女女。

考尔·塞夫尔给我看了一份当地日报《米德兰电讯》,大标题是:"将军的女儿死在哈德雷堡"。

辛西娅和我读了那篇文章。文章用讽刺的笔调报道了安·坎贝尔赤身裸体被捆在步枪射击场上给勒死、也许还遭到了强奸的事。报道有一半是准确的,引用了哈德雷堡公共情报员希拉里·巴恩斯上尉的话。她声言官方没有对安·坎贝尔的死进行评论,军队的犯罪调查处对这一谋杀事件正在进行调查。

报道中还引用了米德兰警察局长伯特·亚德利的话说:"我已经向哈德雷堡的宪兵司令肯特上校伸出了援助之手,目前我们正保持着密切的联系。"

他没提我们搬走安的房间的事,也没说要把我盛在大银盘中当作他的美餐。不过下次我们见面后,他也许就会开始向报界抨击我了。

考尔问辛西娅:"你脚上穿的运动鞋是你在现场时穿的那双吗?"

"是的。你是只要我的鞋还是连脚一起要呢?"

"只要鞋。请脱下来。"

辛西娅坐在一把折叠椅上,脱下了鞋,递给考尔。他又问我:"你在现场穿的那双靴子在哪儿?"

"在我那个基地外的住处。我忘了带来。"

"最近几天内你能拿给我吗?"

"当然,过几天吧。我现在似乎要在基地里给困一阵儿了。"

"又是这样吗?上帝啊,布伦纳,每次和你办案,只要有地方警察参与,你总是把他们搞得很恼火。"

"并不是每次都这样。好啦,考尔,我希望你派几个人去第五步枪射击场制作几个车印的模型。"我把地点告诉了他。他立即就往外走,要去安排。我又叫住他,说:"还有一件事。在那儿干完后,让他们去维多利街上的维多利花园,去制作一套福特汽车上的车胎模型。那车也许是灰色的,一九八五年或一九八六年制造的,保险杠上贴着军官的标志。我没有车牌号码,但你可以在三十九号附近找。"

他看了我一会儿，说："如果是辆军人的车，我们可以等到它在基地露面。"

"这材料我今晚就要。"

"好啦，布伦纳，不得到地方上的许可，我不能到基地之外搜集证据。你已经搞得他们暴跳如雷了。"

"对。不要用军车。死者住的四十五号也许正由米德兰的警察看守着，不过值班警察很可能是待在室内的。告诉你的人要小心，动作要快。"

"我们可以等那辆车到基地上来。"

"好吧，"我把手放在他肩上，"我很理解。我只是希望天亮时车胎不会从那车上被换掉。天哪，那辆车今晚千万不要消失才好。不过没关系，还是等到早晨吧。"

"好吧，维多利花园。你真是贪心不足，还想冒险，你这个自命不凡的家伙。"他向一群人走过去。他们正在往脚印的石膏模型上贴标签，在犯罪现场的草图上做记号。考尔把辛西娅的鞋递给他们并交代了几句，大概是关于午夜的任务，因为他不停地用大拇指朝我指指点点，所以那些技术人员也都盯着我看。

我给自己要了一杯咖啡，也给辛西娅要了一杯。她正在翻阅实验报告。她端着咖啡说："谢谢。看这儿。"她递给我一份关于一个脚印的报告。"他们发现了一只7号平底鞋的鞋印，也许是一只女式便鞋。它出现在步枪射击场上很不寻常，对吧？"

"对，是很不寻常。"

"这说明了什么？"

我仔细看过报告，上面推测这个脚印是不久前才留下的。我说："有意思。也许是几天前留下的，我们都知道这儿大约有一周没下雨了。"

163

"对。不过这事值得我们注意。"

我们花了大约十五分钟翻阅了所有法医小组的报告。接着,考尔在他的某个临时实验区里叫我们过去,于是我们一起过去坐在一张桌子旁,一个女技术员正在这桌子上观察显微镜。考尔说:"凭着这把发刷你也许有了重要的发现。它是从哪儿弄来的?"

我拍拍他的秃头,说:"反正不是从你这儿。"

听了这话那个技术员笑得简直要把脸碰到显微镜上去了。

考尔并没有被逗笑,他对辛西娅说:"你们都是有头脑的人,为什么不去看看显微镜呢?"

那个技术员移到一边,让辛西娅坐到显微镜旁。那个技术员是一名专业军士,叫卢毕克。她说:"右边的那根头发是在第六射击场男厕所的洗手池里发现的,左边的则是从发刷上取下来的。"

辛西娅向显微镜里望去,卢毕克继续说:"厕所里发现的那根头发没有发根,但从发干上看,我已验定那人是 O 型血,发刷上头发的主人也是 O 型血,两份头发样品都是高加索人的,从质地、颜色、没有烫染和总的健康情况来看两份样品完全一样。"

辛西娅从显微镜上抬起头来。"是的,它们看上去一模一样。"

卢毕克总结道:"我觉得这些头发全出自同一个人。从洗手池中发现的这根头发很短,无法做摄谱分析等项实验。如果能做,我也许会找到更多的相同之处。任何进一步的实验都会改变或毁掉这仅有的一根头发样品。"她补充说,"发刷上的头发有些有发根,一小时后我就可以告诉你们那人的性别,并且可以拿一个脱氧核糖核酸的标识给你们。"

我点点头。"明白了。"

辛西娅站起来对卢毕克说:"请给样品做上标记,装起来并附上一份报告。"

"是，长官。"

"谢谢。"

塞夫尔问我："凭这些证据能逮捕一个人吗？"

"不行，但是可以让我们看清一个人。"

"那人是谁？"

我把他拉到离技术人员远一些的地方，说："一个叫查尔斯·穆尔的上校。你们要比较的就是他的车印。穆尔的办公室也在心理训练学校里。他是被害者的上司。我正打算查封他的办公室，等获准后把它搬到这儿来。"

辛西娅走过来说："在此期间，考尔，请比较一下穆尔上校发刷上的指纹和从安的车上发现的指纹，再比较一下垃圾袋和袋内物品上的指纹。"

"好。"他想了一会儿，接着说，"如果这个穆尔上校认识被害者的话，即使指纹吻合，也不能最后认定他在现场。他有足够的理由说明为什么他的指纹会在安的手枪套上或者在她的车上。"

我回答说："我知道，但是对于他在垃圾袋上留下的指纹，或者在第五射击场留下的车辙印他就很难解释了。"

考尔点点头。"还有，你需要去确认一下他在案发那段时间内是否在现场。"

"对。所以我想让你比较一下发刷上的指纹和你在帐篷桩上找到的残缺不全的指纹。如果我们有了他的车辙印和足够的指纹，那么套在他脖子上的绳索就会更紧了，对吧？"

考尔点点头。"对，你是侦探，可确定谁是罪犯还是靠我。但你根本不知道我这两天干了什么。"他转身走向那些正在研究指纹的技术人员。

辛西娅对我说："如果我们审问穆尔，用这些证据指控他，他很

165

可能会承认这是他干的。"

"对。但如果他说他没干,那么我们就会被送上军事法庭。不管法庭判决是一个美国上校勒死了将军的女儿,还是准尉布伦纳和森希尔抓错了人,放跑了真正的凶手,都是法庭的耻辱和军队的耻辱,都会因此而臭名远扬。所以我们要屏息加以提防。"

辛西娅思考了一会儿,问我:"如果所有的证据都证明是穆尔干的,你还有什么疑点吗?"

"你有吗?"

"疑点?是的,我有。我真是不能想象穆尔和安·坎贝尔两人一起做了那样的事。我无法想象是他勒死了安。他的样子像个在咖啡里下毒的坏蛋,而不像一个动手杀人的罪犯。"

"这也正是困扰着我的问题。但是你不知道……可能是她叫他这么做的,是她恳求他杀了她的。我曾经看见过这样的事情。就我们所知,穆尔有可能用的是致幻药物,这种药他可以利用工作之便搞到。"

"很可能。"

我从辛西娅的肩上看过去。"现在执法官来了。"

肯特上校正穿过飞机库向我们走来。我们走过去迎上了他。他问:"有什么新情况吗?"

我答道:"罪犯快找到了,比尔。我正等着指纹和车辙印的鉴定结果。"

他的眼睛瞪得很大。"你不是开玩笑吧?是谁?"

"穆尔上校。"

他好像在考虑这件事,接着点了点头。"合乎情理。"

"怎么合乎情理,比尔?"

"嗯……他们关系密切,他也许会有机会。我相信他干得出来。他很古怪。我只是不知道他的动机是什么。"

"我也不知道。"我问肯特,"给我讲讲坎贝尔上尉和将军吧。"

"哪个方面?"

"他们的关系密切吗?"

他盯着我的眼睛,说道:"不密切。"

"说下去。"

"嗯……也许我们可以另找个时间来谈。"

"也许我们可以到福尔斯彻奇去谈。"

"嗯,别威胁我。"

"唉,上校,我是谋杀案的调查人员。你也许觉得受到某种社会的压力和职业的约束,但你大可不必。你的责任只是回答我的提问。"

肯特看上去不太高兴,但我用肯定的口气告诉他要放下包袱,这好像又使他轻松了许多。他向飞机库的中心走去,我们跟在后面。他说:"好吧。坎贝尔将军不赞成他女儿从事军事工作,不赞成她同那些男人交往,不赞成她住在基地外面,也不同意她跟像查尔斯·穆尔那样的人往来。可能还有些我不知道的事情。"

辛西娅问:"他不为她感到骄傲吗?"

"我想不。"

"军队可为她而骄傲。"辛西娅说。

肯特说:"在这件事上,军队同坎贝尔将军有着均等的选择权。老实说,安·坎贝尔是一手控制着将军,一手控制着军队。"

辛西娅问他:"这是什么意思?"

"这就是说,作为一个女人,一个将军的女儿,一个西点军校的学员,一个颇知名的人士,她侥幸获得了许多。她父亲还不知道怎么回事时,她已经设法挤进了征兵宣传工作,并且一下子变成了众所周知的人物,上电台、上电视,到大学和妇女组织演讲,为妇女在军队供职打开了局面,等等。人人都喜欢她。但是她对军队不屑一顾。她只是想成为不受拘束的人。"

辛西娅问他："为什么？"

"嗯，将军对她的行为反对一分，她就还他十分还多的仇恨。她竭尽所能使他难堪，除非他毁了自己的军人生涯，否则他对她无计可施。"

"哎呀！"我说，"这可是个重要的情况。你只考虑无法将她的死讯告知将军，可你忘了把这个情况告诉我们。"

肯特向四周看了看，然后低声说："只是在我们之间我才这么说。公开的话，我得说他们父女关系很好。"他犹豫了一下，又说，"实话对你说，尽管将军不赞成她这个，不赞成她那个，但他不恨她。"他又说，"唉，这些都是传闻，我是信任你们才说给你们听的。这样你就知道到底是怎么回事。尽管你没从我这儿听到任何情况，但你可以依据这些继续追查下去。"

我点了点头。"谢谢你，比尔，还有别的吗？"

"没有了。"

当然还有。我问："除了穆尔上校外，将军反对安交往的男人还有谁？"

"我不知道。"

"韦斯·亚德利是其中的一个吗？"

他看了我很长一段时间，才点点头说："我想是的。"

"韦斯·亚德利是同她在米德兰争吵过的那个人吗？"

"可能。"

"她为什么要使她父亲难堪呢？"

"我不知道。"

"她为什么对他恨之入骨呢？"

"如果你找到了答案，请告诉我。但是，不管是什么样的原因，肯定是个难以容忍的原因。"

"她同她母亲的关系怎样?"

肯特说:"很紧张。她既要做将军的夫人,又要做一位独立女性的母亲,被夹在中间,十分为难。"

"换句话说,"我说,"坎贝尔夫人是个逆来顺受的人,安·坎贝尔则试图唤醒她的觉悟。"

"是这么回事,但还要复杂些。"

"怎么复杂?"

"你同坎贝尔夫人谈谈就知道了。"

"我会同她谈的,"我对他说,"你再对我说一遍你从未进过安·坎贝尔的房间,以便我在报告中说明为什么她的一只酒瓶上有你的指纹。"

"我告诉过你,布伦纳,我曾摸过她房间内的几件东西。"

"可这瓶酒被你的手下人封在一只盒子里,大约一小时前才打开。"

"这你赢不了我,保罗。我也是个警察。如果你有证据,我们去找塞夫尔谈,让他拿给我看。"

"好啦,比尔,让我们消除误会,来讨论更重要的事情吧,比方说穆尔上校的问题。我要提问了,请记住,你有责任如实回答。如果你不愿合作,我会自己去查明真相。好了吗?这儿有个大问题——你同她有性关系吗?"

"有。"

几秒钟之内谁也没有说话。我注意到肯特承认这一点时,看上去非常轻松。我没提醒他,他说过如果有什么事的话,他从一开始就会告诉我们的,因此我们大家最好都装作此刻是刚开始,而先前的说法中没有丝毫的谎言。

169

辛西娅说："这是安·坎贝尔让她父亲烦恼的方法之一吗？"

肯特点点头。"是……我从没把这种做法当成别的什么。将军了解这一切——安也知道他了解。但是我妻子显然不了解。这就是我隐瞒此事的原因。"

我想，上帝呀！因为一个人刚刚结束了生命，其他人为了维持正常的生活秩序，保住自己的工作和婚姻，必须在午夜被迫交代一些事情。显然，肯特上校需要我们的帮助。我对他说："我们尽量在报告中不提这些事。"

他点了点头。"谢谢。但是因为安不在了，将军会清算那些老账的。我将会得到一个好听的理由而被迫辞职。这也许能保住我的婚姻。"

辛西娅说："我们会尽力的。"

"非常感谢。"

我问他："将军还会跟其他人算账吗？"

肯特咧嘴苦笑了一下："上帝，她勾引了将军手下的全部男性军官。"

"什么？"

"全部军官。不过，至少是大部分。从年轻的上尉埃尔比，将军的副官，一直到他直接领导的大多数军官，还有军法检察官以及像我这样身居重要岗位的男人。"

"我的上帝……"辛西娅说，"你的话当真吗？"

"恐怕是的。"

"可这是为什么呢？"

"我告诉过你，她恨她父亲。"

"嗯，"辛西娅说，"她没多为自己考虑考虑吗？"

"没有，她没有。如果我猜得不错，那些同她睡觉的人事后也没

170

多为他们自己考虑考虑。"他又说，"扭转这种局面很难。"他看着我，强装着微笑。"你能理解这些吗，布伦纳？"

这个问题让我感到有点不舒服，但我还是照实说了："是的，我理解。但我还没结婚，而且我也不为坎贝尔将军工作。"

他笑了起来。"那你不会是她的候选人了，所以你不会受到考验。"

"嗯……"

他又说："如果你没有权力，你就得不到女人。"

辛西娅插话说："那么她告诉过你——告诉过每个人——她都同谁睡觉吗？"

"我想是的。我认为这是她计划的一部分，她散布腐败、猜疑、恐惧和忧虑，等等。但我认为有时她说她勾引了谁和谁，实际上是在撒谎。"

"所以，也就是说，你不能肯定她是否同基地的牧师埃姆斯少校睡过觉，或者是否同基地的副官福勒上校睡过觉？"

"对，不能肯定。假设她说她勾引了他们两人，但我认为至少福勒上校不会中她的圈套。有一次，福勒告诉我他知道一切，还知道我也是其中的一分子。我想他的意思是说他不是。也许就是这个原因，他成了唯一让将军完全信任的人。"

我点点头，好像看见福勒对安·坎贝尔说："不要跟我来这一套，年轻的小姐。我不需要你。"

辛西娅对肯特说："这太怪异了……我是说这是一种病态。"

肯特点点头。"提到这一点，安曾经对我说过，她正在搞一个心理作战实验，敌人就是她父亲。"他笑了，但并不是一种开心的笑。他说："她恨她父亲，我是说她对他恨之入骨。虽然不能毁掉他，但她却在千方百计伤害他。"

又有一会儿没有人说话,后来辛西娅好像自言自语地说:"这是为什么?"

"她从没告诉过我,"肯特回答道,"我认为她没对任何人说过。她知道,将军知道,也许坎贝尔夫人也知道。他们不是一个真正快乐的家庭。"

"或许查尔斯·穆尔也知道。"我说。

"毫无疑问。但也许你永远无法知道。我告诉你们一件事:穆尔是幕后的操纵者,是穆尔告诉她如何去报复她父亲对她所做的一切。"

这一点,我想,也许是真的。但这并不能构成他杀死她的动机。恰恰相反,他是她的保护人,她是他免受将军惩罚的挡箭牌,这是他最成功的实验。这个家伙该死,但他应该有个死的正确理由。我问肯特:"你跟将军的女儿都在哪儿约会?"

他说:"许多地方。大部分是在高速公路旁边的汽车旅馆,但即使在基地内我俩的办公室里干,她也不会感到害羞。"

"也在她的住处干过吗?"

"有时候。我想我的话让你误会了。她不喜欢别人到她家去。"

或许他不知道地下室的那个房间,或许他不知道我已经知道了那个房间。如果那些照片中有他,他也不会主动提供这些情况的。

肯特对我们说:"如果穆尔是杀人犯,你们就可把此案结了,军队和哈德雷堡的人都不会受到太大损失。但如果穆尔不是杀人犯,你们得找嫌疑犯,那就得审问基地里的许多人,保罗。我已经澄清了自己,你们应该让他们也来澄清自己。就像你说的,这是杀人案,就让事业、名誉、良好的秩序和纪律都见鬼吧。"他又接着说,"上帝啊,你看到报纸吗?想想那种报道吧。基地将军手下的一班军官和大多数的高级官员被一名女军官腐蚀和连累。这使一切都倒退了几十年,"他说,"我希望穆尔就是罪犯,这是就事情的发展而言。"

我说:"如果你是在暗示穆尔上校是送上绞架的最佳人选,虽然也许不是正确的人选,那么我必须提醒你别忘了我们的誓言。"

"我只是告诉你们俩,不该去挖不必挖的地方。如果穆尔就是凶手,不要让他把我们大家都骗了。如果谋杀是他干的,那其他人有失军官身份的通奸和别的行为就与此无关,也不是减缓罪行的因素。那就是法律。让我们什么时候开一次军事法庭。"

肯特变得不像我记忆中的那么迟钝了。当一个人看到耻辱和离婚,或者一个官方委员会对他的行为进行的调查时,他会变得出人意料地敏锐。军队依然要惩处不端的性行为,而肯特上校肯定有这种事。有时我很惊讶于乱交的力量,惊讶于那么多人情愿冒险——不顾自己的名誉、财产,甚至生命。

我对肯特说:"我确实非常感激你的诚实,上校。一个人站出来讲真话,另外的人就会跟着这么做。"

"也许,"肯特说,"但如果你能替我保密我是会很感激的。"

"我会的,不过从长远看这并没什么要紧。"

"对。我是完了。"他耸了耸肩,"我两年前第一次陷进去的时候,我就知道这一点,"他几乎是轻松愉快地说,"她一定有着某种计划,因为每当我下决心不去同她睡觉时,她就会到我办公室来,让我陪她去喝酒。"

辛西娅问:"难道你没想过说'不'吗?"

肯特冲着辛西娅笑笑。"当你向男人提出要求,让他和你做爱的时候,你见什么人说过'不'吗?"

辛西娅似乎对这话颇有点厌恶,说:"我从不向男人提要求。"

"嗯,"肯特建议说,"那么就试一试。随便找一个结了婚的男人,让他同你做爱。"

"现在谈的不是我,上校。"辛西娅说道,表情非常冷漠。

"好吧,我道歉。我来回答你的问题,安·坎贝尔从不接受否定的回答。我并不是说她敲诈任何人。她从不敲诈,但有时有强迫的成分。而且她喜欢贵重的礼物——香水,衣服,飞机票,等等。但有件事很古怪——实际上她对那些礼物没有兴趣。她只是想让我——我猜其他人也是这样,不断地感到拮据,支出一些比时间更多的东西。这是她控制人的手法。"他又说,"我记得有一次她让我给她带去一种很贵的香水,记不清是什么牌子的了,花掉了我四百美元,为了弥补家用我只得在存款互助会贷了款,还在糟糕的食堂吃了一个月的午饭。"他自嘲地笑了笑,又说,"我的上帝,我真高兴一切都已结束了。"

"嗨,还没结束呢。"我提醒他。

"对我来说是结束了。"

"希望如此,比尔。她曾经要你在职权内放弃原则吗?"

他犹豫了一阵才说:"只是些小事。为了朋友的汽车罚单,还有她的一次超速传票,不是什么大事。"

"恕我有不同的看法,上校。"

他点点头。"我不为自己的行为辩解。"

确切地说,这是他应该在调查委员会面前说的话。实际上,这也是他所能说的仅有的最好的话了。我想知道除了性以外,安是怎样腐蚀其他人的。这里帮一点小忙,那里给点特殊照顾,有谁知道她想要的是什么,又得到了些什么?在部队服役二十年,包括在犯罪调查处的十五年,还从未看到或听到过在哪个军事基地里有这样恶劣的腐败现象。

辛西娅问肯特:"将军不能阻止她,也不能摆脱她吗?"

"不能。除非让人知道他是个无能、粗心的司令官。当他得知他这个常上广告的女儿胁迫、损害他周围的每一个人的时候,采取官方行动已经太迟了。他能处理好此事的唯一方法就是将一切告知他五角大楼的上级,让这儿所有的人辞职,然后再递交他自己的辞呈。"肯特又说,"即使他朝自己开一枪,也并不过分。"

"或者杀了她。"辛西娅说。

肯特又耸了耸肩。"也许,但不是用她被杀的这种方式。"

"嗯,"我说,"如果不是我们已经有了重要的嫌疑犯,你会成为其中之一的,上校。"

"是的,但我不会像其他人那样愤怒。有的人真爱她,被她迷住了,妒忌得要死,比如那个年轻的埃尔比。她一不理他,他就常常连续几个星期闷闷不乐。审问一下穆尔,如果认为他没杀她,那么向他要一份认定的嫌疑犯名单。那家伙知道她的一切,假如他不告诉你那些不受法律约束的事,那你就来找我,我把枪插进他嘴里,告诉他,他可以跟那些事情一起进坟墓。"

"我也许会比你冷静一点,"我告诉他,"我想查封穆尔的办公室,等获得许可就把它搬到这儿来。"

"你该直接给他戴上手铐,"肯特看着我说,"不管怎么说,你该明白为什么我不想让此地的犯罪调查处插手此事。"

"我想我现在明白了。他们中许多人同她有瓜葛吗?"

他停了一会儿,说:"犯罪调查处的指挥官鲍尔斯少校。"

"你能肯定吗?"

"你去问他。他是你的同行。"

"你同鲍尔斯合得来吗?"

"我们尽力吧。"

"问题出在哪儿?"

"我们在各自权限上有分歧。你为什么问这个?"

"各自权限意味着犯罪活动,还是意味着其他什么?"

他看着我说:"我想……鲍尔斯少校已经变得占有欲极强。"

175

"他不喜欢分享。"

肯特点点头。"她的男友中有几个这样的人,那是在她把他们抛弃了的时候。"他说,"结了婚的男人是真正的猪。"他想了一会儿又说,"不要相信这个基地里的任何人,保罗。"

"包括你吗?"

"包括我。"肯特看了看表,"就这样吧。你们想见我还有什么特殊的事情吗?"

"噢,不管那是什么事,现在已不重要了。"

"好吧,我要回家了。七点前你可以在家里找到我。七点以后我会待在办公室。如果有事,今晚我能在哪儿找到你们呢?"

辛西娅回答说:"我们都住在军官招待所。"

"好吧。噢,我妻子也许正不停地从俄亥俄州给我打电话,她可能认为我在跟女人幽会了。晚安。"他转身离开了,脚步远不如他进来时那样轻快有力。

辛西娅感慨地说:"我真不敢相信。他是不是刚刚告诉了我们安·坎贝尔同基地里的多数高级军官睡过觉?"

"是的,他是那么说的。现在我们知道她照片中的那些男人是谁了。"

她点点头。"现在我们知道这个地方为什么看上去如此奇怪了。"

"是啊,嫌疑犯的名单一下子变长了。"

那么,我想,肯特上校,"清廉"先生,"法律"先生和"秩序"先生几乎违反了手册上的每一条规定。这个冷漠乏味的人有性欲,但他把它藏在了月亮的背面。我问辛西娅:"比尔·肯特会为了维护自己的名誉杀人吗?"

辛西娅回答说:"想象得出。但我想他的话中暗示了他的秘密已众所周知,而他的命运就是等待坎贝尔将军找机会开除他了。"

我点点头。"好吧，就像手册中说的那样，如果不是为了逃避丢脸和羞辱，那会不会是因妒忌而杀了她呢？"

她想了一会儿才说："肯特暗示了他同安的关系对他来说只是消遣罢了，只是为了满足欲望，而没有感情纠葛。我可以相信这一点。"她看出我想从她那儿知道得多一点，所以停了一会儿，又接着说，"另外，他给鲍尔斯少校加上的动机——占有欲，说得再宽一点是嫉妒，也许都不是真的，实际上也许这些都是肯特自己的感受。记住，这家伙是个警察，他和我们读的是同一本手册，所以他了解我们的思路。"

"精辟。但是我很难想象他会充满热情和嫉妒之心或很动感情地去纠缠任何女子。"

"我知道。他是那种表面冷酷而内心火热的人。我以前见过他这种类型的人，保罗。这些人独裁、保守、循规蹈矩。他们做事常常是很机械的，因为他们害怕控制不住自己的激情。他们知道自己整齐的服装下面隐藏着的是什么。实际上，他们对自己的行为天生缺乏控制能力和平衡能力。一旦失去控制，他们是什么都能干得出来的。"

我点点头。"但也许我们心理分析得太多了。"

她耸耸肩。"也许。不过还是要对肯特上校留点心。他有一本与我们不同的记事册。"

第十九章

考尔·塞夫尔说他已结束了在安·坎贝尔书房里的搜寻检验工作，所以我坐在安的沙发上，看她的心理战术系列讲座中的另一盘录像带。在我周围，法医实验室的人们正在依据检验的证据来推断可能去过她房间的人。他们掌握的资料都是些人们通常认为肮脏的东西——毛发、纤维、灰尘、指纹、污点和污迹。

在一个普通的、冗长乏味的谋杀案调查中，如果知道有谁在她的房子里待过，也许最终会找到杀她的凶手。如果知道有谁曾待在她地下室的那间房里，那份嫌疑犯名单就不会那么长了，除非那些人合谋搞鬼。但到现在，那间房子还被封着。这也许是个错误，尽管有一个冠冕堂皇的理由。

一般来说，若知道有谁在犯罪现场，一切就深入了一步。我们倾向于断定查尔斯·穆尔到过现场，至于他是何时到了那儿，在那儿干了些什么则有待证实。

威廉·肯特上校目前忽然出现了会被撤职的问题，更不必说他为了婚姻最终还得对他夫人说些好话。感谢上帝，我没遇到这种问题。

肯特已经承认了包括通奸、玩忽职守和不合军官身份的行为，但这只是三种军法署署长办公室可以列出的罪名。犯罪的人常在谋杀调查中这样做，就像在公正的上帝的圣坛上献上一个小小的祭品一样，希望上帝先接受这个，然后再让他到别处去找活人当祭品。

显然正如肯特所说，安·坎贝尔就是在进行一场心理战争实验。假如我相信肯特说的，那安·坎贝尔就是在进行一场计划周密、道德败坏的针对敌人——她父亲的战争。如果她父亲值得她反对，她要反对什么呢？关于杀死她的凶手，穆尔说过些什么？作为父亲，谁都认为自己是正确的。同样，也许安·坎贝尔认为她对父亲所做的一切都是正当的。所以，将军一定对她做过些什么，不管是什么，都已经使她走上了一条复仇之路，最终导致了她的自我毁灭。我想起了一件事，可能会使女儿和父亲走到这种地步，那便是性虐待和乱伦。

如果这是真的，那么唯一可以确认此事的人已经死了。将军也可以确认这件事，但我布伦纳不会去触动他。然而，我可以问得谨慎些，还可能，仅仅是可能，我可以慎重地问问坎贝尔夫人关于她女儿同父亲的关系。没什么大不了的,我已经把我的二十年押进去了。

另一方面,正如肯特指出的,为什么去翻那些与本案无关的丑事呢?但是谁又会知道到底本案需要些什么,不需要些什么呢?

那么,是将军为阻止她的疯狂,还是怕她丑事外扬而杀了她?还是坎贝尔夫人出于同样的原因这样做的?穆尔上校在其中扮演了什么角色?的确,我搜集的丑事越多,哈德雷堡的先生们和女士们就越瞠目结舌。

辛西娅走过来,硬往我嘴里塞了一片炸面圈。显然,我们比同乘一辆车、合用一个浴室、分享一个炸面圈的关系更亲密了。

"我有个好消息。第五步枪射击场上的车辙印是穆尔上校那辆车的。发刷上的指纹假定是穆尔的,那么它们与帐篷桩上的两个指纹、安吉普车上的至少六个指纹、男厕所里的一个指纹都相吻合。厕所马桶座圈上找到的另一根毛发同穆尔的头发对比证明是同一人的。垃圾袋上的所有指纹都是穆尔和安·坎贝尔的。安靴子上、枪套上、头盔上的指纹证明他俩都拿过这些东西。所以,你设想和描述的犯罪活动,安·坎贝尔和穆尔的活动以及行为好像都与这些实物证据相吻合。祝贺你。"辛西娅说。

"谢谢。"

"案子了结了吗?"

"我会去同穆尔核实的。"

"如果他不承认,你会带着我们获得的证据去找军法署署长吗?"

"我不知道。这案子还有破绽。"

"对,"辛西娅说,"至少有一个。车前灯亮的时间对不起来。我们可以假定穆尔在犯罪现场,却不能证实在那个时间是他用绳子勒死了她。而且我们不知道他的动机。"

"对。不知道动机。这样同陪审团打交道就会是件很艰苦的工作，"我又说，"而且还有可能只是一次意外造成的死亡。"

"是的。如果穆尔有什么话要说，他一定会这么说的。"

我拿起电话，拨了福勒家的号码。说话的是一个懒洋洋的女人的声音。我说了我是谁，福勒接过了电话。他的声音听上去好像有些烦躁。"喂，布伦纳先生吗？"

我说："上校，我已经决定暂不查封穆尔上校的办公室，也不没收他的东西。我希望让您知道这一点。"

"现在我知道了。"

"您让我告诉您关于要逮捕谁的事，我已经重新考虑过逮捕他的事。"

"我不知道你打算逮捕他，布伦纳先生，但如果你再重新考虑的话，你能否再叫醒我，以便让我了解最新情况？"

"当然。"这是个玩笑。我喜欢有幽默感的人。我对他说："我给您打电话，是请求您不要将此事告诉任何人，否则会给此案带来麻烦。"

"我明白。但我会将此事报告将军。"

"我想您别无选择。"

"毫无回旋余地，"他清了清嗓子，"你有别的嫌疑犯吗？"

"目前没有。但我有些很好的线索。"

"这很鼓舞人。还有什么新的情况吗？"

"我开始搜集有关坎贝尔上尉……的证据，我该怎么说呢……有关她活跃的社交生活的证据。"

死一样的沉寂。

因此我又继续说："这一点不可避免会暴露出来。我不知道这是否同她的被杀有关，但我一定会尽力正确地观察一切，如果这一情况不得不公之于世，我会尽力减少给基地和军队带来的损失。"

"你们为什么不在七点钟到我家来喝杯咖啡呢?"

"嗯,我不想那个时间去打扰您。"

"布伦纳先生,你含含糊糊不听从命令,真让我生气。七点整到我家来。"

"是,长官。"电话断了。我对辛西娅说:"我得同通信部的人谈谈哈德雷堡的电话服务问题。"

"他说了什么?"

"福勒上校要我们七点到他家喝咖啡。"

她看了看表。"嗳,我们可以去睡一会儿。好吗?"

我们俩从飞机库往外走的时候,我问辛西娅:"他们在装衣服的袋子里找到她西点军校的戒指了吗?"

"没找到。"

"在她家里的东西中也没发现吗?"

"没有,我问过考尔了。"

"奇怪。"

"她也许把它丢掉了,"辛西娅说,"也可能是被拿去清洗了。"

"可能。"

我们朝辛西娅的车走去,她对我说:"我想她父亲是造成她行为方式的关键。你知道,一个飞扬跋扈的人,把她推进了军队,设法控制她的生活;一个软弱的母亲,很长时间不在她身边;周围世界的许多变动,完全依靠和服从于这个父亲的事业。她用她所知道的唯一方法来反抗。这一切简直就是教科书上的玩意儿。"

我们坐进车里,我说:"对。但也有千千万万和她有着同样背景的女儿把这种关系调整得很好。"

"我知道。但那要看你如何处理这个问题。"

"我正在设想用一种更……反常的父女关系解释她仇恨的原因。"

辛西娅将车头转向飞机场的大门。她说："我知道你要说什么，我也想到了这一点。你认为强奸和谋杀难以证实，所以就试图去证实乱伦。如果我是你，保罗，我不会触及这个问题，这会毁了你。"

"对。我进犯罪调查处接的第一个案子是一桩营房偷窃案。瞧我现在已经走出了多远，下一步就是深渊。"

第二十章

辛西娅在军官招待所把车停了下来。我们沿着室外楼梯走到二楼，找到了我们的房间。"好啦，"辛西娅说，"晚安。"

"哎，"我说，"我浑身发热，刚刚缓过气来，太兴奋了也睡不着。喝点什么，看会儿电视怎么样？"

"不行。"

"我们现在最好是出去走走，而不是睡觉。不然你还没睡醒就把你叫醒，你会觉得更难受。我们就只放松一下，冲个澡，换好衣服，然后就去福勒上校家。"

"嗯，也许……但是……"

"进来吧。"我打开门，她跟着我走进房间。她拿起电话叫房间管理员，让他五点半叫醒我们，又对我说："这只是为了防止咱们万一睡着了。"

"好主意，"我说，"嗯，事实是，我没有饮料可以拿给你喝，我这儿也没有电视机。猜字谜怎么样？"

"保罗……"

"嗯？"

"我不会玩这个。"

"那么我们来玩石头、剪子、布怎么样？你知道怎么玩吗？很容易——"

"我不能待在这儿。对我来说今天太烦乱了。这样不好。不管怎么说,这样待着不会有什么好处。"

我说:"我明白,去睡会儿吧。接到叫醒我们的电话后我会叫你的。"

"好吧,对不起。我会开着洗澡间的门。"

"很好,一会儿见。"

"晚安。"她向洗澡间走去,又转身走回来,轻轻地在我嘴唇上吻了一下,开始哭起来,接着就跑进洗澡间去了。我听到水流的声音,然后是通向她房间的门响了一下,接着一切就安静下来了。

我脱掉衣服,挂好,然后就上了床。我一定是在几秒钟内就睡着了。我所能想起的接下来的一件事就是电话铃响了。我抓起电话,希望听到叫醒我们的声音,或者是辛西娅要我去她房间的声音。可惜不是。电话里传出的是福勒上校深沉的男低音。"布伦纳吗?"

"是我,长官。"

"在睡觉吗?"

"没有,长官。"

"好。你的咖啡要加奶吗?"

"你说什么?"

"我家里没有牛奶和奶油了,布伦纳。"

"那没关系。"

"我想让你知道。"

"谢谢您,上校。"

在电话挂断之前,我隐约听到了一阵笑声。这时我的表上快到早晨五点了。我起了床,跌跌撞撞走进洗澡间,打开淋浴,站到喷头下面。

183

透过浴室门上波形花纹的玻璃和水汽，我看见辛西娅的身影站在门口。"我可以进来吗？"

"当然。"

她穿着一件白衣服，可能是件男式睡衣，走进厕所间里。几分钟后她又走到洗脸池旁，背对着我。她洗了脸，大声地问，声音盖过了水流声："你感觉怎么样？"

"很好。你呢？"

"挺好。我听到你的电话响了，对吗？"

"是的。是福勒上校打来的，不过是个骚扰电话。"

她笑起来。"你活该。"她开始刷牙。

我的电话铃又响了。我说："一定是内务值班军士打来的。你能接一下吗？"

她漱了漱口。"好的。"她走进我的房间，几秒钟后又回来了。"是叫我们起床的电话。五点半了。"她走回洗脸池边，又漱了漱口，然后问我："你在进行马拉松淋浴吗？"

"是的。你想节省时间吗？"

沉默。也许这话太敏感了。"辛西娅？"

她从洗脸池边转过身来，我听见她自言自语："噢，见鬼！"

我看见她脱了睡衣，打开门走了进来。"替我擦背。"

我照着做了。过了一会儿我站到了她的面前。我们拥抱、亲吻，水顺着我们身上流下来。我们的身体贴得更近了。我的身体依然记得这位旧情人。记忆的洪水又席卷而来，我们就像又回到了布鲁塞尔。

但真不巧，电话铃又响了。她说："最好你去接。"

"该死！"我们分开了。辛西娅把浴衣搭在我身上，笑了起来。

我把浴衣扔到一边说："哪儿也别去。"我走出浴室，顺手抓了一条浴巾，拿起了放在床头柜上的电话。"我是布伦纳。"

"嗳，你他妈可真难找啊。"

"你是谁？"

"不是你妈妈，孩子。"

"噢……"

警察局长亚德利对我说："比尔·肯特刚刚告诉我，你决定继续留在基地。你为什么不回到你的活动房去？"

"什么？"

"我花了他妈的一整天想搞清你在哪儿。我找到了这儿，可你又开了小差。孩子，回家来吧。"

"什么——你在我的活动房里吗？"

"当然，保罗。可你不在。"

"嗨，局长，你是在练习爆破音，还是在搞别的什么？"

"当然不是。孩子。"他笑起来，"喂，你听我说——我在为你打扫房间。不用为你再也见不到的房间交租金了。"

"你没有权利——"

"暂时别那么想，孩子。我们也许还会回到这个话题上的。现在，到我办公室来收拾你的东西。"

"局长，那里面有政府的财产——"

"是啊，我看见了。我不得不砸坏了一把锁。我们在这儿找到了一支枪、一份官方模样的文件、一些写满规则的怪书和一些……我们在这儿还找到了什么？一副手铐、几套制服和一个叫怀特的人的身份证……你和某个男人一起睡吗？"

辛西娅围着一条浴巾走进来，坐在床上。我对亚德利说："好吧，你赢了。"

"我们来看看……一盒避孕套、一条考究的比基尼短裤……那是你的还是你男朋友的？"

"局长……"

"你听我说，孩子——你来把你的东西拿走。我会等着你的。"

"你把政府的财产送到宪兵司令的办公室去。中午我到那儿见你。"

"让我考虑一下。"

"就这么办吧。让韦斯和你一块儿去。我想同他谈谈。"

亚德利没有回答，过了好一阵子才说："你可以在我的办公室同他谈。"

"我会一直等到他在葬礼上出现。我想他会参加的。"

"我知道他会去，但在葬礼上我们不办公事。"

"你们必须办。杀人案发生后，那可是人人都要亮相的地方。"

"你听我说——我会让你同他谈，因为我想看见那个杀人的狗娘养的家伙进监狱。我现在就可以让你知道，事情发生时我儿子在值班，他的同伴可以证明，而且我们有他整夜的无线电寻呼的录音。"

"我相信。从现在起你有权去飞机库了。我想派我的实验室人员前往坎贝尔的住所。"

"是吗？想干什么？你他妈的什么东西都拿走了。我的人甚至得自己带上卫生纸。"

"我中午去见你和韦斯，带上我的东西和政府的财产。"

"别紧张，孩子。"

他挂了电话。我站着把浴巾缠在身上。辛西娅问："是伯特·亚德利吗？"

"没错。"

"他想要什么？"

"多半想要我这个人。亚德利他们清理了我的活动房子。"我笑起来，"我喜欢这家伙。这些天见的傻瓜大多了。这家伙是个天才，蛮横，令人头疼。"

"明年你也会那样。"

"但愿如此。"我看了看床头柜上的表，"六点十分了，我们还有时间吗？"

她站了起来。"我得把头发弄干。穿上衣服，化化妆——"

"好吧。改天怎么样？"

"当然。"

"我期待着那一时刻的到来。"

"我也是。"她犹豫了一下，"你……对这个案子太着迷了。你需要放松一下。"

"你是个敏感而有教养的搭档。"

她走进了洗澡间。我找到了昨天穿的短裤和袜子，穿好了衣服。在检查我的格洛克手枪里是否有撞针和子弹的时候，我在想，不管怎样，到了我该稳定下来的时候了。我再也不需要不时地去寻求轻浮的欢乐了。

是的，无论今天晚上同辛西娅发生了什么都会是实实在在的。这个混乱的局面中也该出现点好的迹象了。

第二十一章

贝萨尼山原是哈德雷堡震颤派[1]教徒的山庄，地方相当小而且也未经好好整修。面积有六十多公顷，长满橡树、白桦、枫树和其他高大、茂盛的树木，而矮小的南方松树却很少。贝萨尼山有时被称作上校居住区，可能在社会地位上比米德兰相同的地区更加优越些。

---

[1] 从英国公谊会分出的美国基督教新教派别之一，因在宗教仪式上浑身颤动，故得此名。

贝萨尼山的唯一缺点是离步枪射击场太近。第一射击场就在山南大约五英里处。夜间射击训练时,南风一吹,山上就可以听见枪声。但有些旧式步枪的声音轻柔得就像一支催眠曲。

辛西娅穿着一件绿色真丝上衣、一条棕黄色裙子,很可能还换了干净的内衣。我对她说:"今天早晨你真漂亮。"

"谢谢,你那套蓝西服我还得看多久?"

"把它看成是这星期的工作服好了。"我又说,"你化的妆没把眼下的黑眼圈盖住,眼睛充血,眼皮也肿了。"

"我只要晚上好好睡一觉就会好些。可你得盼着生日早点到来,好换下你那套蓝工作服。"

"今天早晨你的脾气不太好呀。"

"是的,对不起,"她把手放在我膝盖上,说,"这里没有更好的气氛来发展我们的友谊。"

"对,但我们已经离得很近了。"

我们找到了福勒上校住的那幢房子。这是一幢面积大小很合适的砖结构住房。门、窗框和窗板都是绿色的。一辆福特轿车和一辆切诺基吉普停在车道上。对于高级军官来说,美国产的车不时髦,但也不算坏。

我们把车停在街上,下了车继续向前走。七点多钟山上依然很凉,然而火辣辣的太阳已经斜斜地射进了树下低矮的灌木丛。这是夏季里一个平常的早晨。我敲了敲那扇绿色的门。

一个穿着漂亮夏装、迷人的黑人女子开了门,勉强笑了笑。还没等我们自我介绍,她便说:"噢……是森希尔女士和布伦纳先生,对吧?"

"是的,夫人。"我愿意原谅她先认出了年轻低级别准尉的过失。一般非军人,有时甚至连上校的夫人都会弄错。

我们尴尬地在那儿站了一会儿，她才将我们领进去，来到了中央大厅里。

辛西娅对她说："您的家真漂亮。"

"谢谢。"

辛西娅问道："您很了解坎贝尔上尉吗？"

"噢……不……不太了解。"

这可是个奇怪的回答。我是说，坎贝尔将军副官的妻子怎么会不了解坎贝尔将军的女儿？显然福勒夫人有些心烦意乱。她忘了讲究社交礼仪应该是上校夫人的第二本性。我问她："悲剧发生后您见过坎贝尔夫人吗？"

"坎贝尔夫人吗？没有……我已经……太烦心了……"

但是总不至于像受害者的妈妈那样悲痛欲绝吧。她早就应该打一个电话表示同情和慰问了吧。

我正要问另一个问题，就看到了我们要见的福勒上校。他正坐在装有帘子的门廊里打电话。他已经穿好军装，衬衣的纽扣也扣好了，领带打得很得体，外衣被搭在椅背上。他示意我们坐在他对面小桌旁的柳条椅里。我们坐了下来。

在美国，也许最后保留着传统的社会风俗、等级、责任心和必要礼节的就是军队了。你不明白的话，有一本专为军官准备的厚达六百页的书，里面讲述了生活目的和生活方式。所以有些事情一旦超出正常的规律，你就觉得不知如何是好了。

福勒夫人说了声"请原谅"就走开了。福勒上校正在听电话。他说："我明白，先生。我会告诉他们。"他挂了电话，看着我们说："早上好。"

"早上好，上校。"

"要咖啡吗？"

"谢谢。"

他倒了两杯咖啡并示意我们糖在何处。他直截了当地说:"我在军队里很少受到歧视。我可以代表各少数民族这样说,军队的确是一个不因种族和宗教不同而影响提升、影响军队的正常生活的地方。也许个别军人有种族问题,但这只是个别现象。"

我不明白他说这些是什么意思,所以我没说话,只是把糖放进咖啡里。

福勒上校看着辛西娅。"你遭受过性别歧视吗?"

辛西娅犹豫了一下,说:"也许……是的,有几次。"

"你是否因为是女性还受到过骚扰?"

"是的。"

"是否有人说过关于你的流言蜚语?"

"可能有……据我了解有一次。"

福勒上校点点头。"所以你看,我作为一个黑人比你作为白人妇女遇到的歧视问题还要少。"

辛西娅说:"我知道军队愿意要男性,不愿意要女性。社会其他地方也是如此。您要说什么,上校?"

"森希尔女士,我要说的就是安·坎贝尔上尉在哈德雷堡的日子是非常艰难的。比方说,如果她是将军的儿子,在海湾、巴拿马和格林纳达打过仗,那么她就会像历史上许多伟大勇士的儿子们一样受到军队的崇拜。相反,她得到的是流言蜚语,说她与基地内的每个男人都有性关系。请原谅我的措辞。"

我说道:"如果坎贝尔上尉是一个载誉而归的将军的儿子,与基地里的所有女人都有性关系,那情况就不再一样了。"

福勒上校看着我。"确实如此。对男女军人我们有着两种不同的标准,而如果这是种族歧视的话,我们是绝不会容忍的。如果你们掌握了关于坎贝尔上尉性行为的确切情况,我很想听听。我不在乎情况是否属实。"

我说:"目前我还不能把我的消息来源随便说出来,对坎贝尔的性行为我感兴趣的是那究竟是怎样的一种性行为,是否与杀她的人有关。对于她被强奸、被勒死在步枪射击场上那种花边新闻式的报道我毫无兴趣。"当然,实际上她没有被强奸,但不能将尸体剖检结果随意说出来。

福勒上校说:"我相信这是实话。布伦纳先生,我不是怀疑你的职业道德。但你最好把那些关系留在你的脑子里,不要把你的调查变成大搜捕。"

"上校,我很感激您对此案的关心以及对死者家属的忧虑。正如您所说的,我们不是在谈论流言蜚语,我们在谈论我所获得的铁的事实。安·坎贝尔不仅性生活活跃,而且她引导了一种具有潜在危险的性生活方式。在这个尽是男人的军队里处在她的位置,性生活就不仅仅是她个人的事了。关于两个标准的问题我们可以谈一个早晨,但当我听到一个将军的女儿同基地内半数已婚的高级军官睡觉的事,我想到的是嫌疑犯,而不是小报的标题。'荡妇'和'妓女'这两个词在我这个探员的头脑中并不重要,重要的是'讹诈'和'动机'。我说得够明白了吧,上校?"

福勒上校一定是这么认为的,因为他点了点头,但也许他是在同意他自己的某些想法。他对我说:"不管你要逮捕谁,你能否保证在你的报告中只提及最少量的此类内容?"

我几乎想把安·坎贝尔那间秘密的性娱乐品"小仓库"以及我如何为了减小伤害而做出的让步告诉他。我说:"坎贝尔上尉房子里的证据本应该可以与亚德利局长分享,但森希尔女士和我已经采取了必要的搬迁措施,确保这个未婚的迷人女军官的屋子里会使她的家人或

191

军队难堪的任何东西,都不会成为公众的笑柄。行动胜于言辞,这是我能给您的唯一保证。"

他又点了点头,竟出乎意料地说:"我对你们俩的工作很满意。我已经调查过你们两人了,你们有最权威的推荐信,由你们接办此案是我们的荣幸。"

这时候我想抬脚就走,因为这话把我抬得太高了。但我还是说:"您这样说太好了。"

他又给我们倒了咖啡,说:"这么说你们已经有了一个重要的嫌疑犯——穆尔上校。"

"对。"

"为什么是他?"

"因为,"我说,"我们有他在现场的证据。"

"我知道……但是并没有证据证明他真的勒死了她。"

"是的。也许他是在犯罪时间之前或之后到过那儿。"

"你有其他人在现场的证据吗?"

"没有结论性的证据。"

"那他不就成了最重要的嫌疑犯了吗?"

"目前是这样。"

"如果他不承认,你会指控他吗?"

"在这样的案子里我只能提出建议,是否指控他毫无疑问得由华盛顿来做决定。"

"就我看来,你的报告和建议是起决定作用的因素。"

"考虑到只有我掌握案子发生的线索,这应该是唯一的因素,"我又说,"我必须告诉您,上校,这些把安和基地某些军官联系在一起的谎言可能包括或不包括像军法官这样的人,也可能包括或不包括那些在这个案子里没有得到应得处置的人。我讨厌成为一个散布不信任种子的人，但我只告诉您我听到的情况。"

"从谁那儿听到的？"

"我不能说。这些情况来自一个正常的渠道，而且我相信您知道这个问题传播得很广。我认为您无法把您自己的房子清理干净，上校。因为您的扫帚不干净，但也许森希尔女士和我能。"

他点点头。"唉，关于这一点，你们到这儿的时候我正同将军通话。事情有了新的进展。"

啊哈，我不喜欢新进展。"是吗？"

"司法部同你们的上司赫尔曼上校、部队的军法署署长，以及其他感兴趣的部门在会上决定委派联邦调查局来破这个案子。"

噢，他妈的。我对福勒上校说："好了，控制损失我已经不能负责了。你和其他军队长官应该明白这一点。"

"是的。有些人已经心烦意乱，五角大楼并不是人人都认为控制损失是很重要的，所以他们没认真打一仗就向这些要求屈服了。但是他们的确搞了一个妥协方案。"

辛西娅和我都问那是什么方案，福勒上校却告诉我们："你们的办案时间一直到明天中午。如果到那时你们还没有逮捕罪犯，也没有提出指控建议，你们就不用再调查了。不过你们必须留在这儿，以防联邦调查局的人有问题要问。"

"我明白。"

"一个由联邦调查局负责的特别工作组正在亚特兰大组建，人员来自军法署署长办公室、司法部长办公室，还有福尔斯彻奇你所在的犯罪调查处的几名高级军官。"

"噢，我希望所有的警官都得待在军官招待所。"

福勒上校勉强一笑，说："我们并不希望这样，当然，你们也不愿意这样。如果你全面地考虑一下就会觉得这样做是不可避免的。"

辛西娅说:"上校,不是每天都有军队里的上尉被谋杀的,这样兴师动众是否有点太过分了,听起来更像是研究公共关系学而不是认真研究侦破学。"

"这话说到点子上了。她是一个女人,她被强奸了,而且她是将军的女儿。"他说,"在一切事情上都应该人人平等,但事实是有些人能得到更多。"

我说:"我明白您无力改变这项决定,上校,但您应该和将军谈一谈,看他是否能推翻或修改这一决定。"

"我谈过。这就是昨天晚上大约十一点时我们达成的协议。原来决定你和森希尔女士马上停止本案的调查,但将军和赫尔曼上校又给了你们一些时间。他们认为你们就要抓到罪犯了。所以,如果你们有充足的证据和合理的怀疑,认为是穆尔上校,那就逮捕他。如果你感到有必要逮捕,是会得到我们的许可的。"

我想了一会儿。穆尔上校只不过是个替罪羊。他为什么是替罪羊呢?除了不多的证据之外,还因为他是个疯子,行为诡秘古怪,军服邋邋遢遢。据肯特说,将军不喜欢他同安的关系。他没得到过重大的奖励,他并不是一个深得人心的军官,甚至连一个宪兵队的下士都希望他尽快死去。这家伙狂热地一头扎进尼采的书里,像掉进了陷阱。我对福勒上校说:"好吧,如果给我三十个小时,我会办妥此案的。"

福勒好像有点失望。他问道:"为什么你有了证据还不采取行动?"

"证据不足,上校。"

"好像是这样。"

"是肯特上校对您讲的吗?"

"是的……但你指出法医的证据证明了穆尔上校在犯罪现场。"

"对。但这有个时间、动机的问题,最终是行为的本质问题。我相信穆尔上校同那儿发生的事有某种程度的纠葛，但我不能肯定他是单独行动，或者是蓄意杀人，或者他真的会因杀人而被判刑。我必须办好这个案子，而不仅仅是逮捕他，然后把案子扔给法院。"

"我知道。你认为他会认罪吗？"

"只有问了他才会知道。"

"你打算什么时候问呢？"

"通常在我和嫌疑犯都做好了谈话准备的时候才问。在这个案子里，我也许会等到最后一刻。"

"好吧。你需要基地犯罪调查处的协助吗？"

"我已经得知鲍尔斯少校也是死者的一个情人。"

"那个传闻。"

"对。但如果我——不，上校，如果您问他，他也许会告诉您实话。在任何情况下，由于他与死者的关系已被提出，而我们又无法确定，所以不得不取消他参与此案调查的资格。我也不想同他手下的人合作。"

"我觉察到了，布伦纳先生，但是凭一个没有证据的告发——就算他本人承认同死者有性行为——并不会使鲍尔斯少校丧失参与此案的资格。"

"我想是这样。他的名字会被放进嫌疑犯名单 B 或名单 C 中，直到我得到他不在现场的证明或我的证据不足为止。上校，这个话题既然您谈到了，我可以开始问您几个问题吗？"

福勒上校用他那开始有些颤抖的手给自己又倒了一杯咖啡。现在太阳升得更高了，然而装了帘子的门廊里仍有些暗。因为早晨我没有吃什么东西，所以咖啡在胃里咕咕直响。我的头脑也不像原来反应得那样快。我瞥了一眼辛西娅，看上去她的精神比我要好些。但明天正午的最后期限意味着我们必须废寝忘食地去工作。

福特上校问："一起吃早餐吧？"

"不，谢谢您，上校。"

他看看我说："继续问吧。"

我又开始问了："您同安·坎贝尔有过性行为吗？"

"没有。"

"您知道谁有吗？"

"肯特上校告诉过你他有。我不会提到其他人的名字，因为这样做似乎是我把他们列入了你的嫌疑犯名单。"

"好吧，让我们直接来谈这个名单——您是否知道什么人可能有杀害她的动机？"

"不，我不知道。"

"您知道将军的下级副官埃尔比迷上她了吗？"

"是的，我知道。那很正常，而且对他来说，向他上司的女儿献殷勤并非不明智。他们都是单身，安很迷人，又都是军官。婚姻实际上就是在这种情况下逐渐形成的，"福勒上校又说，"这个年轻人十分出色。"

"阿门。她对他的关注有所反应吗？"

福勒上校想了一会儿，说："她从不对任何男人的关注做出反应。她总是着意引起别人的关注，而她在得到满足以后，一切也就结束了。"

"这话从您嘴里说出来真令人吃惊，上校。"

"噢，求求你，布伦纳先生，现在你知道了这里的一切。我并不想在你们两位面前保护她的名誉。这女人是个……上帝，我希望我能找到一个恰当的词……不是'勾引者'，不是'爱戏弄别人的人'——她——不是'一个普通的荡妇'……"他看了看辛西娅，"给我一个词。"

辛西娅说："我们也没有找到合适的词形容她是个什么样的人，也许可以用'复仇者'这个词。"

"复仇者？"

辛西娅说："她并不像您开始暗示的那样，是流言蜚语的牺牲者，从传统意义上说她不是乱交，从事实上说她也不是慕男狂。实际上，她是在用她的美丽和她的身体来复仇。上校，您知道这一点。"

福勒上校好像对这个评价并不感到高兴。我怀疑肯特上校把他对我们讲的情况向他做了简单汇报，忽略了安的性行为和特殊目的这一事实。她的特殊目的就是让她父亲像个大傻瓜。福勒上校对辛西娅说："她憎恨军队。"

辛西娅回答说："她恨她父亲。"

福勒第一次好像感到不舒服了。这个人是个冷漠的家伙，他的盔甲是经过考验的，他的刀也是如此，但是辛西娅刚刚戳他一下，他的恐惧就暴露了出来。福勒说："将军真心爱他的女儿。请相信这一点。但她却对他产生了一种摆脱不了的无名的仇恨。实际上，我和基地外的一个心理学家谈到过这一点，虽然他不能直接分析这个问题的原因，但他说她可能得了不明确的性紊乱症。"

辛西娅说："从我目前所了解到的情况看，好像并非不明确。"

"嗯，谁知道这些心理学家说的是什么呢？他们讲的我一句也听不懂，但让我懂得了这样一个事实：那些权威人士的孩子企图步父亲的后尘，后来变得灰心丧气，又经过一番寻找自我价值的时期，最后才去做自己能做的事，这已同他们父辈所做的事大不相同了，因此也就避免了同父辈的竞争。这些事，对社会也是很重要的。根据那个心理学家所说，他们许多人忙于社会工作，当教师、护士，或从事其他教育工作，包括从事心理学研究。"

我说："心理战术实际上不是一种教育工作。"

"对，这就是此项分析偏离了标准的地方。那个心理学家还说，如果儿子或女儿待在父亲的领地里不走，常常是因为他们想伤害父亲。他们无法与之竞争，又无法离开，所以他们待在父亲们身旁，发动一场像游击战一样的战争，来打击他们的父亲。小到制造烦恼，大到搞破坏活动。"

他想了一会儿又接着说："他们之所以这样做，是因为这是他们可以复仇的唯一方式——是的，正如你所说，森希尔女士——他们凭着那些不公平的事情或其他原因来报复他们自己。在坎贝尔上尉的案子里，她做的一切都很独特。她父亲不管她，她的生活已经有了一定的基础。据那位心理学家讲，许多反对父亲的儿女们都有滥交、酗酒、赌博和其他反社会的行为，他们知道这些事会使他们的父亲难堪。也许由于坎贝尔上尉在心理学方面懂得很多，所以她的所作所为也就更加出格。很明显，她试图勾引她父亲周围的每个男人。"

福勒上校探过身来对我们说："我希望你们明白安的行为是没有理性的，这与她父亲对待她的态度无关。我们都有假想的敌人，而当孩子把父母当成敌人，那么在孩子的心中，愤怒就压倒了父母对他们全部的爱。安是一个需要帮助的心理失调的人，但她没有得到帮助。实际上那个狗杂种穆尔为了达到他肮脏的目的，却点燃了安心中的怒火。我相信，他是想看看他发动和控制的这种力量能延续多久。"

整整一分钟没人说话，后来辛西娅问道："将军为什么没有采取严厉的措施呢？他领导着一支装甲特遣部队挺进幼发拉底河的威力哪儿去了？"

福勒上校回答："那事很容易，但要管他女儿却没那么容易。实际上，一年前将军就考虑过应采取某种措施。但根据我的经验，如果将军进行干预，让穆尔上校调离，或命令安去接受治疗，作为一个司令他可以这样做，但情况可能会变得更糟。所以将军听了我的意见，就让事情顺其自然了。"

我说:"滥用职权对穆尔和安采用强迫命令对将军的事业没有好处,所以你们就只承认那儿有问题,而没去处理。"

福勒上校说:"这是个非常难办的事。坎贝尔夫人……安的母亲认为如果安离开哈德雷堡到别的地方去发泄她的愤怒,情况会有所改善。这是一种逃避。但在一周前,将军其实已经决定这样做了。可是……唉,太迟了。"

我问道:"将军决定怎样做?"

福勒上校想了一下说:"我不知道告诉你这么多是否都与此案有关。"

"告诉我吧,我来决定。"

"嗯……那么好吧。几天前将军向他女儿发出最后通牒,给了她三种选择。第一个选择是让她退役。第二个选择是辞掉学校的职务,并同意接受将军为她选择的某一种治疗——住院或在家就医。第三个选择,如果她拒绝上述选择,将军就让军法官来调查她的不端行为,并向最高军事法庭提出控告。"

我点了点头。不管怎样,如果这个最后通牒是真的,一定加速了第六步枪射击场上事件的发生。我问福勒上校:"她对最后通牒有什么反应?"

"她告诉父亲两天之内给他答复。但是她还没答复就被杀害了。"

我说:"也许这就是她的答复。"

福勒上校看上去有些吃惊:"你这话是什么意思?"

"仔细想想,上校。"

"你的意思是她在穆尔上校的帮助下进行了一种奇怪的自杀?"

"也许。"我问他,"过去有没有某种迹象或发生过什么特殊的事情能解释坎贝尔上尉对她父亲的愤怒?"

"比如什么样的事情？"

"就像……争风吃醋——母亲，女儿，那种事儿。"

福勒上校很近地看了我一会儿，好像我超越了谋杀案的调查范围，做出了一种违背品行和道德的行为。他冷冷地回答："我不知道你是什么意思，布伦纳先生，而且我建议你也不用费心解释。"

"是，长官。"

"就这些吗？"

"恐怕不是。下面的问题甚至更令人讨厌，上校。你说你同死者没有性关系，为什么没有呢？"

"你是什么意思？为什么没有？"

"我是说她为什么没向你提出过？还是她提出过，而你拒绝了呢？"

福勒上校朝大门瞟了一眼，好像怕他夫人在附近听到这里的谈话。他说："她从没向我提出过。"

"我明白了。是因为您是黑人，还是因为她知道提出也没有用？"

"我……我还是认为那是……她同几个黑人约会过……不是在哈德雷堡，那是过去的事了。所以不是因为这个。因为她知道……"他笑了，这是第一次，"……她知道我是不容易下水的。"他再一次带着微笑，补充说："或者她觉得我很丑。"

辛西娅说："可您并不丑，上校。就算您丑，那也与安无关。我想她是向您提出过，但您出于对您妻子的忠诚，或者是出于您自己的道德良知拒绝了她。在这一点上，您变成了安的第二大敌人。"

福勒显然已经听够了，说："我一生中从未像这样谈过话。"

我说："您也许从没被卷入过一场谋杀案的调查。"

"对，没有。如果你下令逮捕，这个调查就会结束。"

"实际上，调查会继续升级。直至到达军事法庭。我犯的错误不多，上校，但当我意识到我犯了错误时，我会努力工作以暴露出我的错误。"

"我很赞赏你，布伦纳先生。也许穆尔上校就能解释你的怀疑。"

"他可以试一试，也许对发生的事情他有自己的说法，我想知道每个人的说法，这样我就能很好地分析出事情的真伪。"

"随你的便吧。"

辛西娅问他："坎贝尔上尉有兄弟姐妹吗？"

"有一个弟弟。"

"您能谈点关于他的事吗？"

"他住在西海岸，那地方有个西班牙语的名字，我记不起来了。"

"他不是军人吗？"

"不是。他是……他尝试过许多工作。"

"我明白了。您见过他吗？"

"见过。大部分假期他都回家过。"

"您是否认为他也有他姐姐那样的问题？"

"在某种程度上……但他选择了与家庭保持距离的方式。这是他处理问题的办法。比方说，在海湾战争期间，加利福尼亚的几家电视台想采访他，却无法找到他。"

辛西娅问："您是说他和家庭疏远吗？"

"疏远？不是……只是保持距离。他回家时，家里人见到他都很高兴。他走时他们又都很悲伤。"

"他们姐弟之间的关系怎么样？"

"很好，从我所了解的情况看，安·坎贝尔能接受他，与他很融洽。"

"接受他……什么？他的生活方式吗？"

"是的。约翰·坎贝尔——这是他的名字——是个同性恋者。"

"我明白了。将军也接受这一点吗?"

福勒想了一会儿,然后回答说:"我想是的。约翰总是非常谨慎——从来不把男性情人带回家,穿着也随大流,没什么特殊。我想如果将军不是忙于应付他女儿那些不检点的事,他一定会对他的儿子感到大失所望。但同安相比,约翰是个严肃的人。"

"我明白,"辛西娅说,"您是否认为将军迫使女儿扮演了一个男人的角色——我是指在西点和军队——来弥补他儿子所缺少的在事业上的抱负?"

"人人都这么说。但是,凭我多年了解的情况看,事情并不那么简单。事实上,安在西点军校时是个非常热情的学员。是她自己要去那儿的,而且她干得很好。她在四年服役中主动参加义务值勤,而后才进了学校。所以,我认为不是将军在推她或强迫她,或像对待小孩子那样阻止了她的爱好,比方说,如果她没有去那儿的兴趣而硬逼着她去。这些道理都是那个心理学家说的,而情况恰恰相反。我记得安在中学是一个顽皮的女孩,一个从事军队工作的好人选。实际上,她想继承她家的这个传统。她的祖父也是个职业军官。"

辛西娅想了一会儿,然后提醒他说:"您说过她憎恨军队。"

"是的……我说过,但正像你指出的,她恨的是她父亲。"

"那么您那样说是说错了吗?"

在盘问中,指出对方的谎言是很有效的方法,即使那只是个小谎,这样能使嫌疑犯或证人陷于防守的境地。

福勒上校想纠正他原先的论点,对辛西娅说:"她原来是喜欢军队的。我不能肯定说出她最近的思想。她有太多的仇恨,她待在军队里也是另有动机的。"

"我现在对这一点很清楚。"辛西娅又问,"您能谈谈安·坎贝尔同她母亲的关系吗?"

福勒上校想了一会儿，说："她们的关系很好。关于坎贝尔夫人，我跟许多人的看法相反，她是一个很要强的女人，但是她选择了服从她丈夫事业的方式。我用'选择'一词是因为事实如此——那是她的一个选择。坎贝尔夫人毕业于旧式学校，如果她对婚姻做了承诺，那么她会遵守诺言；如果她改变了主意，她会离婚。她不像当今那些既想保存蛋糕，又想把它吃掉的现代妻子那样去诉苦、去抱怨和生气。"

他朝辛西娅看了一眼，继续说："她不会因为她丈夫的背叛行为而苦恼，幸与不幸她都会忍受，她懂得作为一个妻子和伴侣的价值，她不会去市中心找一份买卖房地产的工作，用这种可怜的方式来宣告她的独立。她没有佩戴将军的星章，但她懂得如果没有她的帮助、奉献和她多年的忠实，她丈夫也不会戴上它们。你问安同她母亲的关系，而我说的是坎贝尔夫人同她丈夫的关系，不过你可以从中找到你问题的答案。"

我点点头。"是的，我能。那么安想改变她母亲的行为和态度吗？"

"我想起初她试过，但坎贝尔夫人只简单地告诉她让她管好自己的事，不要干涉她的婚姻。"

辛西娅说："好建议。这使她们的关系紧张了吗？"

"我不善于协调母女关系。我家里是兄弟四人，而现在我自己有三个儿子。总的来说，我不会揣摩女人的心，我从未仔细观察过母女关系。但是我知道她们从未一起做过什么事，比如买东西、打网球或者是筹划晚会。不过她们在一起吃饭，有时也单独吃。这些对你来说够了吗？"

辛西娅点点头问："福勒夫人很了解安·坎贝尔吗？"

福勒上校回答说："相当了解，通过社交活动了解的。"

"那么福勒夫人当然对坎贝尔夫人也很了解，所以也许我可以同福勒夫人谈谈——有关母女关系。"

福勒上校犹豫了一下，然后回答说："就像你们看到的，福勒夫人很难过，所以除非你们一定坚持现在谈，否则我不得不请你们等几天再谈。"

辛西娅问："您夫人会待在这儿吗？还是她太悲伤了，可能会去哪儿休息一下？"

福勒上校看着辛西娅说："如果你的意思我没理解错的话，作为一个公民，她可以来去随其所愿。"

"您理解得很对，上校。我并不想去开传票。我想今天同她谈谈，因为我没有几天时间可等了。"

福勒上校深深地叹了口气。显然，他没料到我们会这样急，并且他对下级给他带来的压力很不习惯。我想是因为我们穿着便服他才没发火，没把我们赶出去，这就是为什么犯罪调查处常常穿便服去处理最糟糕的案子。福勒最后说："我问问她今天下午是否能同你们谈。"

"谢谢您，"辛西娅说，"她能同我们谈，总比被迫同联邦调查局的人谈好些。"

福勒上校明白这些情况，他点了点头。

我问他："第二点，上校，您能告诉我坎贝尔被杀的那个晚上您在哪儿吗？"

他笑了笑说："这是你打算问的第一个问题吧。嗯，我在哪儿？我工作到晚上七点，然后参加了在军官俱乐部烧烤餐室举行的军官告别晚会。我很早就托词离开了，到家还不到十点，我又做了些文字处理工作，打了几个电话。十二点就和夫人休息了。"

如果他夫人能证明这一点，我问这个问题就太蠢了。所以，我换了一个问题："那天晚上没发生什么意外吗？"

"没有。"

"您几点醒的?"

"六点。"

"然后呢?"

"我洗了澡,穿好衣服,大约七点半开始去工作。"他又说,"也就是去我现在该去的地方。"

"您大约在八点往坎贝尔上尉的住处打了电话,在她的录音电话上留了言。"

"对。坎贝尔将军从他家里打来电话要我这么做的。"

"他不想自己给她打电话吗?"

"他很苦恼,而且知道他夫人很失望,所以就让我来打这个电话。"

"我明白了。但是,就像事情发生的那样,我们八点前到达她的住处时,留言已经在录音电话机里了。"

接下来是一阵沉默。在一瞬间,福勒上校一定会猜测我是否在诓他。其实不是,不然他得编一个更好的故事来解释。他盯着我的眼睛说:"可能我把时间搞错了。一定是更早些。你们是什么时候到她家的?"

"我得查查我的记录,我能推断出您并不是在七点前打的电话,说她赶不上七点钟的早饭了。"

"这是个合乎逻辑的推断,布伦纳先生,虽然我常常在早于这次的时间打电话提醒她。"

"但是这一次,您说:'安,你今天早晨应该到将军家去一趟。'在您说了'你现在也许在睡觉'之后,您又说了吃早饭的事。如果她值勤结束是七点,而您在七点半给她打了电话,她那会儿才刚刚能赶到家,还根本谈不上去睡觉。"

"你是对的……我想我是记不太清了。我也许忘了她在值勤,我的意思是她也许还没睡醒。"

"但您的留言中提到了值勤。整句话是'今天早晨你值勤结束后，应该到将军那儿去一趟'。"

"我是那么说的吗？"

"是的。"

"嗯，那好，及时纠正我的错误。我也许是在七点半前打的电话。我是在将军打来电话后紧接着打过去的。坎贝尔上尉显然已经同意七点去见她父母。虽然按常规她是在那个时间与下一班的军官交接，但她提前离开让值勤军士代理交接也并非不正常。"他又说，"这一点你有问题吗，布伦纳先生？"

"没问题。"我没有问题，你可有大问题。我问："坎贝尔上尉和她父亲的关系并不融洽，她为什么要同他一起吃早饭？"

"嗯，他们常在一起吃饭。我告诉过你，她经常去看她母亲。"

"这次早餐的目的是安·坎贝尔对将军的最后通牒做出答复吗？"

福勒想了一会儿，然后说："是的，可能是。"

"在被迫答复最后通牒前仅一小时，她死了，您不觉得奇怪吗？您认为这之间有联系吗？"

"不，我想这是巧合。"

"我不相信巧合。我来问您，将军是否要求他女儿回答更多的问题？"

"你指什么？"

"嗯，名字。基地那些同她睡过觉的男人的名字。坎贝尔将军要进行一次大清洗吗？"

福勒上校想了想，说："完全可能。但安并不在乎谁知道这些，她会很高兴把这些告诉她父亲。"

"那些同她睡过觉的已婚军官会很在乎，而不会像她那么高兴的。"

"我知道他们的确在乎，"福勒说，"他们中的大多数人认为安不会改邪归正，他们的行为有可能败露。"他说："你知道，布伦纳先生，大多数已婚男子在不端性行为中都有矛盾心理。"他看了看辛西娅，又继续说，"一方面，他们害怕被他们的妻子、家人、朋友或上司发现；另一方面，他们又为自己的行为而自豪，并且总是夸耀他们的征服。当被征服者是他们上司的漂亮女儿时，他们就无法控制住自己而信口开河了。相信我，我们都有过类似感受。"

我笑了笑。"的确是这样，上校，"我又说，"但是说说是一回事，照片、名单和宣誓书就是另一回事。我的看法是这样，她的一些情人也许通过安了解到将军掌握了关于他们的足够的情况，并且要求女儿拿出一份不轨行为的报告。有人也许认为杀死安就消除了证据，了结了此事。"

福勒点点头。"我也有过这种想法。事实上，我一直认为杀她的不是陌生人。但是你能向我解释一下为什么那个想让她闭嘴的人用这种方式杀害他，把人们的注意力集中到死者的性行为上来呢？"

问得好。我回答说："也许是用来掩盖行为的本质。罪犯需要杀了她，加上强奸不过是干扰调查。我经手过两件这样的案子，丈夫用这种方式杀死妻子，使现场看上去像是陌生人干的。"

福勒上校说："这是你的职业范围，不是我的。不过我明白你的意思，但是有多少男子杀害女士仅仅是为了灭口呢？因渎职行为上军事法庭总比因杀人上军事法庭风险小得多。"

"我同意，上校，但是我们是有理智的人。在非理性的世界里，杀人的一个基本动机是避免丢脸和出丑，手册中是这么说的。"

"嗯，同样，这也是你的职业范围，不是我的。"

"要仔细想想在安·坎贝尔的情人中有谁可能想到用杀人来避免

207

丢脸、离婚、上军事法庭和从军队中被开除。"

"布伦纳先生，据我了解，你最早的嫌疑犯穆尔上校同她并没有性关系方面的纠葛，所以他没有灭口的理由，但他也许有许多强奸她并杀害她的其他原因。因此，如果这些就是影响你逮捕他的原因，你应该将注意力集中在动机的形成上。"

"当然，我正沿着这条线索调查，上校。我喜欢将谋杀调查看成像步兵和装甲兵司令指挥一场战役一样——多方进击——佯攻、试探出击、主攻，然后是突破、包围。"我补充说，"包围他们，猛击他们。"

他苦笑着。我知道他会这样。他说："这是你滥用资料、丧失创造精神的好办法。直接去找杀人犯，布伦纳先生，把那些可笑的材料留在战术教室的黑板上吧。"

"噢，也许您是对的，上校。"我问他，"您那天早晨去上班的时候，是否遇见了值勤中士圣·约翰？"

"没有。实际上，我后来听说其实是一个警卫班长在总部值勤。所以这样一来，当早晨第一个军官来接班时，引起了一场大吵大嚷。那个班长说那值班中士几小时前离开后再没回来，他不知道中士在哪儿，也不知道值勤的军官在哪儿。这件事我不知道，因为没有人告诉我。桑德斯少校，一个参谋，决定去叫宪兵队，宪兵队说圣·约翰被他们拘留了，但是拒绝说出原因。我是在大约九点时了解到这些情况的，并且向将军做了汇报。他告诉我要继续追查下去。"

"就没有一个人想到要问问坎贝尔上尉去了哪里吗？"

"没有……回想起来，一切都搅在一起了。我以为那天早晨坎贝尔上尉只不过是离开得早些，让值班中士代理，而中士又让警卫班长代理，自己借此机会去了什么地方——也许是回家暗中监视他妻子去了。这一切都太平常了——一个值勤的男人脑子里想着他妻子对他不忠，就偷偷溜回去检查一下，这是军队生活的一个问题。"

"是的。我曾办过一个案子，两人被杀、一个重伤就是这样造成的。"

"所以你明白了。嗯，我想到了一件事。我只知道圣·约翰同宪兵队争吵过，这事没报告总部，也没有进行深入的调查，因为我认为肯定是坎贝尔上尉提前离开导致了圣·约翰玩忽职守，并且我知道此事自会见分晓的。所有人都认为圣·约翰的被捕同我们后来发现的事有某种联系，这就是我所知道的真实情况。"

他的话听起来有根有据，但如果我推敲一下，一定会有一些漏洞。我提醒他说："您说过前天晚上您在总部工作到很晚。"

"是的。"

"坎贝尔上尉那天晚上要求值勤时，您看见她了吗？"

"没有。我的办公室在一楼，在将军的办公室隔壁。值勤军官和中士在二楼办事员和打字员用的大房间里。他们先是接受一个值班军官的值班记录和特殊命令，然后选一张桌子，让自己晚上过得舒服些。我很少看到值勤军官报到。"他问："满意了吗，布伦纳先生？"

"可能，长官。反复核对后我才能知道是否满意。这是我的工作，上校，除此之外我别无办法。"

"我相信你还有些自由，布伦纳先生。"

"仅仅一丁点儿。往左一英寸，往右一英寸。我现在正自动落进我的上司赫尔曼上校的嘴里，不敢向高级军官提问的准尉他都要吃掉。"

"这是真的吗？"

"是的，长官。"

"嗯，我会告诉他你干得很出色，没表现出任何恐惧。"

"谢谢您，上校。"

209

我们足有一分钟没有说话。我的咖啡凉了,但我不在乎。最后,我问他:"上校,您今天是否能安排我们同坎贝尔夫人谈谈?"

"我会尽力的。"

我对他说:"如果她真像您所描绘的是个军人的好妻子,她会明白谈话的必要性。"又说,"今天我们还想见见将军。"

"我会安排的。我在哪儿能找到你?"

"恐怕我们今天要走遍基地各处。就给宪兵司令部办公室打电话留言吧。我在哪儿能找到您?"

"基地司令部。"

"葬礼安排好了吗?"

"是的。降旗号响过后,今晚和明天早晨遗体将留在基地小教堂里,以便那些希望向她告别的人去吊唁。明天上午十一点,在小教堂举行仪式,然后将遗体送到乔丹飞机场,用飞机运到密歇根州,在坎贝尔家族的墓地下葬。"

"我明白了。"职业军官通常都将遗嘱写给军队存档,常常包括关于下葬的说明,所以我问福勒上校:"那是死者的愿望吗?"

"这个问题同谋杀调查有关系吗?"

"我想立遗嘱的日期和下葬说明的日期同这次调查有关。"

"遗嘱和下葬说明都是在坎贝尔去海湾参战前一周写的,这不会有什么不正常。告诉你吧,是她要求葬在家族墓地的,她遗嘱的唯一受益人是她的弟弟,约翰·坎贝尔。"

"谢谢您,"用这样一句话做结束语吧,"您与我们合作得很好,上校,我们非常感谢。"尽管您想迷惑我们一下。

按礼节,上级军官行动优先,所以我在等着他意识到我已说完,并且站起来。但是他却又问我:"在她房间里,你是否发现了什么有损于她或基地任何人的东西?"

我变得忸怩起来,问:"比方说?"

"嗯……日记、照片、信件、被她征服的人的名单。你知道我的意思。"

我回答说:"我的未婚姑妈可以单独在坎贝尔上尉的家里住一周,而不会发现任何她不赞成的东西,包括音乐。"这是真的,因为简姑妈虽然爱探人隐私,但她没有空间洞察力。

福勒上校站了起来,我们也站了起来,他告诉我说:"你一定漏掉了一些东西。安对每件事都做记录,这是她作为心理学家的一种训练。不容怀疑,作为一个堕落的人,她作为一个讹诈腐蚀者的欲望绝不是靠对她在汽车旅馆外边的草堆里或下班后在基地私人办公室里的短暂记忆来维持的。要更仔细谨慎才行。"

"是,长官。"我必须承认,我不喜欢关于安·坎贝尔的那些事由肯特或福勒嘴里说出。安·坎贝尔对我来说,显然已经超出了一个被谋杀的受害者。我也许会找到杀人犯,但有人必须找到她所作所为的原因,必须把这些解释给福勒、肯特之辈和所有的其他人听。安·坎贝尔的生活不需要道歉,不需要怜悯,它需要一个理性的解释,可能还需要一种辩护。

福勒上校陪着我们走到前门,在门口,我们握了握手。我对他说:"顺便说一下,我们没有找到坎贝尔上尉西点军校的戒指。她有戴戒指的习惯吗?"

他想了一会儿,说:"我从未注意过。"

"她戴戒指的地方有一道棕色的印痕。"

"那么她戴过。"

我对他说:"您知道,上校,如果我是一位将军,我会希望你来做参谋。"

"如果你做了将军,布伦纳先生,你会找我做你的参谋的。再

211

见。"绿门关上了,我们沿着小径朝我们的汽车走去。

第二十二章

"去吃早饭还是去心理训练学校?"辛西娅问。

"去心理训练学校。我们就把穆尔上校当早饭吃吧。"

我们离开了贝萨尼山,汇进了早晨开往基地中心的车流中。

辛西娅说:"有些人在时间观念上有问题。我相信福勒上校与此事有关系,尽管他一口咬定无关。时间会证明一切的。"

"实际上,他打电话的时间很早。"

"你说什么呀,保罗?"

"我在说福勒早知道安死了,但为了掩盖他知道这件事的事实,为了制造她还活着、赴约迟到的假象,他不得不打这个电话。可他没有料到我们会那么早就到了死者的家里。"

"这是一种解释,但他怎么会知道她死了?"

"只有三种途径:有人告诉他;他用什么方法发现了她的尸体;或者是他杀了安。"

辛西娅回答道:"他没杀她。"

我盯着她说:"你喜欢这个家伙?"

"是的。但不是因为这个。他不是个杀人犯。"

"人人都可能是杀人犯,辛西娅。"

"不对。"

"好吧,不过你能找到他那样做的动机吗?"

"能。他的动机是保护将军,除掉基地里一个腐败的根源。"

我点点头。"有这个帮助他人的动机,像福勒这样的人也许会开枪杀人,但也许还有更多的个人目的。"

"也许。"辛西娅把车驶向通往心理训练学校的路。

我说:"如果我没通过那根鬈曲的头发查到穆尔上校,我会把福勒的名字排在前头,只根据那个电话就行了,根本不用提福勒夫人面部的表情。"

"也许。"她问,"我们让穆尔知道多少?"

"到门槛止步。"

"你不认为到了该同他谈谈他的头发、指纹和车辙印的时候了吗?"

"没必要。我们为这些证据辛苦工作,不必和他分享成果。我想让他陷得更深些。"

我们的车驶过一块牌子,上面写着"闲人免进"。没有宪兵的岗亭,但我可以看到前面有游动的宪兵吉普车。

我们把车停在心理训练学校的总部楼前。楼前的牌子上写着"军官停车处",我看见一辆灰色福特牌汽车停在那里,可能就是穆尔上校的车。

我们走进大楼,空荡荡的走廊上有一张桌子,旁边坐着一个中士。他站起来说:"你们有什么事?"

我向他出示了证件,说:"请带我们去穆尔上校的办公室。"

"我打电话给他,长官。"他回答,用了一个非正式的词来称呼一个准尉。我不喜欢"长官"这个词,并对他说:"我猜你没弄懂我的话,中士。带我们去他的办公室。"

"是,长官。跟我来。"

我问他:"上校来了多久了?"

"大约十分钟。"

"坎贝尔上尉的办公室在哪儿?"

"就在穆尔上校办公室的右边。"他说,"现在空了。"

我们到了走廊尽头，停在尽头的一扇门旁，门上写着"穆尔上校"。

那个中士问我们："要我通报一下吗？"

"不用。这就可以了，中士。"

他犹豫了一下，然后说："我……"

"什么事？"

"求上帝保佑你们找到那个杀人的家伙。"他说完转身沿着那长长的走廊走了回去。

右边的一个门也是关着的，名牌上写着"坎贝尔上尉"。

辛西娅推开门，我们走了进去。

实际上，办公室空荡荡的，只有地上摆着一束花，上面没有留言卡片。

我们离开这间办公室，几步走到穆尔上校办公室的门前。我敲了敲门，穆尔喊道："进来，进来。"

辛西娅和我走了进去。穆尔上校正趴在桌子上忙着，没有抬头。办公室很大，室内的摆设没什么特色。只是穆尔上校桌子旁边放着一个重要的政府形象的象征：一台碎纸机。

穆尔上校抬起头来看着我们说："怎么回事儿？——噢……"他往四下看了看，好像想弄明白我们是怎样进来的。

我说："我们很抱歉贸然来访，上校，不过我们刚才就在附近办事。我们可以坐下吗？"

"好的，坐吧。"他示意桌子对面有两把椅子，"如果下次你们能同我预约，我会非常感激。"

"是的，长官。下次我们一定约你去宪兵司令部大楼。"

"通知我一声就行了。"

像许多有科学和学术头脑的人一样，穆尔上校好像对周围组织严密的世界失去了敏感。即使我说的是"下次我们将在警察局同你谈话",他也未必领会其中的含义。

"我能为你们做些什么?"

"嗯,"我说,"我想让你再确认一下悲剧发生的那个晚上你确实在家里。"

"好吧,我从晚上七点到第二天早晨七点半上班前一直待在家里。"

早晨七点半是我和辛西娅到达维多利花园的时间。我问他:"你一个人住吗?"

"是的。"

"有人能证明你在家吗?"

"没有。"

"你晚上十一点同基地总部的坎贝尔上尉通过电话,对吗?"

"对。"

"谈话内容同工作有关吗?"

"是的。"

"你在中午又给她打过电话,在她的电话录音机里留了言。"

"对。"

"你曾在这之前给她打过电话,可她的电话出了故障。"

"对。"

"你给她打电话干什么?"

"就是我留言中说的话——宪兵队来过,把她的办公室收拾一空。我和他们争论起来,因为她的档案中有分类的资料,但是他们不听。"他又说,"军队快变成警察局了。你注意到了吗?他们甚至不需要搜查证。"

"上校,如果这里是国际商用机器公司总部,卫兵也会按公司高

215

级官员的命令做同样的事。这里的每件东西、每个人都属于美国。你有关于犯罪调查的宪法规定的某种权利,但我建议你不要去行使这些权利,除非我现在把手铐铐在你手上,把你关进监狱。那样每个人,包括我在内,就会看到你的权利受到了保护。你今天早晨是否有合作的心情呢,上校?"

"没有。不过我会在强迫和抗议下同你合作。"

"好。"我又一次环顾了这间办公室。敞开的钢柜顶层是一套卫生用具,我想发刷就是从这里面找出来的。我很想知道穆尔有没有注意到此事。我向碎纸机的贮藏器里看去,里面是空的,这很好。穆尔并不笨,也不是那种慈祥的心不在焉的教授型的人;实际上,按我的说法,他有一个邪恶的外表和一个狡猾的内心。但是他对自己假装不关心,以致即使我在他桌子上看到了锤子和帐篷桩子,我也不会太吃惊。

"布伦纳先生,我今天早晨很忙。"

"是的。你说过你会用某些心理学的知识来帮助我们了解坎贝尔上尉的个性。"

"你们想知道什么?"

"啊,首先想知道她为什么恨她父亲?"

他盯着我看了好一会儿,说:"可以看出,我们上次谈话后你又了解了不少事情。"

"是的,长官。森希尔女士和我一直在同周围的人交谈,每个人都告诉我们一些情况。经过这几天的调查了解,我们明白了该问什么和该问谁。随着时间的推移,我们能够区分开那些坏人和好人,我们把坏人抓起来。比起心理战术来,这是很简单的事。"

"你太谦虚了。"

"安为什么恨她父亲呢?"

216

他深深吸了一口气，坐回椅子里，说："让我用这句话来开场吧。我相信将军得了一种强迫性神经紊乱症，也就是说，他自私自利，专权，不能容忍批评，是一个完美主义者，有揭穿别人的问题的爱好，也是个彻头彻尾的竞争者和权威人士。"

"你已经描绘出了军队中百分之九十的将军形象。那与我们的问题又有什么关系呢？"

"嗯，安·坎贝尔跟父亲没有很大不同，由于他们的父女关系，这并没什么不平常。于是，在一个家庭里有两个个性相似的人，一个是年长的男士，父亲，另一个是年轻的姑娘，女儿。问题就在这儿。"

"那么这个问题要上溯到她不快乐的童年了。"

"不完全是这样。开始时一切很好。安在她父亲身上看到了自己的影子，而且很喜欢她看到的东西，她父亲也在她身上看到了自己的影子，而且也很高兴。实际上，安向我描绘了一个快乐幸福的童年和一种与她父亲很亲近的关系。"

"后来关系变坏了吗？"

"是的，变坏了。安还是孩子的时候，她想赢得她父亲的赞许。父亲也认为他的威信不会受到威胁。用一句话来说就是，他把儿子和女儿看成了自己的影子。但是到了孩子的青春期，他们都开始看到对方身上有自己不喜欢的特点。具有讽刺意味的是这些又都是他们自身最不好的特征，但是人们往往不能客观地对待自己，并且他们开始争夺权威，开始批评对方。由于他们都无法忍受批评，他们俩实际上都很有能力，都取得了很大成功，所以矛盾就尖锐化了。"

"我们是在泛泛而谈，"我问，"还是在针对将军和坎贝尔上尉呢？"

他犹豫了一会儿，可能是出于不愿透露个人隐私的习惯。他说："我也许说的是普遍性，但你们应该从中得出自己的结论。"

"嗯,"我回答说,"森希尔女士和我问的是个体问题,而你却只给出了一般性的回答,我们也许会弄错你的意思,我们很笨。"

"我不这么看,你们骗不了我。"

"好吧,回到正题上来吧,"我对他说,"别人告诉我们,安感觉到她是在与她父亲竞争,认识到她在父亲的那个世界里无法与他对抗,但她并没有宣布放弃,而是向他发动了一次破坏性的战役。"

"是谁告诉你的?"

"我是从一个人那儿听来的,他又是从一个心理学家那儿听来的。"

"那么,那个心理学家错了,强迫性紊乱症病人总是相信他们有能力对抗,并且是能做统帅的人。"

"这么说,这不是安恨她父亲的真实原因啰?他们并不在乎碰得头破血流。"

"对,她恨她父亲的实际原因是背叛。"

"背叛?"

"是的。安·坎贝尔不会由于竞争、妒忌和不适当的感觉对她父亲产生一种非理性的恨。他们不断增长的竞争未必是坏事。她实际上一直很爱她父亲,直到他背叛她的那一刻。这种背叛太彻底了,带来的巨大创伤几乎把她毁了。这个她最爱戴、最尊敬、最信赖的人背叛了她,伤了她的心。"他又补充说,"这样讲够具体吗?"

几秒钟的沉默之后,辛西娅向前倾着身子问道:"他怎么背叛了她?"

穆尔只是看着我们而没有回答。

辛西娅问:"他强奸她了吗?"

穆尔摇摇头。

"那么问题出在哪儿?"

穆尔回答说:"实际上具体是什么问题并不重要。与此有关的只有一点,那就是,这是一次彻底的、不可原谅的背叛。"

我说:"上校,不要骗我们。他究竟对她做了什么?"

穆尔看上去有些吃惊,接着又恢复了常态,说:"我不知道。"

辛西娅指出:"但是你知道那不是强奸和乱伦。"

"对,我知道这一点是她自愿告诉我的。当我们谈起这件事时,她只把它称作背叛。"

"那么,"我讽刺地说,"也许他忘了给她买生日礼物。"

穆尔上校一副苦恼的样子,这就是我讽刺的目的。他说:"不,布伦纳先生,那不是平常的琐碎事情。我希望你能明白,当你无条件地爱和信任某人的时候,而那人以某种简单的、有预谋的方式背叛了你——不是由于粗心等可以原谅的方式,就像你所说的,是用一种利己的方式——那么你永远不会原谅那个人。"他又说,"一个典型的例子就是一个深爱、崇拜自己丈夫的人发现他对另一个女人有着强烈的爱。"

辛西娅和我都思考了一会儿,我猜其中有些关于个人的想法,但我们都没说出来。

最后,穆尔说:"这里有一个更恰当的例子:一个处于青春期的或者说是一个年轻姑娘爱戴并且崇拜她的父亲。后来有一天,她无意中听到她父亲对一个朋友或同事谈起她。这个父亲说他的女儿'简直是一个很古怪的女孩子,她总是待在家里,老是围着我,对男孩抱有幻想。但由于她的胆小和非常平庸,从不去与他们约会。我希望她能偶尔走出家门,或者自己去找生活的归宿'。"他看着我们。"这是否会伤害了这个崇拜父亲的年轻女子呢?这会伤透她的心吗?"

这是毫无疑问的。听着这个故事我的心都碎了,而我并不是个易被感动的人。我说:"你认为是这么回事吗?"

"也许。"

"可你并不知道是什么事。为什么她没告诉你呢？"

"这经常是因为接受治疗者经不起讨论，因为把这一切告诉治疗专家，意味着征求他们的判断或评估，而这个判断或评估通常并非他所需要的。接受治疗者知道对一个客观的听者来说背叛看上去似乎不那么彻底。虽然有时候背叛用任何常规标准来衡量都是严重的——就像乱伦。尽管不是乱伦，但我相信用任何标准衡量它都是很可怕的。"

我点点头，好像听明白了，但是这个问题没解决。我问道："你能猜一下是什么事吗？"

"不，我并不想知道她父亲对她干了什么——只知道他干了并且是干了具有伤害性的事就够了。两人之间再也没有共同语言了，他们完全失掉了信任。"

我试图在这件事上运用我自己的标准，但我不能，我的工作使我必须了解事件发生的几大要素：谁、什么、在哪儿、什么时候、怎么样和为什么。穆尔至少知道发生的时间，所以我问他："什么时候？什么时候发生的？"

他回答说："大约十年前。"

"那时她是在西点军校。"

"对。是她在西点的第二年发生的。"

"我知道了。"

辛西娅问："那么她什么时候开始伺机报仇的？不是马上吗？"

"不，不是马上。她经历了难以想象的过程，震惊、否认，接着是消沉，最后是愤怒。直到大约六年前，她才要伺机报仇而不是尽力应付。实际上，她变得有些反复无常，从此她就认定这一理论：'只有报仇才能解决问题。'"

我问："那么是谁引她走上这条路的？是你？还是尼采？"

"对于她反对她父亲的行为我拒绝承担任何责任。布伦纳先生，作为一个专业人员，我是靠听来的情况做工作的。"

辛西娅说："那么她也许同某个告密者谈过。难道你没有劝告过她这很有危险吗？"

"我当然劝说过。我冷静地告诉她，她在做一件错误的事情，但我从未把它上升到布伦纳先生刚才说的那种高度。"

我说："如果她复仇的行为是直接针对你的，那你就不会如此冷淡了。"

他盯着我说："我明白，但是有时候病人不想采取任何正规的疗法治病，而是心怀不满，用自己的方法——通常是一种以牙还牙的方式——你背叛了我，我就会背叛你。你强奸了我的妻子，我就去强奸你的妻子。通常，确定一个行为是否有复仇成分同确定一个行为是否是初期犯罪一样都是不现实或不可能的。有时的确如此。传统心理学认为复仇是不健康的行为，然而复仇者知道这种行为可以起排解和治疗自己内心创伤的作用。问题在于复仇者在精神上要付出很大代价，甚至成为一个迫害他人的人。"

我对他说："我明白你的意思。穆尔上校，我很想知道为什么你坚持用中性普通词汇交谈。这是你与此悲剧保持距离的方法，还是避免承担任何个人责任的方法？"

他根本不爱听这些话，说："你暗示我助长或怂恿她仇视她父亲的行为，我对这种暗示深为不满。"

"无论你是否不满，"我告诉他，"在某些方面你都有重大的嫌疑。"

"你指望些什么——"他耸了耸肩说，"无论是我，我这儿的工作，这个学校，还是我同安·坎贝尔的关系——在这个基地里都不受人赞成，不被人理解。"

我说:"我能理解这些。我已经看过一些坎贝尔上尉的演讲录像,我认为你们在履行人的生命的职责,但你们很可能走进了使人感到紧张的一些领域。"

"我们在此所做的每一件事都是上级领导批准的。"

"听你这么说我很高兴,但是我认为安·坎贝尔把一些事带出了教室,在自己的战场上做了试验。"

穆尔没回答。

我问他:"你知道为什么安·坎贝尔保留着她对罪犯、性犯罪者的治疗记录吗?"

他想了一会儿,然后回答:"我不知道她这么做。如果是这样,那也只是一种个人的爱好。这里几乎所有的心理学家都有些工作之外的计划或兴趣,大部分都是同哲学博士学位项目有关的。"

"听起来很有道理。"

辛西娅问他:"她与许多人发生性关系,对此你有什么看法?"

开始他没回答,后来才说:"嗯……我……是谁告诉你们的?"

辛西娅说:"除你之外的每个人。"

"可你从未问过我。"

"我现在在问你,对于她同那些她并不喜欢、只是当作复仇工具的男人发生性关系,你会有什么看法?"

他用手捂着嘴咳了几下,然后回答说:"嗯……我认为这是不明智的,特别是她这么干的原因是……"

"你妒忌吗?"

"当然不。我……"

辛西娅又一次打断了他的话,说:"你认为那是对你的背叛?"

"当然不是。我们关系很好,是一种柏拉图式的很理智的相互信任的关系。"

我想问这关系中是否包括将她裸身捆在地上的内容，但我必须先了解他这么做的动机。实际上，我认为我现在明白了，我可以抛开寻找凶手的事不提，根据穆尔刚才说的有关背叛的事，去理解安·坎贝尔的生活和她的忧郁。

我对他说："你和坎贝尔上尉在海湾战争期间，曾得出了一个叫疯狂行动的心理作战计划。"

他说："这是军事机密，我不能随便讨论。"

"坎贝尔上尉坚信用性的力量作为一种手段可以达到显然与性行为本身无关的目的，对吗？"

"我……是的，是这样。"

"我说过，我已经看过她关于心理战术系列演讲的录像，可以看出她这一个计划的来龙去脉。我不否认性的力量，那是一种向上的动力，是爱和关怀的表示，但安·坎贝尔理解错了。你同意这一点吗？"

他也许同意，但他说："性本身不好也不坏。但确实有些人——大多数是女人——把它当作工具或武器去实现她们的目标。"

我问辛西娅："你同意他的说法吗？"

她好像有点烦躁，但我不知道为什么。她说："我同意说有些女人利用性行为作为一种武器，但人们认为那是无法接受的行为。在安·坎贝尔的案子里，她已经将性看成是反对不公平的武器了。我想，穆尔上校，如果你知道她在那么做，你应该去阻止她，这是你道义上的责任，更何况你还是她的上司。"

穆尔似乎在用那双小而亮的眼睛盯着辛西娅，说："我处在无法阻止这些事情发生的地位。"

"为什么无法？"她喊道，"你是个军官，还是个船舱服务员？你是不是她的朋友？当然由于你未被她的漂亮所迷惑，你可以劝说她。你为发现她的性试验是临床式的而感到有趣吗？你为知道她同许多人发生性关系而感到兴奋吗？"

穆尔看着我："我拒绝回答这个问题，并且拒绝同这个女人谈话。"

我告诉他："直到我们宣读了你作为被告的权利，你才能享受第五修正案的保护。我现在还没打算这么做。我知道这是令人难堪的。我们现在先不谈这个问题，我向你保证，森希尔女士会尽量注意提问的措辞，以免你产生反感。"

穆尔看到保持这种道义上的义愤没有什么好处，便点了点头，坐回椅子里。他的态度告诉我："你们俩都不值一提。滚开。"

辛西娅控制住了自己，用一种缓和的口气问他："到什么时候安才会觉得他们父女之间的比分拉平了呢？"

穆尔既没有看辛西娅也没有看我，而是用一种没有感情的、职业性的语气回答："可惜，只有她自己知道。她显然并不满意自己对他所做的一切报复。问题的一半出在坎贝尔将军身上。"穆尔笑了，实际上他是在冷笑。他说："他是个不允许别人有损于他的将军，更不必说让他挨打或投降了。就我所知，用军事比喻来说，在战场上他从未请求过停火，也从未请求过和谈。显然，他觉得自己对安所做的一切努力都被她的行为抵消了。"

"换句话说，"辛西娅说，"他们父女都很固执而不去谈判。将军也从未因他起初的背叛道过歉。"

"嗯，他是道过歉，但是你可以想象出从这样一个人那里得到的会是什么样的道歉。"

辛西娅说："两个人之间的争斗伤害了如此多的无辜者，真是太糟糕了。"

穆尔回答说："这就是生活，这就是战争。什么时候有过改变吗？"话里带着某些令人吃惊的敏锐的洞察力。

的确如此,或者,像柏拉图说的:"只有死亡看到了战争的结束。"

辛西娅问穆尔上校:"谋杀发生的那天早晨,当你离开家的时候,你有没有注意到安·坎贝尔的车不在她的房前?"

他想了一会儿,说:"我也许注意到了,但只是下意识地。"

"你一般不去注意她的车吗?"

"是的。"

"你甚至不知道你这个下属、邻居和朋友是不是在家里还是在去办公的路上。"

"嗯,我想多数早晨我是知道的。"

"你曾经与她合乘过车吗?"

"有时。"

"你知道那天早晨坎贝尔上尉有同她父母共进早餐的约定吗?"

"不……嗯,是的,经你一提,我想起来了,她是告诉过我这事。"

"这次早餐聚会的目的是什么?"

"目的?"

"坎贝尔家的人经常聚在一起享受这种天伦之乐吗?"

"我想不。"

辛西娅说:"我的理解是,关于安的行为,将军向她发出了最后通牒,并且安·坎贝尔要在那天早晨对此做出答复,对吗?"

我们第一次看见穆尔上校显出不自在的样子,他也许在想我们了解了多少,是从谁那儿了解到的。

"对吗?"辛西娅又问。

"我……她告诉过我,她父亲想解决这个问题。"

辛西娅又激动起来,很尖锐地说:"上校,关于这一切,她告诉

225

了你还是没告诉你？她用了还是没用'最后通牒'、'军事法庭'、'常规治疗'和'从军队中辞职'这样的词语，她是否完全信任你，她是否征求过你的建议？"

很显然，穆尔上校因为辛西娅的语调又生气了，还因为这一特别问题给搞得很不自在，这个问题可能触到了他所害怕的什么事情。他一定认定我们不可能掌握足以击败他的证据，所以他说："我已经把所知道的一切都告诉了你们。她从未对我讲过她的打算，也从未征求过我的建议。我告诉你们，作为她的治疗医生，我尽量少提问题，只是在她要我出主意的时候我才说话。"

辛西娅回答说："我不相信同一个认识了六年的女人在一起的男人有那么强的自制力。"

"因为你不懂得治疗，森希尔女士。关于安的事业、工作，我当然提过建议，甚至还提过关于住处、度假等个人问题的建议。但是关于她家庭的问题只在治疗期间谈论过——这些都是分开讨论的，从没同工作和演讲时间混在一起。我们绝对理解这一点并且从未背离过它。比方说，医生不喜欢他的病人在高尔夫球场上请他诊断，律师也不乐意在酒吧里搞法律咨询。精神健康的工作者也不例外。"

辛西娅说："谢谢你告诉我这么多，上校。我知道你已经想过这些问题。我猜测，死者从没有机会安排一个正式的时间同你谈这个最后通牒和最后期限的问题，对吧？"

"对，没有。"

"所以，这些年以来，这件令人头痛、悲伤和愤怒的事到了严重关头的时候，却因你们中的一个人或者你们俩都太忙而没有谈及。"

"是安·坎贝尔不同我谈。不过，我们决定在她同她父亲谈过后再谈。实际上，我们打算昨天下午谈。"

辛西娅说："我不相信你的话，上校。我想将军的最后通牒同她所发生的事之间有联系,而你知道这种联系是什么。"

穆尔上校站了起来。"我不是个说谎者。"

辛西娅也站了起来。他们都盯着对方。辛西娅说:"我们已经知道你是个说谎者。"

这是真的。我们知道在第六步枪射击场,穆尔同安·坎贝尔在一起。我认为穆尔现在已意识到我们了解了这一点。现在我们已无法逃脱攻击一个上校的罪责了。不过我们现在已经越过门槛半步,这已经够远的了。我也站了起来。"谢谢你给我们时间交谈,上校。不要在肯特面前抱怨我们,一次全面的抱怨至少可以维持一星期左右。"我又说,"我在你门口派了一个宪兵站岗,长官。如果你试图粉碎任何文件或者将任何东西从这儿带出去,你将会被监禁在基地。"

这家伙现在在颤抖起来,但我说不出他是因为害怕还是愤怒,对此我并不感兴趣。他说:"我将正式指控你们俩。"

"如果我是你,我绝不会这样做。我们是你最大的也是最后的免于上绞索的——或者免于被枪毙的希望。我得去查一下有关规定。我没办过多少这样的案子,所以不知道他们对杀人犯是施绞刑还是枪毙。但不管怎样,不要朝我发火。你知道我说的是什么。祝你愉快,上校。"

我们走了,留下他一个人站在那儿,仔细考虑着他的选择,当然不包括对我发火。

第二十三章

辛西娅把车停在宪兵司令部的停车场,离我的追光牌汽车还有一段距离。当我们走向宪兵大楼的时候,我们看见三辆新闻采访车和一群记者站在大楼外面。他们看见我们走过来,便像一群蝗虫一样向我们扑过来,一定是我们的形象符合某人对侦探的描述。正像我说的,哈德雷堡是个开放的基地,所以你不能拒绝那些纳税公民进来,在正常情况下,你也不想拒绝,但今天我不需要采访。

第一个记者来到我们面前。他是个穿着讲究的年轻人,头发紧贴在头皮上。他手里拿着麦克风,他周围黑压压的人们都拿着笔和纸。我看到摄像机对准了我们。那个头发贴着头皮的人问我:"你是布伦纳准尉吗?"然后把麦克风放到我的鼻子下面。

"不,先生,"我回答,"我是到这儿来修可口可乐机的。"我们继续走着,不过在我们继续向正门走去的时候,这些人像一个巨大的云团一直包裹着我们。问题仍不断地从这个云团里抛出来,一直到我们最后走上宪兵大楼的台阶,那儿有两个持M-16步枪的高大的宪兵在站岗。我爬上台阶,转向这些不能再往前走的记者,说:"早上好。"

记者群静了下来。现在我看见三台电视摄像机和大约十二架照相机在不停地拍照。我说:"安·坎贝尔上尉的死亡调查还在进行中。我们有几条线索,但没有嫌疑犯。不过哈德雷堡所有的相关部门,军队犯罪调查处,还有地方警察都联合起来了,我们正为此案密切合作。不久的将来我们将计划开一次新闻发布会。"这些都是骗他们的。

轰然一声!问题像狂潮决了堤一样涌了出来。我只能听清几个问题:"她不也是被强奸的吗?""发现她时她是赤裸着被捆着吗?""她是被勒死的吗?""你认为是谁干的?""这是这儿一周之内的第二起强奸案吗?"还有一个有趣的问题:"你盘问过她的男朋友,警察局长的儿子吗?"等等等等。

我回答说:"你们所有的问题都会在新闻发布会上得到答复。"

辛西娅和我走进大楼,迎面碰上肯特上校,他一副很不高兴,而且十分焦虑的样子。他说:"我无法让他们离开。"

"是的,你无法做到。这正是这个国家令我喜爱之处。"

"我不喜欢这样。"他问我,"有新进展吗?"

"我们同福勒上校和穆尔上校谈过。我想让你往穆尔上校的办公室尽快派两个宪兵去,看着他。他不能使用碎纸机毁掉文件,也不能将任何东西带出他的办公室。"

"好吧,我会去办的。"他问,"你要逮捕穆尔吗?"

我回答说:"我们还想从他那里得到对死者的心理分析。"

"谁在乎什么心理分析?"

"嗯,"我说,"森希尔女士和我。"

"为什么?这与穆尔上校有什么关系?"

"嗯,我了解得越多,就越发现穆尔上校杀死他下属的动机很小。换句话说,我知道其他人可能有更强烈的动机。"

肯特看上去很恼怒,他说:"保罗,我明白你们的调查到了关键时刻,其他人也会这样做。但是如果错过了这一刻,现在放过了穆尔,以后证明了他是杀人犯而被联邦调查局逮捕了,那么你们就显得太笨了。"

"我明白,比尔。但如果我逮捕了他而他不是杀人犯,那可比笨还要糟糕。"

我转过身,沿着大厅朝我们的办公室走去。辛西娅跟上来,但肯特没有跟来。

我们的办公室里放着一堆白色的电话留言条,一捆法医和验尸官的报告,还有其他一些标着"读后签名"的内部备忘录,其中一半与我无关。

我坐下来打开安·坎贝尔的医疗档案。她在军队期间的病历非常薄,这使我相信她是找地方医生看病的。不过,里面有一份妇科医生的报告,日期是她进西点的体检时间。一个医生写道:"H.完好无损。"我把它拿给辛西娅看,问她:"这是不是说处女膜完好无损?"

229

"是的，完整，没有破裂。不过，这不是处女的绝对证据，也许只是没损伤到处女膜罢了。"

"那么我们可以排除在她儿童时代她父亲强奸过她的可能性了。"

"嗯，可以。但我们不能排除其他形式的性虐待，"她又说，"不过穆尔上校说的好像与事实沾点儿边。不论她父亲对她干了什么，他是在她进西点的第二年干的。我怀疑他是否能强奸她二十岁的女儿……但有趣的是她进西点的时候很可能还是一个处女。那里面还有其他妇科医生的报告吗？"

我翻了翻，但没有找到。我说："很奇怪，它们不见了。我认为只要可能，她都是请私人医生看病的。"

"是的。不用费大劲你就能找到一个妇科医生。"她想了一会儿，然后说，"为什么我觉得不论她在西点发生了什么事，都和性行为有关呢？"

"因为这很符合情理，与某种以牙还牙的行为有关。"

"我们知道这事与她父亲有关……也许他强迫她跟某个高级军官，或者可能……"

"对。我们接近真相了。不过，还是让我们多了解一些之后再说，"我把医疗档案给了辛西娅说，"看看档案后边一部分的精神病医生的报告。"

贝克走进来了。我把她介绍给辛西娅，但她们已经见过面了。我问贝克："你怎么想？"

"长官，关于什么？"

"谁干的？"

她耸了耸肩。

辛西娅放下档案，抬起头来问："是她的一个男朋友还是陌生人？"

230

她想了一会儿回答说:"一个男朋友。"贝克又说:"不过她有很多。"

"真的吗?"我问她,"宪兵司令办公室或者其他什么人要你提供这个案子的情况了吗?"

"是的,长官。"

"谁?"

"噢,昨天一整天和今天早晨我都在为你们做电话记录。所有的人都在提问题。一个是穆尔上校,死者的上司;加上福勒上校,将军的副官;鲍尔斯少校,基地犯罪调查处的司令;米德兰的亚德利局长和一大群其他人,包括记者。我把所有的电话都写在纸条上了。"

"他们都很爱管闲事吗?"

"是的,长官。但我只说让他们找你们俩谈。"

"很好。告诉我,宪兵司令办公室有人说过什么我们应该了解的事吗?"

贝克明白了我的问题,仔细考虑了一下,然后说:"这儿散布着许多闲话、许多谎言和流言蜚语。"

"好的。贝克,我已经了解到这一点。我这里有个特殊的问题,我向你保证,我将不仅不提你的名字,还可以将你送到世界上任何你想去的地方,夏威夷、日本、德国、加利福尼亚。你随便说,好吗?"

"是,长官……"

"先同我谈谈肯特上校吧。办公室周围有什么议论吗?"

她清了清嗓子,说:"噢……总是有谎言说肯特上校和坎贝尔上尉。"

"有性行为。这我们知道。还有什么吗?"

"嗯,就这些了。"

"你驻扎在这个基地有多久了?"

"只有几个月。"

"你认为肯特爱上她了吗?"

她耸耸肩。"没人这么说。我的意思是因为他们在一起的时候总表现得很冷淡,所以说不准,不过可以看出,他们之间有什么事。"

"安会到他这儿的办公室来吗?"

"有时来,常常是在白天。晚上,肯特会去她的办公室。宪兵巡逻队看到过他的汽车驶向心理训练学校。他们用电台发出滴滴的信号,你知道,他们说的是'色狼六号正在向蜜糖一号前进'之类的话。这是一种玩笑,你知道,不过为了保险起见,肯特上校总是监听他自己车上的电台,他发现这些伪装的呼叫信号指的是他跟坎贝尔上尉,但是呼叫的人从不说出他们自己的身份,而且总是把他们的声音伪装起来,所以他对这些人无能为力。不管怎样,我认为他不会去做什么,因为那只会使流言更盛。"她又说,"在一个小地方做了什么事而不被发觉很难,况且有宪兵队在,这样的事他们见得多了。但如果不违反法律,不违背常规,他们不会干涉太多的,更何况事情与高级军官有关。"她又加上一句,"特别是如果那人是他们的上司。"

嗯,我真高兴询问了贝克。我还有另外一个问题:"贝克,坎贝尔上尉被杀的那天晚上,她是值班军官,你知道吗?"

"我知道。"

"坎贝尔上尉值夜班,肯特上校就工作到很晚。他有这习惯吗?"

"嗯……我听说是这样的。"

"你知道她被杀的那天晚上肯特上校是否在这儿?"

"他在。虽然我当时不在这儿,不过周围的人都说他是晚上六点离开办公室的,九点又回来了,然后一直工作到午夜才离开。值班的人说看见他坐在他的小汽车里开过基地总部,然后向贝萨尼山他的住处开去。"

"我明白了。人人都知道肯特夫人出城了吗？"

"是的，长官。"

"我想每天晚上至少有一支宪兵巡逻队到贝萨尼山巡逻。"

"是的，长官。每晚至少一次。"

"那么那天晚上关于色狼6号有什么议论吗？"

她忍住笑。"嗯……没有人来访，而且一整夜也没人看见他的汽车离开过车道。但他可能开着另一辆车出去了而没有人注意到。"

他也可能用了他妻子的车。虽然今天早晨开车路过时在他的车道上没看见一辆车，不过他的房子后面有一个车库。我对贝克说："你明白这些问题的性质吗？"

"噢，我明白。"

"你可不要把它当成办公室聊天的话题。"

"是，长官。"

"好，谢谢你。让人送点咖啡、炸面圈或别的什么。"

"好的，长官。"

我和辛西娅静静地坐了一会儿，然后她说："是个好主意。"

"谢谢，但我对办公室的闲话不会过于相信。"

"可这是宪兵司令部。"

我耸了耸肩。

她说："贝萨尼山和第六步枪射击场之间的距离有五到六英里。就算你最后几英里不开车灯行驶——因为那天晚上月光很亮，从这头到那头也用不了十分钟。"

"我也这么想过。并且如果你开快车，从博蒙特庄园到第六射击场也只要十分钟多一点。"

她点点头。"记住这些事实。"她看了看摆在她面前的医疗档案说："对于这个精神病医生的报告你怎么看？"

我说:"安·坎贝尔受到了某种创伤,而没对任何人讲过。你怎么想?"

"跟你想的一样。从这个报告里看不出更多的情况,但我猜测她的问题既不是紧张也不是疲劳,而是一件事伤害了她,导致了她父亲对她的背叛。换句话说,当事件发生的时候,她父亲没在那儿帮她。是这样吗?"

"好像是。"我想了一会儿,然后说,"我仍然认为是性行为引起的,这同一个比她父亲还多一两个星的家伙有关。父亲妥协了,也说服女儿做了同样的选择。"

"差不多。"

我又说:"我们必须找到她在军校学习的档案,即使我们发现它同穆尔所说的根本无关,我也一点都不会惊奇。"

咖啡盛在一个很大的罐子里被送来了,还有塑料碟子盛的炸面圈,炸面圈是陈的,很凉,还油腻腻的。我和辛西娅边谈边吃了起来。

电话铃一直不停地响,都是贝克或别人代接了。但这一次电话铃响的时候,内部通话器发出嗡鸣,贝克说:"赫尔曼上校的电话。"

"我来接。"我打开电话的免提键,这样辛西娅也可听见或讲话了。我对着话筒说:"是布伦纳和森希尔,长官。"

"啊,我们这里很少谈起别的什么人。"

卡尔今天早晨听起来很轻松,这我可没想到。我说:"是吗?"

"是的。你们都好吗?"

辛西娅回答说:"很好,上校。"

"很好?我听到了一些对你们的抱怨。"

我说:"这样你才知道我们在干我们的工作嘛。"

他回答说:"我知道你们开始让人们感到不安了,这有时是你们工作出色的一种表现。不过我打电话来是看看你们是否知道这个案子将要移交。"

"是的，长官，我们知道。"

"我尽我所能坚持此案由犯罪调查处处理，但联邦调查局比我的影响力大。"

"不管怎样，我们可能很快就会结案。"我向他保证说。

"真的吗？噢，我希望你能在十五分钟之内做出结论，因为联系邦调查局的人已经提前行动了，特别工作组已经到了哈德雷堡。"

"他们在明天中午十二点前不应该挡我们的道。"

"他们是不应该，但你会被他们中的几个人绊倒。"

我说："你给了我一种感觉，你为从这个案子里解脱出来了而感到欣慰。"

"你这种感觉是怎么产生的，布伦纳先生？"

"是你的语调，长官。你听起来很高兴。"

沉默了一会儿，然后他说："你们也应该高兴。这件案子不会给你或犯罪调查处带来任何好处。"

"我并不是想捞好处才接这案子的。"实际上，有时是这样。但有时你接案子是因为那是你的责任，或是因为你喜欢那个案子，或仅仅是因为你想抓住那个特别可恶的坏家伙。我告诉卡尔："我会解决这个案子，并会给大家争得信任和荣誉。"

"嗯，我希望这样，保罗。真的。但失信和带来灾难的可能性是很大的。"他说，"联邦调查局的人给了我们一个退出的借口，那帮白痴们想接这个案子。"

"这儿的两个白痴也想接。"

卡尔换了话题，说："法医告诉我，你有了一个嫌疑犯，穆尔上校。"

235

"是的，他当时在犯罪现场。他是个嫌疑犯，是的。"

"但你们还没有逮捕他。"

"还没有，长官。"

"他们想让你这么做。"

"他们是谁？"

"你知道。嗯，做你认为最应该做的，我从不干预。"

"是几乎不干预。"

"还有别的嫌疑犯吗？"

"没有，长官。"

辛西娅看了我一眼，然后说："事情变得很复杂，上校。"她又说，"坎贝尔上尉有许多男朋友。"

"是的，我听说了。"他稍微想了一下，又说，"那儿简直是一团糟，不是吗？"

"是的，长官。"

赫尔曼说："保罗，你还没同鲍尔斯少校取得联系。"

"没有，上校。鲍尔斯少校可能与此案有关。这只是传闻，不过你可能会想把他叫到福尔斯彻奇谈谈。"

又是一阵沉默，然后他说："我只关心我的军官们的名誉。"

"那么把鲍尔斯从这儿赶走。"

"好吧。你能在晚上六点之前用传真给我送一份报告吗？"

"不能，上校，不会再有什么报告了。我们正忙着找凶手。一旦他们把我们从这儿踢出去，我们会立刻向你汇报的。"

"明白。你们有什么事要我帮忙吗？"

辛西娅说："是的，长官。我们了解到坎贝尔上尉在西点第二年的时候与她父亲发生过严重的争吵。不管发生了什么都可能同本案有关。很可能发生的那些事已经公之于世了，或者至少在学校内很出名,或许西点周围也有人知道。"

"好吧。我立刻派人去查学校的档案、地方报纸和当时在那儿的人。我会同巴尔的摩的犯罪调查档案库联系。这样行吗?"

"很好,长官,而且速度特别重要。"辛西娅提醒他。

我对他说:"我们现在似乎在围着一些敏感的问题打转儿,卡尔,不过最终我们必须直插问题的心脏。一般情况下是这样。"

"明白。做你该做的。我会站在你背后全力支持你。"

"好。你想站在我前面吗?"

又是一阵沉默,然后他说:"如果你需要,我会乘飞机去的。"

辛西娅和我对视了一眼,然后我说:"我们很感谢,卡尔,但如果你能在五角大楼紧紧缠住那帮家伙,我们会很高兴的。"

"我会尽我的全力。"

"谢谢。"

"另一件事,我不喜欢你处理那桩军火案的方法。"

"那么把它移交给联邦调查局吧。"

沉默,然后他说:"我面前有你的个人档案,保罗。你在军队已经待了二十多年了。"

"全薪都无法维持生活,靠半薪我可怎么过?"

"我是在替你着想。我不想失掉一个好部下,不过我能感觉到你很疲劳。你想在福尔斯彻奇这儿找一份文职工作吗?"

"你是说同你在一个办公楼吗?"

"看你的选择,"他又说,"如果你只是想谈谈,我在这儿等着。祝你们好运。"他挂了电话,我关掉话筒,对辛西娅说:"他的话听起来挺有人情味的。"

"他在担心,保罗。"

"嗯,他应该这样。"

第二十四章

我们趴在桌子上花了整整一个小时来处理这些留言和报告,回电话、打电话,还有督促福勒上校尽快约定我们同他妻子、同坎贝尔将军和夫人的见面时间。

我打电话给格雷斯·狄克逊,她是我们的电脑专家。她从福尔斯彻奇赶到乔丹机场来试图调出安那台私人电脑中的材料。"进展如何,格雷斯?"

"一切顺利。有些电脑档案被加密了。不过,我们在检查安·坎贝尔的房间时发现了一个电脑指令表——夹在一本烹调书中——我把各种各样的东西都调出来了。"

我示意辛西娅拿起另一个听筒,并对格雷斯说:"什么样的东西?"

"一些私人信件,一本通讯录,但主要的是一本日记,内容非常刺激,保罗。里面详细记录了姓名、日期、地点、性行为和喜好。我猜这正是你寻找的东西。"

"是的。给我念几个名字,格雷斯。"

"好吧……等着……彼得·埃尔比中尉……威廉·肯特上校……特德·鲍尔斯少校……"她一直读下去,读了大约二十四个名字。其中有些我认识,比方说军法官迈克尔·威姆斯少校、军医弗兰克·斯威克上尉、随军牧师阿诺德·埃姆斯少校。有些我不认识,但他们都是军人,也许还是将军的直接或间接的下属。格雷斯后来又读到:"韦斯·亚德利,伯特·亚德利——"

"伯特?"

"对。我想安喜欢这家的人。"

我同辛西娅对视了一下,又对格雷斯说:"好……你没发现福勒的名字吗?"

"没有。"

"查尔斯·穆尔呢?"

"有……不过他的名字只在她的心理咨询中出现过。我猜他是精神分析家。这本日记是从大约两年前开始写的,开头写着:'到父亲的基地报到。特洛伊木马之战开始了。'"格雷斯又说,"内容非常疯狂,保罗。"

"给我举个例子。"

"好吧,我来读这一段……这是最后一篇……好,我在读电脑屏幕上的内容,她写道:'八月十四日——邀请了父亲的新作战部长萨姆·戴维斯上校到我这儿喝了几杯,增进了相互了解。萨姆大约五十岁,有点胖但并不太丑,结了婚而且孩子已成年,其中一个仍然同他一起住在贝萨尼山。他好像是个忠实于家庭的人。他的妻子萨拉我曾在军官欢迎会上见过,很迷人。萨姆七点到了我家,我们在起居室喝了点烈性酒。我放了些舒缓的音乐,并让他帮我练习一种新舞步。他很紧张,不过喝下去的酒足以给他壮了胆。他穿着夏季的绿军服,我穿着一件白色棉布衫衣,没戴胸罩,而且还光着脚。几分钟之内我们就紧紧挨在了一起,这个家伙……这个家伙……'"

"格雷斯?"

"'勃起了……'"

"啊——哈,这是其中之一。"格雷斯·狄克逊是一个庄重的中年女人,非军职人员,有个美满幸福的家庭。她所做的大部分工作是鉴别真伪,所以经常追究一些数字和可疑的词语。这次的工作对她可是件难得的消遣。但也许不是。

"接着念。"

239

"好的……我念到哪儿了？"

"勃起。"

"对……'我肯定无意中用手指碰过它。随后他采取了主动，把我衬衣上的肩带拽掉了。我扭动着脱下衬衣，只穿着紧身裤同他跳舞。萨姆的恐惧逐渐消失，开始兴奋起来。我牵着他的手，把他带到了地下室。包括喝酒在内，整个过程用了不到二十分钟。我把他带进地下室的房间后，匆忙脱下了我的紧身裤……'"

"喂，你在那儿吗，格雷斯？"

"是的……我的上帝啊……这是真事还是妄想？"

我回答说："对萨姆·戴维斯来说，是从奇遇走向幻想。"

"她把所有这些男人带到地下室她的房间去。那里有间放有许多性工具的小房间……"

"真的吗？念下去。"

"噢……让我看一下……"她继续读着屏幕上显示的内容，"'我打开录音机，放着音乐，然后跪下来解开他的衣服。我告诉他，他可以对我做想做的任何事，并让他环视一下，看看房间里是否有他感兴趣的东西。他太贪婪了，只想把裤子脱下来。……最后，他只是把我按倒在床上……'"格雷斯问："电话里是谁在喘粗气？"

"是辛西娅，"我告诉她说，"这则日记结束了吗？"

"没有，她继续写道：'我脱了他的衣服，一起去淋浴。他对这样发展下去很担心，并不住地为刚才动作太快道歉。我让他赤裸裸地躺在床上，给他戴上一个蠢猪面具，然后用一次成像相机拍了两张快照，给了他一张。我们对着照片开玩笑。他太文雅了，竟没向我要另一张照片，不过可以看出他对这件事很担心。我告诉他我希望再见到他，并且向他保证不说出我们这个小秘密。他穿好衣服，我带他上来走到大门口，我依然裸着身子。他的样子很恐慌，好像害怕出去会被人看见一样,他肯定不会在心还怦怦直跳、双腿直打战的时候直接回家。最后他说不想再见我,并问他拿去那张照片我是否在意。我按照常规哭起来,他抱住我吻了我,我不得不为他擦去脸上的口红印。他走了,我从窗口望着他,看了看他的车,并扫视了一眼他的肩膀。下次,我会让他带瓶酒来,我倒要看看他手里拿着酒能多快跑完这段路。'"

格雷斯说:"这一定是编造。"

"格雷斯,这些东西你不能向任何人透露,不能打印,你要用生命保护好那些电脑指令。明白吗?"

"明白。"

我想了一会儿,然后说:"我纠正一下。把伯特·亚德利几次约会的情况打印出来,封在一个信封里,尽快送到我这儿来。"

"明白,"她说,"两年多的时间内这里提到了三十多个不同的男人。难道一个单身女郎在二十四个月里同三十个不同的男人睡过觉吗?"

"我怎么知道?"

"她描述这些性交的方式……我的上帝。她遇到了麻烦——同男人的麻烦。我是说,她让他们虐待自己,却又控制着他们,把他们完全看成是工具。"

"她就是这样,"我对她说,"找一找最近的几例有关威姆斯上校和鲍尔斯少校的日记,告诉我里面是否有色情描写。"

"好的……你等一下……"她说,"这里有一段关于威姆斯的,时间是今年七月三十一日……是的,有许多色情的东西。要我读一下吗?"

"不用了,太多了我无法应付,有关鲍尔斯的内容吗?"

"有……八月四日,今年……哇!这个家伙很古怪。他是谁?"

"此地犯罪调查处的人。"

"噢……不可能。"

"好啦,别声张。以后再同你谈,格雷斯。"我挂了电话。

我同辛西娅静静坐了一会儿,我说:"嗯……如果我是个已婚上校或将军的新作战部长,将军美丽的女儿邀我去喝一杯……"

"怎么样呢?"

"我会跑。"

"朝哪个方向?"

我笑了,没有直接回答,而是说:"他的控制力不能超过二十分钟吗?"

辛西娅说:"保罗,凭我对强奸案调查的经验,有些男人根本无法控制他们的冲动。你们这些家伙应该试着用大脑思考,而不是受情欲支配。"

"在情欲支配下人是无意识的,辛西娅,"我接着说,"在萨姆·戴维斯这件事里,请不要责备受害者吧。"

"你说得对。但我认为她也是个受害者。这一切与性爱无关。"

"对。这是特洛伊木马之战。"我想了一下,然后说,"嗯,我们可以假设伯特·亚德利知道地下室的那个房间。"

"他也许知道,"辛西娅说,"不过我怀疑她会把韦斯·亚德利带到那儿去。"

"对,他是安的男朋友。他在基地内外都没有真正的力量,而且没有结婚,所以不会妥协或被敲诈。不过我很想了解韦斯是否知道他老爸爸也掉进了同一个蜜罐。"

"你真会用词,保罗。"

贝克走进来告诉我:"警察局长亚德利和警官亚德利等着要见您。"

我说:"我什么时候想见他们,会告诉你的。"

"是,长官。"

"乔丹机场的犯罪调查处临时分部一会儿会派人送一封信来,送到后立即拿给我。"

"是,长官。"她离开了。

辛西娅拿起安的档案看了起来,我想起该处理一下我的那位囚犯了。我给地方犯罪调查处挂了电话,找到了一位安德斯上尉。我们讨论了达伯特·埃尔金斯的事,我提出改为在基地关他的禁闭。安德斯犹豫不决,他表示如果我能写一封释放他的建议信他就会同意。我说我会写的,并且告诉他我想同鲍尔斯少校通话。我一边等电话一边在想,我为什么要为我送进临狱的人那么卖力呢?

我草拟从拘留改为释放的建议信时,鲍尔斯少校来电话了。"我是鲍尔斯。"

"早晨好,少校。"

"什么事,布伦纳?"

我从未同他一起共事,也未见过他,只是知道他是哈德雷堡犯罪调查处分部的指挥官,安·坎贝尔日记中有一篇涉及他的色情描述。

"布伦纳?"

"噢,长官。我只是想同您核对一下事实。"

"我能帮你什么忙呢?"

"我想您一定很气恼,因为我要求把您排除在此案的调查之外。"

"你猜得没错,准尉。"

"长官,实际上,是肯特上校决定用一位外来的调查人员。"现在他可能已经为所做的决定后悔了。

"肯特上校无权做出那种决定。出于礼貌,你也该给我来个电话。"

243

"是，长官。我很忙，电话接都接不及。"

"你自己当心，准尉。"

"鲍尔斯夫人好吗？"

"你说什么？"

"您结婚了吗，少校？"

沉默了一阵后，他说："这是种什么问题？"

"是官方问题，有关谋杀案调查的。就是这种问题，请回答吧。"

又是一阵沉默，然后他说："对，我结婚了。"

"鲍尔斯夫人知道坎贝尔上尉的事吗？"

"到底——？"

辛西娅放下手头的工作，抬起头来。

我对鲍尔斯说："少校，我已经得到证据表明你同安·坎贝尔有性关系，你去过她家，在她地下室的卧室内与她发生了不正当的关系，并且你采取和表现的性行为违反了《军事审判统一法典》，也触犯了佐治亚州的法律。"实际上，我并不知道他有什么行为触犯了佐治亚州的法律，而且我也并不知道鲍尔斯和安都干了些什么。管他呢。说一大堆废话，其中总会有说到点子上的。

辛西娅拿起另一个听筒听着，可鲍尔斯没说话。

我们在沉默中等待着，后来鲍尔斯说："我想我们该见一次面。"

"我的预约已经满了，少校。如果你还没接到福尔斯彻奇打来的电话，那么等着吧，会有人打给你的。祝你好运。"

"等等！我们该好好谈谈。有谁知道这件事？我想我可以解释一切——"

"解释一下我在她地下室找到的那些照片吗？"

"我……我跟那些照片没联系……"

"面具没挡住你的身体，少校。也许我会让你妻子去辨认一下照片上的你。"

"不要威胁我。"

"看在上帝的分上,你是警察,而且是一名军官。你到底怎么了?"

大约过了五秒钟,他说:"我犯了个大错。"

"的确是这样。"

"你能帮我掩盖起来吗?"

"我建议你写份全面的供词,自己到福尔斯彻奇你的上司那儿去请求宽恕吧。蒙骗他们一下,威胁要公布于众,然后达成个协议,保留半薪,离开军队。"

"好吧。不麻烦你了。"

"嗨,我可没同将军的女儿睡觉。"

"你也会的。"

"少校,关于工作中的性行为,你该记住,在挣面包的地方你永远也吃不到肉。"

"这要取决于肉的情况。"

"这样做值得吗?"

他笑了起来。"噢,是的。找个时间我会告诉你的。"

"我读她的日记就可以了。祝你过得愉快,少校。"我挂断了电话。

辛西娅放下电话说:"你为什么对他那么刻薄?这些人并没有真正犯罪,保罗。"

"对。不过他们太蠢了,我讨厌蠢人。"我揉了揉太阳穴,"对不起,我只是有些累了。"

"你现在想见亚德利父子吗?"

"不。去他妈的。让他们等着吧。"我给军法检察官办公室打电话

245

找指挥官威姆斯上校。他的秘书兼打字员接了电话。他很想知道我是干什么的。我说:"告诉威姆斯上校,我找他与这起谋杀案有关。"

"是,长官。"

辛西娅拿起分机,对我说:"友好一点。"

威姆斯上校接了电话,问道:"你是负责调查的军官吗?"

"是的,长官。"

"好。我被委派起草一份对查尔斯·穆尔上校的指控书,需要了解些情况。"

"好吧,上校,我提供给您的第一个情况就是,在我指控穆尔上校之前,他不会受到任何指控。"

"对不起,布伦纳先生,写指控书是五角大楼的命令。"

"你就是从道格拉斯·麦克阿瑟的鬼魂那儿接到命令,我也不管。"军队的律师,甚至是上校也可能受人摆布,因为,他们像军医、精神分析家一样,他们的军衔只是一个工资等级的标志,他们知道他们不应该把这军衔太当真,实际上他们应该只是像我一样的准尉级军官。这样,他们会生活得更愉快。每个人都会这样。我对他说:"你的名字已经同死者的名字连在一起了。"

"你再说一遍,好吗?"

"你结婚了吗,上校?"

"是的。"

"你想维持你的婚姻吗?"

"你到底想说什么?"

"我得知了你同死者生前发生过性关系。你触犯了《军事审判统一法典》中的第一二五条,不正当的性交,第一三三条,违背了军官的绅士身份的行为,第一三四条,破坏和无视良好的秩序和纪律。这些行为使军队丧失了声誉。"我问他,"怎么样,律师?"

"这不是真的。"

"你知道人们怎么辨别一个律师在撒谎吗？不知道？他的嘴唇在动。"

他并不欣赏这个笑话，说："你最好拿出有力的证据来证明这一点。"

这话说得像是个真的律师。我说："你知道三百个在海底的律师叫什么？不知道？一个良好的开端。"

"布伦纳先生——"

"你没在地下室那个房间里睡过吗？我发现一盘录像带上有你。"

也许真有。

"我从没……我……"

"一次成像的照片上也有。"

"我……"

"还有她的日记里。"

"噢……"

"哎，上校，我一点都不在乎。不过你可不能陷入这个案子里，别让你的问题复杂化。给军法署署长打个电话，或者最好飞到华盛顿去请求解除你的职务。起草一份对自己行为的指控书，交给一个不受诱惑的正派人，不，最好还是交给一位女士，你手下授了衔的女军官是谁？"

"啊……古德温少校……"

"让她负责坎贝尔一案。"

"你无权给我下命令——"

"上校，如果军官能降级，明天你就会成为一等兵。不管怎么说，下个月你必须到一个小公司去找工作，不然你就会成为莱文沃思的'常驻律师'。不要阻碍调查，趁你还来得及做个交易，你也许可以被当作证人。"

"证明什么?"

"容我想一想。祝你过得愉快。"我挂断了电话。

辛西娅放下听筒说:"一天来你给别人带来的痛苦还不够多吗?"

"我是在祝他们过得愉快。"

"保罗,你有点太过分了。我知道你抓住大多数的人把柄——"

"我有这个职位全靠了他们这类人。"

"对。不过你有些越权了。"

"但不是力所不及。"

"放松些吧,办案又不是私事。"

"好的……我只是很生气。军官守则到底规定了些什么?我们发誓忠于职守,刚直不阿,维护高尚的道德标准和伦理,决不食言。可现在我们发现了三十个家伙把这一切都扔到了一边。为了什么呢?"

"性欲。"

我禁不住笑了起来,说:"对,是性欲,但那是来自地狱的性欲。"

"我们也不是那么纯洁。"

"我们从没有放弃原则。"

"这是杀人案,不是伦理咨询,完全是两码事。"

"对。让那两个小丑进来吧。"

辛西娅按下内部通话键,对贝克说:"让亚德利父子进来吧。"

"是,长官。"

辛西娅对我说:"你一定不能发火。"

"我不是生他们的气。他们是老百姓。"

门开了,贝克说道:"亚德利局长和亚德利警官来了。"

亚德利父子穿着棕色的制服走进来,我和辛西娅站了起来。伯特说:"不要为我们等久了而感到抱歉,我们不会介意的。"他环视了一下这间小屋,说:"见鬼,我那儿的拘留所都比这儿大,而且更漂亮。"

"我们这儿的也是,"我告诉他说,"我会带你去看一间的。"

他笑着说:"这是我儿子韦斯。韦斯,来见见森希尔小姐和布伦纳先生。"

韦斯·亚德利个子很高,极瘦,大约二十五岁,长发向后梳着。他的长发会给他当警察带来不少麻烦,除了他现在待的地方。我们没握手,不过他倒是用手扶了一下牛仔帽,并朝辛西娅点了点头。

由于椅子不够,我们大家仍然站着。伯特对我说:"嗨,我把你的东西都整齐地捆好,放在我的办公室里啦。你随时可以去把它们拿回来。"

"你真太好了。"

韦斯得意地笑起来。我真想在他那皮包骨的脸上砸上一拳。这家伙有点过分活跃了,四处招摇,好像他生来就有两个甲状腺。

我问伯特:"你把属于官方的东西都带来了吗?"

"当然。你不必怕麻烦政府。我把那些东西都给了你办公室外面的那个小姐了。这是一种友好的表示,保罗。我能叫你保罗吗?"

"当然可以,伯特。"

"好。我正在考虑允许你进入死者的房子调查。"

"你能允许我真高兴,伯特。"

"现在,你想同我儿子谈谈此事吗?"他看着韦斯说,"告诉他们你所了解的那姑娘的一切。"

辛西娅说:"安是个女人,一名美军军官;贝克也是女人,是一名美军战士。"

伯特稍微欠了欠身子,扶了一下帽子,说:"我很抱歉,女士。"

249

我真想拔出枪来对着这两个人面兽心的家伙。要不是这个案子给我的期限太短，我早已让他们的胸前染成红色了。

不管怎样，韦斯开始了他的夸夸其谈。"对，我是常常约会坎贝尔，不过我也常约会其他女人，她也常常约会其他男人。我们俩没把这些关系看成是隐私。她被杀的那天晚上，我在米德兰开车巡逻。从午夜到早晨八点换班，有大约十二个人看见过我，有我的搭档、加油站的人，还有其他的人，等等。我想这就是你想了解的一切。"

"谢谢你，亚德利警官。"

几秒钟内大家都没说话，接着辛西娅问韦斯："对于安·坎贝尔的死你感到不安了吗？"

他好像经过了一番考虑后才回答说："是的，女士。"

我问他："要我给你拿片镇静剂或别的什么吗？"

伯特笑起来，对他儿子说："忘了告诉你，孩子，这儿的人都很风趣。"

我对伯特说："我想同你单独谈谈。"

"无论你想说什么，都可以当着我孩子的面说。"

"并非所有的事，局长。"

他看了我一会儿，说："这个……"又对他儿子说，"现在你留下来单独陪着这位年轻女士，韦斯，这可是你充分表现自己的时候了。"他笑起来。"她不知道你是怎样一个活跃分子，还以为你不过是个从运甘蓝的车上掉下来的家伙呢。"

说到这儿，我跟伯特离开办公室，找了间空着的接待室。我们在一张桌子旁面对面坐下，伯特说："该死的记者在外面弄出那么多讨厌的噪声。他们已经开始问那些有关将军女儿的谣言了，明白了吗？"

我记不起记者问过这样的问题，不过我说："执法官员不应在记者面前投机取巧。"

"见鬼，我没有。我和将军关系处得很好，不希望看到他女儿死后被人说三道四。"

"如果你想说什么，局长，还是痛痛快快地说出来吧。"

"嗯，我知道人们认为军队犯罪调查处比我们地方抢先了一步，不过当你们抓到那家伙时，我的部门不会不受到称赞的。"

这种双重否定的说法真让我恼火，可更让我恼火的是伯特。我说："你尽可放心，局长，你的部门会得到它应得的一切荣誉的。"

他笑了，说："我想是这样的，孩子。我们得解决这件案子。"

"还是让联邦调查局来处理吧，它的人明天就来接案子了。"

"是真的吗？"

"当然。"

"好吧。现在，你写一份精彩的报告叙述一下米德兰警察是怎样帮助你们的。"

"为什么？"

"为什么？因为你们不断地谈到索取我们关于死者的档案，因为该死的记者们在询问我儿子同死者的关系，因为你们把我弄得像个该死的傻瓜，因为我不会胡说，因为你们他妈的没我不行。"他又说，"你们会搞清真相的。"

这人显然是火了，我还真不能责怪他。军事基地同地方上的关系是一种奇怪的共生关系，特别是在南方。关系最紧张时，军队就像一支驻在被打败的美国南部各州的占领军，关系最融洽时，地方上的人们会意识到多数的军人都是南方人，是他们自己人。基地在他们眼里不过是一个大型自动化工厂，只是这个工厂不合他们的法律习惯。现在的情况是一种介乎这两者之间的关系。无论如何，本着合作的精神，我对伯特说："一旦得知联邦调查局是谁来接管此案，我会把你介绍给他,并交给他一份有关你们的协助及工作成绩的精彩报告。"

"你真太好了,保罗。你也写一份吧。肯特正在写呢。为什么我们不让他来这儿,大家一起坐到你的小助手那儿谈谈呢?"

"我没那么多时间让大家一起坐下来谈,局长。在以后的调查中,你极有可能被卷进去。别担心。"

"为什么我觉得你在胡说呢,保罗?"

"我不知道。"

"我来告诉你为什么。因为你认为我没掌握一件他妈的你想要的东西,你不想拿石头换黄金。实际上,我掌握了解决此案所需的情况。"

"是真的吗?"

"当然。我在死者的房间里发现了一些你们忽略了的证据,孩子。但我们还需要做大量的工作才行。"

"对。你是说地下卧室的那些东西。"

听到我的话,他的眼睛瞪得很大,霎时就说不出话来了,这可真少见。过了一会儿,他说:"你们为什么原封不动地把那些玩意儿摆在那儿?"

"我原以为你们太笨了,不会发现那个地方。"

他笑了起来。"现在是谁笨呢?"

"那儿并非原封未动,我们拿走了几袋照片和一些录像带。"其实我并没拿走,但我真应该那么做。

他离我很近,仔细端详了一阵。可以看出对于这事他可不是真高兴。他说:"真是个聪明的小子。"

"对。"

"那些东西在哪儿?"

"在我的活动房里。你们没找到。"

"别跟我来这一套,小子。活动房里一无所有。"

"为什么你对那东西放在哪儿那么感兴趣?"

"因为东西归我。"

"你错了。"

他清了清嗓子,说:"有那么几个蠢家伙。当我们在那间房子里找到的指纹、搞到的照片、录像和他们的裸体对照起来时,他们得做出充分的解释。"

"对,包括你。"

他盯着我,我也盯着他,最后他说:"我不是那么容易给吓住的。"

"你瞧,局长,我想韦斯和安之间比韦斯所说的要更亲密些。作为正在热恋中的人,他们可不是幸福的一对,但他们毕竟约会快两年了,而且有消息说他们爱得如痴如狂。现在我有个问题要问你——你儿子知道你同他的女朋友睡觉吗?"

伯特像是在仔细考虑该如何回答。为了打破沉默,我问道:"亚德利夫人知道你同将军的女儿发生了性关系吗?嗨,今晚我可不想到你家吃晚饭,伯特。"

伯特还在考虑,所以我又说:"你不会对韦斯说你发现了那个房间。也许韦斯知道他的女朋友有时与别人约会。不过他和她是在楼上的卧室里睡觉的。因为如果他看到了地下室的那个房间,他一定会像其他南方的绅士一样痛打她一顿,然后离开。从另一方面讲,你了解她的那些事,却从未对儿子讲过,因为是安·坎贝尔告诉你最好不要说。她喜欢韦斯,而你只不过是一个她可以利用的人,因为你对韦斯有影响;因为你可以在镇上替她办事,如果她有事要办的话。对她来说,你是个可以在事后帮她出主意的人,一个特殊的保护人。或许你已替她解过几次围。不管怎么说,你和韦斯除了血统一样外,还有许

253

多相似之处。安·坎贝尔把你的生活搞得很刺激、很紧张。她告诉过你,如果你破门而入,拿走她屋里的那些照片和录像带,没有关系,因为她已经把复制品放到了别处。从那些照片中找出你的胖屁股并不太难。你开始考虑到你妻子、韦斯和其他的孩子,也考虑到你的社会地位、你的牧师、星期日一起做礼拜的教友以及你三十年来想做官的努力,所以终于有一天,你决定扔掉这枚定时炸弹,"我看着他说,"对吗?"

伯特那张红红的脸并没变白,而是变得更红了,他说:"我还没傻到让她替我拍照片的程度。"

"你肯定吗?你敢说某盘录音带上就没有你的声音吗?"

"有又能怎么样?"

"足可以把你搞得像市长新地毯上的粪便一样臭。"

我们俩坐在那儿,就像在下跳棋,都想找一个可以连跳三步的棋子。亚德利点了点头,然后又盯着我,说:"曾经有一两次我真想杀死她。"

"不是开玩笑吧?"

"不过,因为自己干了蠢事而去杀一个女人,我下不了手。"

"哈,你倒还有骑士精神。"

"对……不管怎么说,案子发生时,我在亚特兰大执行公务,当晚没回来。有许多人可以作证。"

"很好。我会同他们谈的。"

"你去谈吧,你会像个傻瓜一样。"

"我可不是那个有谋杀动机的人。"实际上,我没把伯特当成杀人犯。如果你告诉人们要去核对他们不在现场的证据,人人都会很紧张。实际上,干这种事很麻烦,还会带来各种棘手的问题。这就是为什么警察只对那些阻止他们办案的和把他们拖得很累的人才这么做。

伯特说："你可以把你的动机盖在浸满汽油的衣服下面，然后包起来放在烟头上点了。不过也许我感兴趣的是关于我和死者的关系你都了解到了什么。"

"也许你感兴趣？嗯，也许我有一张你睡在她床上的照片。"

"可也许你没有。"

"那么，我又是怎么把你的胖屁股同那个房间联系起来的呢？"

"这是个问题，不是吗？孩子。"他把椅子放回原来的位置，好像要走了，说："你把我搞糊涂了，我没时间同你谈这些。"

这时有人敲门，接着，门就被推开了。贝克走进来，递给我一封封着口的信，接着又走了。我打开信封，里面是一些打印好的材料。这些材料前边没有什么说明。我从中抽出一张，大声地念道："四月二十二日，伯特·亚德利晚上九点来了，我正忙着写报告，不过他想到地下室去。感谢上帝这家伙一个月只需要一次。我们走进地下室，他让我脱光衣服，说要搜一下身。我想他只要有一丁点儿理由，就会对每一个女人都这么做。我在他面前脱光了衣服，他站在那儿，手放在屁股上，看着我，然后他让我转个圈，弯下身子……"

"够了，小子。"

我抬起头来，说："你回想起来了吗？局长？"

"哦……不是马上想起来的。"他问，"这些你是从哪儿搞来的？"

"她的电脑里。"

"这在我听起来不是什么可以接受的证据。"

"可能。我会将此事交给军法署署长和佐治亚州的司法检察官，让法律和精神健康方面的专家来评定一下，这样也许你会被宣布无罪。"

"哪方面无罪？就算你拿的纸上每个该死的字都是真的，我也没触犯法律。"

"我不是佐治亚州鸡奸法专家，不过我想你已经违背了你的结婚誓言。"

"噢,胡说,小子。你是个男人,表现该像个他妈的男人,想问题也该像个他妈的男人。你为什么说话总是怪腔怪调?你结婚了吗?"

我翻着那些纸,没理他。"我的天,伯特……这真太下流了……"

伯特站了起来。"你可要当心你的屁股,小子,因为如果你在基地外做了什么坏事,那可就要由我来处置了。"他朝房门走过去,可我知道他不会走到哪儿去的,所以我没在意。他又走回桌子旁,搬出我旁边的一把椅子,把椅子转个圈,然后坐下了,身子向我这边倾过来。我难以断言,他这反坐椅子的架势是想表示高于对方并显示他那放松的姿态,还是要自我保护,或是挑衅,但无论是什么,他所表现出来的都是烦恼。我站起来,坐在桌子上。"好吧,伯特,我所想要的就是你从那个房间拿走的所有证据。"

"办不到。"

"那么我会把这些日记的复印件按照米德兰的电话簿寄给上面的每个人。"

"那样我会杀了你。"

我们现在快触到问题的实质了。我说:"我们来做一次证据交易吧。"

"噢,不。我有足够的资料来嘲弄基地里的大多数上层人物。你想让事情发生吗?"

"你不过是掌握了那些戴着面具的照片,我可是掌握了安的日记。"

"我掌握了在那个房间里各处发现的指纹,正准备把它们交给联邦调查局和军队。"

"那个房间里的东西还在吗?"

"不关你的事。"

"好吧,放一把火怎么样?我们就用这些记录了你不正当性行为的材料来点燃,也许甚至不用费一根火柴。"

他想了一会儿。"我能相信你吗?"

"我以军官的名义担保。"

"是吗?"

"我能相信你吗?"

"不,我不想让你对我妻子和孩子张开你的大臭嘴,胡说一通。"

我站起来,向窗外望去。记者们还在那儿,只不过宪兵队设了警戒线将他们挡到了离大楼五十米远的路上,以便工作人员能够自由出入。我仔细考虑了一下我该对伯特采取的措施。如果毁掉证据我就得去堪萨斯待上几年,毁掉人的前途又不是我分内的工作。我转身向伯特走过去。"成交了。"

他站起身,我们握了握手。我说:"你把那个房间里的所有东西都弄到一辆卡车上,包括家具、床单、地毯、录像带、照片、鞭子和铁链等所有的东西,把它们全扔进市里的焚化炉。"

"什么时候?"

"等我逮捕了凶手之后。"

"要等多久?"

"很快。"

"是吗?你能和我谈谈吗?"

"不行。"

"你知道,跟你打交道总有一种被砂纸猛地一磨的感觉。"

"谢谢,"我把那些电脑打印的东西递给他,说,"等把那些东西烧掉之后,我会当着你的面把这些内容从电脑中删除。"

"好的。你现在让我从糊涂中明白过来了。嗯,我会相信你的,孩子,因为你是个军官,一个绅士。但你如果欺骗我,上帝作证,我会杀了你。"

"这一点我明白，我也发誓这样做。今晚祝你睡个好觉。就谈到这儿吧。"

我们走到走廊上，然后向办公室走去。我在路上对他说："把我的私人行李送到军官招待所怎么样，伯特？"

"当然可以，孩子。"

辛西娅和韦斯坐在桌子旁边。我们一进门他们就停止了谈话。

伯特说："嘿，我们打断你们了吗？"他笑了。

辛西娅看了伯特一眼，好像是说："你这个笨蛋。"

韦斯站起来，轻松地向门口走去。他看了一眼他父亲手里拿的纸，问："那是什么？"

"哦……不过是些我要看的军队材料。"他看着辛西娅，扶了一下帽子。"永远愿为您效劳，女士。"他对我说："保持联系。"说完他和他儿子走了。

辛西娅问："贝克找到你了吗？"

"找到了。"

"材料很淫秽吗？"

"嗯，伯特觉得有点难堪。"我同辛西娅讲了刚才发生的大部分情况，并对她说，"安那个房间里的照片和其他证据将被处理掉，因此你知道得越少越好。"

"不要以保护人自居吧，保罗，我不喜欢这样。"

"对所有的军官我都会这么做的。有一天在法庭上你发誓讲真话、回答问题时，你没有必要说谎。"

"这个我们以后再议论。"

她站了起来。"我需要透透空气。我散步去军官俱乐部买点儿吃的。你把这儿整理一下。"她说完就离开了。

第二十五章

福勒上校下午四点四十五分打来电话。我拿起电话,并示意辛西娅用另一个听筒听着。

福勒上校说:"我妻子下午五点半有空,可以在家见你。坎贝尔夫人六点在博蒙特庄园见你,将军六点半在基地司令部他的办公室见你。"

我说:"这样把谈话时间都砍没了。"

"实际上,"他回答说,"只是把谈话时间缩短了。"

"我就是这个意思。"

"他们三个人都承受着很大的压力,布伦纳先生。"

"我也是。不过非常感谢你为我们做的安排。"

"布伦纳先生,你是否想到你的谈话会令人不安?"

"我想到了。"

"正如我说的,葬礼将在明天早晨举行。你和森希尔女士为什么不向联邦调查局简单地交代一下,然后离开呢?如果愿意,你们可以参加葬礼。在没有你们的情况下,调查仍然会顺利进行。杀人犯会在合适的时间接受审判。这不是一件在限定时间内必须完成的事。"

"对,上校。从一开始我就知道这个案子会从我手里、从犯罪调查处手里被夺走。五角大楼和白宫做事巧妙而正确,并且历来总是文官控制军队,但如果我还剩二十个小时,我就要用自己的方式来支配。"

"你爱怎么办就怎么办吧。"

"请相信我会用一种不会使军队丧失信誉的方式来结束本案,不要认为联邦调查局或首席检察官会这么做。"

"我不想妄加评论。"

"这样最好。"

259

"另一件事,布伦纳先生,你想查封穆尔上校办公室的请求,已经转到了五角大楼,他们出于对全国安全的考虑没有同意。"

"这是个最有说服力的理由,长官。但奇怪的是华盛顿方面想让我以谋杀罪逮捕穆尔上校,却又不允许我检查他的档案。"

"你提出请求时,他们已经做出了决定,这你是知道的。"

"我当然知道,不过这将是我最后一次通过官方渠道办事。"

"那是你自己的事,不过五角大楼确实说过如果你这次逮捕了穆尔上校,他们会派人乘飞机来做必要的清理,并且帮助你有选择地翻阅档案。但这次不可能像钓鱼探险,你必须明确你要找的是什么。"

"对,我以前这样干过。如果知道究竟要找什么的话,我也许就不需要再找了。"

"嗯,我只能做到这一步了。你有什么请求吗?"

"噢,我有大约五英尺十一英寸厚的报告。"他没笑,所以我又说:"秘密请示。"

"好吧,我会给你转递的。现在心理训练学校正派人到乔丹机场去收回坎贝尔上尉办公室里的东西。把东西都还给学校。你和肯特上校不会因为动过这些东西而被判罪,不过谴责信已经放到你们的档案里了。"他说,"你们必须和其他人一样遵守法律。"

"嗯,等我弄明白法律是什么的时候,我会遵守的。"

"没有正当的权利你不能没收机密文件。"

"有人想用沙包打我,上校。"

"不仅如此,有人还想拧你呢,为什么?"

"我不知道。"

"你已经去调查坎贝尔上尉在西点时的情况了,对吗?"

"对。我调查错了吗?"

"显然是。"

我看着辛西娅,问福勒上校:"关于此事您能告诉我点什么吗,上校?"

"我对此一无所知。我只知道他们正在问你为什么要调查此事。"

"他们是谁?"

"我不能说。不过你让人神经紧张,布伦纳先生。"

"这话听起来像是你在帮我,上校。"

"经过深思熟虑,我觉得你和森希尔女士可能是这一工作的最佳人选。但你不可能及时结案,所以我建议你保护好自己。"他又补充说,"不要太引人注目。"

"我和森希尔不是罪犯,我们是犯罪调查人员。"

"谴责信只是一颗恐吓弹,而下一颗子弹正对准了你的心脏。"

"对,不过我也正在开火。"

"你是个该死的笨蛋。但我们需要更多像你这样的人。"他又说,"让你的搭档明白她陷入了怎样的境地。"

"我不敢说我自己是否明白这个问题。"

"我也不敢说,不过关于西点的问题你的确问错了,再见。"他挂上了电话。

我看了看辛西娅。"我的上帝。"

她说:"看来西点的问题我们确实问对了。"

"当然。"我给乔丹机场的格雷斯·迪克森打了电话,"格雷斯,我刚得到消息,训练学校的人正在去你那儿的路上,他们要取回坎贝尔上尉的东西,肯定也包括她的电脑。"

"我知道。他们已经到这儿了。"

"该死!"

"没问题。跟你谈过之后我把一切都复制在磁盘上了。"她又说,"他们正在操作电脑,但我想没人能找到那些指令调出文件。"

"干得好,格雷斯。"我问道,"指令是什么?"

"电脑中存了三个内容：一个是私人信件，一个是安男朋友的通讯录，还有就是她的日记，"她继续说，"私人信件的指令是'调皮的字条'，男朋友通讯录的指令她用的是'爸爸的朋友'，日记的指令是'特洛伊木马'。"

"好……保存那个磁盘。"

"我把它带在身边了。"

"好，你今天晚上睡觉时也把它带在身边。以后再同你谈。"我挂断了电话，又拨通了福尔斯彻奇，找到了卡尔。我对他说："我听说我调查西点的事让某些人很生气，引起了不安和恐慌。"

"谁告诉你的？"

"问题是你查到了什么。"

"一无所获。"

我对他说："这件事很重要。"

"我在尽最大努力。"

"告诉我你都干了些什么。"

"布伦纳先生，我用不着向你汇报。"

"对，不过我已经说过要你通过你的情报网给我提供一条情报。"

"一旦发现了什么，我会给你去电话的。"

辛西娅将一张纸条推到我面前，上面写着："被窃听了吗？"我点了点头。卡尔的声音听起来很怪。我问他："他们同你谈了什么了吗，卡尔？"

停了几秒钟，他说："所有的人都拒绝同我谈。没有安在西点的情况，案子照样可以调查下去。我向你保证那情况并不重要。"

"好吧，非常感谢你的努力。"

"我明天或后天在那儿见你。"

"很好。既然我要求你做的事你不积极去做，那么也许你可以为我和森希尔女士安排一次三十天的假期，给我们买好军事空运司令部的飞机票，我们要到我指定的某个地方去。"

"这对五角大楼来说再好不过了。"

"把那封讨厌的谴责信从我的档案中抽出来。"说完我就把电话挂断了。

辛西娅说："这儿到底出了什么事？"

"我想我们打开了潘多拉的盒子，拿出了一罐虫子扔进了马蜂窝。"

"你可以再说一遍。"

我没再重复，而是说："他们抛弃了我们。"我想了想又补充说，"不过我们可以自己干。"

"我们别无选择。可我仍想知道西点发生的事。"

"卡尔向我们保证了那事对此案无关紧要。"

辛西娅沉默了一阵后说："卡尔真令我失望。我从未想到他会在犯罪调查中退缩。"

"我也没想到。"

我看了看表说："好啦，我们一起去贝萨尼山。"我们起身正准备离开，却听到有人敲门，只见贝克手里拿着一张纸走了进来。她在我的桌旁坐下，眼睛盯着那张纸。

我用讽刺的口吻对她说："坐吧，贝克。"

她抬起头看着我们，用一种非常肯定的语气说："实际上，我是犯罪调查处的基弗准尉，已经在这儿两个月了，是赫尔曼上校秘密委派的。我在交通管理局调查违法行为——都是些琐碎的小事——同肯特上校或其他那些大人物无关。赫尔曼上校告诉我让我当你们的秘书兼打字员。"她看着我们俩说，"所以我就这么做了。"

辛西娅说："你不是在开玩笑吧？赫尔曼上校派你来监视我们？"

"不是监视，只是来帮助你们。我一直都是这么做的。"

我就："是的，不过我还是对此感到讨厌。"

贝克，也就是基弗说："我不责怪你们，况且这件案子是爆炸性的。赫尔曼上校很关心此案。"

我说:"赫尔曼刚刚在我们面前被击倒。"

基弗耸了耸肩,递给我那张纸,说:"几分钟前,我接到一个从福尔斯彻奇打来的电话,让我向你们透露真实身份,还让我等在传真机旁。这就是我刚刚收到的。"

我看着这张传真,是写给我和森希尔的。我大声地读起来:"'关于对西点的调查,像在电话里讲的那样,所有的档案不是被查封了,就是不见了,而所有的口头调查得到的只是沉默。不过我曾打电话问一个已从犯罪调查处退休的人,出事那段时间内他曾驻扎在西点。我答应替他保密,他才简单告诉了我以下的情况:西点新学员坎贝尔在一年级的暑假时,曾在一家私人诊所接受了几个星期的治疗。官方声称,她在巴克纳军事用地的夜间演习中出了训练事故。我得到的消息说坎贝尔将军在"事故"发生的第二天就乘飞机从德国回来了。下面就是我根据那些传闻拼在一起的故事:八月份,在侦察训练中,新学员被安排到树林中进行夜巡,碰巧或者是有蓄谋的,坎贝尔和大队人马分开了,而和五六个男人在一起——也许是新学员或是82空降师来帮助训练的人。他们都穿着迷彩服,天很黑,等等。这些男的抓住坎贝尔,剥光了她的衣服,把她捆在系帐篷的桩子上,然后轮奸了她。接下去发生的事就不太清楚了,很可能那些人威胁她不许去报告,然后给她松开绳子,跑了。她被报失踪,直到天亮才回到露营地,头发散乱,歇斯底里。她先被送到凯勒军医院去治疗外伤和心力衰竭等。病历中没有提到强奸的事。坎贝尔将军回来后,她就被转进一家私人诊所。没人受到控告,没采取任何措施,事故的平息对学校很有好处。安·坎贝尔九月份又报到上课了。传闻说将军向他女儿施加了压力,叫她不要追究——将军本人也许亦受到了上层的压力,情况就是这样。销毁这份传真。祝你好运。(签名)赫尔曼'。"

我将传真递给辛西娅，她说："听上去合情合理，不是吗？"

我点了点头。

基弗问我们："你们知道是谁杀了她吗？"

我说："不知道，不过我们现在知道她为什么会死在步枪射击场上了。"

辛西娅把卡尔的这份传真放进了碎纸机。

我对贝克说："告诉肯特上校，布伦纳先生希望将穆尔的活动限制在基地内，何时执行另行通知。"

"是，长官。"

我和辛西娅离开办公室，从后门出来，向停车场走去。这次我们没被记者围住。我说："该我来开车了。"我找到钥匙，我们一起坐进了我的追光牌汽车。

在开往贝萨尼山的路上，我说道："卡尔真算得上是个杂种。"

辛西娅笑着说："竟然对我们来了这么一手，你能相信吗？"

"我们都被愚弄了。"我换了话题又说，"西点的那件事简直是一次强爆炸。"

"对，我不相信一个做父亲的会参与掩盖事实……如果仔细想想……我是说，自从实行男女生同校的制度，西点军校内的气氛一直很紧张，很难相信那儿现在的情况究竟怎样。也许将军对他的事业还有自己的考虑，也许他还考虑到他女儿的事业和名誉，不过他这样做并没给他女儿带来任何好处。"

"对，一点也没有。"

"女人遭到强奸后掩盖起事实，或事实被人掩盖起来，这迟早是要付出代价的。"

"对，或者让别人付出代价。"我说。

"这种代价是双方面的，"我又说，"第六步枪射击场发生的一幕

265

是西点强奸一事的重演，不是吗？"

"恐怕是这样。"

"不过这次她被人杀了。"

"对。"

"是她父亲吗？"

"想要重现整个犯罪过程，我们还得搞清这最后一个情况。"

她有一会儿没说话，然后问我："你知道是谁杀了她吗？"

"我知道谁没杀她。"

"别说大话，保罗。"

"你有嫌疑犯吗？"

"有几个。"

"给他们做出不利判决，今晚在军官招待所我们就让他们接受审判。"

"好极了。我希望到早晨能看见有人被绞死。"

第二十六章

我们来到了福勒上校在贝萨尼山的住处，按响了门铃。

福勒夫人给我们开了门。她看上去不像那天早晨时那么悲痛了。她引我们进了客厅，问我们要咖啡还是别的什么。我们谢绝了。她坐进沙发里，我们也坐到低背安乐椅里。

我和辛西娅已经商量好了一连串的问题，并且决定由辛西娅先来问。她同福勒夫人聊起生活、军队和哈德雷堡的事，等等，等福勒夫人放松下来后，辛西娅才对她说："请相信我们只是想看到公正的裁决。我们来这儿不是想毁坏别人的名誉，而是在寻找杀人犯。同时我们在这儿也是为了确保无罪的人们不会遭到错误的指控。"

福勒夫人点了点头。

辛西娅继续说:"你知道安·坎贝尔同这个基地里的许多男人有过性关系。首先我想向你保证在我们搜集到的所有证据中,你丈夫同安·坎贝尔没有任何牵连。"

福勒夫人点了点头,我觉得她比原来振作多了。辛西娅说:"我们了解福勒上校作为将军的副官和朋友的特殊地位。我们非常感谢你丈夫的坦诚和他愿意让我们同你谈话的合作态度。我想他一定告诉过你,要像他那样坦诚地对我们,我们也会坦诚地待你。"福勒夫人勉强点了点头。

辛西娅没有直接提问,而说了些众所周知的事并表示了同情和关切。对没接到传票的非军事人员你就得这么做。辛西娅目前干得比由我来干要出色得多。

时机到了,辛西娅开始问她:"出事那天晚上你在家吗?"

"在。"

"你丈夫大约晚上十点从军官俱乐部回了家。"

"对。"

"早晨两点四十五分到三点之间,或者说三点左右,你们被门铃声吵醒了。"

福勒夫人没回答。

"你丈夫走到楼下去开门,然后回到卧室告诉你是将军按的门铃,并且说有急事得出去。你丈夫穿好了衣服,也让你穿好衣服。对吗?"

依然没回答。

辛西娅说:"你跟他一起去了。"接着又补了一句:"你一定是穿了一双7号的鞋。"

福勒夫人说:"对,我们穿好衣服一起出去了。"

霎时,大家都沉默了。然后,辛西娅说:"你们出去了,那么将军仍待在你们家里吗?"

"对。"

"他夫人同他在一起吗?"

"不,她没来。"

"那么将军留了下来,你和你丈夫一起去了第六步枪射击场,对吗?"

"对。我丈夫说将军告诉他安·坎贝尔赤身裸体,就让我拿了一件衣服。他还说安被捆着,所以拿了一把刀子让我去割断她手、脚上拴的绳子。"

"好吧,你们开车行驶在前往步枪射击场的路上,在还剩最后一英里路时,你们关了车灯。"

"对,我丈夫不想让哨兵看见,他说这条路的前方有一个哨所。"

"没错。你们按照将军说的,把车停在安的吉普车旁。当时是几点?"

"是……大约三点半。"

"大约三点半,你们下了车……"

"我看见射击场上有什么东西。我丈夫让我走过去给安割断绳子,并给她穿上那件衣服。他说如果我要人帮忙就叫他。"福勒夫人停顿了一下,又说:"他说如果安不合作就打她几巴掌,说这话时他很生气。"

"我能理解,"辛西娅说,"所以你就朝射击场走去了。"

"对。我丈夫决定陪我走一段。我想他是担心安会做出什么反应,也许他怕她会变得非常暴躁。"

"你走近了安·坎贝尔,对她说什么了吗?"

"我叫了她的名字,但是她没……她没回答。我走到面前……跪在她身边,她的眼睛睁着,但是……我尖叫起来……我丈夫朝我跑了

268

过来……"福勒夫人用手捂着脸，哭了起来。辛西娅好像对此早有准备，她从座位上站起来，坐到福勒夫人身边，搂住了她，并递给她一条手绢。

几分钟后，辛西娅说："谢谢你。你不用再说什么了。我们自己会离开的。"我们走出了福勒夫妇的住宅。

我们坐上车离开了贝萨尼山。我说："有时盲目的一击也能中的。"

辛西娅说："但这不是毫无目的的。我是说现在一切都合乎逻辑，与我们了解的事实和人的性格都很相符。"

"对。你干得不错。"

"谢谢，这是你设计安排的。"

一点没错，所以我说："对，是我。"

"我不喜欢男人过于谦虚或谦让。"

"很好。你说得没错，"我说，"你认为是福勒上校让她讲实话的，还是她自己决定的？"

辛西娅想了一会儿，说："我想福勒上校一定知道对此事我们有所了解。他告诉他妻子我们问什么她答什么，要毫不保留，坦诚直言。"

"对。同时福勒夫人也是他的证人。他们到那儿时，安已经死了，所以并不是他杀的。"

"没错。我相信她。我不相信是福勒杀了安。"

我们朝基地中心驶去。一路上我们都陷入了沉思，没有说话。

到达博蒙特庄园时，时间还早，但我们决定打破预定的时间，现在就去见坎贝尔夫人。于是我们朝大门走去。门口的宪兵检查了我们的证件，然后替我们按响了门铃。

很幸运，开门的人是年轻、英俊的埃尔比中尉。他对我们说：

"你们提前了十分钟。"

埃尔比戴着步兵军官的勋章,勋章上是两杆交叉的步枪。虽然从军服上看不出他曾上过前线,但我很尊重他在步兵中的地位和他的军衔。

我对他说:"我们可以离开,一会儿再回来,但或许我们也可以先同你谈几分钟。"

埃尔比看上去很随和,领我们进了等候室。在坐下之前,我对辛西娅说:"你不想去方便一下吗?"

"什么?噢……对。"

埃尔比指着说:"洗手间在休息室左边。"

"谢谢。"她走开了。

我对埃尔比说:"中尉,我知道你曾同坎贝尔上尉约会过。"

埃尔比盯着我看了看,说:"对。"

"你知道她也同韦斯约会吗?"

他点点头。从他的表情上我可以看出,这对他来说仍然是一段痛苦的记忆。我当然能理解这一点——一个英俊的年轻军官同一个算不上英俊的平民、一个讨厌的警察一起争他上司的女儿。我问道:"你爱她吗?"

"我不想回答。"

"你已经回答了。你的目的正当吗?"

"你为什么要问这些问题?你不是来同坎贝尔夫人谈话的吗?"

"我们来早了。这么说你认识韦斯。你还听到过其他的谣传——安还同基地里的已婚军官约会的事吗?"

"你到底在说些什么?"

看来他是没听到过那些话。我想他也不知道地下室的那间屋子。

我又问道:"将军赞同你跟他女儿的关系吗?"

"赞同。我必须回答你这个问题吗?"

"嗯,三天前你可以不回答,还可以让我们滚,几天后,你可以说出同样的话,但现在你必须回答。下一个问题是,坎贝尔夫人也赞同吗?"

"对。"

"你同安·坎贝尔讨论过婚事吗?"

"讨论过。"

"你说说吧,中尉。"

"好吧……我知道她同那个叫韦斯的家伙有关系,我……很苦恼……还不只是……我是说……她告诉我……她得征得父母的同意,等将军同意为我们祝福的时候,我们就可以宣布订婚了。"

"我明白了。你同将军谈过此事吗?"

"对,谈过。就在几周前。将军看上去很高兴,不过他让我认真考虑一个月。他说他女儿是个非常任性的姑娘。"

"我知道。接着就是你最近接到命令要去亚洲某地。"

他看了看我,有点吃惊:"对……是关岛。"

我几乎要笑出声来,但是忍住了。虽然他职位比我高,可他的年龄可以做我儿子。我把手放在他肩上,说:"中尉,对安·坎贝尔来说,认识你可以说是最好的事了,但一切都晚了。你陷入了将军和安之间的权力之争,他们把你搞得团团转,你潜意识里了解这些。继续你的生活和工作吧,中尉,下次你再考虑婚事时,先吃两片阿司匹林,躺在一间黑屋子里,等待那种感觉的到来。"

不巧的是,这时辛西娅回来了,还冲我做了一个怪样。

埃尔比看上去很慌乱,好像被激怒了,但有些事在他脑子里吻合在一起了。他看了看表说:"坎贝尔夫人可以见你们了。"

我们跟着埃尔比走进门厅。他带我们走进一间朝南的维多利亚式

271

宽敞客厅。

坎贝尔夫人从椅子上站起来。我们朝她走过去。她穿了一套式样简单的黑衣服。我走近时，能看出她女儿同她的相像之处。坎贝尔夫人六十岁左右，虽然已经过了漂亮的年龄，却变得很迷人。至少再过十年，人们才会用一种平静冷漠的口气说："她是一个温文尔雅的女人。"

辛西娅先向坎贝尔夫人伸出了手，并说了些安慰的话，我也这样做了。坎贝尔夫人说："你们请坐吧。"她走向窗边的双人沙发。我们落座后，她将沙发转了一下对着我们。我们中间有张小圆桌，桌上摆着几瓶酒，还有杯子。坎贝尔夫人在喝茶，却问我们："你们喝雪莉还是波特酒？"

实际上，我想喝酒，但不是雪莉和波特酒所能满足的，因此我没要。辛西娅说她要雪莉酒。坎贝尔夫人给她倒了一杯。

我惊奇地发现，坎贝尔夫人说话带南方口音。我一下想起海湾战争时曾在电视上看见过她。他们是多么完美的一对政治伉俪：一位来自中西部的坚如磐石的将军和一位来自南方的有教养的夫人。

辛西娅谈了些轻松的话题，坎贝尔夫人一直显得很悲伤，直到谈话结束。原来，坎贝尔夫人是南卡罗来纳州人，是一位军官的女儿，琼·坎贝尔，她的名字，象征着南方一切美好的东西。我想起了福勒上校对她的评价，文雅、迷人、高贵。我又加上忠实和坚强。

我意识到时间在一分一秒地过去，但辛西娅好像并不急于问那些讨厌的问题。我猜想她一定是觉得时机未到，要么是还未消除紧张情绪，因此我没有责备她。这时辛西娅说："我想福勒上校和夫人一定在我们到这儿之前给您打了电话。"

说得好，辛西娅。

坎贝尔夫人放下茶杯回答，语调同她先前谈话时一样平静："对，是福勒夫人打来的。我非常高兴她有机会同你们谈。她原先是那么心烦意乱，现在好多了。"

"对，"辛西娅说，"通常是这样的。您知道，坎贝尔夫人，我接的案子大部分是强奸方面的。我可以告诉您，当我开始向那些知情人提问时，他们总感到紧张，好像人人都上满了发条，但一旦有一个人先开口，气氛就会开始轻松下来。就像我们现在这样。"

辛西娅总是说一旦打破沉默，人人都会争着当证人，录口供，拼命摆脱嫌疑犯的干系。

辛西娅对坎贝尔夫人说："我和布伦纳先生从福勒夫人那儿，还从其他的渠道得知将军曾在午夜后接到过安的一个电话，让他去步枪射击场见她，或许有什么事情要谈。对吗？"

辛西娅，真是个绝妙的猜想。

坎贝尔夫人说："凌晨一点四十五分左右，我们床边的红色电话机响了。将军立刻拿起了话筒。我也醒了。他听电话时，我一直看着他。他一句话也没说就挂断了。接着他下了床，开始穿衣服。对于半夜打来的电话我从来不问，但他总会告诉我他要去哪儿以及估计何时能回来。"她笑笑说，"自从我们来到哈德雷堡就很少接到这种午夜打来的电话了。在欧洲时，半夜电话一响，他就会飞快地下床，抓起公事包，到华盛顿、民主德国边境或其他什么地方去了。他总会告诉我……但这次他只说一小时左右回来。他穿上便服走了。我看着他把车开走，注意到他用的是我的车。"

"是种什么牌子的车，夫人？"

"别克车。"

辛西娅点点头说："大约四点或四点半将军回来后告诉了你发生的一切。"

坎贝尔夫人凝视着空中。我第一次有机会去仔细端详这张疲惫、忧伤的母亲的脸,可以想象这些年来她所遭受的痛苦。当然,作为一个妻子和母亲,她不可能赞同一个丈夫和父亲以大局利益、事业的进步和创造积极的公众形象为名对他们的女儿所做的一切。但从某种程度上讲,她一定是已经接受了这一切,听之任之了。

辛西娅提示道:"您丈夫是四点半左右回的家。"

"对……我在等他……在前面的那个房间。他走进门以后,我知道我女儿死了,"她站了起来,"这就是我所知道的一切了。现在我丈夫的事业完了。我们只有一线希望,那就是你们能找到凶手,那样我们的生活才能继续下去,我们才能言归于好。"

我们也站了起来,辛西娅说:"我们在尽最大努力查找凶手,非常感谢您能忍住悲痛同我们谈话。"

我们出了大门,朝我的车走去,我说:"将军的事业十年前在西点的凯勒军医院就结束了。只是那结局费了点儿时间才赶上并抓住了他。"

"对。他不仅背叛了他女儿,也背叛了自己和他妻子。"

我们坐进车里,离开了博蒙特庄园。

第二十七章

我驾着车,辛西娅问我:"你对埃尔比中尉谈了些什么?"

"爱情和婚姻。"

"是吗?我听说那可是门永久的学问。"

"这个……你知道,他太年轻,成家还早。他以前向坎贝尔求过婚。"

"与坎贝尔结婚不是我所说的成家。"

"是啊。"我向辛西娅扼要介绍了我和埃尔比的简短谈话,又补充道:"这家伙现在要被送到关岛去。现在这事有点像古希腊戏剧里的故事了,凡人竟然跟女神发生了性关系。结果他们终止了疯狂,变得像动物或非生物一样,被流放到关岛或是爱琴海的像关岛一类的岛上。"

"一派性别主义的胡言。"

"对。不管怎么说,我觉得坎贝尔全家情况很糟,根本不可能有爱情和幸福可言。不过,上帝是会帮助任何受苦受难的人们的。"

我驾着车驶向下一处目的地。辛西娅问道:"你认为坎贝尔在西点军校被奸污之前她的家庭状况好吗?"

"嗯……据穆尔上校说,很正常。我认为他像是描绘了一幅精确的图画。说到图画,我想起了在安的屋子里找到的那本影集,如果你回想一下她在不幸发生前后所拍的照片,你就会明白其中的差别。"

"是啊,"她又补充说,"强奸她的那伙人得到了一时快乐,并且逍遥法外,但他们从来也不会想到他们留给受害者的灾难。"

"这我知道。不过,通常人们是会得到公正对待的。但这个案子发生后,甚至都没有人报警。"

"没有,当时没有。但是现在我们来办案了。"她问我,"你想怎样对待坎贝尔将军?"

"我想对他毫不客气。不过我觉得他已经为他的重大过失付出了巨大的代价。我不知道该……苦差事,走一步看一步吧。他是将军。"

"对。"

基地司令部的停车场上显得空空荡荡的,只剩下几辆小汽车,其中有坎贝尔将军的那辆草绿色汽车,此外还有一辆吉普车。

我和辛西娅站在司令部大楼右边的停车场上。我说:"安于午夜一点钟左右,从那个边门走出来,上了吉普车,开着去会昔日的幽灵。"

"结果幽灵赢了。"

我们从前门走进大楼，问讯处站着一名年轻的一等兵。我告诉他我们跟坎贝尔将军有个约会。他查看了一下他的约见登记单，然后叫我们沿着一条长廊一直向大楼后部走去。

我和辛西娅沿着寂寥无人的走廊走着，听着脚步发出的回声，看着地上擦得锃亮的油地毡。我对她说道："我过去从没逮捕过一名将军。我现在可能比他还紧张。"

她瞥了我一眼，回答道："这事不是他干的，保罗。"

"你怎么知道？"

"我想象不出会是他干的。如果我想象不出来，那就不可能发生。"

"我不记得工作手册上是这么写的。"

"唉，我认为无论如何是不会让你逮捕一名将军的。请查看一下工作手册。"

我们来到第二个像是门厅的地方。这儿空无一人，再往前走便是一扇关着的门，门上的铜牌写着"约瑟夫·伊·坎贝尔中将。"

我敲了敲门。一名女上尉走了出来，她胸前的名牌上写着"博林杰"。她说："晚上好，我是坎贝尔将军的高级助手。"

我们一一握过手后，她将我们领进一间小小的秘书室。博林杰上尉大约三十五岁，身材矮胖，但看上去友好而有生气。

博林杰上尉领我们来到办公室的外间，这里空无一人。她说："将军已经按你们的要求安排好时间与你们交谈，但是请你们谅解他……嗯，他真的非常悲伤。"

辛西娅答道："我们理解。"

我们也清楚这次会见安排在下班以后，这样即便谈话搞得很僵，附近也不会有士兵看到或听见。

博林杰上尉在优质的栎木门上敲了一下，然后将门打开，通报说准尉布伦纳和森希尔求见。然后她站到一边，让我们进去。

将军正站着，看见我们便迎了过来。我们迅速地相互行礼，接着又握手。

坎贝尔将军指了指一排有软垫的椅子，于是我们都坐了下来。我和辛西娅所受到的礼遇远远超出了我们的级别，这想必是因为我们刚才已听过两位夫人坦白的情况，不过，也可能只是他喜欢我们俩。

将军说道："我知道你们已经找福勒夫人和坎贝尔夫人谈过话了，因此你们知道了那天晚上发生的事情。"

我回答道："是的，长官。不过坦白地说，我们和福勒夫人与坎贝尔夫人谈话前，就已经推测出了那天晚上发生的许多事情。"

"是吗？真令人感动。犯罪调查处人员的培训工作做得很出色。"

"是的，长官。我们还积累了许多实际工作经验，不过这个案子有几个独特的问题。"

"我认为事情就是这样。你们知道是谁杀害了我女儿吗？"

"不知道，长官。"

他仔细地看着我，问道："不会是穆尔上校吗？"

"也可能是他。"

"我知道你们不是来这儿回答问题的。"

"不是，长官。我们不是来回答问题的。"

"那么你们想怎样进行这次谈话呢？"

"长官，假如您直截了当地告诉我们案发的那天晚上所发生的事情，我想这次谈话对我们每个人来说就会容易得多。从凌晨一点四十五分那个电话说起。我需要弄清某一问题时，可能会打断您的话。"

他点了点头。"是的，好吧。当时我正在睡觉，我床头小桌上那部红色电话机响了起来。我拿起电话说'我是坎贝尔'，但是没有回

277

答,接着听见咔嚓一声,然后……然后传来了我女儿的声音,我可以断定那是事先录下的声音。"

我点了点头。靶场上的射击控制塔里有电话,但在夜间是停止使用的。显然,安·坎贝尔和查尔斯·穆尔备有移动式电话和放音机。

将军继续说道:"电话——电话里传来的录音说:'爸,我是安。我有紧急的事情想和你商量。你必须最迟两点十五分在六号步枪射击场见我。'"将军补充道:"她说如果我不去,她就自杀。"

我再次点了点头,问他:"她有没有要您带着坎贝尔夫人一道去?"

他朝我和辛西娅瞥了一眼,不知道我们到底掌握了多少情况。他可能以为我们已设法找到了那盘录音带。于是他回答道:"是的,她确实那样说了,但是我不想那样做。"

"是的,长官。她要您离开床,开车到步枪射击场。那么,她想对您讲些什么要紧事,您心里有数吗?"

"没有……我……安像你们可能知道的那样,精神上十分痛苦。"

"是的,长官。不过,有人告诉我您给她下了最后通牒和最后期限,她应当在那天吃早饭时答复您。"

"对。她的行为已经让人不能容忍,我告诉她要举止得体,否则就离开。"

"这么说来,当您一点四十五分听到她的声音时,您知道她并不是偶然的情绪发作,而是与您的最后通牒和她的答复有关。"

"嗯,是的,我想当时我是知道的。"

"您说她为什么要用录音的方式和您交谈?"

"我想她认为这样就不会发生争论。我对她的态度很坚决。但是既然我无法与录音机录下的声音说理或争论,那我只能做别的父亲所能做的事情,我到了指定的地点跟她去会面。"

"不错，长官。结果您到那里时，您女儿已经在步枪射击场了，她就是从那里用移动电话和您通话的。实际上，她一点钟左右离开了基地司令部。您想过她为什么要选一个偏僻的训练场做会面地点吗？她为什么不在早饭时答复您的最后通牒？"

他摇摇头说："我不知道。"

算啦，也许他起初真的不知道，但是他看见她时，就知道了。我看得出他确实很伤心，几乎挺不住了，但是不管我如何催促他，他都硬撑着。他讲了一些与事实和确凿证据有关的显而易见的真相，但他不愿意主动说出他女儿让他看到自己赤身裸体地被绑在木桩上的根本原因。

我对他说："她曾说过假如您不去，她就自杀。您当时是否认为假如您真去了，她会杀了您呢？"

将军没有回答。

我问他："您去时带武器了吗？"

他点点头，然后说："我完全不知道我夜里去那里将会发现什么。"

"是的，我认为您确实不知道。这也就是您没有带坎贝尔夫人一道去的原因，"我说，"所以您穿上便衣，带着武器，驾着您妻子的汽车去了六号步枪射击场，一路上亮着车前灯。你是几点到那儿的？"

"喔……大约两点十五分。是她指定的时间。"

"对。您关闭了车灯，然后……"

坎贝尔将军思考着我没有说出的话，沉默了好一会儿，最后他说道："我从汽车里出来，向吉普车走去，可她不在里边。我很担忧，呼唤她的名字，但是没有回答。我再次呼唤她，然后听到她在叫我，于是我朝射击场的方向走去。我看到……我看到她在地上，或者说我看到地上有个人的形体。我想那是她，她受到了伤害。我快步走过去……她一丝不挂,我……我惊呆了,不知所措……我不知道怎么会出了这种事。幸好她还活着,这正是我最关心的。我大声喊她,问她情况如何。她说她没出什么事……我走近她……你们知道,这令人难以启齿。"

"是的,长官。我们也觉得如此。我们的感情当然不能跟您的损失相比。不过,我说过在调查过程中我们已经……喜欢上您女儿了。我想这也是森希尔小姐的心里话。"也许我其实不能代表森希尔小姐。我继续说道:"调查杀人犯的探员常常对死者寄予同情,即便他们从未见过面。这是一起很不寻常的杀人案。我们看了好几个小时您女儿讲课的录像,我感到您女儿是我很愿意结识的人……不过我还是希望您告诉我们后来发生的事情。"

坎贝尔将军又开始慢慢思索当时的情景了。我们尴尬地坐了大约一分钟时间。他做了好几次深呼吸,然后清了清嗓子说道:"喔,我设法为她解开……这真令人为难,我是说,这对她、对我都很尴尬……可是我解不开绳子,也拔不动地上的木桩……我继续拨,继续解……我是说,木桩被人钉得很紧,绳子打了结……因此我对她说我很快就回来……我回到我的车上,又到了吉普车上,可是找不到任何割绳子的东西……所以我又回到她身边,告诉她……我告诉她……我要开车去贝萨尼山,从福勒上校那儿拿把刀子来……从六号射击场到贝萨尼山开车只要不到十分钟……回想起来,我本应该……哎呀,我真不知道当时我该怎么做才好。"

我再次点了点头,问他:"那么您试图解绳子时,你们肯定交谈了吧。"

"只说了几句。"

"你肯定问了是谁将她搞成这个样子的?"

"没问……"

"将军，您肯定说了类似这样的话：'安，这是谁干的？'"

"啊……是的，当然。但她不知道。"

"实际上，"我对他说，"她是不愿说。"

将军注视着我的目光。"你说得对，她不愿说，也许你清楚。"

"所以您就开车沿射击场路到贝萨尼山去了。"

"是的。我到福勒上校家去请求帮助。"

"在相反方向距离约一公里处的弹药库设有岗哨，您知道吗？"

"我并不清楚哈德雷堡每个哨位的位置，"他补充道，"即便我清楚，我也决不会去找哨兵。我绝对不要一名年轻的男子看见我女儿那个样子。"

"事实上，那哨兵是女的。不过这无关紧要。长官，我想知道，您一百八十度大转弯时为什么把车前灯熄掉了？又为什么关着灯向前开了至少好几百米？"

将军一定在想我是怎么知道的，他也许会想到我已经和那个哨兵谈过话了。他终于回答道："老实说，我怕那地方引起人们的注意。"

"为什么怕？"

"哎呀，如果这事发生在你身上行吗？如果你女儿被赤条条地捆在地上，你会想让其他人知道吗？当时我脑子里有一个很清楚的念头：我必须找福勒上校和他的夫人帮助。显然，我不想把这事公开。"

"这是个犯罪事件，长官，您说不是吗？我是说，您难道没有想到她可能已遭到某个或几个疯子的猥亵吗？您为什么对此想保密？"

"我不想让她难堪。"

辛西娅大声说道："处理强奸之类案子不应当让受害者感到难堪。"

坎贝尔将军说："不过是很难堪。"

辛西娅问道："她有没有向您表示，您去找福勒上校和他夫人时她乐意躺在那儿?"

"没有。不过我觉得她最好那样。"

辛西娅问道:"那她不会被吓坏了吗?您离开后,那个或那伙强奸犯不会再回来吗?"

"不……啊,对了,她的确说了让我赶快回来,听我说,森希尔小姐,布伦纳先生,如果你们认为我没有采取最佳行动,也许你们是对的。也许我应该再次努力给她解开绳子;也许我应该把我的手枪塞到她手里,以便我离开时她可以自卫;也许我应该鸣枪引起军警的注意;也许我应该坐在那儿陪她,等到有车过来。这个问题我已考虑过上千次了,你们不相信吗?假如你们对我的判断提出疑问,你们要有正确的理由。但是不要对我关心她的程度质疑。"

辛西娅回答道:"将军,这两方面的问题我都不问。我只问现场实际发生的事情。"

将军开口想说什么,然后又决意什么也不说。

我对他说:"这么说来,您开车去了福勒家,说明了当时的情景,于是他们就去帮助坎贝尔上尉。"

"对。福勒夫人带了件长袍和一把割绳子的刀。"

"您在现场没看见您女儿的衣服吗?"

"没有……我当时思想混乱。"

眼前这位将军曾是一名中校,率领过一个机械化步兵营攻入被包围的广治市,把困在一座旧法国堡垒中的一个美军步兵连救了出来,可是他却想不出该怎样帮助他女儿。很显然,他是不想帮助和安慰她,因为他非常恼火。

我问他:"您为什么不陪福勒夫妇一起去呢,将军?"

"很明显,那儿不需要我,只需要福勒夫人。但福勒上校一同去了,以防万一出什么问题。"

"出什么样的问题?"

"啊,万一肇事者仍待在附近。"

"如果你认为有这种可能,那你为什么让你女儿独自一人裸身被捆绑着待在那儿?"

"这个问题我在路上才想到,这时已差不多到了福勒的家。我要指出的是,开车到福勒家花了不到十分钟的时间。"

"是的,长官。但往返一次,包括您叫醒他们,他们穿好衣服,然后开车过去,共需要将近三十分钟。叫醒他们,提出帮助请求以后,任何一个人——尤其作为父亲,一位军队指挥官——出自本能的反应,都会迅速赶回现场,用军事术语说,就是保卫现场,等援救骑兵到达。"

"你是怀疑我的判断还是我的动机,布伦纳先生?"

"不是您的判断,长官。如果您的动机纯正,那您的判断一定会很准确。所以我想我是怀疑您的动机。通常,人们不会向一位将军提出这么多问题,但现在不同。"

他点点头说道:"我觉得你们俩知道的比你们说出来的要多。你们非常聪明,我一开始就看出来了。现在,你们为什么还不说出我的动机是什么呢?"

辛西娅对此立即做出了反应,她说:"您是想让她吃点苦头。"

不妨再打个军事上的比方,这叫防线已被冲破,辛西娅从缺口突入。她说:"实际上,将军,您知道您女儿未被人奸污,她在那儿等您时也未遭到骚扰。实际上,是她和她的同谋给您打的电话,在电话上放了她的录音,好把你们叫出来,目的是让您和您夫人看到她赤身裸体的那个样子。长官,这就是这一系列事件唯一合乎逻辑的解释——您让她独自留下;您去福勒家并要他们小心行事;您待在他们家里,等他们带您女儿和她的吉普车回来;您一直都不去报案,这都

283

因为您对她的所作所为非常生气。"

坎贝尔将军坐着,陷入了沉思之中,也许在思考他的选择,在思考他的一生,思考他前几天夜里所犯的错误以及十年前的过失。然后他说道:"我的事业全毁了。我已写好了辞职书,打算等明天我女儿的葬礼结束之后递交。我现在考虑的问题是:你们要掌握多少情况才能抓到凶手,我要向你们和世人交代出什么问题,继续玷污我死去的女儿的名声有何益处。我知道这都是为我自己着想。不过,我确实不得不考虑我的太太和儿子,还有我们的军队。"他补充道,"我不是平民百姓,我的行为给我的军人职业丢了脸,我丢了脸只会降低军官团的士气。"

我对他说:"我理解您为什么不告诉宪兵您女儿裸体被捆在射击场上。确实,将军,直到那时这还是件秘密的事情。我承认,要是我,也会那么做的。我也理解,福勒夫妇为什么以及怎么样卷入了此事;我也承认,要是我,也会被卷入的。但当福勒夫妇回家告诉您,说您女儿已经死了时,您无权要他们保密,掩盖这一罪行的真相,您也无权要您的夫人保密。长官,您无权给我们送来假的线索,增加我和森希尔小姐的工作难度。"

他点点头说:"你说得完全正确。我承担全部责任。"

我深深地吸了口气,对他说:"我必须告诉您,长官,您的行为是违法的,根据军法审判统一法典您要受到制裁。"

他再一次慢慢地点了点头。"是的,这我知道。"他先是朝我,然后朝辛西娅看了一眼,又说:"我想请你们帮我个忙。"

"什么忙,长官?"

"我想请你们尽一切可能不要把福勒夫妇牵扯到此案中去。"

对这一要求我已经有了准备,在将军说出来之前我早就在斟酌如何回答。我先朝辛西娅看了一眼,再看着将军,答道:"我无法让福勒解脱罪行，不然，我自己就犯了罪。"事实上，由于我和伯特·亚德利的交易，我已经犯了罪。"福勒夫妇发现了尸体，将军，而他们没有报案。"

"他们报了，向我报的。"

辛西娅说道："将军，我与布伦纳先生的看法不尽相同。虽然探员在公开场合从不暴露他们的分歧，但我认为可以将福勒夫妇排除在此案以外。事实上，福勒上校的确向您报告了这个案子，而且您跟他说您会告诉肯特上校。由于您当时感到震惊和悲痛，您夫人也沉浸在悲伤之中，您还没给宪兵司令肯特打电话，尸体就被发现了。当然，还有不少细节有待搞清，但我并不认为福勒夫妇卷进此案，正义就一定会得到更好的伸张。"

坎贝尔将军久久地望着辛西娅，然后点了点头。

我感到不快，但还是松了口气。毕竟福勒上校也许是自始至终唯一的还有些荣誉和正义感的军官，他也没有奸污坎贝尔将军的女儿。说真的，我自己也没有他那样的意志力，对这样的人我表示敬意。谁愿意拿黄金换石头呢？辛西娅深知此道，所以她对将军说："长官，我想请您谈谈到底发生了什么事情，其原因是什么。"

坎贝尔将军向椅子背上靠了靠，点了点头，说："那好吧，实际上问题发生在十年以前……就是十年前的这个月，在西点军校的时候。"

第二十八章

坎贝尔将军对我们谈了在西点军校野外训练场巴克纳营地所发生的事情。安遭强奸的具体情况，他知道的并不比我们多，也就是说，也许不比官方知道得多。他只知道他在凯勒军医院看到了女儿，

285

女儿精神上受到莫大的创伤。她感到这是她的奇耻大辱，简直要疯了。将军告诉我们，安紧紧抱住他，号啕大哭，苦苦哀求他把她带回家去。

将军告诉我们，女儿告诉他，自己还是个处女，那些强奸犯还以此取乐。他们把她的衣服剥下，用帐篷桩把她紧固在地上。有一个人强奸时用绳子勒住她的脖子，不让她发出声来，并威胁说如果她敢去告发，就把她勒死。

说实话，我和辛西娅都没料到将军会向我们提供这些细节和内情。他知道这个事件与谋杀只是有一定关系，而关于杀人犯的真面目却无任何线索可提供。但既然他说，我们也就让他说了。

尽管他没有明说，可我有这样的印象：他女儿希望他能伸张正义，因为她遭到了肆意奸污是毋庸置疑的。不但要把罪犯从军校开除，而且要控告他们。

对于一位少女来说，这些期望都是合情合理的，因为她从不愿辜负父亲的期望，努力进取，在西点军校经受了艰苦生活的磨炼，可偏偏遭罪犯的袭击。

这事看来似乎有些问题。首先，坎贝尔作为军校学员怎么会在夜里独自一人和五个男人待在树林里？她是怎么与四十人的巡逻队分开的？是意外，还是有人蓄谋？其次，坎贝尔无法认出这五个人，因为他们不仅涂了伪装色，而且用防蚊面罩遮着脸部。天很黑，她无法辨认他们的服装，也不敢肯定他们是其他军校学生还是西点的军官，或是第八十二空降师的士兵。那天夜里，男男女女有将近一千人在训练。根据将军所说的情况，他女儿要辨认那五个罪犯几乎是不可能的。

我和辛西娅都知道，这个说法并不十分准确。你可以通过逐个排除的方法缩小范围。当你的调查接近罪犯时，必然会有人投案，以免遭长期监禁。此外，还可以化验精子、唾液、头发，鉴定指纹，以及使用法医科学的其他一切神奇手段。实际上，团伙强奸比单人作案容易侦破。这一点，我知道，辛西娅当然也知道，我想坎贝尔将军也不会不知道。

从根本上说，问题在于，五个男人残暴地轮奸了一名少女，整个西点美国军事学院可能会因此四分五裂。我们生活在这样一个时代，在这个时代里，强奸不是性行为，而是一种暴力行为，不但违犯军令军纪，而且玷污了西点军校通常的行为准则，同时也断然否定了男女同校的军事学校，否定了征召女兵和晋升女军官的制度，否定了女兵可以在巴克纳营地树林中或者在环境恶劣的战场上跟男兵共同生存的观点。

华盛顿、五角大楼以及军校的大人物说服了约瑟夫·坎贝尔将军。将军把此事告诉了我和辛西娅，当然听起来很有道理。还是不要报告也不要证实此案为好，否则会动摇西点军校的基础，引起人们对男女同校的军事学院的忧虑，还会使一千名无辜的男子成为此案的怀疑对象。将军必须说服女儿。如果她能彻底忘掉此事，对她本人，对军校，对军队和国家，以及对追求平等的事业都是帮了大忙。

安·坎贝尔服了避孕药，反复接受了性传染病的检查。她母亲乘飞机从德国回来，给她带了一个她童年时最喜欢的玩具。她的创伤愈合了，每个人都对此屏息无声。

父亲能说服别人，而母亲却难以被人说服。安很信任她父亲。虽然她已二十岁，而且作为一名军人，到过世界各地，但她仍然是父亲的宝贝女儿。她不愿让父亲不快，所以她忘了自己所遭受的污辱。可后来她的记忆又回来了。这就是那天晚上我们都坐在将军办公室的原因。

这就是那个悲惨的故事。将军诉说着，他的嗓音不时地发生变化，时而粗哑，时而几乎听不到声音。我听见辛西娅抽噎了好几次。

我的喉咙也哽住了，我要不承认这一点，那就是说谎。

将军站起身来，但示意我们继续坐着。他说："对不起，我离开一会儿。"他进了一个门，不见了。我们可以听见水流的声音。我几乎要料到会听见枪响。

辛西娅眼睛盯着那扇门，轻声说："我理解他为什么要那样做，但作为一个女人，我很有些义愤。"

"作为一个男人，我也很有些义愤，辛西娅。五个男人对作乐之夜留下了快乐的记忆，我们现在在这里处理他们造成的混乱局面。如果他们都是军校的学员，他们个个继续学习，毕业后成了军官，成了有地位的人。他们都是她的同班同学，或许每天都能看见她。对她的死，他们负有间接的，也许是直接的责任。当然，他们也要对她的精神状态负责。"

辛西娅点点头，说："如果他们是士兵，他们回到岗位上，就会吹嘘他们如何合伙搞了西点军校的一名女学生。"

"说得对。他们至今还逍遥法外。"

坎贝尔将军回来，坐了下来。过了一会儿，他说道："你们知道，我得到了应该得到的，可是安却由于我的蒙骗而付出了巨大的代价。案发后数月内，一个热情、开朗、友好的姑娘变成了一个多疑、寡言、孤独的女子。她在西点学习成绩优良，毕业时名列前茅，之后又去研究生院深造。然而，在我们之间一切都变了。我本应想到我那行为的后果。"他又补充说，"她失去了对我的信任，我失去了女儿。"他深深地吸了口气。"你们知道，说出来心里好受些。"

"是的，长官。"

"你们知道她滥交的事。专家给我解释过有关滥交的问题。她并非只是想腐蚀我周围的人，或者想让我难堪。她对我说：'我的贞洁，我婚前保持处女的决定，你毫不在意，因此，我给予每一个男人他们所想要的一切，你也不会在乎。所以，你甭教训我。"

我只是点点头，不能也不愿做任何评论。

将军说道："几年过去了，她来到这里工作。这并非出于偶然，而是安排好的，五角大楼的一位人士，他与那次西点军校的决定有密切关系，他坚持要我考虑两种选择。一是我退役，这样安可能也会离开，或者可能意识到自己的不良行为没有什么好处。"他补充道，"他们确实不敢叫她辞职，因为她对军队有重要影响，虽然她并不出名。我的第二个选择就是担任哈德雷堡的指挥官。这是个没人想要的职位。心理训练学校在哈德雷堡有它的下属指挥部。他们说将安也调到这里，会是正常的工作安排，这样我就可以就近解决问题。我选择了后者，因为是在海湾胜利以后，而且我已服役多年，我的辞职不会被认为有什么蹊跷。"他又补充道，"有一次她告诉我，要是我接受白宫任何或者接受政治上的提升，她就将此事公之于世。实际上，我是被女儿当作人质留在了军队。而我所有的选择是，要么留下，要么退休过平民的生活。"

将军环顾了一下办公室，似乎是第一次或者最后一次看这间屋子。他说："我决定选择来这里，是想悔过自新，想纠正我自己以及我上司的错误。他们许多人现在仍在服役。他们大部分人的名字你们可能都知道。"他停顿了一下又说道，"我并非责备他们给我施加压力。他们的做法是错误的，但是做出最后决定，配合隐瞒真相的是我，我以为我总是在做我应该做的事，理由是正当的——为了安，也为了军队——但归根到底，这些理由都是错误的。我为了我自己而出卖了女儿。"他补充道，"在案件发生的当年，我肩上有了第二颗星。"

我说道："将军，您一贯对您下属的所作所为负责。但在这个案件中，您的上司出卖了您，他们无权要求您那样做。"

"我知道，他们也知道。那天半夜里，我们这些有才华、有智慧

289

的人像罪犯似的,聚集在纽约州北部地区一家汽车旅馆的房间里,商量来商量去,最后做出了这个无耻而愚蠢的决定。我们是人,我们常会做出荒唐的决定。但如果我们果真是我们所说的光明正大的人,那我们一定会不惜任何代价推翻那个荒唐的决定。"

我完全同意他的分析,他也清楚这一点,所以我没有说出口。我只是说道:"这么说,整整两年来,您和您女儿打了一场近距离的白刃战。"

他苦笑着说:"是的,这两年根本不是恢复的时期,而是打了一场战争。她比我准备得更加充分。公理在她一边,公理能产生力量。每一个回合,她都打败了我,我主动提出讲和。我想如果她赢了,她一定会接受我的歉意和诚挚的悔恨。我作为父亲,看到她糟蹋自己,伤害她母亲,我的心都碎了。我再也不考虑我自己了,但我仍然关心那些她利用的男人……"他补充说,"虽然这是一种奇特的方式,但无论怎样,只要她能在我身边,我就会高兴。我很想念她,我现在很想念她。"

我和辛西娅默默地坐着,听着将军呼吸的声音。显然,在过去的几天里他老了十岁,也许在过去的两年中也老了十岁。使我吃惊的是我面前的他与不久前从海湾归来的将军判若两人。家庭的不和,一个受侮辱女性的愤怒甚至能把国王、皇帝和将军搞垮,我想这不能不让人感到惊异。在当今这个复杂多变的世界上,不知怎么,我们竟忘记了一个最基本的道理:首先管好家里的事情,绝不出卖自己的亲人。

我对他说:"请跟我们谈谈第六步枪射击场上的事吧,谈完我们离开,将军。"

他点点头说:"好吧……那么,我看见她在地上,这个……这个,我……我开始真以为她遭到了奸污……可是过了一会儿她大声喊我……她说：'这就是对你那该死的最后通牒的回答。'"

"开始我不懂她在说什么，但后来我当然记起了，在西点他们对她所干的事。她问我她母亲在哪里，我告诉她她母亲对此一无所知。她骂我是该死的懦夫，然后她说：'这下你看见他们对我干了什么了吧？这下你看见他们对我干了些什么了吧。'我……我是看见了……我是说，如果她的目的是让我看见，那么她的目的达到了。"

"那您对她说了些什么，将军？"

"我……只是大声对她说……'安，你不必这样做。'但她……她气得发疯了，她好像完全丧失了理智。她吆喝着要我走近她，看看他们对她干了些什么，看看她当年遭受的痛苦。我们这样僵持了好久，后来她说既然我给了她几种选择，她也要给我几种选择。"坎贝尔将军稍停了片刻，然后接着说道："她说她脖子上套着一根绳子……如果我愿意，可以勒死她……我也可以像以前那样将此事隐瞒起来……我可以走到她跟前，给她解开绳子，把她带走……带到博蒙特庄园……到她母亲那里。她还说，我可以将她留在那里，宪兵队或者哨兵或者其他人会发现她。她将把一切都告诉宪兵队。这些都是她给我的选择。"

辛西娅问道："您是否像您所说的那样，走到了她身边，并设法给她解开绳子？"

"没有……我不能，我没有走近她……我没有设法给她解开绳子……我只是站在汽车旁，然后……我完全崩溃了。我又气又恼，这些年来，我竭力把事情搞好，我尽量……我大声训斥她，我根本不管十年前他们对她干了些什么……我告诉她我将就这样把她留在那里，让哨兵或宪兵队，或者来射击场的第一排士兵，或者不管其他什么人看到她，让所有人都看见她一丝不挂的样子。我才不在乎呢，并且……"一句话说了一半，他停了下来，看了看地板，然后继续说道:"我告诉她,她再也不能伤害我了。于是,她大声喊出了尼采说的一些废话——'任何伤害你的事都会使我更坚强,任何毁灭了我的事也会使我更坚强',等等。我说她唯一可威胁我的筹码是我的军衔和职务,但我会辞职,她破坏了我对她的一切感情。在这场较量中她胜过了我。"

将军从瓶中倒了杯水并把它喝下,然后继续说道:"她说,那好,那行……'让别人发现我吧——你从不帮助我……'说着她开始哭了起来,哭个不停,我好像听见她说……说,'爸爸……'"将军站起身来,"请你们……我无法……"

我们俩也站了起来。我说道:"谢谢您,将军。"我们转过身去,趁他痛哭之前向门走去。我忽然又想起了什么,于是转过身对他说:"家里再死一个人也无助于事情的解决。自杀不是男子汉大丈夫的本领,而是懦夫的行为。"他背对着我们,不知他是否听见了我说的这番话。

第二十九章

我将汽车开出基地司令部的停车场,行驶了几百米,在路边停了下来。此时,我脑子里对这次谈话才迟迟做出反应,我真的感到浑身颤抖。我说:"噢,现在知道了为什么化验人员在她脸颊上发现那么多的泪痕。"

辛西娅说:"我感到恶心。"

"我需要喝点饮料。"

她深深地吸了口气。"不行,我们必须把事情干完,穆尔在哪儿?"

"他肯定在某个地方。"我开动追光牌汽车,直向心理训练学校驶去。

在路上，辛西娅好像自言自语地说："这次，坎贝尔将军最终没有像在西点时那样丢下女儿不管。他一时愤怒发作，把女儿留在步枪射击场上，但半路上，他意识到这对他们俩来说都是最后一次机会了。"

她想了一会儿后继续说道："将军也许想到应该返回去，但马上又想起他需要的东西———一把刀子，如果要割断绳子的话，还需要衣服和一位妇女在场。他很注意我们感兴趣的那些细节，这使他从惊慌失措中镇静下来，所以他开车去了贝萨尼山，找他唯一信任的人。"辛西娅停顿一下，然后问道："我不知道福勒夫妇赶到射击场，是否会以为是将军勒死她的？"

我回答道："他们可能会这么想。但他俩回到家告诉将军，他的女儿已经死了……他们一定会看到他脸上那副惊恐、怀疑的神色。"

辛西娅点点头。"他们会不会……他们是否应当割断绳子，把尸体解开并拉走？"

"不，福勒上校知道，移动尸体只会把事情搞得更糟。我可以断定福勒上校凭着军人的经历能判断出她确实死了。说到上校杀死了她的嫌疑，我相信，上校一定十分庆幸当时他或福勒夫人本人建议了由福勒夫人一同去接安。"

"是的，假如只有福勒上校一人在场，他的处境将会很糟。"

我考虑了片刻，然后说："我们知道，除了受害者本人，另外有四个人——穆尔上校、坎贝尔将军、福勒上校和他的夫人——去过那里。我们认为他们四个谁也不是凶手。因此我们必须设想，在那半小时里可能作案的有第五个人到过那里。"我补充道，"那个人当然就是凶手。"

辛西娅点点头说："我们刚才就该问问坎贝尔将军是否知道在那

个时间里谁去过那儿。"

"我想将军认为是穆尔上校。假如他认为是其他人,他刚才就告诉我们了。我认为他至今没想到穆尔只是安的同谋,而不是凶手。到头了,不能再逼他了。"

"我知道。我不愿跟受害者家属谈话,我常常动感情……"

"你做得很好,我做得也不错,将军处理得也相当出色。"

我将车开进心理训练学校,但穆尔的车没停在他的车位上。我驾车在各处寻找,依然没有发现那辆灰色的福特牌汽车。我说:"若是那个混蛋离开了他的岗位,我非把他的屁股塞进绞肉机里不可。"

一辆宪兵队的吉普车在我旁边停下,坐在车里乘客座位上的是我们的老朋友斯特劳德下士。他问:"您在找穆尔上校吗,长官?"

"是啊。"

斯特劳德微笑着说:"他去见宪兵司令了,要求取消对他的限制。"

"谢谢。"我掉过车头,朝基地中心开去。

当我驶近宪兵司令部大楼时,我看到新闻记者仍在那里。我将车停在正对大门的路上。我和辛西娅下了车,登上台阶,进入大楼,径直走向肯特的办公室。他的手下人说他正在开会。

"与穆尔上校一道?"

"是的,先生。"

我打开他办公室的门,一眼就看见穆尔上校、肯特,另外还有一个穿制服的上尉。肯特对我们说:"啊,你来这里我很高兴。"

那位穿制服的人站着。看他佩戴的徽章,我猜他是一位军法署官员——一位律师。此人——他的名牌上写着柯林斯——问我:"你是布伦纳准尉吗?"

"还是由我提问吧,上尉。"

"我猜你就是布伦纳准尉,"他说,"穆尔上校要求由律师出面代表他,所以你有什么事要对他说——"

"我就对他说。"

穆尔依然坐在肯特的办公桌前,一直低着头。我对穆尔说:"我要拘留你,跟我走。"

柯林斯上尉示意他的委托人穆尔坐着,然后问我:"他犯了什么罪?"

"他做了与一名军官、一位男子汉身份不相称的事。"

"哦,真的,布伦纳先生,你这是愚蠢的,一概而——"

"此外,他违犯了第 134 款,违犯条令,玩忽职守,等等。还有事后同谋对抗,做伪证。再说,上尉,你不依法律程序做事,这已和第 98 款沾上边。"

"你怎么敢?"

我问肯特:"你这儿有两副手铐吗?"

肯特上校这下慌了。他说:"保罗,关于法律和案情我们还有些问题不清楚。你不能逮捕——噢,你可以,但我正在与一名嫌疑犯和他的律师谈话——"

"穆尔上校在这个凶杀案中不是嫌疑犯,所以没有理由跟他谈话。如果有理由,我会跟他谈话的,如果确有理由,跟他谈话的应是我,而不是肯特上校你。"

"放肆,布伦纳,你太过分了——"

"上校,我要把我的犯人从这里带走。"我对穆尔说,"起立。"

穆尔没看他的律师一眼就站了起来。

"跟我走。"

我和辛西娅离开了肯特的办公室。穆尔上校可怜巴巴地跟在后面。

我们押着他穿过走廊,送他进拘留室。多数拘留室都空着。我发现紧挨着达伯特·埃尔金斯的那间拘留室敞着门,便轻轻一推,把穆尔推了进去,然后砰的一声关上了门。

达伯特·埃尔金斯看看穆尔,又看看我,用十分惊讶的语气说:"嘿,长官,他是个正儿八经的上校。"

我没理睬埃尔金斯,只对穆尔说道:"你犯了我刚才说的那些罪,你有权保持沉默,你有权考虑你的选择。"

穆尔第一次开口说话了。他提醒我说:"我有律师,你刚才威胁要逮捕他。"

"对,但不管你说什么,在军事法庭上都有可能对你不利。"

"我不知道是谁干的。"

"我说是你干的了吗?"

"没有……但是……"

达伯特·埃尔金斯聚精会神地听我们谈话。他隔着铁栅栏对穆尔说:"上校,你不该找律师,这可把他气疯了。"

穆尔朝埃尔金斯瞥了一眼,然后目光又转向我。"肯特上校通知我不准离开岗位,所以我别无选择,只好找律师——"

我对穆尔说:"我有确凿证据,证明你当时在犯罪现场,上校。你的罪行足可以使你在监牢里待上十年或二十年。"

穆尔一直向后退缩着,好像我揍了他似的,然后一下子坐在了帆布床上。"不……我没干任何坏事,我只是照她的要求去做了……"

"是你建议的。"

"不,是她建议的,完全是她的主意。"

"你十分清楚,在西点军校时她父亲是如何对待她的。"

"我只是在大约一周前才知道——当他给她最后通牒的时候。"

"你到第六步枪射击场时穿的是什么衣服?"

"我的制服。当时我们认为最好穿制服,以防万一碰到宪兵队——"

"你穿的就是脚上这双鞋吗?"

"是的。"

"脱下来。"

他犹豫了一下,然后脱了下来。

他从铁栅栏缝隙中把鞋递了出来。

我对他说:"我过一会儿再来看你,上校。"我对埃尔金斯说道:"你怎么样,伙计?"

他站了起来,说:"很好,长官。明天上午他们放我出去。"

"那好。如果你想逃跑,你就没命了。"

"是,长官。"

我离开拘留室,辛西娅跟在后面。她问道:"另一个家伙是谁?"

"我的伙计。他就是我来哈德雷的原因。"我做了简要的解释,然后走进拘留室警卫的办公室。我介绍了我的身份,说道:"我把穆尔上校拘留了起来。要搜他的身,今晚只给他水喝,不准看书看报。"

警官瞪大眼睛看着我。"你拘留了一名军官?一名上校?"

"从现在一直到明天的某个时间,不许他接触律师。届时我会告诉你的。"

"是,长官。"

我把穆尔的鞋放在他的办公桌上。"给鞋子贴上标签,送到乔丹机场三号飞机库去。"

"是,长官。"

我们离开拘留室,向我们自己的办公室走去。辛西娅说:"我不知道你要拘留他。"

"在见到律师之前我自己也不知道。可是,大家都要我逮捕他。"

我们走进我们的办公室。我翻了一下电话记录。除了新闻界,没有多少人跟我们联系过。不过,总算还有犯罪调查处的鲍尔斯少校,参谋部军法官办公室的威姆斯上校,他们俩都非常着急。另外,焦虑不安的赫尔曼上校也打来了电话。我马上给他回了电。他正在吃晚饭。"喂,卡尔。"

"喂,保罗。"他高兴地答道。

"谢谢你给我打来传真。"我说。

"不用谢,确实不用谢。"

"啊。我们已经找坎贝尔将军和他夫人,还有福勒夫人谈过话了。那天晚上发生的每一件事我和辛西娅差不多都搞清了。"

"很好。是谁杀害了她。"

"啊,我们还说不准。"

"知道了。明天中午以前你能弄清吗?"

"我们计划这样。"

"假如犯罪调查处能破这个案子就好了。"

"是的,长官。我盼望着晋升和加薪。"

"啊,两样都没门儿。但我会按你的请求,把那封谴责你的信从你的档案里取出。"

"好极了,的确很好。不过,你可能会再收到一封谴责信。我逮捕了穆尔上校,把他关进了这里的拘留室,对他行了搜身,只给他水喝。"

"你也许可以限制他的活动,不让他离开岗位,布伦纳先生。"

"我是这么做的,可他跑出去找了个军法署的律师。"

"那是他的权利。"

"当然。实际上,我是当着他律师的面逮捕他的,还差一点把律师也逮起来，因为他干扰公务。"

"我明白了。如果不是谋杀，那以什么罪名？"

"阴谋隐瞒罪行、行为不端、十分可恶，等等。你不愿在电话上讨论这事，对吧？"

"对。你为什么不打电传向我报告？"

"没有报告。也许基弗准尉会电传一份报告给你。"

"哦，是的。我希望她对你们能有所帮助。"

"我们不知道我们还有第三个搭档。"

"现在你们知道了。犯罪调查处的处长打电话找我，所以我给你去了电话。他很有些心烦意乱。"

我没有答话。

"那个处长是鲍尔斯少校，你记得他吗？"

"我们从未见过面。"

"但他照样进行各种威胁。"

"卡尔，这个基地大约有三十名军官——他们差不多都结了婚，可都与死者发生过性关系，所以他们都来威胁、哀求、申辩、欺骗和——"

"三十名？"

"至少那么多。可谁能算得很准确？"

"三十名？那里情况如何？"

"我想情况很不妙，我无能为力。"

辛西娅竭力想忍住笑，但已笑出声来。这时电话里传来卡尔的声音。"森希尔小姐吗？是你吗？"

"是的，长官。我们刚得到的材料。"

"你们怎么知道有三十名已婚军官与死者发生过性关系？"

辛西娅答道："我们发现了一个日记本，先生。实际上是电脑磁盘。这真是上帝的恩惠。"她补充道,"受牵连的军官中包括了坎贝尔将军的大多数私人参谋。"

对方没有答话,于是我说:"假如五角大楼希望保密,我想我们可以做到。我建议把这三十人先调到不同的岗位,然后在不同的时间里让他们一个个辞职。这样不会引起任何人的注意。不过不干我的事。"

依然没有答话。

辛西娅说:"坎贝尔将军打算明天在女儿的葬礼之后辞职。"

卡尔说:"我今晚乘飞机去你们那儿。"

我回答:"你为什么不等到明天呢?这里有特大暴风雨,有龙卷风警报,大风切断了——"

"好吧,就明天。还有别的什么事吗?"

"没有了,长官。"

"我们明天再谈。"

"我等着。快吃饭吧,长官。"

他挂了电话。

辛西娅评论道:"我感到他喜欢你。"

"这正是我所担心的。好了,去喝一杯怎么样?"

"还不行。"她按下了内部通讯联络系统,叫基弗小姐进来。

基弗带着自己的椅子走了进来。因为我们都是同级,所以无人站着。她问道:"情况怎么样,伙计们?"

"很好,"辛西娅答道,"谢谢你坚守阵地。"

"这是我行动的地方。"

"对。我想请你审阅宪兵在出事那天夜里所写的全部巡逻报告;听听无线电通话的录音;核对值勤宪兵的日志;了解那天夜里有没有发出行车票或停车票。此外,还要找那天夜里值勤的宪兵谈话,但必须小心行事。你知道我们在找什么。"

基弗点点头,"知道,在找零点后不该外出的车和人。真是好主意。"

"实际上,是你跟我们提起色狼六号时,我才想出来的。这件事可能很重要。再见。"

我们把基弗小姐留在了我们的办公室里。走到门厅时,我对辛西娅说:"到那儿你会有事做的。"

"但愿如此。我们没有多少其他事。"

"去喝一杯怎么样?"

"我想你应该去找肯特上校谈谈,因为你一直对他很不礼貌。我在外边等你。请他和我们一起喝一杯好吗,保罗?"

我看了辛西娅一会儿。我们的目光相遇。听她的口气,看她的态度,好像她想从肯特那儿得到的不只是友好情意。我点点头说:"好吧。"我朝肯特的办公室走去,辛西娅继续穿过门厅走向正门。

我慢慢地走着,我的大脑则比腿动得快多了。威廉·肯特上校——从他的动机、机会、做事的决心,足以推断出他是无辜的,但证明他不在犯罪现场的证据却不足。

一个人所处的位置决定他的眼界,说得更简单点儿,你的观察范围取决于你所站的位置。我的位置一直站得不对,离威廉·肯特太近。我必须往后退,从不同的角度来观察他。

这个想法前两天一直在折磨着我,但我不敢说,甚至也不敢去想,肯特请我办这个案子,这就使我有了一定的思想倾向。哈德雷堡在职的军官中肯特是我唯一的伙伴。其他人要么是嫌疑犯、证人或受牵连的军官,要么就是受害者。肯特很晚才承认自己也有嫌疑,那是因为他认为我终将查出他与安·坎贝尔有关系。也可能他以为我和辛西娅已经找到了那个房间。实际上,如果我仔细想想,伯特·亚德利很可能告诉了肯特,房门被用胶粘住了,而且他们会怀疑是我干的。

亚德利到那房间时，里面的东西看上去都没有动过，所以他和肯特都不可能知道我在那房间里发现了什么或者拿走了什么。

伯特·亚德利是一个十分狡猾的家伙。对于我知道那个房间的事他故作惊讶，但是他知道安·坎贝尔是不会用胶将门粘紧的——因此，他怀疑是布伦纳干的。伯特·亚德利把这个情况告诉了肯特，于是肯特才决定供认通奸。但他两面都下了赌注，对我从不提起那房间的事。房间里东西现在为亚德利所控制。我不知道他俩是谁抓住了谁的小辫子，不知道两人是什么关系。不过，如果是其中一人杀害了她，另一人是不会知道的。

我想起了肯特是如何反对我直接去死者在基地外的住房的。从表面看，这可以理解——因为这不是办案的通常程序。但我现在想到肯特那天一早就想给亚德利打电话，也就是说在他给我打电话前后，他可能就在设法跟亚德利通话，想对他说："局长，安·坎贝尔执勤时被杀了。也许你应当尽快搞到法庭的命令去搜查她的房间，搜集证据。"亚德利当然知道应当尽快搜集哪些证据，销毁哪些证据。但是，根据亚德利的说法，他已适时不适时地去了亚特兰大，于是肯特感到自己陷入了困境。

事实是我先到了那房间，因此肯特只好打电话给在亚特兰大的亚德利说明这里发生的事情。肯特和亚德利也只好祈求上帝保佑，希望那个隐蔽的房间能保持原样。我和辛西娅也希望如此，殊不知米德兰的警察局长和哈德雷堡的宪兵司令都曾是那个房间的客人。

肯特故意拖延通知坎贝尔将军夫妇的时间。这种反应是可理解的，这是坏消息传送者那种本能的反感情绪的表露，还不能说肯特完全超出了常规。但如果是肯特杀害了将军的女儿，那我就明白了为什么他不能鼓起勇气尽他的这份职责了。

肯特不会打电话给鲍尔斯少校，因为他知道鲍尔斯熟悉那个房间。鲍尔斯也常去那里作乐。肯特不想让鲍尔斯去那房间搜集有关他的证据。但肯特自己也不能进入安·坎贝尔的那个房间，因为如果他是杀害安的凶手，他必须待在家里，而且要很快去接宪兵发现安以后给他打的电话。

我几乎可以想象出那情景……几乎。由于某种我尚不清楚的原因，肯特去了第六步枪射击场或者它的附近。我不清楚他怎么知道或者是否知道那儿会出什么事。但是我可以想象坎贝尔将军离开后他就出现了：高大、魁梧的比尔·肯特，大概身穿制服，从大路朝着赤身裸体被捆绑在地上的安·坎贝尔走去。走了五十米，他停下脚步，两人相视了一会儿。他觉得这是命运把这件事推给了他。他恼火于安·坎贝尔随意和任何人发生关系，解决他这问题的答案就是缠在她脖子上的那条绳子。

肯特可能知道，也可能不知道此事的来龙去脉。他可能听到，也可能没听到她向她父亲提出的交换条件。如果他没有听到，那么他可能把所看到的误认为是她与另一个男人在偷情，他又妒忌又气恼。无论怎样，他们肯定说过话，而且很有可能，安·坎贝尔在那个错误的时间说了错误的话。

或者可能，不管她说了什么——肯特已经玩腻了。他知道现场有其他人留下的痕迹，他还知道在几小时内就可以以官员的身份回到现场。他到现场的证据他都可以解释。这是意料之中的。他是警察，所以他能迅速地考虑到这些问题。此案不仅可以做，而且必须做。他所要做的只是跪下把绳子拉紧。但是他有这个决心吗？难道她没有恳求他吗？他会那么冷酷无情吗？还是一时的激愤和盛怒驱使他下了毒手？

但是，即使这一切都成立，即使这些猜测和推论确有道理而且符合事实，难道哈德雷堡宪兵司令威廉·肯特上校就成了杀害安·坎贝尔上尉的嫌疑犯吗？所有其他在职的男人，可能还有女人——他们都有报复、妒忌、掩盖罪行、免遭耻辱等动机，甚至有的就是杀人狂，都很可疑，为什么只怀疑肯特呢？假定真是肯特，我又如何去证实呢？在犯罪现场的警察可能是凶手，当案情属于这种不多见的情况时，那才是侦查人员的真正难题。

我在肯特的办公室门前站了片刻，然后敲了敲门。

第三十章

我把追光牌汽车悄无声息地开进了军官俱乐部。我问辛西娅："为什么你认为是肯特？"

"我并不知道是他干的，保罗，但我们已经排除了其他嫌疑犯。亚德利一伙不在犯罪现场有可靠的证据；穆尔上校干了些什么我们都知道；福勒夫妇可以互相作证；而将军和他夫人，据我所知在这件事上是清白的；圣·约翰中士和宪兵凯西发现了尸体，他们无可怀疑。我们谈过话或者向他们了解情况的其他任何人也都没有可能作案。"

"但是，还有鲍尔斯少校、威姆斯上校、埃尔比中尉、牧师、军医主任以及有作案动机的三十名左右的军官，再加上这些军官的夫人们。你想想这些，他们都有嫌疑。"

"是的。而且很有可能我们没听说过的什么人也到过现场。但你必须考虑的是这人是否有作案的机会和杀人的胆量。"

"对。不幸的是我们没有时间跟她日记中提及的所有人谈话。我认为联邦调查局也不会这样做，因为那样他们就必须为所调查的每一个人写一份两百页的报告。肯特可能是嫌疑犯，但我不想把他，还有这里的其他一些人作为和穆尔上校一样的嫌疑犯。"

"这我理解,但还是这一点使我觉得在某些方面肯特更可疑。"

"你什么时候开始有这个想法的?"

"我不知道。或许是在洗淋浴时。"

"这个问题就这样吧。"

"你以为他会与我们一道喝一杯吗?"

"他是个难以判断的人,但假如他就是凶手,他会来的,我还从来没有看到过这一招失灵的时候。他们想接近你,想看看、听听,设法操纵调查。机灵的人表现得不会那么明显。当然,我不是说只要肯特来与我们一道喝酒,他就一定是杀人犯。但如果他不来,我敢打赌他就不是。"

"我明白了。"

"你干得很出色,工作主动,判断力强,工作紧张时很冷静。你是个很有专业能力,很有头脑而又能苦干的人。与你一道工作非常愉快。"

"这是不是电话录音?"

"不,我……"

"毫无感情,保罗。根本不成调。如果你有心,就说心里话吧。"

"我讨厌那样做。"我将车开到军官俱乐部的停车处,慢慢地停在一个空位上。"你说话很有见地,非常……"

"我爱你——你说一遍。"

"去年我说过了。多少次?"

"你说啊!"

"我爱你。"

"好。"她从追光牌汽车上跳了下来,将车门关上,走出停车场。我跟在后面,一会儿追上了她。直到走进大客厅,我们再没有说一句话。我在角落里找到一张空桌,看了一下手表,时间是晚上八点一刻。一位女服务员走过来，辛西娅点了波旁威士忌和可口可乐，我要了苏格兰威士忌和一杯啤酒。

肯特上校走了进来，有好几个人转过头去。任何一位高级军警出现时通常总有一些人转过头去张望，另一些人则侧身斜视。此时，在哈德雷，耸人听闻的谋杀案仍是热点新闻，肯特当然成了一时的热门人物。他看见了我们，走了过来。

我和辛西娅按习惯站了起来。在私下里我也许会嘲弄他，但在公开场合我给予他应有的尊敬。

他坐下后，我们也坐下了。一位女招待走过来，肯特给我们要了饮料，给他自己要了一杯杜松子酒和强身剂。"我请客。"他说道。

我们闲聊了一会儿，说的全是些废话，什么人人都感到高度紧张啦，脾气变得暴躁啦，晚上睡不着啦，天太热啦，等等。尽管我和辛西娅都很随便，喜欢闲聊，但肯特不愧是个老手，他感到了情况有点不妙，觉得自己像老鼠一样被逼到了角落里。

我们还谈了其他一些事情。但偶尔他会漫不经心地提出这样的问题："穆尔肯定不是凶手吧？"

"难以肯定，"辛西娅回答说，"不过我们认为他不是。"她又说，"我们差一点冤枉了人，真可怕。"

"假如不是他，那可能真冤枉了人。你不是说是他把安捆绑起来，然后又把她丢下的吗？"

"对，"我答道，"我不能透露为什么，但我们知道其中的原因。"

"那么他是凶手的从犯啰？"

"从法律上讲，他不是。这完全是另一码事。"

"不可思议。你们那位管电脑的小姐把她需要的东西搞到手了吗？"

"我想是搞到了。有些家伙真倒霉，安·坎贝尔把她与别人作乐的日记存进了电脑。"

"哦，天哪……里边有我吗？"

"我想有的，比尔。"我补充道，"还有另外三十名左右的军官。"

"哎呀……我知道她有许多……但没想到有那么多……天哪！我像个傻瓜一样。嘿，我们能让日记保密吗？"

我微笑着说："你是说像绝密之类的内容吗？我会从国家安全角度考虑，看看我能做些什么。不过这最终得由高级军法官，或者司法部长，或者由他们一道做出决定。我想你有这么多同党，不必过于担心会把你一个拖出来。"

"嗯，不过我是军警啊。"

"日记中提到的一些人比你权力更大，威望更高。"

"那好吧。福勒怎么样？"

"说不清楚。嘿，你知道不知道伯特·亚德利也卷入了这场艳情？"

"不是开玩笑吧？上帝呀……"

"瞧，你和伯特的共同点比你原先知道的还多。不过说真的，比尔，你很了解他吗？"

"只是业务上有些往来，我们都出席每月一次的例会。"肯特接着问道，"你们俩有谁去过教堂吗？"

"没有，"辛西娅答道，"我想我们要等到明天做礼拜时再去。你今晚去教堂吗？"

他瞥了一眼手表说："当然。我很喜欢去教堂。"

我问他："肯特夫人还在俄亥俄州吗？"

"是的。"

"她打算待到什么时候？"

"哦……还要再待几天。"

307

"开车去那里要好长时间。她是乘飞机去的吗?"

他朝我瞥了一眼,答道:"是乘飞机。"他勉强笑了笑。"坐在她的扫帚上飞去的。"①

我也假惺惺地笑一笑,说:"我能不能打听一下,她的出走是否跟你和安的桃色新闻有关?"

"啊……我想有点那个意思。我们正设法解决这事,但她并不了解情况,她只是那样猜想罢了。你们还没有结婚,不过你们也许能理解?"

"我过去结过婚。辛西娅现在结了婚。"

他看看辛西娅问:"你结婚了?他是军人吗?"

"是的。他在本宁。"

"生活艰苦。"

我们还聊了其他话题,谈得真开心。

然而比尔·肯特并非一般的嫌疑犯,我清楚地感觉到他知道这是怎么回事,而且知道我们已经发觉他知道了。因此,这似乎成了一个小型的舞会,一种用诗、画、动作组成的哑剧字谜。有一次我们的视线相遇了,但双方都心照不宣。

我们一言不发地坐着,手里摆弄着鸡尾酒搅棒和餐巾。我和辛西娅在想杀人犯是不是就坐在桌旁,而比尔·肯特至少想到他的事业完了。也许他正在经历一场思想斗争,准备将实情告诉我们,以便我们明天中午动手。

有时候人们需要鼓励,于是我用一种他能理解的语气对他说:"比尔,你想去散散步吗?或者我们可以回到你的办公室,我们可以谈谈。"

---

① 有一民间传说,女巫可乘扫帚柄飞上天空。

他摇摇头。"我得走了。"他站起身,"嗯……我希望陈尸所的那些军医把她的遗体留下,装进棺材,我想再看她一眼……我没有她的照片。"他又一次强作微笑,"男女通奸不会有很多纪念品。"

实际上,有满满一个房间的纪念品。我和辛西娅也站起来,我说:"趁其他人还没有想到,拿一张征兵张贴画做纪念。这是收藏家愿意收藏的东西。"

"对。"

"谢谢你请我们喝饮料。"我说道。

他转过身,走了。

我们又坐了下来。辛西娅看着肯特走出去,似乎自言自语似的说:"他可能在为事业的毁灭,为即将公布于世的丑闻,为婚姻上的麻烦,为他所关心的人的死亡而感到心烦意乱。也许这就是我们所看到的情况。或者……他是装出来的。"

我点点头。"即便知道他在想些什么,也难以对他的行为进行评估。不过,一个人的眼神会给予某种启示……眼睛会用自己的语言说出心灵深处的话,会表达爱情、悲伤、仇恨、清白和内疚。甚至当他本人说谎时,眼睛还在说真话。"

辛西娅点点头:"的确如此。"

我们俩默默地坐了一会儿。辛西娅问道:"那么你认为是他啰?"

我看着她,她也看着我的眼睛,好像在做一种试验似的。我们俩都同意,比尔·肯特就是我们的目标,只是心照不宣而已。

第三十一章

我们没吃晚饭,驱车沿步枪射击场路向乔丹机场开去。正如肯特先前所说,路上有一个宪兵检查哨,我们只得停下车,说明我们的身份。我们到了乔丹机场门口,接受了身份检查,在三号飞机库门口又接受了同样的检查。

飞机库内空空荡荡,大多数法医已带着仪器回吉勒姆堡或者去接受其他任务了,但是还有五六个人留下来在打印报告并完成几个实验。

安·坎贝尔的住所依然如故,她的吉普车以及宝马325型敞篷车也在那儿,但她的办公室已被撤掉了。格雷斯·狄克逊坐在一张桌子旁打呵欠,面前是国际商用机器公司生产的那台个人电脑。

我们走近时,格雷斯抬头看了看我们,说道:"我正在整理档案,阅读信件和日记,但是遵照你的盼咐,没有把它们打印出来。我寄给你的关于亚德利的材料收到了吗?"

"收到了,"我答道,"谢谢。"

格雷斯说:"看这材料很有刺激性,我喜欢看。"

"今晚要洗个冷水浴,格雷斯。"

她放声大笑,在座位上扭动着丰满的臀部。"我要守着这把椅子。"

辛西娅问道:"你今晚住哪儿?"

"住基地招待所,我要和电脑软盘睡在一起,我保证没有男人。"她又道,"基地的牧师也被写进了那本日记,世上还有什么神圣的东西吗?"

我想说,跟一位女神睡在一起,这本身就很神圣,但又觉得这两位女士都不会喜欢这种说法。我问格雷斯:"你能将存储盘上提到威廉·肯特上校的部分全部打印出来吗?"

"绝对可以。我已看到他的名字了,我能找到。他的职务是什么呢?"

"他是宪兵司令。熟悉的朋友都叫他比尔。"

"对，我看到了里面有他。他名字每次出现的地方，都要打印出来，对吗？"

"对。此外，联邦调查局的人今天晚上或者明天早晨可能要来。外面的宪兵不会阻拦他们，但如果你看到他们穿过飞机库，就把软盘取出来，假装正在打一份报告，好吗？"

"好。如果他们有法庭的命令或者搜查证什么的，我怎么办？"

对付军人比较容易，因为他们只管执行命令，而非军人就难对付了，要做一些解释，而且他们会提出许多问题。我回答她："格雷斯，你只管打你的报告。把软盘藏在身上。如果他们要搜身，你就揍他们。"

她朗声笑道："要是他们都很可爱呢？"

辛西娅对她说："这真的很重要，格雷斯。除了我们三人之外，谁也不能看那个材料。"

"好吧。"

我问她："考尔·塞夫尔还在这儿吗？"

"在。他在那边，正抓紧时间睡觉。"格雷斯又操作起键盘来。我和辛西娅离开了格雷斯，无声无息地告别而去。

我在格雷斯前方竖了块黑板，这样进来的人就看不见她了。我们发现考尔·塞夫尔在一张小床上睡得正香。我把他唤醒。他站都站不稳了，似乎被周围的环境给搞糊涂了。

我等了几秒钟，然后问他："你有没有找到新的有趣的东西？"

"没有。我们正在整理。"

"你在现场找到肯特的指纹或脚印了吗？吉普车上，安的手提包上，以及厕所里，找到什么？"

他想了一会儿，说道："没有。但他的靴子印到处都有。我用他的靴子印来鉴别其他人的脚印。"

"你收到穆尔上校的鞋子了吗？"

"收到了。我把他的鞋印和不明身份的石膏压模脚印做了比较。从走到尸体跟前到回到路上都有这样的鞋印。"

"你有没有做一张示意图？"

"做了。"他走到一个公告牌前，打开手提式电灯。公告牌上有一幅用图钉固定着的十四英尺长、八英尺宽的凶案现场示意图。现场包括一条路，死者停放的吉普车，运动场露天看台的前一部分。路的另一边是射击场的一小部分，包括几个竖着的靶子和一个展翅飞鹰的雕像。艺术家已把它雕琢得雌雄难辨了。

脚印都用彩色大头针标出。公告牌下方的图例，说明已经知道靴子印和鞋印的人，未知或者模糊不清的脚印用黑色大头针表示，小箭头指示方向，用文字说明脚印是新的还是旧的，或者是淋过雨了的等等。如果一个脚印压上了另一个脚印，后来压上的脚印由一根较长的大头针标示。此外，图上还有一些注释和解说，力图从混乱中理出个头绪来。

塞夫尔说道："我们真的还没有对这幅图做过分析。那是你的任务。"

"对，我记得工作手册上是这么说的。"

他补充说道："我们得把这幅图搞得清楚一点再送联邦调查局。图上不同的和未知的脚印太多，就连你的鞋印我们都没有。"

"那双鞋现在可能在军官招待所里。"

"有人拖延提供脚印，我会起疑心的。"

"别惹人讨厌，考尔。"

"好，"他看着图例说道，"黄色表示的是穆尔上校。"

我回答道："我们要找肯特上校。"

考尔停了一会儿后问道："你说肯特？"

"是肯特。"我看了一下图例,肯特是用蓝色表示的。

我们一道研究着那张示意图。在静静的飞机库里,可以听到电脑打印机打印出文稿的声音。

我对考尔·塞夫尔说道:"请讲给我们听听。"

"好吧。"塞夫尔开始说了起来,从他所说的情况来看,威廉·肯特上校到死者跟前不下三次。考尔解释说:"瞧,图上显示他从这条路走向死者,在离死者很近的地方停了下来,也许是跪下或蹲下,因为他转身时,他的脚印转了,他可能接着站起身回到了路上。这也许是第一次,当他和发现尸体的宪兵一道去那里时……瞧,这是凯西的脚印,她是用绿色表示的。肯特第二次可能是陪你和辛西娅去的,辛西娅穿的是跑鞋,用白色表示。"他再一次提醒我:"你的黑颜色,黑色的有不少呢。我搞到你的靴子后,将用粉红色大头针表示你的脚印,但目前我还不能区分你和……"

"好了,我会把我穿的靴子找来。那他第三次去死者身边是怎么个情况?"

考尔耸耸肩。"我在那里看着他走过去的,但那时我们已在地上铺上防水布。我猜测在你们两位去那里之前,他已不止一次到过死者身边,因为我们已经发现了他从路上走到死者身旁的三次足迹。不过这很难说准,因为足迹都不完整。脚印上还有别的脚印,地面有的松软,有的结实,有的还长着草。"

"对。"我们一道对大头针、箭头和符号做了一番研究。

我说道:"另外还有一名男子和一名女子去过那里,他们穿的是民用鞋。我可以帮你把鞋搞来,但我所感兴趣的是肯特上校。我认为他先前看过现场,比如说在大约两点四十五分到三点半之间。他可能身着军装,穿着他后来穿的同一双鞋子。"

考尔·塞夫尔想了一会儿,然后回答道:"但尸体直到……几点钟才发现?……凌晨四点,由值勤中士圣·约翰发现的。"

我没有答话。

塞夫尔搔搔光秃秃的脑袋,眼睛紧紧地盯着示意图。"嗯……有可能……我是说,这里有些东西毫无意义……这是圣·约翰的靴子印,用橙色表示,这是可以肯定的。这家伙的鞋底上有一块橡皮,地上有橡皮的印痕。好……这是圣·约翰的靴子印,这靴子印上好像还有一个靴子印,我们认为上面这个印迹是肯特上校的。肯特穿了一双崭新的靴子,足迹清晰,所以……我是说,如果圣·约翰凌晨四点在现场,而肯特是直到宪兵……五点以后叫他才到现场,那么圣·约翰的靴子印盖在肯特的上面就毫无道理了。不过,你必须知道,如果下面是雪、泥、松土等,我们就能够验明大多数鞋子的印迹,但还不能像验手印那样精确。目前有两个清晰的鞋印,但我们难以肯定到底是哪个压着哪个。"

"但是你已经注明圣·约翰的鞋印是在肯特的上面。"

"嗯,那只是技术上的判断,可能是错误的。也许是错的,我知道。圣·约翰先到那里,因此他的鞋印不可能覆盖住肯特的……但你说你认为肯特在圣·约翰发现尸体前去过现场。"

"我是这么说的,"我回答道,"但你不能对任何人说。"

"我只向你们二位和军事法庭委员会提供情况。"

"完全正确。"

辛西娅对考尔说:"我们看一下石膏压模吧。"

模型都用黑色彩笔标了号。考尔找到他要找的那个模型,拿起放到了桌上。桌子边上有一盏日光灯,我把灯打开。

我们目不转睛地盯着模型看了几秒钟。考尔说道:"这就是圣·约翰在走向死者时的靴子印。边上那个小小的记号是尸体的方向。这里还有一个靴印也是走向尸体的,是肯特上校的。"

我看了一下两个靴印。它们平行覆盖着，肯特左靴的左边盖住了圣·约翰的右靴的右边；也可能是圣·约翰右靴的右边盖住了肯特左靴的左边。这就是问题的症结所在。我什么也没说。辛西娅也是一声没吭。最后，考尔说道："啊……如果你们……你们看到那上面有个齿形痕迹吗？那是圣·约翰靴子上的橡皮印，但肯特的靴子没碰到它。你看，这是两双式样相同、鞋底印有交叉的、有联结的……"

"你是否需要一名猎鹿高手来解决这个问题？"

"什么？"

"为什么有人在示意图上为肯特的脚印插上短的大头针？"

"啊，我不是这方面的专家。"

"专家呢？"

"他走了，不过我来试试看。"他把灯换了个位置，然后将灯关上，在飞机库那盏暗淡的吊灯下观察模型；然后又找了一支手电筒，从不同的角度和距离加以观察。我和辛西娅也在一旁看着，这并非什么严格的科学问题，而是个常识问题。事实上，几乎不可能肯定到底哪个脚印在先。

辛西娅用手指抚摸两个鞋印的交叉处，如果鞋底光滑，很容易判断哪个印得深，但这也不一定就证明较深的那个鞋印在先，因为实际上人走路的姿势不同，体重也不一样。不过通常较深的脚印在先，因为它是直接踩在地上或者雪上或者泥土上，而后来的脚印是踩在踩过的地方，不会陷得像前面的那样深，除非此人是个大胖子。辛西娅说道："圣·约翰的脚印比肯特的稍微高一点。"

考尔说道："我见过肯特，他的体重大约两百磅。圣·约翰的体重有多少？"

我说道："和肯特的差不多。"

"那么，"塞夫尔说道，"这就取决于他们的脚踩下去时用了多少力了。跟示意图上其他有关的脚印相比,这两个脚印都是平的,都不是在跑。我猜想他们都是在慢慢地走。所以如果肯特的脚印深一点,就可以说肯特的脚印在先,圣·约翰的脚印在后。但这仅仅是猜测而已。"他补充道,"我不会根据猜测就将人送上绞刑架。"

"不会,但我们可以把他吓得屁滚尿流。"

"对。"

"今天晚上你能将隐约痕迹专家找回来吗?"

考尔摇摇头。"他奉命去了奥克兰军事基地。我可以请其他人乘直升机来。"

"我要原来的那一位。将这个模型用飞机送到奥克兰,让他再做一次分析。别告诉他他第一次分析的结果,好吗?他不会在几百个模型中只记住这一个。"

"对。我们看看他两次的分析是否一致。这事我去办。我们可以让从亚特兰大飞往旧金山的商用飞机送去。我可能亲自去。"

"不行,伙计,你必须留在哈德雷堡陪着我。"

"别取笑了。"

"好了,我很需要从吉勒姆派一个隐约痕迹专家小组来。我要他们天一亮就到步枪射击场,多找一些肯特上校的靴子印。要让他们在路上、射击场上尸体的周围和厕所附近等等进一步寻找。我要一张只显示肯特脚印的图。最好能将一切信息输入电脑程序,明天中午前准备好把图显示出来,行吗?"

"我们尽力而为。"他犹豫了一下,然后问道,"你对此有把握吗?"

我朝他微微点了一下头,这是对他的鼓励,他要把人们从床上唤起,让他们天亮时赶到哈德雷来。我说道:"考尔,联邦调查局今晚或明早可能有人来。他们从明天中午起接管本案,但必须等到中午。"

"我知道了。"

"让外面的宪兵搞个预警信号，使格雷斯有所警觉，以便将她用的磁盘隐藏起来。"

"没有问题。"

"谢谢。你干得很出色。"

我和辛西娅回到格雷斯·狄克逊那里。她正在把印出来的材料整齐地放在她的办公桌上。她说："这是最后一部分了。那些是日记中提到的比尔·肯特、威廉·肯特以及肯特等的材料。"

"很好。"我拿起这份材料，随手翻了一下，大约有四十页，有些上面记的不是一天的事情，最早的日期可以追溯到两年前的六月份，而最近的日期是上周。

辛西娅评论道："他们过往甚密。"

我点点头。"好，再次表示感谢，格雷斯。为什么不将磁盘放到秘密的地方，好去睡一会儿？"

"我还可以，你看上去倒是受不了啦。"

"明天见。"

我拿着印好的材料，我们穿过飞机库走了很长一段路，从小门走出来。这是个宁静的夜晚，空中湿气弥漫，除非你爬到松树顶上，否则你连松树的气味都闻不出来。"要洗个澡吗？"我问。

"不，"辛西娅答道，"去宪兵司令部办公室。去见穆尔上校和贝克·基弗小姐，还记得他们吗？"

我们两人上了我的追光牌汽车，仪表板上的时间是十点三十五分，离我们结案的时间已不到十四小时三十分了。

辛西娅看见我在看时间，说道："联邦调查局的那帮人也许正在打着呵欠，准备上床睡觉，但明天上午他们就到这里了，各处都会有他们的人。"

"对。"我加快车速,很快离开了乔丹机场。我说:"如果他们破获了这个案子,要受到赞扬,对此我并不眼红。我不是说大话,明天中午我将把一切都移交给他们。他们可以接下去办案,但是我们愈是接近查明杀人凶手,他们就愈是可以少做点丑事。我要把他们的视线引到肯特身上,同时希望案子就此侦破。"

第三十二章

我们又来到了宪兵司令部大楼。新闻工作者已经离开,我将车停在路上的非停车区。我们拿着安·坎贝尔日记的打印件走进了大楼。

我对辛西娅说:"我们先跟穆尔上校谈话,然后再看看基弗小姐发现了些什么。"

我请负责拘留室的警官陪我们来到穆尔上校的拘留间。穆尔坐在床上,衣服全都穿着,只是没有穿鞋。达伯特·埃尔金斯把椅子移到了铁栅栏前,正在和穆尔说话。穆尔像是在仔细听,但又像是在紧张地沉思。

他们两人看见我们走过来,都站起身来。埃尔金斯看到我似乎很高兴,但穆尔显得忧心忡忡,头发乱蓬蓬的。

我对警官说:"请你把穆尔上校的门打开好吗?"

"是,长官。"他打开了门,问我道,"要戴上手铐吗?"

"要,警官。"

警官对穆尔吼道:"伸出手来!"

穆尔把握紧的双手伸到前面,咔的一声,警官给他上了手铐。

我们一声不响,沿着回荡着回声的长长走廊,从大多是空着的拘留间前走过。

我们走进一间审讯室,警官离开了我们。我对穆尔说道:

"坐下。"

他坐了下来。

我和辛西娅与他面对面坐下，中间隔着桌子。

我对他说："我曾跟你说过，下次我们见面将在这里。"

他没有回答。他显得有点害怕，有点沮丧，也有点生气，尽管他尽量克制着，因为他知道生气于他无益。我对他说："假如你第一次就把所知道的一切告诉我们，你就不至于来这里了。"

他仍然没有回答。

"你知道什么事最让探员生气吗？是狡猾的证人浪费了他宝贵的时间和精力。"

我先奚落了他一番，说他真让我倒胃口，他玷污了他的制服、他的军阶、他的职业和他的国家，也玷污了上帝、人类和宇宙。

穆尔始终听着，一言不发。这主要是因为他正确地估计到我不想要他开口，并非是他维护第五修正案权利的表示。

我说话时，辛西娅拿起了安的日记打印件。我刚训斥了穆尔几句，她就站起来走了出去。过了大约五分钟，她又回来了，手里没拿日记打印件，却端着个塑料盘。盘子里有一杯牛奶和一只油炸圈。

穆尔的眼睛马上转向食品，不再注意看我。

辛西娅对他说道："这是给你的。"她将盘子放在他够不着的地方，然后对他说："我已经告诉宪兵，将你的手铐打开，好让你吃饭。他一会儿就来。"

穆尔对她说："我可以戴着手铐吃。"

辛西娅告诉他："让犯人戴着手铐脚镣等刑具吃饭是违反规定的。"

"你没有强迫我，是我甘心情愿——"

"对不起。请等一下吧，上校。"

穆尔盯着油炸圈。我想这一定是他第一次对食堂的油炸圈感兴趣。我对他说:"我们开始谈吧。可别像前几次那样跟我们绕弯子。好吧,为了戳穿你的谎言,我把我们已经从法医那儿得到的证据告诉你。然后,你把细节补全。首先,你和安·坎贝尔至少策划了一星期——从她父亲向她发出最后通牒时起。嗯,我不知道重现西点强奸案的主意是谁想出来的。"我注意地看了他一眼,发现他有所反应,然后接着说道,"但这是个孬主意。嗯,你在基地司令部给她打电话,与她商定时间,然后开车去第五步枪射击场,穿过沙砾地,再到运动场露天看台后面。你从汽车里出来,手里拿着搭帐篷用的木桩、绳子、一把锤子等东西,还有一部移动式电话,可能还有一台放音机。你沿着圆木铺的小路走到第六步枪射击场的厕所里,你也许从那里再一次给她打了电话,以证实她已经离开了司令部。"

此后,我花了十分钟,将他所犯的罪行从头说了一遍,有些是法医提供的证据,加上我的猜测和假设,我的讲话对穆尔上校产生了很大的影响。他显得十分惊奇而且愈来愈不安。

我继续说道:"你拨的是将军的那部红色电话机的号码。当他接电话时,安就放磁带录音。这时,你知道大约还有二十分钟时间,你和安两人就准备登场了。她在吉普车里或者吉普车旁脱去衣服,以防万一有人突然走来。你把她的衣服装进一只塑料袋里,塑料袋就留在吉普车旁边,对吗?"

"对。"

"她戴着手表。"

"是的,她想掌握时间。她能看见表面,她觉得这样等她父母可放心一些。"

我对穆尔说道:"顺便问一下,你有没有注意她是否戴着她在西点军校的戒指？"

他毫不犹豫地回答道："注意了。她戴着。这枚戒指与她前次遭到的强奸有着象征性的联系。当然，戒指里面刻着她的名字。她想把它作为某种象征送给她父亲——就是说，它所象征的惨痛记忆全在她父亲的控制之中。她不愿再想起那桩事。"

"我懂了……"天哪，这是一名内心痛苦而又性格独特的女性。

我和辛西娅交换了一下目光。我想她有着和我同样的想法。不过，还是回到刚才说的罪行上来吧。我对穆尔说道："然后你们俩走到射击场上，在距离大路约五十米处那个靶子下面选定了地点。她躺了下来，将双臂和双腿分开。"我朝他看了一眼，然后问道："被看作一个灵敏的阉人是种什么滋味？"

他显出十分生气的样子，但还是克制住了。他说道："我从来不在性关系上占病人的便宜。不管你觉得她这种治疗方法是多么荒唐离奇，其本意是帮助他们父女双方精神上得以发泄。治疗方法并不包括将病人捆绑起来后我与她发生性关系或强奸她。"

"你真是个大好人，一个有着高尚职业道德的完人，只是别让我再发脾气。我想问的是，你打完最后一个绳结后又发生了什么事。说给我听。"

"好吧……啊，我们交谈了一会儿。她对我冒这么大风险帮助实施她的计划表示感谢——"

"上校，别自我吹嘘，继续说。"

他深深地吸了口气，然后接着说道："我回到吉普车旁，拿起装有她衣服的塑料袋和我的公事包。公事包是我用来装帐篷桩和绳子的，但此时里面只有一把锤子了。然后，我走到射击场露天看台后面的厕所棚里，在那里等着。"

"等什么？等谁？"

"噢，当然是等她父母亲。此外，她担心其他人会先经过这儿，看见她的吉普车，因此她要我留下直到她父母亲来到。"

"假如其他人先出现，你怎么办？将你的脑袋藏到抽水马桶里吗？"

辛西娅在桌下轻轻地踢了我一下，把问话接了过去。她彬彬有礼地问穆尔："你怎么办，上校？"

他朝她看看，然后看看油炸圈，最后又看了她一眼，才回答道："噢，塑料袋里有她的手枪，不过……我说不准我该怎么办。如果在她父母到达之前其他人先来到了这儿，并看见了她，我会注意防备不让她受到任何伤害。"

"我明白了。而且正是在那个时候你上了厕所？"

穆尔先是有点吃惊，接着点点头。"是的……我必须上厕所。"

我对他说道："你十分害怕。你必须解手，对吗？这之后，你洗了手，像个规矩的士兵一样。接下去呢？"

他瞪了我一眼，然后对着辛西娅答道："我站在厕所棚后面等着，后来看到路上有汽车前灯的亮光。汽车停了下来，驾驶室门打开了，我看清楚了从车里出来的人是将军。总之，月色明亮，尽管我没有看到坎贝尔夫人，但我认得那是她的车。"他补充道，"我很担心，如果坎贝尔将军不带他的夫人来会怎样？"

"为什么？"

"嗯……我从来就不认为将军会靠近他一丝不挂的女儿……我可以肯定地说，如果只有父女两人在场，就一定会发生激烈的争吵。坎贝尔夫人不来，事情的发展将难以控制。"

辛西娅久久地看着他，然后问道："你有没有待在一旁，听听坎贝尔将军和他女儿谈些什么？"

"没有。"

"为什么不呢？"

"这是我们商量好的，我不应当那么做。我确信来人是将军后，就将塑料袋连同她的衣服扔到了厕所顶上，然后顺着圆木铺的小路匆匆往回走。大约五分钟后就走到我停放汽车的地方。我不知道他们父女俩会交谈多久。我想将我的车开到路上，尽快回到办公室。事实上我就是这样做的。"

辛西娅问道："你开车回办公室时，在路上看到别的汽车了吗？"

"没有，我没看见。"

我和辛西娅对视了一下，然后我再看一眼穆尔，对他说："上校，好好想一想，你有没有看见迎着你或背着你的汽车灯光？"

"没有，绝对没有。那正是我所关心的……"他补充道，"我可以肯定我没有被人发现。"

"你没有看到行人吗？"

"没有。"

"你在第五或者第六射击场上没有看见或者听见什么？在厕所里，在吉普车里，或者走在圆木路上，也没看见或听见什么吗？"

他摇摇头："没有。"

"那么是你走以后有人杀害了她。"

"是的。我离开她时，她是活着的。"

"你认为是谁杀害了她？"

他朝我看看，显得有点惊奇的样子。"噢，当然是将军喽，我想你是知道的。"

"你为什么这样说？"

"为什么？你知道发生了什么事。你知道我的任务是协助她重新制造强奸的场面，好让她父母亲眼看一看。将军去了——我亲眼看见他的——而早上，那之后不久，有人发现她被勒死了。还有可能是谁干的呢？"

辛西娅问他："她希望她父母做些什么呢？就这个问题她是怎么对你说的？"

穆尔考虑了一会儿，答道："啊……我想她希望他们……她不知道父母看见她这样会如何处理，但她殷切地期待他们，不管有多大困难，也要把她解救出来。"他补充道，"她知道他们不会丢下她不管，因此他们将不得不面对她，面对她一丝不挂的样子，面对她的羞愧和耻辱，然后从肉体上给她解开绳索，进而从精神上解放她，也解放她的父母。"

他看了我们一眼。"你们懂吗？"

辛西娅点点头。"懂，我懂得这个理论。"

我说了我的意见："我觉得听起来有点古怪。"

穆尔对我说道："假如坎贝尔夫人也去了，这办法可能会奏效，可能这事就不会以悲剧告终了。"

他没有看我，而是对辛西娅说道："请你将那杯牛奶递给我行吗？我渴得厉害。"

"当然可以。"辛西娅将牛奶放在他戴着手铐的手边。他用双手捧起杯子，一口气将牛奶喝光，然后放下杯子。大家沉默了一分钟的样子，穆尔品味着牛奶，好像那是他所喜欢的葡萄酒加奶油。

辛西娅对他说："她有没有对你说过，她父亲可能会单独去，可能会大发雷霆，把她干掉？"

穆尔立即回答道："没有！如果她说了，我绝对不会同意她——同意她的这个计划。"

辛西娅问穆尔："你和安·坎贝尔有没有想过，将军去时可能并没有准备好要解救他女儿——我不是指精神上的准备——我是指刀或拔桩的工具。"

穆尔回答说:"想过。她考虑到这一点了。事实上,我在地上插了把刺刀……你们发现了那把刺刀,对不对?"

辛西娅问道:"刺刀放在哪里?"

"啊……在她两腿之间……在西点时强奸她的那伙人拿了她的刺刀,把刺刀插进地里,靠近她的……她的阴部。还警告她不要将发生的事向上报告,然后割断绳子将她松开。"

辛西娅点点头。"我清楚了……"

穆尔继续说道:"她企图吓他一下,当然,是想吓唬她父母。他们会从地上拿起刺刀,割断绳子,将她放开。她想父亲会主动脱下自己的衬衣或者外套给她。我把她的胸罩留下了,她的短裤就在她脖子上。这些,我相信你们一定都找到了。在西点时,那伙人就是这样把她丢在树林里的。他们把她的衣服丢在各处,她只得摸黑找回衣服。在这种情况下,她打算让她父母帮她回到吉普车里。她打算在那时再告诉她父亲她的衣服在哪里——在厕所顶上——让他去取衣服。她将手提包连同钥匙留在了吉普车上。如果没有什么事发生,她打算穿上衣服,将车开走,返回司令部。她打算在和她父母一道用早餐时露面,到那时,他们再面对各种问题,设法解决。"

辛西娅再次点点头。她问道:"她对早餐时与父母见面抱有很大的希望吗?"

他稍加考虑回答道:"是的,我想她抱有很大希望。当然,这取决于她父母对这种场面做出什么反应。唉,结果坎贝尔夫人没有去。但我想安已经意识到,那天夜里不管她使出什么招数,不管她父亲会做出何种反应,事情都不会变得更糟。采用震惊疗法有很大的冒险性,但当你两手空空、无东西可失的时候,当你到了最困难的时候,就会孤注一掷,并盼望有个最好的结果。"

辛西娅又点点头,问他:"她告诉你为什么她希望和父母见

325

面了吗？我的意思是为什么这么多年过去了，单选这时候和父母见面？"

"啊……她最后愿意宽恕她父母。她准备那天早上什么都说出来，只要能事事重归于好，她准备什么都答应。她对这场无休止的争吵已感到厌烦。甚至在她去步枪射击场之前，她已经感到有了精神上的宣泄。她充满希望，简直忘乎所以。说真的，这是我认识她以来，她第一次那么快乐，第一次给人以安详的感觉。"他深深地吸口气，看了我们一眼，接着说道，"我知道你们会怎样看待我，我不怪你们，但我当时心里想的全是为了她好。从另一种意义上说，她也诱使了我犯罪，我采用了一种……非正统的治疗方法。话说回来，假如你当时看到她是多么乐观，看到她那近乎孩子气的举止——紧张、害怕，但又满怀希望，相信多年的噩梦定会结束……但实际上我知道，她对她本人和其他人所造成的伤害是不会就那样消失的，不会因为她对她父母说一句'我爱你们。如果你们原谅我，我也原谅你们'而消失……可是她相信会消失，而且要我也相信……但她估计错了……我也没有估计到她父亲会如此大发雷霆……具有讽刺意味的是，她以为她很快就会变得快乐起来……她一直彩排似的准备那天夜里对父母说的话……以及早餐时……"

接着奇怪的事发生了。穆尔的脸上流下了两滴眼泪，他用双手捂住了脸。

辛西娅站起来，她把手搭在穆尔的肩膀上，然后做个手势让我跟她一道出去。我们到走廊上，她对我说道："让他走吧，保罗。"

"见鬼，不行。"

"你已经在监狱里与他谈了话，让他到他的办公室里去睡觉，明天好参加葬礼。我们明天或者后天再处理他。他跑不了。"

我耸耸肩。"好吧。唉，我的心肠也变软了。"我来到警卫办公室，对警卫班长说了此事。我填写了一张解除拘留的表格,并在上面签了字——我讨厌解除拘留的表格——然后走出警卫办公室来到走廊上,辛西娅正等在那里。

我说道:"他被释放了,但不准离开岗位。"

"好,这就对了。"

"我们不知道是否真做对了。"

"保罗……发脾气改变不了已经发生的任何事情。报复不会带来正义。这是你应当从本案吸取的教训。安·坎贝尔从未吸取教训,但发生在她身上的事至少应当引以为戒。"

"谢谢。"

我们走回我们的办公室,在办公桌边坐了下来。我和辛西娅每人分了一部分安的日记打印件。我们开始阅读前我问她:"刺刀到哪里去了?"

她回答道:"我不知道。假如坎贝尔将军从未走近他女儿,那他就不可能看到那把刺刀,也不可能知道可以用刺刀割断绳子将她放开。他告诉我们两种完全不同的情况——一种是他试图将木桩拔起以便放开她,另一种是他不能走得离她那么近。"她补充道,"实际上他没有走得那么近。"

"对。在他之后去现场的人——我们假定是肯特——他看见了那把刺刀。肯特也没有拿走那把刺刀——假定后一个人确是肯特的话。然后,福勒夫妇去了现场。他们带着自己的刀……但安已经死了。再下面是圣·约翰中士、宪兵凯西……我不知道,但有趣的是谁将刺刀从地上拔出来的,谁就保管着这把刺刀……"我考虑了一会儿,而后说道:"假如我们同意将军的第二种说法,即他没有走近她,那么将刺刀从地上拔出来的人不会是他,而凶手没有理由拿走刺刀。圣·约翰和宪兵凯西也不会这么干。"

327

"你说是福勒夫妇干的?"

"我是说福勒夫妇发现安已死去,看到解救她的工具就在她的两腿之间。如果你愿意这么猜想的话,那就是福勒夫妇意识到将军对他们撒谎,将军并未设法救她。我可以肯定将军告诉了他们他曾设法救她。而事实正如坎贝尔将军在后一种说法中讲的那样,他和女儿保持着一段距离,两人说话时是大声吵嚷着的。因此,福勒夫妇看到那把刺刀,意识到将军本可以解救女儿,可是他没有,结果她死了。他们不想告诉他这事,也不想让他在正式报告中看到,于是便将刺刀从地里拔出扔了。"

辛西娅想了一会儿,然后说道:"是的,也许所发生的事就是这样。"她朝我看了一眼,"那么她在西点军校戴的那枚戒指呢?"

"这个问题我一无所知。"

"也是福勒夫妇取走的吗?"

"有可能。他们又帮了将军一次忙,尽管我没有得到他们的帮助。也许是凶手将戒指取走作为一种感情的记忆。我认为凯西和圣·约翰不会干出如此可怕的事来。但你永远无法知道人们在尸体面前会做出什么事来。再说,将军也可能比他讲的更靠近女儿一点。他拿起刺刀,想割断绳子将她放开,但又改变了主意。他取下她的戒指,说她玷污了她的军装,侮辱了自己,说完就离开了——之后他又改变了主意,于是驾车去了福勒夫妇家里。谁知道呢?又有谁关心呢?"

"我关心。我必须知道人们是如何做事的,他们在想些什么。这很重要,保罗,因为正是这些才使我们的工作比手册上写的更有意思。你想不想成为像卡尔·赫尔曼这样的人?"

我强作笑脸。"有时候我想。"

"这样你就再也不能判断动机,或不能识别谁是好人谁是坏人了。"

"听起来觉得不错。"

"别说反话。"

"说到动机、好人、坏人、激情、妒忌和仇恨,我们还是赶快把这些材料看完。"

我们看了一会儿材料,发现了威廉·肯特性偏爱的秘密。更重要的是,我发现安·坎贝尔认为他是个愈来愈令她伤脑筋的人。我对辛西娅说:"这是她上个月的一段日记。"我读道,"比尔再一次想独占我。我原以为我们已经解决了这个问题。今晚特德·鲍尔斯在这里时他来了,那时,我和特德还没有去楼下。比尔和特德在起居室里喝起酒来。比尔对他很粗野,以权势压人。最后特德走了,我和比尔谈了起来。他说如果我答应和他同居或结婚,他准备离开他妻子,辞去职务。他知道为什么我跟他以及其他男人一起厮混,但他开始认为我们俩不仅是厮混而已。他逼我答应,我告诉他不行。今晚他没有性欲,只想与我交谈。我让他说,但我不喜欢他说的内容。为什么有些男人以为他们非做身穿金光闪闪盔甲的骑士不可呢?我不需要骑士。我是我自己的骑士,我是我自己的龙,我生活在我自己的城堡里,其他人都是道具和跑龙套的小角色。比尔的认识能力并不很高,他不理解,我也不想做什么解释。我对他说将考虑他的要求,但同时又问他,事先约好再来这里好不好?他听了大发雷霆,真的打了我,然后剥光我的衣服,又在起居室的地板上强奸了我。完了之后,他似乎感到好一些。过了一会儿他绷着脸走了。我意识到他会变得很危险,但我不在乎。事实上,在所有和我发生过关系的男人中,除了韦斯,他是唯一真正威胁过或者打过我的人,而正是这一点使比尔·肯特显得非常有趣。"

我抬起头,不再看材料。我和辛西娅相互看了一眼。显然,肯特上校是个危险人物。没有什么比衣冠楚楚、道貌岸然者的情欲发作时更危险的了。我正要另读一份材料,门口传来了敲门声,接着门开了。我认为是基弗准尉,结果却是肯特上校。我不知道他在门外站了多久。

第三十三章

我把电脑打印件收集整理好,顺手放进文件夹。肯特站在那里看着,但没有作声。

办公室内光线暗淡,只点了两盏台灯。我坐在那儿,几乎看不清肯特的面部,但我感觉到他似乎在狞笑,也许是闷闷不乐。我记得他去教堂看过尸体。

他说话时嗓音低沉,几乎没有语调的变化。"贝克到处在偷偷窥探什么?"他问道。

我站起来回答道:"她不是到处窥探,是在为我搜集我要的一些东西。"

"我是指挥官。你要什么,向我来要好了。"

事实上,他说得完全正确,但除了这一次,因为这个案子中,我要的东西正和这个指挥官有关。我说:"只是行政方面的一点小事,上校。"

"这幢楼里没有小事。"

"唔,违犯停车规则和交通规则的传票还是小事。"

"你要这些东西干什么?"

"只是标准程序而已。要知道,如果什么车子都到处乱停的话,那么——"

"这我知道。你要的是宪兵巡逻报告和值勤军士的值班记录,还要了那天晚上的无线电通话录音带。你是不是在特意查寻某一辆车?"

说真的，确实如此，就是他的车。但我回答道："不是。贝克去哪儿了？"

"我免去了她的职务，命令她离开了这幢大楼。"

"我明白了。那么，我现在正式要求你取消这项命令。"

"我已给你另外派了一个书记员。我决不容忍任何人，以任何理由破坏内部安全。你违反了规定，也许还触犯了法律。明天我将与军法参谋一起着手处理这件事。"

"你当然有权这样做，上校。不过，依我看，威姆斯上校这会儿没心思管这件事。"

肯特好像明白我的意思。他答道："军事审判统一法典不会偏袒仟何人，这儿的每一个人都要受到法律的约束，包括你们俩。"

"你说得很对。我对贝克所做的一切负全部责任。"

这时，辛西娅站起来："应该由我负责，上校，是我让贝克那样做的。"

肯特看着辛西娅，说："你该做的一切应是首先向我请示。"

"是，长官。"

肯特占了上风之后，本可以继续向我们进攻。不过，看上去他对此并无多大兴趣。他对我说："你把穆尔上校关起来时，我没说过什么，但是，我要就你如何对待他的事拟一份正式的报告。你不能用那种方式对待一个军官。"很显然，肯特说这番话时想到了自己的将来。他指责我们的那句话根本不是针对穆尔上校的。

我回答道："军官通常不应有那种行为。他玷污了他的军衔和职业，也玷污了他的职责。"

"但是，你可以给他安排一个合适的住处，对他的活动做适当的限制，等调查有了结果之后，再决定是否有必要指控他犯罪。"

"上校，你知道，我个人认为，你的职务越高，所受的惩罚该越重。年轻军人因无知糊涂、尚不成熟或一时冲动而闯了祸，要严加责备，而高级军官只要犯法，就应该严加惩处，以示惩戒。"

"但职务还包括它应有的特权。特权之一就是军官在受审之前不应关禁闭。布伦纳先生。"

"但是，如果你犯了罪，你所受到的惩罚应该与你的地位、工作和对法律的认识成正比。与军官的权利及特权同时存在的，应该是沉甸甸的责任。任何不履行职责或违犯法律的行为都应该受到相应的惩罚。"我是在说你，比尔，你知道我是在说你。

他回答："还必须把一个军人过去的表现考虑在内。如果一个人二十年来的表现一直是正直而令人尊敬的——就像穆尔上校那样——那么，就该顾及他的面子和自尊。如果他该受什么惩罚的话，军事法庭会给他定罪的。"

我久久地注视着肯特，然后回答："我坚信，一个军官，因为他享有特权，因为他曾宣誓就职，所以就有义务对自己犯下的罪行勇敢承认，就有义务使军法委员会免受公开审判的难堪局面。说真的，我倒是欣赏古代武士拔剑自刎的传统。但是，现在的人哪还有这等胆量。不过，我还是认为，作为军官，一旦犯了死罪，或亵渎了自己的名声和身上的军装，至少应该考虑用自己手中的枪结束自己的生命。"

"我看你是疯了。"肯特说。

"也许是吧。也许我该和精神病医生谈谈去了。穆尔可以离我远去了。我告诉你，我已解除了对他的禁闭。你听了一定很高兴。现在他应该已离开这儿了，也许开着车找今晚睡觉的地方去了。要是你想找他，最好到心理训练学校的军官宿舍去看看。另外，他认为是将军谋杀了自己的亲生女儿。我知道那不是将军。因此，无论是谁谋杀了她，那个人现在就得决定，是否该让穆尔去告诉联邦调查局自己的猜想,听任一个诚实正直的人受到怀疑。或者,那个犯了罪的人会不会为了保持自己的荣誉而去自首呢?"

我和肯特默默对视片刻,然后,肯特说:"我想,无论是谁杀了她,他都不会认为这是犯罪。你喜欢谈荣誉、道义、古代武士习俗以及军官的权利与责任,等等。而我敢打赌,杀人犯肯定认为根本没必要为此动用军事审判制度,因为他的行为纯粹是一种……一种有关个人正义和个人名誉的行为。这与你的观点完全不同。"

"不错。但不幸的是,我们生活的时代是一个法治的时代。从我们的个人感情上讲,是难以接受的。十多年来,我调查了多少杀人案件,你也看到了很多,上校。几乎每一个杀人犯都认为自己是有正当理由的。地方陪审团也开始接受这一说法。问题的关键是,如果你觉得你有正当的理由,那就说出来让我们听听。"不知不觉中,我们的谈话不再只是泛泛而谈,而几乎是有所指了。这当然还要看你是如何理解这个人称代词"你"①字的。

肯特看着我,又看看辛西娅,然后开口说道:"我刚刚去了教堂。我不是教徒,但我为她做了祷告。对了,她面容很安详。我想那是殡仪馆的人处理的。我想她的灵魂一定恢复了自由,她的精神一定又充满了欢乐……"他突然转身走了。

有好几秒钟,我和辛西娅都没作声,就这样静静地坐在昏暗的办公室里。然后,辛西娅说:"现在,我们知道安·坎贝尔苦难的根源所在了。"

"是的。"

"你说他自己会承认吗?"

"不知道。这就要取决于现在到明天早晨这段时间里,他内心斗

---

① 英文中的"你"既可直接理解为第二人称单数,亦可能作泛指"任何人"。

争的结果如何了。"

"我觉得自杀不是个好办法。保罗,你不该对他讲自杀的问题。"

我耸耸肩:"想到自杀会给人带来巨大的安慰,它曾使人们安然度过许多不眠之夜。"

"瞎说。"

"不,是尼采说的。"

"可怕,"辛西娅说,"我们去找贝克吧。"

"是基弗。"我也站起来,拿起存有打印件的文件夹。我们离开办公室,走出大楼,外面已是一片漆黑。

来到宪兵司令部大楼的台阶上,我抬头看到远处的天空有道道闪电。起风了。"要下暴雨了。"

"佐治亚的天气就是这样。"辛西娅回答,"要是这场暴雨下在两昼夜之前……"她又说。

"是啊,说得更确切一点应该是:要是男人不强奸妇女,要是各种机构都不拼命撒谎开脱罪责,要是父母与子女能够互相理解,要是复仇不那么令人神往,要是一夫一妻制是人类本能的需要,要是人人都用他希望别人对待自己的方式来对待他人,那么,还要我们这些人干什么,而监狱牢房也可以用来喂养捕鸟的猎狗了。"

辛西娅挽着我的手臂,我们走下台阶,向追光牌汽车走去。

雨点刚刚落下,我们就钻进了车里。她问我:"我们怎么样才能找到基弗?"

"基弗会找我们的。"

"她去哪儿找我们?"

"她知道我们会去什么地方——军官招待所。"我发动了汽车,挂上挡,将车前灯打开。

雨下大了,我开动刮水器。驶过基地中心的街道时,街上空无一人。我们俩谁也没有说话。我的表上已是午夜十二点差十分了。尽管时间已这么晚，而且前天晚上睡眠又少，可我还是精神挺好。几分钟后，车子开进了军官招待所。

整个招待所像遭了水灾。这是托了工兵部队的福。一共就不到五十米远，等我们跑到门口时，已被浇得浑身透湿。说真的，这种感觉还真不错。

到了小门厅，内务值班员，一位年轻的下士告诉我："有个米德兰警察来过，给你留下一些行李，长官。"

"我知道。有我的电话吗？"

"有两个电话。"他递给我两张电话记录，是基弗和塞夫尔的。我过去拿行李，两只手提箱，一只军用旅行袋和一只短途旅行包。辛西娅帮我提着一只手提箱和那只短途旅行包。我们一块儿从内楼梯上去，不一会儿，就到了我的房间。我们把行李放在地板上。

辛西娅喘了口气。说："我去换衣服。你要给他们回电话吗？"

"是的。"我赶紧将湿淋淋的外衣脱下，扔在椅背上，一屁股坐到床边，一边脱鞋，一边按基弗留的号码给她打电话。对方是一个女人的声音："宪兵连五四五，内务值班室。"

"我是赫尔曼上校。"我这样说。一方面为了不让对方知道我的身份，同时也是开个小玩笑。"请找一下贝克。"

"好的，先生。请稍等。"

辛西娅已离开了我的房间。我把电话听筒夹在耳朵和肩膀中间，同时将湿漉漉的衬衣和领带从身上拽下，又把袜子和裤子脱掉。贝克-基弗宁愿住在兵营里。那儿倒是个理想的藏身之处，但生活却不甚方便。

电话"咔嗒"一声，基弗的声音传了过来："我是贝克，长官。"

"可以谈话吗？"

"不行,长官。等付费电话一通,我从那儿跟你联系。在军官招待所,对吗?"

"对。"挂上电话后,我坐在地板上,打开手提箱,开始翻找浴衣。亚德利那杂种把我的东西一股脑儿全塞在一起,里面还有脏衣服、鞋子和剃须用具。"混蛋。"

"谁?"

我回头一看,辛西娅走了进来。她穿着一件丝质和服,正拿着毛巾擦头发。我说:"我在找浴衣。"

"好吧,先把你给安顿好。"说着,她便动手忙起来,把我的东西整理归类,折叠衣物,将衣裤挂进衣橱,等等。

女人真是不可思议,她们毫不费劲就能将衣物收拾得井井有条。而我自己,就连一条短裤都无法在衣架上挂得像模像样。

穿着短裤坐在地板上,我感到有点傻乎乎的。我终于在鼓鼓囊囊的行李袋里找到了浴衣。刚套上浴衣,电话铃就响了。"基弗的电话。"我对辛西娅说。

我拿起听筒:"我是布伦纳。"

但这不是基弗打来的,是考尔·塞夫尔。他对我说:"保罗,那脚印图把我的眼睛都快看瞎了,那石膏模型弄得我都要得疝气了。我没有发现其他的证据可以证明肯特上校比他所说的时间早到杀人现场。我原想,既然知道要找什么,我可以让脚印组明天再去取一次脚印。可惜这场大雨把一切都冲没了。"

"你没有在现场布置雨具帐篷?"

"没有。也许我应该这样做。但是肯特上校说了,他负责现场保护,把整个现场都用帆布遮挡起来了。但我刚才到那儿,连帆布的影子都没看到,连个保护现场的宪兵也没有。犯罪现场被全部破坏掉了。"

"当然，毫无疑问。"

"对不起。"

"没什么。你有没有将模型送到奥克兰？"

"送了，由直升机送到吉莱姆。他们将派一架军用飞机把它送到西海岸。明天一早我就会得到消息。"

"很好。"

"你还要脚印组去取那些被雨水冲得不见踪迹的脚印吗？"

"你说呢？"

"我想那儿准已是一团糟了。"

"那就算了。有一点，我们至少是够幸运的。格雷斯在哪儿？"

"还不是趴在她的计算机前。她要我告诉你，她发现了一封死者不久前写给威廉·肯特太太的信——你曾经对肯特很感兴趣。"

"现在仍然感兴趣。信上写些什么？"

"大概意思是说，肯特上校的行为超出了他们之间本来应该有的柏拉图式的纯洁友情，希望肯特太太能够就此事跟她丈夫谈谈，这样她——坎贝尔上尉——就不必提出正式抗议了。坎贝尔上尉还建议他们进行婚姻咨询。"考尔又加了一句，"我可不希望我妻子收到这样一封信。"

"信上的日期是哪天？"

"八月十日。"

也就是十一天前。我猜想，肯特太太一接到这信就愤然离开了贝萨尼山。显然，信是在肯特不期造访了安·坎贝尔之后写的。毫无疑问，他将她那晚的男友粗暴地从她的住处赶走，然后强奸了她。于是安·坎贝尔决定对肯特采取一点行动，但她不知道她是在跟危险易爆物打交道，而那封信正是导火索。我对考尔说："我要一份这信的复印件，给我弄一份。"

"行。另外，你走了大约半个小时之后，联邦调查局来了三个人。"

"这几个人怎么样？"

"可爱极了。他们对这儿的装备赞叹不已，对我采集的每一个糟糕的指印大加赞赏。他们来来回回，折磨了我一个小时。格雷斯躺在床上装病。其中一个傻瓜在电脑上瞎忙乎了半天，但磁盘跟格雷斯一块儿在床上躺着呢。"他接着又说，"他们说明天上午还要跟他们的法医一起来。"

"好。等明天中午再说。还有什么吗？"

"没有。天很晚了，又在下雨，太湿，不能出门，我也太累，不想去跳舞。"

"好吧。跟奥克兰那个脚印专家联系一下。这个案子现在的关键问题在于，是谁踩在谁的鞋印上。明天再通话。"我挂掉电话，然后，一边帮辛西娅收拾，一边把通话内容大致介绍了一遍。

电话又响了，我让辛西娅去接。是基弗打来的。我走进盥洗间，用毛巾把头发上的水擦干。辛西娅已将我的洗漱用品放好。我梳了头，刷过牙，把短裤从浴衣里面脱掉。这是世上第二种大好感觉。

我将短裤塞进金属垃圾桶，回到卧室。辛西娅两腿交叉着，坐在床沿上，一手拿着听筒，另一只手摸着她的脚。我发现辛西娅的腿长得很美。

她抬头朝我微笑了一下，又对着话筒说："行了，谢谢。干得很好。"她挂上电话，站起身来说，"基弗发现了一件有趣的事。肯特太太驾驶的好像是一辆黑色切诺基吉普车，宪兵无线通信人员称她为蝙蝠女士，她的吉普车被叫作蝙蝠车。基弗在无线电通话的录音母带上听到有人提到蝙蝠车。不知哪一位宪兵在驾车巡逻时呼叫：'九号，九号，蝙蝠车带着色狼六号停在图书馆旁边，车头朝北。'"辛西娅又说,"这是一个提醒士兵'军官在此'的典型呼叫。而且,不知你注意到没有,图书馆就在基地司令部对面。"

"对。那是什么时间?"

"凌晨零点三十二分。到了一点左右,安·坎贝尔离开基地司令部,上了吉普车,开车到达第六枪射击场。"辛西娅问我,"肯特坐在他妻子的车里,在大街对面做什么?"

"害相思病的笨蛋都做这种事,只是坐在那儿看着情人窗口的灯光。"

"也许。不过,也可能他在犹豫,是否该进去跟她打个招呼,也许他在等圣·约翰能有事离开,也许他在等他渴望的那个人能有事离开,而她后来确实离开了司令部大楼。"

"看来,肯特是在跟踪安。"

"对。他也可能先在司令部停车场就与她争执过,只是我们不知道。"

"但是,如果他在跟踪她,她怎么在射击场路上没有发现他的车子?"

"他开的是他妻子的车。"

"难道她会不认识肯特太太的车子?"

我回答说:"情人一般都认识对方妻子的车,只是这个基地上切诺基吉普车太多,不会引起她的注意。事实上,福勒家就有一辆切诺基,不过是红颜色的。"

"但是,保罗,你说肯特在步枪射击场路上离她多远,才不至于引起她对后面车的注意呢?"

"不太远,但也够了。"我站起来,从短途旅行包的外面口袋里翻找出一支签字笔。这房间的两扇窗户之间有一块白墙壁,我开始在上面画起来:"你看,路从基地中心一直往南,到最后一个步枪射击场就终止了。这段距离大约十英里。中间只有两条岔道——第一条,在这儿,是珀欣将军路,往左边拐,第二条,在往前一英里处,向右,是乔丹机场路,在这儿。"我在墙上画了一条线,"这样,他亮着车灯,跟在她后面,与她保持一定的距离。他发现,到了珀欣将军路她没有往左拐,他就继续跟在她后面。可到了机场路,她还是没转弯。他知道自己这时必须往右拐了,否则她就会发现有人在跟踪她。对不对?"

"到目前为止,对。"

"所以,他转上乔丹机场路。她从反光镜中看到他拐弯后,松了口气。但是,肯特现在知道她已成瓮中之鳖,除了把车开到路尽头再回头之外,她已无路可走。对不对?"

她看着我在墙上画的图,点了点头:"听起来有道理。那么随后他怎么办呢?把车灯关掉继续跟踪?步行?还是守株待兔?"

"让我想想……换了我,我会怎么办?那天夜里月光皎洁,即使不用车灯,也能从几百米以外看到车子。另外还有发动机的声音以及开车门时亮起的车内灯,从几个特定的角度,还能看到刹车灯。因此,最可靠、最隐蔽的办法是步行——或者最好是慢跑。所以,肯特开足马力把切诺基开进了乔丹机场路与步枪射击场路交接处的松树林中,下了车,沿着射击场路往南走去。"

"这只是推测。"

"一部分是推测,还有一部分是直觉加上侦查,同时,也是一种对这类实际问题合乎逻辑的解答。我们上过同样的学校,受过同样的夜间训练。你必须考虑到自己的任务、当时的天气、距离以及时间、安全问题,等等。比如,你必须很清楚什么时候该用车子,什么时候该下车躲进树丛里。"

"好吧。他下了车,开始步行或慢跑。"

"对。这时是凌晨一点十五分至一点半之间。穆尔上校的车早就过去了,他正在等安·坎贝尔。这些都是肯定无疑的。坎贝尔将军此刻还没有接到电话。肯特正在路上一边赶路,一边找前边的吉普车灯。但是,这时候,安的车灯早熄了,她已来到第六射击场,与穆尔上校见了面。"我在墙上第六射击场的位置标上了"×"号。

辛西娅仍然坐在床沿上,似乎对我画在墙上的"地图"无动于衷。她问:"此刻肯特脑子里在想些什么?他有什么意图?"

"这个……他在想,她为什么独自一人到那里。虽然他知道她可能只是去查最后一个哨所。如果是这样,他就在她回头的时候,站在路上,拦住她。几星期前他才尝过强奸的滋味,也许他此刻正想着再来一次。"

"她身上有武器。"

"他也有,"我说,"即使在现代的关系中,也绝不该把枪对着自己约会的对象,尤其是如果她也携带着武器的话。不过,他认为他能处理好此事,也许他只是想跟她谈谈。"

"也许。我可不想在一条人迹罕至的路上碰上从前的情人。我会用车把他撞倒。"

"我会记住你这句话。但是肯特不知道女人的想法。他不知道安对他的跟踪和拦截会怎么想。只知道他是她的情人,这对他具有特殊的意义。他的妻子已离家出走,而且他正害着相思病。他渴望与人交谈,也确实渴望与她做爱,无论用什么方式。他真的是色迷心窍了。"

"所以他沿着冷清、昏暗的大路走着,认真地寻找她的汽车。"

"对。他头脑中还有一个念头,她是不是在那儿跟另一个男人约会。这并不违背安·坎贝尔的个性。肯特想到给她和她的情人来个惊吓,心就怦怦直跳。他嫉妒得都快发疯了,你说对不对?"

"就算是这样吧。"

"好。现在的时间大约是凌晨两点十五分。穆尔上校已经给坎贝尔将军打了那个录音电话。这时,他已把安·坎贝尔绑了起来,正在公用厕所旁边等候将军的到来。肯特正忙于他自己的使命。依据工作手册,他知道,在这条笔直、昏暗的路上,他能看到至少半英里以内的车灯。如果他不能首先看到车灯,那么,一辆时速四十五英里的小车就会在一分钟之内撞到他身上。因此,每隔半分钟左右,他就要回头看看。实际上,在大约两点十五分时,他发现身后有车来了,便急忙跳到路边的水沟里,等车子开过去。"

"他以为这车上的人是她的情人。"

"对。那车亮着车灯,两点十五分左右从路上过去。这就是一等兵罗宾斯看到的车灯。穆尔在最后那一英里左右的路上熄灭了车灯,安·坎贝尔的车灯也是熄灭的,可将军的车灯没有熄灭。将军的车开了过来。肯特站了起来。他也许认出了那是坎贝尔将军夫人的汽车,也许没有。"

辛西娅说:"现在可以确定有两个人——肯特上校和坎贝尔将军——开着自己妻子的车在夜里偷偷摸摸地活动。"

"对。要是每个值班人员都认识你的工作配车,而你又有个非正式的无线电呼叫代号,这样你也许会选用其他的交通工具。"

"我也许就待在家里。好吧,这时,肯特加快了脚步。同时,穆尔正沿着原路往回跑,在第五射击场上了车,顺着步枪射击场路往北驶去,回到营区去了。但他没有看到肯特向他走去。"

"对,"我回答道,"现在,肯特不是已经过了第五射击场,就是看到了穆尔开车经过沙砾路面时的车灯,所以又跳进了沟里。这时候,肯特想象着他的女友正在每隔十五至二十分钟,一个接一个地连续招待着她的情人;或者,他很可能给搞糊涂了。"

"往下说吧。"

我靠在椅背上，想了一会儿："好吧……问题是我们不知道那一刻到底发生了什么事。肯特绕过第五和第六射击场连接处的那个弯，借着月光，看到正前方有两辆车停在路上——一辆是安的，一辆是将军夫人的。我们知道，此刻，父女的会面正在进行，但也许已结束。"

辛西娅说："不管是哪种情况，肯特待在原地没动。"

"是的。我们可以肯定，肯特没有当场冲上去，也就没有发现是将军开着夫人的车到了第六步枪射击场。肯特在远处——也许是在两百米或三百米远处——观察着。他也许听到了什么声音，因为当时是南风，但他不想让自己出丑，也不想与另一个男人发生武力冲突。"

"也许，"辛西娅说，"父女见面已经结束，现在，将军已回到了自己的车里。"

"很有可能。这时，将军的车向肯特这边驶来，车灯没亮。肯特又一次跳进沟里。这是唯一可能的结果，因为穆尔和将军都没见过任何其他车辆。"

"将军的车过去之后，肯特站起来，向安·坎贝尔的汽车走去。"

"对。他走得很快，也许手枪就握在手里，准备去——强奸、谈情说爱、和解、杀人。"

我们默默坐了一会儿，她在床上，我在椅子上，听着窗外的雨声。我在想，辛西娅一定也在想，我们是不是关在自己的房间里，悄悄为一个清白无辜的人凭空设想了一桩死罪。就算我们设想的细节不完全准确，但那个人自己已详细告诉了我们，或者是向我们暗示了是他干了那件事。他的语气、他的举止、他的眼神都明白无误地说明了这一点。但他还告诉我们，是她自作自受，而且我们永远也无法证明那是他干的。这两点，他都错了。

辛西娅变换了她的坐姿，让双腿在床沿处晃荡着。她说："接着，肯特发现安·坎贝尔被绑在射击场的地上，也许还在哭泣。他不清楚她是被人强奸了,还是在等她的下一个情人来赴约。"

"嗯……在那种场合谁弄得清楚?但他一定是慢慢地走近了她,正如考尔·塞夫尔说的那样。他肯定在她身边跪了下来,可是她不愿见到他。"

"她吓昏了。"

"这……她不是那种人,但她处于劣势。他说了些什么,她也说了些什么。她以为她父亲抛下她不管了,她也许做好了长时间等待的准备。她知道七点左右,会有一辆警卫卡车从她身边经过。她想这可以很好地报复一下父亲的第二次无情无义。二十名卫兵亲眼看到将军的女儿赤身裸体躺在射击场上。"

辛西娅点点头。她说:"她知道她父亲最终也会意识到这一点,不得不赶回来,免得这种丢人的事真的发生。因此,无论出于哪种考虑,她都希望肯特离开。"

"有可能。他在妨碍她的计划。他看到插在地上的刺刀——假设将军没有把它拿走——提出为她松绑。或者,肯特认为在这种情况下,她无法逃避他,无法不理睬他。他问她发生了什么事,或者向她求婚,或者还问了别的什么。他们肯定谈了话。安曾被多次捆绑在地下室的床上,因此,她不是害怕也不是窘迫,而是烦恼和焦急。我们只是不知道他们说了些什么,之后又发生了什么事。"

"是的,但我们知道这次对话是如何结束的。"

"对。为了让她集中注意力,他也许勒紧了绳子;或许他在使她产生性窒息的同时,还对她进行了性刺激,这手段也许是从她那儿学来的……但是从某一刻起,他又勒紧了绳子,一直没再松手。"

足有一分钟,我们静静地坐着,把这些在头脑里又仔细地推敲了一遍。然后,辛西娅站起来,说:"大概就是这样。随后肯特回到路上,意识到自己干了什么,一路跑回他放吉普车的地方。他也许在福勒夫妇出发前就回到了停车地点。他飞快地离开了那儿,当福勒夫妇正离开家门的时候,他回到了贝萨尼山。他也许还在某一条街上从他们的车边驶过。他回到家,把妻子的吉普车放进车库,走进屋里,也许还清洗了一番,然后就等着他手下的宪兵给他打电话。"她又加了一句,"不知道他睡觉没有。"

"不知道。但我在几个小时之后见到他时,他看上去很平静。现在回想起来,他是有点心烦意乱的样子。"

"我们能证明这些吗?"

"不能。"

"那怎么办?"

"去找他。现在是时候了。"

"他要是全部矢口否认,我们就要去民政部门找工作了。"

"也许。谁知道呢?我们也可能弄错。"

辛西娅在房间里踱来踱去,内心十分矛盾。她停下步子说:"我们去找那个地方,就是他开着吉普车离开大路的地方,怎么样?"

"好啊,可五点半天才破晓。要我叫醒你还是推醒你?"

她不理我,继续说道:"轮胎痕迹肯定被雨水冲掉了,但是,如果他的车碰掉了树枝,我们就能找到停车的地点。"

"对。这会消除我们的某些疑惑,但还是没有确凿的证据。我们需要确凿的证据。"

她说:"他的车子没准会粘有树皮或松针,能和那些折断的对上号。"

"除非那家伙是个白痴,可惜他不是。那辆吉普车会像一辆等着接受监察长检查的吉普车一样,一尘不染。"

"哎呀!"

"我们只能与他当面较量,而且我们必须选择适当的心理时机与他较量……明天，葬礼过后。那将是我们第一次，最后一次，也是唯一的一次让他招供的机会。"

辛西娅点点头说："如果他愿意说出来，他会在那个时候说出来。如果他要坦白以求解脱，他会向我们坦白，而不会去找联邦调查局。"

"完全正确。"

"该休息了。"她拿起话筒，让值班军士早晨四点钟叫醒我们。如果我能在十秒钟之内进入梦乡的话，我可以有三个小时的睡眠时间。

第三十四章

辛西娅已穿戴整齐，阳光从窗户照射进来，我闻到咖啡的香味。

她坐在我的床边。我坐起来，她递给我一只塑料茶缸说："楼下有个咖啡间。"

我问她："几点了？"

"刚过七点。"

"七点？"我想下床，但猛然想起自己身上一丝不挂。"你为什么不叫醒我？"

"去看看被撞坏的树木还要惊动多少人？"

"你去过了？找到什么了吗？"

"是的。可以肯定有一辆车从乔丹机场路开进了树林，在距步枪射击场路五十米远的地方。轮胎印虽然被雨水冲没了，但还留下了车辙，而且还有被撞断的灌木树枝，那儿有一棵显然是不久前被擦伤了皮的松树。"

我呷了一口咖啡，一边慢慢理清思路。辛西娅下着蓝色牛仔裤，上穿白色网球衫，显得精神焕发。我问她："擦伤了树皮吗？"

"对。所以我就去乔丹机场，把可怜的考尔从睡梦中叫醒。他带着一个人与我一起赶到现场,将撞坏的树枝砍了下来。"

"然后呢?"

"啊,我们回到了机库。透过显微镜,我们看到上面粘有漆斑。考尔要把树枝样品送到吉勒姆去,我告诉他我们怀疑那是一辆黑色切诺基吉普车。他说可以通过汽车制造商,用存档的汽车油漆标本核实一下。"

"好。我们去看看肯特太太的吉普车有没有撞树的痕迹。"

"希望能找到。这样我们就有了证据,可以证明你为肯特设想的行动计划可以成立。"

"对,"我打了呵欠,清清嗓子,"可是,如果这漆确实是黑色切诺基吉普车的,也只能证明有一辆黑色切诺基吉普车撞上了那棵树。不过,这就足以让我确信自己的判断了。"

"对,就我来说也是如此。"

我喝完咖啡,把茶缸放在床头柜上。"我希望你当时能叫醒我,你有没有试过?"

"没有。你睡得太香了。"

"哦……好吧。干得不错。"

"谢谢。我还把你的靴子拿给考尔·塞夫尔了,他把你的靴印与塑料模子上没有确认的脚印比了一下,发现你的脚印与他图纸上的脚印大小相符。"

"谢谢你。我是嫌疑犯吗?"

"还不是。考尔确实需要排除你的靴印。"

"你有没有把我的靴子擦干净?"

她没有理我,继续说道:"考尔从吉勒姆弄到一个电脑程序。他正在机库编制程序,用来显示每个已被确认或尚未确认的脚印。我向考尔扼要地介绍了一下我们推测出来的那天夜晚发生的事。"她站起来，走到窗口，说："雨停了，出太阳了。这对农作物有利，对丧葬仪式也有利。"

我发现床上有张纸，便拿了起来。这是安·坎贝尔写给肯特太太那封信的电脑打印件。信的开头是这样写的："亲爱的肯特太太：我冒昧地写信给您，是为了跟您谈谈您丈夫和我之间发生的事。"信是这样结尾的："虽然在工作上我十分尊重您的丈夫，但是就个人而言，我对他毫无兴趣。我建议，他应该寻求心理咨询，或是他单独一人去，或是由您陪同。他也可以调动工作，或者要求休假。我关心的是您丈夫的事业和名誉，还有我的名声。我不希望在我父亲的管辖区内发生任何不得体的事情。您真诚的安·坎贝尔。"我大声念道："在我父亲的管辖区内发生任何不得体的事情。"我几乎笑出声来。辛西娅转过身来，说："这说明她很有胆量。我一定帮助她实现这个愿望。"

我将信扔在床头柜上："我敢打赌，肯特看了这封信一定气疯了。对了，考尔有没有奥克兰那个脚印专家的消息？"

"还没有。"

"行了，我要起床了。我光着身子。"

辛西娅把浴衣扔给我，掉转脸面向窗外。我套上浴衣，进了洗漱间。我洗脸时，肥皂泡沫抹了一脸。

我房间的电话铃响了起来，辛西娅拿起话筒。水龙头声音太大，我无法听清她在说些什么。大约过了一分钟，我正在刮胡子，辛西娅从门口探进头来，说："是卡尔的电话。"

"他要干什么？"

"他想知道电话是否打错了房间。"

"哦……"

"他在亚特兰大，大约十点到这儿。"

"给他回电话，就说我们这儿正在刮龙卷风。"

"可他已上路了。"

"太好了。"刮过胡子,我开始刷牙。辛西娅又回我房间去了。我刚打开淋浴,就听到她房间里的电话响了起来。我想她恐怕没听到,就朝我房间看了一眼,发现她正要打电话。我想也许那电话有什么重要事情,就走进了她的房间,拿起了话筒:"你好。"

一个男人的声音问道:"你是谁?"

我反问:"你是谁?"

"我是肖特尔少校。你在我妻子的房间里干什么?"

问得好。我完全可以告诉他电话打错了房间,也可以随便说几句,但我说:"总而言之,我在做我在布鲁塞尔做过的事。"

"你什么?你究竟是……布伦纳?你是布伦纳吗?"

"愿为你效劳,少校。"

"你这杂种。你这个混蛋,你知道吗,布伦纳?你是个混蛋!"

"在布鲁塞尔,你运气不错,但你只有一次运气。"

"你这狗娘养的——"

"森希尔女士不在,要我转告吗?"

"她在哪里?"

"在淋浴。"

"你这狗杂种。"

既然他们正在离婚,而他又有了新的女友,这家伙干吗这么恼羞成怒?男人可真有趣,即使离婚手续都快办完了,他们还以为该独占自己的妻子,是不是?不对,好像不太对劲。我有一种直觉,我犯了大错。

肖尔特少校在电话里说:"我要你好看,布伦纳,我决不会饶了你。"

他说得真有趣。我问他:"你和辛西娅不是快离婚了吗?"

"离婚？哪个混蛋告诉你的？你让那婊子听电话。"

"准备分居？"

"让她这该死的来接电话。马上！"

"等一下。"我把电话放在床上，头脑里一片混乱。有时候生活真是无聊透顶，过一阵又稍好转，人就变得乐观开朗起来。等你心情轻松了、脚步也随之轻快起来的时候，又有人突然绊你一下，让你跌个措手不及，你的生活就再次变得毫无希望。我拿起听筒："我让她给你回电话。"

"去你妈的，你这个不要脸的混蛋，见你妈的鬼去——"

我挂断电话，回到洗漱间。我脱下浴衣，开始淋浴。

辛西娅站在走道里，我听到她的声音越过"哗哗"的水声传来："我刚给心理训练学校打了电话，证实穆尔上校是在那儿过的夜。我留了话，让他一小时后去办公室见我们。可以吗？"

"可以。"

"你的礼服我给准备好了。去参加丧礼，我们得穿礼服。"

"谢谢。"

"我去换衣服。"

"好吧。"

透过玻璃，我看到她穿过洗漱间，走进她自己的房间。待她房门一关，我就关掉淋浴，走了出来。

八点钟，我们身穿 A 级军礼服，坐在我的追光牌汽车里，朝着宪兵大楼驶去。辛西娅问道："你有什么心事？"

"没有。"

到了办公室，我喝了杯咖啡，还浏览了一遍电话留言记录和备忘录。穆尔上校进来时显得有点衣冠不整，但他为参加丧礼，也穿着 A 级礼服。他不知从什么地方找到了这套服装和这双鞋。辛西娅请他坐下。我没有任何开场白,单刀直入地问他:"上校,我们有理由怀疑是肯特杀了安·坎贝尔。"

他显得万分惊讶,几乎惊呆了。他没有回答。

我问他:"这符合逻辑吗?"

他想了好大一会儿,才答道:"他是成问题,可是……"

"安跟你说起他什么?"

"嗯……说他不分昼夜随时都给她打电话,说他给她写信,说他经常突然闯到她家里或她的办公室。"

我问他:"她被杀的那天夜里,你在基地司令部跟她通电话时,她有没有说他在跟踪她,或是他给她打了电话?"

他想了一会儿,然后回答:"事实上,她确实告诉我她晚上不准备按原来的计划用自己的巴伐利亚车,她让我为她另找一辆吉普。她说比尔·肯特又在骚扰她,说她用吉普车就不会太引人注目,还说她要让他看见她的车一夜都停在司令部停车场。这就产生了一个问题,因为她的车上有部电话,我有一只移动电话,我们原来准备在她驾车去射击场途中保持联系的。但这个问题并不重要,所以她还是开着吉普出去了。我们按时见了面。"

辛西娅问他:"你们见面时她提起了肯特没有?"

"没有……"

"她提到有人跟踪她吗?"

"没有……不过,她说她看到后面有辆车,那车朝乔丹机场方向去了。"他又说,"她觉得一切正常。于是,我用移动电话给她父亲挂了电话。"

辛西娅说:"随后你们就去了步枪射击场?"

"是的。"

"做完这些,你就在公共厕所旁边等着,看事情是否在按计划进行。"

"是的。"

"你有没有想到，"辛西娅问，"肯特上校有可能到过现场？"

他沉默了一会儿，然后说："我承认这种想法曾一闪而过。他似乎无时无刻不在骚扰她。"

"你从没想到他真的在跟踪她，并且可能杀了她吗？"

"这……现在细想起来……"

"你可是个头脑很敏锐的侦探，上校。"我打断了他的话。

听了这话，他显得很不安。他说："我原以为是将军……我真不知道该怎么想。一听说她被杀了，我的第一个念头就是她父亲杀了她……但我也想到，她父亲只是把她扔在那儿不管了，还应有另一个人……一个疯子……正好路过……我恰恰从没把这想法跟肯特联系起来……"

"为什么？"我问。

"他……他是宪兵……是有妇之夫……他爱她……不过，是的，经你们一提，这确实合乎逻辑。我的意思是，从心理学角度看，他已失去理性，不能自拔。安已控制不了他。"

"是安，"我指出，"造就了一个怪物。"

"是的。"

"她知道这一点吗？"

"有点知道。她不习惯于跟她控制不了的男人打交道，除了她父亲，也许还有韦斯·亚德利。现在回想起来，她是没有对比尔·肯特给予足够的注意，她判断错了。"

"她对一〇一型变态心理没研究好。"

他没说话。

"行了。我要你做的是，回自己办公室，把这些写下来。"

"写什么？"

"你所了解的一切。这件事涉及你的一切详细情况。葬礼之后在教堂交给我，给你两个小时，抓紧时间打出来。这件事，对任何人都要守口如瓶。"

穆尔上校起身走了，他看上去像是我几天前碰到的那个穆尔上校的模糊影子。

辛西娅说："这案子很棘手。我们干得那么辛苦，可答案其实就在我们的眼皮底下。"

"正因为就在眼皮底下，才难以看到它。"

辛西娅一个人闲扯了几分钟，我一直一言没发。她不断地打量着我。

为了避免不愉快，我拿起话筒，给基地司令部的福勒上校挂了电话。他立即接了电话。我对他说："上校，我建议你：第一，把你和福勒太太到第六步枪射击场去时穿的鞋子拿去毁掉；第二，跟坎贝尔将军统一口径，咬定你没有去射击场；第三，葬礼过后立即让福勒太太乘汽车或飞机离开这儿。"

他回答："谢谢你跟我说这些，但我觉得，我必须把我跟这事的牵连说清楚。"

"你的上司希望你不要这么做。将军的希望就是命令。"

"这命令是不合法的。"

"请你为了所有人的利益——为你自己、为你的妻子、为你的家庭、为军队、为我，也为坎贝尔一家——忘了你与这事的牵连。请你慎重考虑。"

"我会考虑的。"

"有个问题——你有没有拿她的那枚西点军校的戒指？"

"没有。"

"你到那儿时，地上是不是插着把刺刀？"

"不在地上，刀柄插在她的阴道里。"

"是这样。"

"我把它拿出来，扔掉了。"

"扔哪儿去了？"

"从奇克索河大桥上扔进了河里。"他又说，"我猜你原本会很高兴去检查上面的指纹的。"

"是的，我本来是会的。"但事实上，肯特是不会留下指纹的。

我挂上了电话。

一个大个子走进了这间小办公室。我和辛西娅都站了起来。他漫不经心地点了点头，朝四周看了看，然后跟我们握手。此时，辛西娅的职位最低，因此就把她的座位让给了大个子卡尔。他坐了下来，辛西娅则另找了张椅子。我坐在我的桌旁。

跟我们一样，卡尔也穿着绿色礼服。他把帽子往桌上一扔。

卡尔和我一样，当过步兵。我们俩一同在越南服役。我俩的军服上缀着基本相同的勋章和奖章，包括那枚铜星勇敢奖章和令人羡慕的步兵战斗勋章。由于经历过同样的考验，又都已到中年，我俩之间通常是不拘礼节的。但是，今天上午我没有卡尔那样的好心情，所以我有意坚持对他以礼相待。我问他："要咖啡吗，长官？"

"不要，谢谢。"

我们寒暄了三秒钟，然后，卡尔说："现在，让我听听，你这儿有什么最新进展？"接着他又转向辛西娅，"也许你可以跟我谈谈。"

"是，长官。"辛西娅先跟他谈了法医证据、格雷斯·狄克森的电脑发现、那两个姓亚德利的家伙，以及鲍尔斯少校、威姆斯上校和其他参谋不幸与此案有牵连的情况，等等。

卡尔专心地听着。

辛西娅接着向他有选择地汇报了我们与坎贝尔将军、坎贝尔夫人、福勒上校、福勒太太及穆尔上校的谈话，我没有留意去听，可我的确注意到了，她没有提到福勒上校和他太太在此案中所扮演的确切角色，没有提起安·坎贝尔的地下室，也只字没提比尔·肯特这个人。这正是我的处理方法。她在短短的两天之内竟然学会了这么多东西，这不能不给我留下很深的印象。辛西娅对卡尔说："所以，你知道，这一切都跟复仇和报应分不开，是心理战中一个反常的实例，与十年前发生在西点军校的事情有关。"

卡尔点了点头。

现在回想起来，辛西娅谈到安·坎贝尔的人生哲学时，确实讲到了弗里德里希·尼采。卡尔好像对此很感兴趣，我知道辛西娅是有意说给上校听的。

卡尔靠在椅背上，十指交叉在一起，显出一副沉思的样子，就像一个伟大的哲人准备解答人生之谜。辛西娅最后说："保罗干得很出色。跟他一起工作受益匪浅。"

瞎扯。

卡尔像尊石雕，一动不动地坐着，足足有一分钟。我突然想起，眼前这位大哲人可像是在云里雾里，什么都不明白。辛西娅想吸引我的目光，可我偏偏不看她。

终于，赫尔曼上校说话了："尼采，是的。在复仇和爱情方面，女人往往比男人更残酷。"

我问："长官，这是尼采的话，还是您自己的？"

他看着我，那眼光表明我的话说得不讨人喜欢。他对辛西娅说："很好。你解释了作案动机，揭露了这儿普遍的堕落现象和重要的秘密。"

"谢谢。"

他看了看我,又看了看手表:"我们是否该去教堂了。"

"是的,长官。"

他站起身来,我们跟着站起来。我们拿起帽子,走了出去。

我们三人一起上了我的追光牌汽车,卡尔坐在后面客座上,我驾着车往基地教堂驶去。这时,卡尔终于忍不住问:"你知道是谁干的吗?"

"我想我知道。"

"你愿意讲出来让我听听吗?"

你听了有什么用?但我回答:"我们掌握了一些间接证据、证人证词和一些法医医据。这些证据都说明是肯特上校干的。"我从后视镜中看到卡尔的眼睛瞪圆了。这是今天我第一次感到一阵兴奋。不过,他那岩石般的下巴还没有掉下来。"就是那个宪兵司令。"我赶紧加了一句。

卡尔恢复了常态,问我:"你们准备正式指控他吗?"

问得好,卡尔,谢谢你。我回答:"不。我准备把证据交给联邦调查局。"

"为什么?"

"还需要进一步调查研究。"

"告诉我你掌握了哪些情况。"

我把车停在基地小教堂的停车场。我们下了车,站在炎热的阳光下。停车场停满了车,我们都站在路上和草坪上。

辛西娅从手提包里取出一张纸,递给卡尔,说:"这是从安·坎贝尔的私人电脑中找到的,是写给肯特太太的私人信件。"

卡尔读完信,点点头,然后还给辛西娅,说:"是的,我能理解,肯特上校得知他妻子接到这么一封信,一定羞愤交加。但是,这能让他去杀人吗?"这时,威廉·肯特上校正巧从旁边经过,朝我们挥了

356

挥手。辛西娅告诉卡尔:"那就是肯特上校。"

卡尔看着他走向教堂,说:"他看上去没有做贼心虚的样子。"

"他情绪不安,"辛西娅回答,"我想他几乎说服了自己,相信自己做得对,然后又把这想法暗示给我们。"

"你们还有其他的证据吗?"

辛西娅给他迅速报了一遍流水账,如:重要的脚印、撞坏灌木的吉普车,以及我们与嫌疑犯的交谈。她最后说:"他有作案的动机,有作案的机会,也许还有作案的意愿,至少在那一刻。他不是杀手,但他是个警官,因此对杀人并不陌生。他还有很理想的护身符。他参与调查,还能操纵调查,控制证据——比如,他使犯罪现场遭到了破坏,但是,案发时他不在现场的证据很少或几乎没有,随机性的犯罪往往是这样。"

卡尔一边听着辛西娅的介绍,一边点头。然后,这位大人物发表了自己的看法:"如果你们判断正确,而且能设法提供证据,那么,你们可以结案,免得大家都受到牵连。如果你们弄错了,这案子将会葬送你们自己,并且在以后的调查中,还会毁掉更多的人。"

辛西娅回答道:"是的,长官,正因为这样,我们才日夜不停地拼命工作。但这事确实已不是我们能控制掌握的了。"她看看我,然后又说,"保罗是对的,我们不希望提出正式指控。这无论是对我们,对你,对犯罪调查处,还是对整个军队,都没有任何坏处。"

卡尔暗自权衡了一下利弊,然后转向我,说:"你今天出奇地安静,怎么不说话?"

"我没什么好说的,上校。"我特意用军衔称呼他,以此提醒他,他肩上的上校银鹰才有说话的资格。

辛西娅插了一句:"他整个上午一直闷闷不乐。你来之前就这样了。"她笑容满面地对着我,但我却板着脸。她脸上的微笑消失了。

357

我真想离开这儿，离开哈德雷，离开这灼热的阳光，离开佐治亚，离开地球。我说："我们要找不到座位了。"说罢，我转身朝教堂走去。

卡尔和辛西娅跟在我后面。卡尔对辛西娅说："给他最后一个坦白的机会。"

"你是说保罗？"她故意问。

"不，森希尔女士，是肯特上校。"

"对，我们有这个打算。"

"你知道，只要给他们创造一种适当的气氛，即使犯下了最残暴的罪行，人也是会坦白承认的。一个人将自己所爱的人杀了，这个人一定承受着巨大的心理压力，他希望别人分担这种压力。与职业罪犯不同的是，他们没有犯罪同伙，没有知心朋友。他们十分孤独，找不到一个人可以吐露心中最大的秘密。"

"是，长官。"辛西娅回答。

卡尔说："肯特上校特意找你和保罗处理这件案子，你认为这只是他的权宜之计吗？不，在他的潜意识中，他希望别人能把他看破。"

我们走上台阶，进了门厅，有十几个人在那儿轻声交谈着。在来宾簿上签名后，我就径直走进了昏暗的教堂，里面不见得比外面凉快多少。我发现长椅上人快坐满了。将军女儿的葬礼虽然不要求人人参加，但只有白痴才不来，至少也要在之后的仪式上露上一面。

风琴在我们头顶的唱诗班楼座里轻轻地弹奏着。我们在中间的走道上站了一会儿。也许，我们都在犹豫是否该向安的灵柩走去。棺材被安放在祭坛台阶下的灵柩台上。终于，我开始沿着长长的走道，朝它走去。辛西娅和卡尔紧跟在我后边。

走近覆盖着旗帜，向左边半开的棺木，我停住脚步，低头注视着死者。

正像肯特说的那样，安·坎贝尔神态安详。她的头枕在粉红色绸缎枕头上,长发铺展在头和脸的四周。我想,她生前大概从来没有像现在这样浓妆艳抹过。

说真的,这是一幅震撼人心的画面:棺材中粉红色的绸缎内衬,衬托着美丽的脸庞、金黄的头发、金色的穗带、闪亮的军剑和雪白的制服。

当然,我是在不到五秒钟时间内把这一切收入眼中的。我是个虔诚的天主教徒,在胸前画了个十字,然后,绕棺一圈,顺着中间走道离开了。

我看到坎贝尔家的人坐在右边的前两排座位上,有将军、坎贝尔夫人,还有一位年轻人。我在安·坎贝尔的影集上见过他,知道他是将军夫妇的儿子。其余的显然是这个家族的其他成员。他们老老少少,都按照军队的习惯,穿着黑色外套,臂上戴着黑纱。

我尽量避免与他们的目光相遇,同时等着我的两位同伴赶上来。我们在鲍尔斯少校坐的那张长条椅上找到了相连的三个空位。

随军牧师埃姆斯少校走上讲台,人们安静下来。他没有穿牧师法衣,只穿着绿色军礼服。埃姆斯少校说:"亲爱的朋友们,我们来到这里,聚集在上帝面前,向我们的姐妹安·坎贝尔告别!"

许多人呜咽起来。

我悄声对卡尔说:"这位牧师也玩过她。"

这一次,卡尔的下巴终于掉了下来。看来,今天还有希望。

第三十五章

简单的仪式随着祈祷词、音乐和赞美诗继续进行着。在预定的时间,福勒上校走上了读经台致悼词。

福勒上校首先感谢死者亲属、朋友、同事和同伴,以及米德兰要员来参加葬礼。他说:"我们选择的职业,使我们更多地受到死亡的威胁。年轻的朋友无时无刻不在冒着生命的危险。我们对死亡并不无动于衷,我们对死亡并不漠然处之;相反,正因为我们知道并接受了这样一个事实,军人的特殊职责使我们更多地面对危险,所以我们更加珍视生命。我们入伍宣誓的时候,就完全明白,为了保卫我们的祖国,我们随时都可能付出生命。安·坎贝尔上尉,在她接受军事学院委任的时候,她明白这一点;在她受命去海湾的时候,她明白这一点;在她自愿查看哈德雷堡是否一切安全的时候,也明白这一点。而那个时候,正是人们在自己的家里安全入睡的时候。这完全是她自愿的行动,与她的职责并无特别关系,是安没受任何差遣而主动去做的事情。"

我听着,同时意识到,假如我不知内情,我会相信他的话。有一位热心的年轻女军官,她主动执行夜间任务,主动出去查哨。就在她做着这件好事时,却被人杀害了,多么悲惨。事情并非如此,事实甚至比这更加悲惨。

福勒上校继续说:"这使我想起《圣经·旧约》中的《以赛亚书》第二十一章第十一节中的一句话——'守夜人,夜晚怎么样?'"他重复了一遍:"'守夜人,夜晚怎么样?'守夜人回答:'黎明即将来临。'我们不就是守夜人吗?为了他人能安然入睡,作为军人,这是生命对我们的召唤,召唤我们每日每夜坚守岗位,召唤我们每时每刻都保持警惕,直到黎明来临,直到上帝把我们带进他的殿堂。那时,我们将不必守夜,也不必害怕黑夜。"

我不是个好听众,喜欢走神。此刻,我又想起了安·坎贝尔半开的棺材、她的脸庞、她的佩剑、她握着剑柄的交叉的双手。我意识到这幅画面有个地方有问题:有人把一枚西点戒指戴在了她的手指上,但那是她原来的那枚戒指吗?如果是,又是谁给她戴上的呢?福勒?

坎贝尔将军？穆尔上校？肯特上校？这戒指又是哪里来的？但是，此刻这东西有什么重要意义吗？

福勒上校还在继续讲着，我收回了思绪。

他说："安还是个孩子的时候，我就认识了她——一个早熟聪明、精神饱满、任性调皮的小家伙。"他的脸上露出微笑，教堂里响起一阵轻轻的笑声。他收起笑容，继续说："安是个美丽的姑娘，无论外貌还是心灵，都非常美。她是上帝钟爱的女儿。我们所有认识她、爱她的人们……"

福勒尽管口齿伶俐，却依然无法回避这里的双重含义。他停顿片刻，相信只有那些与她有过亲密关系、十分爱她的人才会注意到这一短暂停顿。

"……我们大家都会深深地怀念她。"

福勒上校的许多听众开始抽泣流泪。现在，我明白了坎贝尔夫妇请他念悼词的一个原因。当然另一原因是因为福勒上校与死者没有一起睡过觉，这使他成为有资格致悼词的少数几个人之一。我又在玩世不恭了。福勒的悼词令人感动。死者遭受了极大的不幸，她不该这么早就离开这个世界。我又感到自己像个废物。

福勒上校没有提到安是怎么死的，但他确实这么说了："在现代军事术语中，战场被描绘成一个充满敌意的场所，通常这种描述当然没错。如果我们把战场的含义扩展一下，只要有战士工作和战斗的地方都称为战场，那么我们完全可以说，安倒在了战场上。"他抬起头环视他的听众，最后说："我们只有把她当作一位光荣殉职的优秀战士，而不是一个受害者来怀念才是恰当的。"他看着棺材说，"安，我们一定会这样怀念你。"福勒上校走下读经台，在棺材旁停下，举手敬礼，然后回到他的座位。

风琴开始演奏，仪式又进行了几分钟。埃姆斯牧师带领哀悼者吟唱大家最喜爱的第二十三首赞美诗。最后的祝福词以"安息吧"结束。

风琴手演奏《万古磐石》①，全体起立。

总的说来，作为葬礼，这是一次很成功的葬礼。

站在前面左边包厢里的八位礼仪护棺人鱼贯走到停放灵柩的走道上。同时，六位抬棺人都是精心挑选的，一律为年轻男性中尉，也许是因为他们年轻力壮，也许是因为他们与死者没有搞不清的关系。我还注意到，埃尔比中尉虽然有一片诚意，但也没有资格入选。

礼仪护棺队的人，按惯例都是将军的高级助手或死者的生前好友。同样，他们显然也是因为手脚干净而入选的。事实上，入选的都是女军官，其中有将军的另一副手博林杰上尉。一个完全由女性组成的礼仪护棺队表面上看来似乎合情合理，但是，对于那些知情者来说，将军似乎终于有办法让那些曾与他女儿有不正当关系的男人离开了安。

八位女军官走向教堂入口处。那六位抬棺人合上棺盖，在上面盖上一面美国国旗，抓住棺材两侧的把手，把它从灵柩台上抬了下来。

埃姆斯牧师走在灵柩的前面，安·坎贝尔的家人走在后面。长椅上身穿礼服的人都起立面向棺材，行军礼致意。这是灵柩起动时的规矩。

牧师带着人们走向门口，当棺材从八位礼仪护棺队员中间抬过的时候，她们立正敬礼。这时，哀悼者开始一个接着一个地往外走。

在外面酷热的太阳底下，我看着抬棺人将国旗覆盖的棺材轻轻地放到那辆木质老式双轮车上，接着，双轮车又被系在一辆吉普车上。

护送车队集中停在教堂对面的大块草坪上，那是公用轿车和客车，是运送死者家属、乐队、抬棺人、鸣枪队和护旗队的。每一个老

---

① 万古磐石指耶稣基督。

战士都有资格被安葬在国家公墓,但是,只有在执行任务中遭遇不幸的人,才能得到如此隆重的对待。当然,如果是战争期间,他们也许就把无数牺牲的战士就地葬在海外,或者,像在越南战争中那样,把尸体空运回国,然后,再送回各自的家乡。不管怎样,无论你是将军还是士兵,你都会得到二十一响鸣枪致敬的待遇。

人们聚集到一起,互相交谈,与牧师交谈,对安·坎贝尔的家人表示安慰。

我看到坎贝尔一家人的边上,站着一位年轻人。我说过,我从安的家庭影集上认识了他,知道他是将军的儿子约翰。不过,即使没见过照片,我也能认出他是谁。他英俊高大,长着坎贝尔家族特有的眼睛、头发和下巴。

他看上去有点茫然不知所措,站在家人的旁边。因此,我走上前去,自我介绍说我是布伦纳准尉,又说:"我正在调查你姐姐的案子。"

他点了点头。

我们谈了一会儿。我向他表示了慰问。约翰从外貌看酷似他的姐姐。我跟他谈话的目的不只是为了表示安慰。我问他:"你认识比尔·肯特上校吗?"

他想了想,然后回答:"这名字很耳熟。我想我曾在什么宴会上见过他。"

"他是安很好的朋友。我希望你见见他。"

"当然。"

我带着约翰走到肯特的面前。他站在人行道上,正与他手下的几个军官交谈,其中包括我刚认识的多伊尔少校。我打断他们的谈话,对肯特说:"肯特上校,这是安的弟弟约翰。"

他们握了握手。约翰说:"是的,我们确实见过几次面。谢谢你

363

参加葬礼。"肯特好像一时不知如何作答,但朝我瞥了一眼。

我对约翰说:"肯特上校不仅是安的朋友,还对我们的调查提供了极大帮助。"

约翰·坎贝尔对肯特说:"谢谢你。我知道你正在尽力而为。"

肯特点点头。

我说了声"请原谅"就离开了他们,让他们俩继续交谈。

人们也许会认为,在受害者的葬礼上,把嫌疑犯介绍给受害者的兄弟是欠妥当的。但是如果说在情场和战场上可以不择手段,各显所长,那么,我想,在谋杀案调查中更应如此。

比尔·肯特正站在深渊的边缘。我当然认为,无论是什么行动,只要能使他抬脚迈出最后一步跨进那个深渊,都是正当可行的。

人群慢慢散开,走向各自的汽车。我看到亚德利父子俩,和他们一起的还有一个女人。那女人看上去跟他们俩都有血缘关系,也许她就是伯特的妻子,或许是伯特不很远的一个亲戚。我想,亚德利的家谱上没有很多的分支。

我看到卡尔在跟鲍尔斯少校交谈。这个即将被开除的犯罪调查处官员脚跟并拢,不停地使劲点着头,活像一只上错了发条的玩具。卡尔是不会在圣诞夜、在生日宴会上、在婚礼上,或是类似的喜庆场合开除他的,但在葬礼上,他或许会考虑这么做。

辛西娅正在与福勒上校夫妇和坎贝尔将军夫妇交谈着,我很佩服她的这种能力,我总是尽量避开这种场面。这种场面总使我感到很尴尬。

再看看安生前那些众所周知的情人。我见到了威姆斯上校,这位军法参谋,他的妻子没有来。还有年轻的埃尔比中尉,他在这里显然不知所措。他竭力表现出一副又悲伤又坚强的样子,同时留意着身边那许多高级军官。

辛西娅拍拍我的肩膀，说："该走了。"

"好吧。"我向停车场走去。

赫尔曼上校跟我们走到一起，随后，我们遇见了穆尔上校。他手里拿着一沓打印纸，显然是在找我。我把穆尔介绍给赫尔曼。穆尔伸出手来，可赫尔曼装作没看到，并用一种异样的目光审视着他。我这辈子都不希望别人用这种眼光看我。

然而，穆尔上校很迟钝，他不会在意。他对我说："这是你要的报告。"

我接过材料，学着我的指挥官的样子，没有对穆尔表示感谢，而是对他说："今天我会随时找你，不要和联邦调查局的人谈话，也不要和肯特上校谈话。"

我跨进我的车，发动起来。空调启动之后，辛西娅和卡尔上了车。我们上了小教堂路，加入了往南向乔丹机场前进的一长溜车队。

辛西娅说："葬礼办得很漂亮。"

卡尔问我："那牧师的事，你能肯定吗？"

"是的，长官。"

"这个地方是否没有秘密可言？"

我回答："从某种程度上说，是这样。她可不是个言行谨慎的人。"

辛西娅抗议道："我们是否必须在这个时候谈论这件事？"

我对她说："我们的指挥官有权在这个时候，或任何时候了解他所需要的任何信息。"

她扭头看着窗外，没有吭声。

我从后视镜中瞥了卡尔一眼。看得出，他对我的粗鲁无礼有点吃惊。我对他说："死者的西点戒指在调查中一直没有发现，但我刚才在她的手指上看到了它。"

"真的？可能是件替代品。"

"可能。"

我们经过博蒙特庄园，又经过心理训练学校，后来又绕过贝萨尼山，然后来到了步枪射击场路。

时值正午，酷热难当，沥青路面上冒着热气，我对赫尔曼说："犯罪调查处可以正式对这个案子撒手不管了。"

"由于我来了，我们已多争取到一个小时，此外我们还能争取到一个小时。"

我们真幸运。"那很好。"我的回答没有一丁点儿的热情。

我们跟着那一长溜车队驶上了乔丹机场路。我们经过宪兵岗亭，看到两个倒霉的宪兵下士站在太阳下，向经过的每一辆小车敬礼。

更多的宪兵在指挥车辆，往飞机库前面那片混凝土停车场开去。我绕过去一点，看到肯特的车子停在三号飞机库附近。我把车紧靠着肯特的车停下。我们三人一块儿下车，随着人流往指定的集合点走去。通常，尸体在这个时候已安葬完毕。但这次，安将被空运到密歇根再下葬。空军慷慨地提供了空运设备。一架绿褐色 C-130 大力神军用飞机停放在不远的混凝土停机坪上。

人群聚到了一块儿，包括乐队、护旗队、鸣枪队和礼仪护棺队。鼓手开始敲击起节奏缓慢、沉闷的葬礼进行曲，六位抬棺人出现在两个飞机库之间，将双轮车推到 C-130 大力神敞开的后机舱门旁边。穿礼服的人把右手抚在心口。双轮木车停放在大力神尾部的一块阴凉地上。鼓声停止，人们将手臂垂了下来。

天气酷热难忍，而且没有一丝风。只要护旗队员握着旗杆的手臂不动，旗帜便耷拉在空中纹丝不动。简短的仪式继续着。

礼仪护棺人抓住覆盖在灵柩上的国旗的两边，在埃姆斯牧师说出"让我们祈祷"的时候，她们把旗举到棺材上方一半高的地方。仪式结束时,牧师吟诵道:"主啊,请赐予她永久的安息,让你不朽的光芒照耀在她身上。阿门!"

七人鸣枪队举起步枪,向空中齐放三响。当枪声逐渐消失的时候,站在灵柩旁的号手用号声划破了宁静的天空。我喜欢这号声。在战士的墓前,选用他们每夜入睡前听到的最后一次号声,来表示这最终到来的最漫长的睡眠,以此提醒在场的人们,像黑夜过后将是白昼一样,熄灯号声之后一定是起床的号声。我想,这是十分恰当的。

礼仪护棺队员把国旗折叠整齐,交给埃姆斯牧师,牧师将它赠给坎贝尔夫人。她的神情庄重而又严肃。他们谈了几句。其他人一动不动地站着。

突然,飞机的四个涡轮螺旋桨发动机启动了,发出一阵震耳欲聋的轰鸣声。然后,将军向四周的人们敬礼,挽起坎贝尔夫人的手臂,约翰·坎贝尔同时挽住她的另一手臂,他们一起向飞机倾斜的后舱门走去。起先,我还以为他们是上飞机向已被抬上飞机的安最后告别,但是很快我就意识到,他们是选择这个时机永远地离开了哈德雷堡,永远地离开了军队。飞机后舱门渐渐竖起来,关上了。地面控制人员向飞行员发出信号。飞机离开停机坪,上了滑行道。

对于坎贝尔将军夫妇乘着运载女儿尸体的飞机突然离开这儿去了密歇根这一举动,我相信几乎每个在场的人都感到惊讶。但是,再一想——而且似乎每个人都同时这么想到了——这无论对于坎贝尔夫妇,还是对于哈德雷堡,或是对于军队,都是再好不过的事情。

大家目送着这架 C-130 大力神在跑道上徐徐滑行,逐渐加速,然后,在离人群约四千英尺的地方,腾空而起,掠过那排高大葱绿的松树,随即便升入蓝色的天空。人们似乎盼望着这一刻的到来,大家立即散开了。护旗队、鸣枪队、乐队、护棺队和其余的人整齐地走向停在路上的汽车。

车子的发动声在我身后响起,我转身朝汽车走去。辛西娅和卡尔在我的两边。辛西娅用手绢轻轻擦着眼睛。她对我说:"我有点不舒服。"

我把车钥匙递给她:"车里有空调,去休息一会儿。等你恢复了,我们在三号飞机库碰头。"

"我没事的。"她挽起我的胳膊。

我们一同向汽车走去。卡尔对我说:"保罗,我要求你现在就着手处理这件谋杀案,我们已没有时间等待,我们也没有其他选择。"

"我们是没有时间,但我倒有另一种选择。"

"我必须命令你才行动吗?"

"你不能命令我去做我认为有策略错误的事,而且这可能会给联邦调查局调查此案带来麻烦。"

"是的,我是不能。但是,难道你认为现在直接去找肯特有什么不妥吗?"

"没有。"

"那怎么?"

辛西娅对卡尔说:"我去见肯特。"她看着我,"在机库,对吧?"

我没有回答。卡尔对她说:"好。我和布伦纳先生在车里等你。"

辛西娅朝前边点了一下头,我看到肯特和他手下的两位军官正一起往他的车子走去。我对辛西娅说:"十分钟之后去找我。"

我从后面赶上肯特,在他肩膀上拍了一下。肯特掉转身子,我们站在那儿,互相对视着。最后,我说:"上校,我可以单独跟你谈谈吗?"

他犹豫片刻,回答:"当然可以。"他让他的两位下级走开。我们站在机库前烫人的水泥地上,车子从我们身边一辆辆开走了。

我说:"太阳底下太热,我们进机库吧。"

我们并肩走着,像是一对共同执行任务的同事。我想,等一切都说清,一切都做完,我俩也就成了过去的同事。

我俩过去确实曾是同事。

第三十六章

三号机库内比外面稍稍阴凉一些,也安静不少。

我和肯特走过安·坎贝尔的巴伐利亚车后,继续向前走去,一直来到她住所的复原场景处。我指了指她书房中的一只软垫沙发,让肯特坐下。考尔·塞夫尔穿着 A 级军礼服,显然是刚参加了葬礼回来。我从肯特身边走开,把塞夫尔带到一旁,对他说:"考尔,除了格雷斯,让其他的人都离开这儿。我要她把坎贝尔上尉日记中的有关段落打印出来。"我向着肯特的方向点了一下头,"然后她就可以离开。让她把磁盘留在这儿。"

"好。"

"你得到奥克兰那个脚印专家的消息了吗?"

"是的。现在的结果是,他无法确定。如果一定要他说,他说他认为肯特上校的脚印是在圣·约翰的脚印之前留下的。"

"很好,从撞坏的树上取来的车子漆斑有什么说法?"

"几个小时前,这块树皮被用直升机送到吉勒姆去了。他们告诉我,漆是黑色的,基本上跟克莱斯勒汽车公司吉普车的那种漆相符。顺便问一句,那辆吉普现在哪里?"

"可能在肯特上校的车库里。他住在贝萨尼山。你干吗不派个人去,把吉普车上的擦痕拍下来,再刮一点漆下来以做比较?"

"我可以这样做吗?"

"怎么不可以?"

"我需要将军的手令才可以做这事。"

"将军大人已经辞职,刚刚飞往密歇根。但他嘱咐过我,我们需要做什么就尽管去做。别跟我婆婆妈妈的,考尔,这是军队。"

"是。"

"你能在监视屏上给我和肯特上校显示一下你的脚印图吗?"

"当然可以。"

"那好,肯特的脚印一定要先于圣·约翰的。"

"明白。"他看了一眼坐在安·坎贝尔书房里的肯特,然后问我,"这是真的?要逮捕他?"

"可能。"

"如果你认为是他,那就试试看。"

"对。如果他把我铐起来,投进监狱,你会来看我吗?"

"不行。我得赶回吉勒姆去,但我会给你写信。"

"谢谢。另外,告诉外面的宪兵,我在里面这段时间,不要让联邦调查局的人进来。"

"好。祝你好运。"他拍拍我的肩膀,走开了。

我回到肯特那儿,在沙发椅上坐下。我对肯特说:"在联邦调查局的人进来之前,有些小问题我们来处理一下。此案只有一个嫌疑犯。"

"谁?"

我站起来,脱下外套,露出装有9毫米口径格洛克式手枪的皮套,肯特也跟着站起来脱下外套,露出他装有警用手枪的皮套。那架势像是说,你给我看你的,我也要让你瞧瞧我的。然后,我们又坐下来,松开领结。他问:"谁是嫌疑犯?"

"这正是我要与你谈的。我们等一下辛西娅。"

"好吧。"

我环顾一下飞机库,看到刑侦组的成员正在陆续离开。格雷斯坐在电脑旁,打印着什么。

我望了一眼飞机库对面的入口处,还不见辛西娅的人影。虽然我目前对她心存恼恨,但她有权利看到此事的结局,不管结局会如何。我知道卡尔是不会亲自涉及的——他倒不是考虑一旦情况不妙就可以开脱自己,而是出于对我的工作和我本人的尊重。卡尔从不事必躬亲,也从不把调查人员的功劳占为己有。但另一方面,他对失败不能泰然处之,如果是他人的失败,尤其如此。

肯特说:"我很高兴这事终于过去了。"

"是的,我们都很高兴。"

他问我:"你为什么要我去见约翰·坎贝尔?"

"我想你希望对他说几句安慰的话。"

肯特没有回答。

我注意到安·坎贝尔厨房的冰箱插头插在一个拉着线的接线板上。我走到厨房,打开冰箱门,发现里面塞满了啤酒和软饮料。我拿了三罐科尔斯啤酒,回到书房,递了一罐给肯特。

我们打开啤酒罐盖子,喝了起来。肯特说:"你现在不管这个案子了,是吗?"

"人家又给了我几个小时。"

"你真走运。犯罪调查处是否付给你超额酬金?"

"是的。每天工作超二十四小时就付双倍,星期天付三倍。"

他笑了,接着告诉我:"我办公室里有一大堆工作等着我。"

"时间不会长。"

他耸耸肩,把啤酒一口喝尽。我把另一罐又递给了他。他打开盖,说:"我不知道坎贝尔将军夫妇会乘飞机离开。"

371

"我也很惊讶。但他这一走走得漂亮。"

"他完蛋了。他本来可以成为下一届副总统,也许有一天会当选总统。我们得准备迎接一位新将军了。"

"我对军队的那套政治不大了解。"我看到格雷斯把打印件和磁盘放在她旁边的桌上。她站起身,向我招了一下手,走了出去。考尔走到那台电脑前,将他的脚印图程序输入机器,开始操作起来。

肯特问我:"他们在干什么?"

"想找出是谁干的。"

"联邦调查局的人呢?"

"可能挤在门口,等着我的时间快点结束。"

"我不喜欢跟联邦调查局打交道,"肯特说,"他们不懂得我们军人。"

"是的,他们是不懂。但他们谁也没跟死者睡过觉。"

这时,门开了,辛西娅出现在门口。她走进书房,与肯特寒暄问好。我给她拿了一罐 RC 可乐,顺便又给肯特拿了一罐啤酒。我们三个都坐了下来。肯特开始表现出不安。

辛西娅说:"这太悲惨了。她那么年轻……我很为她的父母和兄弟感到难过。"

肯特没有吭声。

我对他说:"比尔,我和辛西娅发现了一些令我们不安的东西,我们认为这些东西需要解释。"

他又喝了点啤酒。

辛西娅说:"首先,是这封信。"她从包里取出信,递给肯特。

他读了信,或许根本没读,因为他可能早已熟记在心了,然后把它还给辛西娅。

她说:"我能想象出这封信会使你多么烦恼。我是说,这个女人向整个基地的人公布了这一切,而那个关心她的人正是她给惹了麻烦的那个人。"

他显得更加不自在,长长地喝了一口啤酒。终于,他问:"是什么使你以为我关心她?"

辛西娅回答:"直觉。我想你是关心她的,只是她过于自私,过于烦躁,而没有对你的关心和真情做出正确的反应。"

负责谋杀案的人当然得在嫌疑犯面前说死者的坏话。杀人犯不希望听到别人把他杀的人说成是美德的象征、上帝的天使,就像福勒上校口中的安·坎贝尔那样。相反,要像卡尔刚刚建议的那样,不要完全搬出是与非和道德问题,要从另一个角度去看这个问题,同时向嫌疑犯暗示他所做的是可以理解的。

不过,卡尔·肯特可不是白痴。他知道这会把他引向哪里,所以他闭口不语。

辛西娅继续说:"我们手头还有她的日记,记录了她跟你每次做爱的情况。"

我插了一句:"日记在那边的电脑旁边。"

辛西娅走过去,把电脑桌上的打印件拿过来。她坐在肯特对面的咖啡桌上,开始念起来。日记中的描述可以说毫不隐讳,但并不属于色情的性质,跟你读到的临床诊断研究差不多。这跟普通的日记不同,根本没提及爱情或感情,只是每次性行为的编目而已。自然,这对比尔·肯特来说是十分难堪的,但这也证明了,在安·坎贝尔的眼里,肯特并不见得比她的震颤按摩器更为重要。从他的脸上,我可以看出,他有点怒气冲冲了。愤怒是人类最难驾驭的感情之一,而且往往会引你走向自我毁灭。

肯特站起来说:"我没有必要听这个。"

我也站了起来:"我想你该听听。请坐下,我们确实需要你。"

他似乎犹豫不决,是走还是留。这只是一个行动问题。他一生中最重要的事正在发生,而现在,如果他离开,没有他,这事照样也要发生。

他勉强坐了下来。我也坐了下来。

辛西娅继续在念日记,好像什么事也没发生。她找到一段特别怪异的记录,念道:"在抵制了这么长时间以后,比尔现在真有点迷上性窒息了。他最喜欢的是在他脖子上套上套索,吊在墙上的大钉上,但他也喜欢把我绑在床上,今晚他用的就是这种方式,然后,一边在我身上使用那只巨大的按摩器,一边勒紧我脖子上的绳索。"辛西娅抬头在肯特的脸上看了一会儿,然后把材料在手里翻了一遍。

肯特看上去不再气愤,不再窘迫,也不再难堪。事实上,他显得有点心不在焉,似乎他是在回想过去的好时光,或者在设想不妙的未来。

辛西娅念了最后那一篇日记,即我们曾听过的那段:"比尔再一次想独占我。我原以为我们已经解决了这个问题。今晚特德·鲍尔斯在这里时他来了……我意识到他会变得很危险,但我不在乎。事实上,在所有和我发生过关系的男人中,除了韦斯,他是唯一真正威胁过或者打过我的人,而正是这一点使比尔·肯特显得非常有趣……"

辛西娅放下材料,我们三人都坐在那儿。我问肯特:"你就是在那边起居室的地板上强奸了她?"我朝着隔壁房间点点头。

肯特没有回答问题,但他说:"如果你的目的是羞辱我,你干得不错。"

我答道:"我的目的是找到杀害安·坎贝尔的凶手,最好还能弄清为什么。"

"你以为我……我隐瞒了什么?"

"是的，我们是这样认为的。"我拿起遥控器，打开电视机和录像机。安·坎贝尔的脸出现在屏幕上，她正在做报告。我对肯特说："你知道吗？这个女人很让我着迷，就像我相信你和其他男人都被她弄得神魂颠倒一样。我过一段时间就得看上她一眼，这对我有好处。"

安·坎贝尔正在讲话："心理学通常是一门医疗科学，而它在战争中被用作了武器，由此，产生了一个道德问题。"安·坎贝尔从演讲台上拿起麦克风，向镜头走来。她坐在讲台的地板上，两条腿在讲台边上晃荡着。她说："现在，我能更清楚地看见你们了。"

我瞥了肯特一眼，他专注地看着电视。如果我能用以己度人的方法揣度他的感情，我猜他希望安活着，希望她在这个房间里，能跟她交谈，能触摸到她。

安·坎贝尔继续着她有关心理作战的道德问题的讲话。她谈着人类普遍的期望、需求和恐惧。她说："心理学是一种软武器——它不是一五五毫米的大炮，但是，用传单和电台播音，能摧毁的敌军比使用烈性炸药消灭得还多。如果能让人乖乖地向你缴械投降，为何非杀他不可？看到敌人高举双手朝你跑来，跪在你的脚下，这比把他杀了更让人心满意足得多。"

我关掉录像，说："她风采迷人，对不对，比尔？无论相貌、言谈、精神都很吸引人。我真希望认识她。"

肯特答道："不，你不希望认识她。"

"为什么不？"

他深深吸了口气，回答道："她……她是个邪恶的人。"

"邪恶？"

"是的……她是……她是那种女人……这样的女人不多见……一个人见人爱的女人，一个看似纯洁、完美、可爱的女人……但她欺骗

375

了每一个人。她根本不把任何人、任何事放在心上。我是说,她就像那种隔壁的女孩——男人都想要的那类女孩。但是,她的心灵完全是病态的。"

我回答:"我们正要弄清这一点。你能给我们简单介绍一下吗?"

他讲了有十分钟。他告诉了我们他对安·坎贝尔的印象。他的话有时接近事实,但常常言过其实。辛西娅又给他拿了一罐啤酒。

比尔·肯特基本上是在起草一份道德诉状,就像三百年前搜捕巫师的人对巫师的控诉。她邪恶狠毒;她迷住了男人的思想、身体和灵魂;她用符咒征服蛊惑人心;她假装敬奉上帝,白天假意工作,夜里与邪恶为伍。他说:"看了那些录像带,你会发现她在男人面前有多迷人可爱,但只要读读她的日记——只要读读那些材料,你就知道她是怎么样的一个人了。我说过,她迷恋尼采和超人哲学以及假耶稣哲学,也迷恋一切病态的东西。"他吸了口气,接着说,"我的意思是,她会在晚上走进男人的办公室,跟他们发生关系,而第二天却根本就没当他们活在世上一样。"

他这样继续讲着。

我和辛西娅坐在那儿听着,不断点着头。如果嫌疑犯说死者的坏话,要么他不是凶犯,要么他是想告诉你他杀人有正当理由。

肯特意识到他有点过头了,把口气放缓和了一点。但我想,坐在安·坎贝尔的屋里,可以说,他既是在对我们说话,同时也是在对她说话。我猜想,看过录像之后,她的形象在他的心中一定十分清晰。我和辛西娅为他制造了适当的气氛和情绪。对这一点,我显然已意识到了。那四罐啤酒起了作用。这也是我对禁用诱供麻醉药的回答,几乎每次都奏效。

我站起来说:"去看看那个。"

我们一起走到飞机库的另一头。考尔·塞夫尔坐在电脑旁,我对考尔说:"肯特上校想看看你的资料显示图。"

"好。"考尔调出了相当逼真的犯罪现场图,包括公路、步枪射击场、露天看台和射击靶,但没有四肢伸开被绑着的人体。"好吧,"考尔说,"现在大约是凌晨一点三十分,受害者的吉普车开来了⋯⋯"一辆车子的俯视图出现在屏幕上,由左向右移动。"车停下,受害者下车。"这时,屏幕上出现的不是一个女人的侧面图,也不是俯视图,而只是车旁的两个脚印。"这时,穆尔上校从公共厕所出来,朝她走来。"黄色脚印从屏幕顶端出现,走到吉普车旁,停下了。"他们交谈。她脱下衣服,包括鞋袜——这些我们当然看不到,但我们可以看到他们是在何处离开大路,走到步枪射击场的⋯⋯她用红色表示,他还是用黄色⋯⋯并肩走着⋯⋯我们在那儿和那儿采到了她的赤脚脚印,其余的脚印我们是推断得出的。要做出推断轻而易举。他的脚印也一样。明白吗?"

我看了肯特一眼:"明白吗?"

他双眼紧盯着屏幕。

塞夫尔继续一边演示一边解说:"好,他们在人形靶旁停住脚步。她躺下来⋯⋯"一个红色的四肢伸展的人形出现在屏幕上人形靶的下面。"当然,我们已看不到她的脚印,但是穆尔把她绑起来之后,离开了。我们可以看到他是从哪里转弯,走回大路的。"塞夫尔又加了一句,"上校,你的警犬在大路和厕所之间的草地上嗅到了他的气味。"

我说:"这种图像显示会给军事法庭委员留下深刻的印象。"

肯特不说话。

塞夫尔继续道:"好吧,大约两点十七分,坎贝尔将军驾着他妻子的车出现了。"

我看着肯特。他这时的表情并不比看到穆尔与安那一幕时的表情更为惊讶。

塞夫尔接着说:"要让将军提供他到犯罪现场的靴子或鞋子是个难题。但我怀疑,他只离开大路走了几步远,根本没有走近安。反正他们讲了几句话之后,他又乘车走了。"

我问肯特上校:"你能听懂吗?"

他看着我,但还是没吭声。辛西娅提醒他:"上校,我们说的是,无论是穆尔上校还是坎贝尔将军都没有杀了安。这是一个周密的计划,设计得跟军事行动一样详细精确,专为将军设计的一个心理陷阱。跟有些人猜想的不同,她既不是在那儿约见情人,也没有遭到疯子的袭击,她在报复她父亲。"

肯特没问为什么,只是两眼直瞪着前方的屏幕。

辛西娅解释道:"在西点军校当学生的时候,她曾遭人轮奸。父亲强迫她保持沉默,并与高级官员一起把这事隐瞒了过去。这事你知道吗?"

他看着辛西娅,表情茫然,说明他根本不明白她在讲什么。

辛西娅说:"为了让她父亲感到震惊和羞辱,她再次制造了曾经发生在西点军校的事件。"

我想我并不想要肯特了解这一切,但处于肯特此刻的心境,也许还是让他知道的好。

我问肯特:"你是不是以为她是在那儿跟情人风流?"

他没回答。

我又说:"比方说,让一个个男人轮流奸污她?"

他终于开了口:"了解她的人,大多会这么想。"

"是的。我们发现她地下室的那个房间之后,也是这么想的。我想你第一次看到她在那边地上的样子时,也是这么想的。在你看来,这很符合安·坎贝尔的方式,也确实如此。但这次,你弄错了。"

他没有反应。

我对考尔说:"请继续。"

"好。将军走了。然后,在这儿,我们看到了这组脚印……这些是你的脚印,上校……蓝色的……"

"不对,"肯特说,"我的在后面,在圣·约翰和我的宪兵凯西去过之后。"

"不,先生,"考尔回答,"你的脚印在圣·约翰的之前。你看这儿,你的脚印和圣·约翰的叠在一起……石膏模型证实圣·约翰是踩在你的脚印上的。所以,你比他先到那儿。这是毫无疑问的。"

我接着说:"比尔,事实上,将军走后,你到了那儿,那时,安还活着。将军离开那儿,去找福勒上校夫妇,而他们赶到现场时,安·坎贝尔死了。"

肯特站在那儿,一动不动。

我说:"大约在零点三十分,你的一个宪兵看到你妻子的切诺基吉普停在基地司令部对面的图书馆旁边,当时你在车上。有人又一次看到了你,"我撒了谎,"当时,你正开车朝步枪射击场路的方向驶去。我们知道你是在什么地方拐上乔丹机场路,并把那辆切诺基隐藏在灌木丛中的。你留下了车胎印,还撞坏了树。我们把树上的油漆和你妻子吉普上的油漆进行了比较,并找到了车上的擦痕。而且,我们还发现了你的脚印,"我又撒了谎,"脚印在沿步枪射击场路的排水沟里,朝南走向犯罪现场。"我最后问:"要不要我把整个过程从头至尾再给你重讲一遍?"

他摇了摇头。

我说:"有了这些证据——包括作案动机证据,有安的日记、你妻子接到的信件,还有你与死者在性方面的牵连和纠葛——所有这些,加上法医证据及其他的证据,我不得不要求你接受测谎试验,我

379

们准备现在进行测试。"

其实，我们并没有这种准备，而且什么时候进行其实无关紧要。但我对他说："如果你拒绝接受测试，我只有把你拘留起来，然后我会让五角大楼的人来命令你接受测试。"

肯特转过身去，往安·坎贝尔房子的其他房间走去，我与辛西娅和考尔交换了一下目光，然后，我和辛西娅跟了上去。

肯特在起居室一只软椅的扶手上坐下，低头盯着地毯，呆呆地看了一会儿。我想，他看的是他在地板上强奸她的那块地方。

我站在他面前，说："你当然知道，作为被告，你有哪些权利，我就不念了，免得侮辱了你，但是恐怕我必须解除你的武装，给你戴上手铐。"

他抬头看了我一眼，没有回答。

我说："我不会把你送到宪兵大楼拘留所，因为这样无疑太伤你的自尊心，但我要把你带到基地拘留所，在那儿向你提出诉讼。"我接着说，"请把你身上的武器交给我。"

当然，他明白一切都完了。但是，像任何困兽一样，他总要进行最后的挣扎。他对我和辛西娅说："你们永远休想证实你们的指控。等到由我的朋友们组成的军事法庭委员会证明我无罪的时候，我一定要让你们因滥用职权而受到指控。"

"那当然，先生，"我回答，"那是你的权利。由你的朋友们主持的审判，如果你被判无罪，你完全可以决定对我们进行指控。但是，证明你不端性行为的证据是相当有力的。也许你能逃避谋杀罪的指控，但你该准备好在莱文沃思度过至少十五个年头，因为你犯了严重的玩忽职守罪、通奸罪、隐瞒罪行罪、鸡奸罪、强奸罪，以及其他违犯了军事审判统一法典中刑事条例的罪行。"

肯特好像在心里盘算了一阵，然后说："你这样做不很公平，不是吗?"

"此话怎讲?"

"我是说,我主动把我跟她之间的纠葛告诉你们,是为了帮助你们找到凶手,而你们却在这儿指控我犯有通奸罪和其他性罪行,还歪曲其他的证据,竭力想证明是我杀了她。我看你们是走投无路了。"

"比尔,你别废话了。"

"不,你别废话。我告诉你,我是在圣·约翰之前到过那儿。我到的时候,她早已死了。如果你想知道我的想法,我认为是福勒和将军干的。"

"比尔,这可不好,太不好了,"我把手放在他肩膀上,对他说,"要像个男子汉,像个军官,像个绅士——要像个警察的样子,看在上帝的分上。我甚至不该要求你接受测谎试验。不必用测谎器,不必告诉你我们搜集的证据,也不必在审讯室跟你待上几天几夜,我应该直截了当请你告诉我实情。不要让我们任何人对此事感到难堪。"

他看了我一眼。看得出他几乎要哭了。他看看辛西娅,看她是否在注意他。我知道,这对他很重要。

我继续说:"比尔,我们知道是你杀了她,你知道是你杀了她。我们也都知道为什么。有许多情有可原的情况,我们知道。唉!我简直不能站在这儿,看着你的眼睛,告诉你:'她不该死去。'"实际上,我能够,因为她确实不该死去。但是,正如你应给临刑的人任何他想吃的东西作为最后一餐,这时,你也应该挑他想听的话说给他听。

肯特竭力忍住眼泪,竭力装出愤怒的样子。他大声喊叫:"她死有余辜!她是个婊子,是个十足的娼妇。她毁了我的生活,毁了我的婚姻……"

"我知道。但是现在你必须纠正一切,为了军队,为了你的家庭,为了坎贝尔一家,也为了你自己。"

泪水顺着他的脸颊流下来。我知道，他宁愿死也不愿在我、辛西娅和考尔·塞夫尔面前哭泣。考尔正在机库的另一头看着我们。肯特费了好大劲才说出这几个字："我无法纠正，我再也无法纠正了。"

"不，你能。你知道你能，你也知道该怎样去做。不要跟事实作对，不要给你自己，也不要给任何人抹黑。这就是你现在所能做的一切。你只要做你该做的，做一位军官和一位绅士应该做的事。"

肯特慢慢站起来，用手擦擦眼睛和鼻子。

我说："请把你的武器给我。"

他看着我的眼睛："保罗，别用手铐。"

"对不起，我必须用。这是规定。"

"不管怎么说，我是军官！你要我像个军官，就得先把我当个军官看待。"

"首先要像个军官，"我对考尔喊道："给我拿副手铐来。"

肯特把那支点三八口径的警用手枪从枪套中拔出，喊道："行了！行了！看看这个吧！"他把手枪抵在自己的右太阳穴上，扣动了扳机。

第三十七章

人类的眼睛能分辨十五六种不同浓淡的灰色，电脑图像处理机在分析指纹时，能分辨二百五十六种不同深浅的灰色，真是奇妙无比。然而，更奇妙的还有人类的心脏、大脑和灵魂，它们能分辨无数种感情的、心理的、道德的细微差别。从最阴暗可怕的，到最纯洁可爱的。这个"光谱"的两个极端，我从未见过，但处于两极之间的，我见过不少。

事实上，人在性情方面与变色龙在颜色方面一样反复多变。

哈德雷堡这儿的人与我过去在其他许多地方任职时见到的人一

样,并不比他们更美丽或更丑陋。但是,安·坎贝尔无疑很不一般。假设我在她生前见到她,假设我受命来调查发生在哈德雷堡这里的事情,我努力想象自己会如何与她交谈。我想,我会认识到我面对的不只是一个简简单单勾引男人的女人,而是一个特别坚强,却身不由己的鲜明个体。我也想到,我可能会告诉她,无论怎样去伤害别人,都不会使自己变得坚强,而只会给每一个人增加痛苦。

我想我不至于会像比尔·肯特那样不能自拔,但也不敢完全排除这种可能,因此,我不想对肯特进行评判。肯特自己评判了自己。他看到自己变成了什么模样,发现自己洁净有序的内心深处埋藏着另一个自我。他恐惧万分,一枪彻底了结了自己。

飞机库里现在挤满了宪兵、联邦调查局人员和医务人员,还有那些滞留在哈德雷堡的司法人员。他们原以为这儿已没事可干了。

我对考尔·塞夫尔说:"尸体处理完之后,将地毯和家具打扫干净,然后把安所有的家当都打包给坎贝尔夫妇托运到密歇根去。他们会需要女儿的东西的。"

"好。"他又说,"我不想说肯特什么,不过,除了我之外,他给每个人都省去了许多麻烦。"

"他是个好样的军人。"

我转身,走到机库的尽头,经过一个联邦调查局人员的身旁。他试图引起我的注意,但我假装没看见,径直出门来到外面的太阳底下。

卡尔和辛西娅站在一辆救护车旁谈着话。我从他们身旁走过,直往我的追光牌汽车走去。卡尔赶上我,对我说:"对这个结局,我不能说感到满意。"

我没搭理他。

他又说:"辛西娅好像认为你当时知道他要那么做。"

"卡尔,出了偏差可不能怪到我头上。"

"没人怪你。"

"听上去似乎是那么回事。"

"可是，你也许能预料到，你可以把他的枪——"

"上校，老实跟你说，我不仅预料到了，而且还鼓励他这么做。我彻底地摧毁了他的自尊。这一点，她知道，你也知道。"

卡尔不承认，因为这不是他想听到或想知道的。虽然守则中没有这样一条，但是事实上，在世界各地的许多军队中，给一个玷辱了自己尊严的军官提供机会、鼓励他勇敢自杀的做法历来都是受人称道的光荣传统。但这种做法在我们这儿一直不受欢迎，在别处现在也逐渐不再流行了。然后，这种观点渗透到了每个军官的潜意识之中。如果让我选择，一方面是军事法庭审判我强奸、谋杀和性犯罪，另一方面是只要拿起那支点三八口径的手枪就可以轻而易举地解决自己，那我可能会选择后一种简便方法。但我无法想象自己处于比尔·肯特那样的境地。话说回来，比尔·肯特在几个月前也想象不到自己会这样结束自己的一生。

卡尔在说着什么，但我没注意听。最后，我听到他说："辛西娅很难受，她的身子还在抖个不停。"

"这职业就是这样。"事实上，并不是每天都有人在你面前让自己的脑袋开花的。肯特应该要求离开一会儿，然后到男厕所去采取行动。可他打碎了自己的脑壳，让脑浆、头骨和血水溅得四处都是。辛西娅的脸上也溅到了一些。我对卡尔说："我在越南曾被溅了一身。"其实，有一次是一个脑袋砸了我的头。我又说了句颇有帮助的话："用肥皂洗洗就干净了。"

卡尔一脸怒气，厉声责备我："布伦纳先生，这一点儿也不滑稽。"

"我可以走了吗？"

"请吧。"

我转过身,打开车门,然后对卡尔说:"请转告森希尔女士,她丈夫今天早上打电话来,让她给他回电话。"我钻进我的车,发动了起来,离开了这儿。

不到十五分钟,我就回到了军官招待所。我脱下礼服,发现衬衫上有一块血渍。我脱下衣服,洗了洗脸和手,换上运动裤,然后把辛西娅摆放出来的物品收起来。我最后看了一眼这个房间,把行李拿到楼下。

我结了账,付了一笔不多的服务费,但因为我在墙上涂画的那幅图,我得在损坏认赔单上签名,日后再找我支付赔偿费。我真爱军队。内务值班军士帮我把包放进车里。他问我:"你把案子解决了?"

"是的。"

"谁干的?"

"大家干的。"我把最后一个包扔在车后座上,关上后门,坐进驾驶座。值班军士问我:"森希尔女士也要结账吗?"

"不知道。"

"要不要留一个邮件转寄地址?"

"不用。没人知道我来这里,只是短期逗留。"我发动汽车,穿过基地中心,往北到了宪兵队大门,出了门驶上维多利街。

我开车经过安·坎贝尔的住处,然后来到州际公路,上了一条往北去的车道。我在磁带舱放上一盘威利·纳尔逊的盒带,舒服地靠着椅背,往前开去。天亮前我就能赶到弗吉尼亚,还能赶上早班军用飞机离开安德鲁斯空军基地。飞机把我送到哪里都无所谓,只要离开美国大陆就行。

我的军人生涯已结束,这无所谓。这件事,在我去哈德雷堡之前就知道了。我没有后悔,没有犹豫,没有抱怨。我们尽了最大的努力,如果没有什么可以奉献了,或者成了多余的人,那我们就离开;或者,如果我们愚钝了,人家就会请我们离开。这不必伤心。最重要的是使命,每个人和每件事都服从于使命。手册中就是这么写的。

也许在走之前,我该跟辛西娅说几句话,但是这对谁也不会有好处。军人的生活是瞬息多变的,经常来去匆匆。种种关系,无论有多么亲密,无论有多么热烈,都不过是暂时的。人们通常不说"再见",而说"路上见"或者"以后见"。

不过,这一回,我是一去不复返了。一方面,我感到选择这个时候离开军队对我正合适。我应该放下刀枪,脱下戎装了。这些东西在我身上有点荒废了,更不用说沉重了。我是在残酷的战争中入伍的。那时,军队忙于在亚洲进行大规模的陆战。我已完成了我的使命,远远超过了国家的两年义务服役期,在军中已风风雨雨度过了漫长的二十年。二十年来,这个国家、这个世界都翻天覆地了。军队现在忙着送你走:"谢谢你付出的一切,干得很好,我们赢了,走的时候请把灯熄掉。"

很好。就是这么回事。这不会是一场永不结束的战争,虽然有时候看似如此;这也不是为了给在其他方面没有前途的人提供就业机会,虽然有时候也确实如此。

在世界和全国各地的军事基地,美国国旗将不再高高飘扬。战斗部队将要解散,他们的战旗与刀枪要一起入库。也许有一天,布鲁塞尔的北约总部也要关闭。确实,一个新的时代就要到来了。说真的,我很高兴看到新时代的到来,更高兴的是,我不必与它打交道。

我们这一代人,我想,深深地打上了我们这个时代的烙印。过去的那些事件对当今的现实不再有什么意义,也许,我们的价值观对当今现实也不再有什么意义。因此,正如辛西娅曾对我暗示过的,即使我们的确还有不少战斗力,也已成了不合时宜的人物了,就像过去的骑兵队伍一样。干得不错,谢谢。拿一半薪水,祝你好运。

二十年,我学到了不少东西,也曾有过许多美好的时光。如果让我重新选择,我会依然像我曾经生活过的那样去生活。这是很有意思的一种经历。

威利正在唱《我心中的佐治亚》。我换了盘巴迪·霍利的带子。

我喜欢开车,尤其喜欢开车离开一个地方,虽然我知道,离开一个地方,也就意味着接近另一个地方,但我自己从来不这么看,我总是离开。

一辆警车出现在我的后视镜里。我检查了一下车速,发现只超速了十英里,而在佐治亚,这意味着阻碍车流。

那家伙打开红色闪光灯,招呼我过去。我把车开到路边上停下,坐在车里。

那警官走下车,来到我的窗口。我摇下车窗,发现他原来是米德兰的警察。我说:"这儿离你的老本营远了点儿,不是吗?"

"请把驾驶执照和汽车注册证给我,先生。"

我把两样东西拿给他看了。他说:"先生,我们在下一个出口掉头,然后你跟我回米德兰去。"

"为什么?"

"不知道。从无线电话中接到的命令。"

"亚德利局长的命令?"

"是的,先生,是他的命令。"

"如果我拒绝呢?"

"那我就只好把你铐起来了。随你挑吧。"

"有第三种可能吗?"

"没有,先生。"

"好吧。"我又开上了公路,警车跟在我后面。我们在立交路口掉

387

转车头，往南向米德兰开去。

我们在镇西口的一个出口换了道。我跟着他来到镇上的废物回收中心。过去人们一向称它为垃圾场。

他的车在焚化炉边刹住了。我在他后面停下来，跨出车门。

伯特·亚德利站在一条宽大的传送带旁，看着人们从一辆卡车上把东西卸下来，送上传送带。

我也站在边上看着，看着安·坎贝尔地下卧室的物品被火焰吞没。

亚德利翻弄着一堆一次成像照片。他只朝我看了一眼，说："嗯，伙计，看看这个。你看那个胖家伙，那是我。再看看那个小子，你知道他是谁？"他将一沓照片扔上传送带，然后从脚边捡起一摞录像带，也扔到传送带上。"我想我们还有个约会吧。你就这样让我一个人干这堆活？你也帮一把，伙计。"

于是，我帮他把家具、性生活用具、衣物之类的扔上传送带。他说："我是说话算数的，伙计。你不相信我，是不是？"

"我当然相信你。你是警察。"

"对。这星期简直乱套了。嘿，你知道吗？葬礼上我一直在哭。"

"我没注意。"

"是在心里哭。葬礼上许多家伙心里都在哭。嘿，电脑磁盘那玩意儿，你处理掉了吗？"

"是我亲自烧毁的。"

"是吗？不会有那类流言蜚语在外面流传了，是不是？"

"是的。大家又都成正人君子了。"

"直到下一回。"他哈哈大笑，把一只黑色皮面罩投掷到传送带上，"上帝保佑，我们现在都可以睡个安稳觉了，包括安。"

我没回答。

他说:"嘿,比尔的事我听说了,我很难过。"

"我也是。"

"也许他们俩现在正在天国的珍珠门旁谈话,"他朝焚化炉内看了一眼,"或者在别的什么地方。"

"完了吗,局长?"

我朝四周看看。"差不多了。"他从上衣口袋里掏出一张照片,看了看,然后递给我:"纪念品。"

这是一张安·坎贝尔的正面裸体照。她站在地下室的床上,或者更确切地说,是在床上蹦跳。她的头发飞扬着,两腿分开,双臂伸展,满脸笑容。

亚德利说:"她是个女人味很浓的女人,但我从来弄不懂她脑子里想的都是些什么。你了解她吗?"

"不,但是我想,她让我了解了我们男人自己,有些是我们不愿了解的。"说着,我把照片扔上传送带,转身朝我的追光牌汽车走去。

亚德利喊道:"你保重!"

"你也保重,局长。向你的家人问好。"

我打开车门。亚德利又喊道:"差点忘了,你的女朋友——是她告诉我你会从州际公路往北去的。"

我从车顶上望着他。

他说:"她要我向你道别,说她在路上见你。"

"谢谢。"我上了车,离开了垃圾场。我拐向右边,从原路去州际公路。路的两旁都是仓库和轻工企业,是个脏乱差的地区,与我此刻的心情恰好相配。

路上,一辆红色野马牌汽车赶上了我。我们一起上了州际公路。她与我一起,开过了那个往西去本宁堡的路口。她本该走那条路。

我把车开上路肩,停下来。她也开上路肩。我们走下车,站在

389

车旁,两人之间相距有十英尺。她下身着蓝色牛仔裤,上身是白色T恤衫,脚蹬一双跑鞋。我想起我们是两代人。我对她说:"你错过路口了。"

"但不能错过时机。"

"你没对我说实话。"

"这……是的。但是,假如我告诉你,我还跟他住在一起,但我正在认真考虑要结束这一切,你又会怎么说?"

"我会告诉你,等你把这些办妥之后,再给我打电话。"

"你瞧,你太被动了。"

"我不会抢人家的老婆。"

旁边开过一辆巨大的双轮拖车。我听不到她在说什么。

"什么?"

"在布鲁塞尔你也是这样!"

"从没听说过那个地方。"

"比利时的首都。"

"巴拿马怎么样?"

"我是想让你主动采取行动。"

"你说谎了。"

"对。我干吗费这个心?"

一个州警察开车过来,停在我们边上。他走下车来,碰了碰帽子向辛西娅致意,问她:"一切都好吧,女士?"

"不好。这个男人是白痴。"

他看着我:"你有什么问题,伙计?"

"她在跟踪我。"

他又回头看着辛西娅。

辛西娅对我说:"如果一个男人跟一个女人在一起待了三天,然后竟不辞而别，你会怎么想？"

"这个……那太不像话了……"

"我碰都没碰她。我们只是共用一个洗澡间。"

"哦……这……"

"他邀请我周末到弗吉尼亚他的家里，但又始终不把电话号码或地址留给我。"

那州警察看着我："这是真的？"

我对他说："我刚发现她还有个丈夫。"

警察点点头："可不要惹这种麻烦。"

辛西娅问他："你不认为一个男人应该努力去争取他希望得到的？"

"当然应该。"

我说："她丈夫也会的。他甚至想杀了我。"

"那可要当心了。"

"我可不怕他，"辛西娅说，"我正打算去本宁堡告诉他，我们的关系结束了。"

州警察对她说："你要小心点儿。"

"让他把电话号码给我。"

"这个……我不……"他转向我，"你干脆把电话号码告诉她不就得了？我们都可以不必站在这儿晒太阳了。"

"好吧，你有铅笔吗？"

他从衣服口袋里掏出便条本和铅笔，我把电话号码和地址告诉他。他撕下纸，递给辛西娅："给你，女士。现在，我们都上车吧。该去哪儿就去哪儿，好不好？"

我走向我的追光，辛西娅走向她的野马。她回头对我说："星期六。"